ROMAN KLEMENTOVIC

WENN DER NEBEL SCHWEIGT

ROMAN KLEMENTOVIC

WENN DER NEBEL SCHWEIGT

THRILLER

*Personen und Handlung sind frei erfunden.
Ähnlichkeiten mit lebenden oder toten Personen
sind rein zufällig und nicht beabsichtigt.*

Song-Zitat auf Seite 7 entnommen aus: *Mein schwarzes Herz* von Caliban.
Text: Benjamin Richter und Andreas Dörner/Caliban. Aus dem Album
Gravity von Caliban © 2016 Century Media Records Ltd.

Immer informiert

Spannung pur – mit unserem Newsletter informieren wir Sie
regelmäßig über Wissenswertes aus unserer Bücherwelt.

Gefällt mir!

Facebook: @Gmeiner.Verlag
Instagram: @gmeinerverlag
Twitter: @GmeinerVerlag

Besuchen Sie uns im Internet:
www.gmeiner-verlag.de

© 2022 – Gmeiner-Verlag GmbH
Im Ehnried 5, 88605 Meßkirch
Telefon 0 75 75 / 20 95 - 0
info@gmeiner-verlag.de
Alle Rechte vorbehalten
1. Auflage 2022

Lektorat: Claudia Senghaas, Kirchardt
Herstellung: Mirjam Hecht
Umschlaggestaltung: U.O.R.G. Lutz Eberle, Stuttgart
unter Verwendung eines Fotos von: © Ervin-Edward / shutterstock
Druck: CPI books GmbH, Leck
Printed in Germany
ISBN 978-3-8392-0313-2

Für Ana

Hast mich geschaffen,
hast mich zerstört.
Gib mir zurück, was mir gehört.

Aus *Mein schwarzes Herz*
von Benjamin Richter / Andreas Dörner
Caliban

PROLOG

Freitag, 23. Oktober 2009, 0.23 Uhr

Ich war 16, als ich aus meinem Schlaf schreckte. Und im Bett hochfuhr.
 Was …?
 Erst begriff ich nicht, weshalb ich aufgewacht war. Hatte ich geträumt?
 Einen kurzen Moment lang, vielleicht zwei, höchstens drei Sekunden, starrte ich ins Dunkel. Und lauschte der Stille.
 Plötzlich ein Schrei. Gefolgt von einem heftigen Rumpeln.
 Kein Albtraum! Der Lärm kam aus dem Erdgeschoss.
 Jetzt war ich hellwach.
 »Mama?«, rief ich.
 Keine Antwort.
 Stattdessen Gekreische. Ein Krachen. Ein Poltern. Und wieder ein Schrei, der eindeutig von meiner Mutter kam.
 Mein Puls schoss in die Höhe. Ich schwang die Beine aus dem Bett. Wollte aufspringen und hinunterlaufen. Hielt dann aber doch inne. Und krallte mich stattdessen in die Bettdecke. Weil die Angst mich gepackt hatte.
 »Raus hier!«, glaubte ich, meine Mutter zu hören. Und: »Verschwinde!«
 Ein Klirren. Etwas ging offenbar zu Bruch.
 »Mama?« Deutlich leiser als zuvor.
 Ein letzter Schrei. Ein dumpfer Krach.
 Stille.
 Viel zu lange.
 Dann hastige Schritte.

Und wieder Stille. Gespenstische Stille.
Sekunden verstrichen.
Jetzt war es kaum noch mehr als ein Flüstern, das mir über die Lippen kam: »Mama?«
Keine Antwort. Stattdessen dieses unheilgetränkte Nichts.
Vielleicht sollte ich ja …
Halt, da!
Waren das eben wieder Schritte?
Mein Herz pochte wild.
Erst jetzt kam mir mein Vater in den Sinn. Wie spät war es überhaupt? War er schon daheim?
Ich schaffte es endlich, mich aus meiner Schockstarre zu lösen. Biss die Zähne zusammen, als das Bett unter der Gewichtsverlagerung zu knarren begann. Tastete nach meinem Mobiltelefon auf dem Nachtkästchen und aktivierte das Display.
Grelle schrie mir entgegen.
Ich musste die Augen zusammenkneifen, um etwas zu erkennen.
0.24 Uhr.
Gut möglich, dass er schon zurück war.
Ich zögerte. Traute mich nicht.
Dann viel zu leise: »Papa?«
Stille.
Mir schwirrte der Kopf. Ich hatte mich in meine Unterlippe gebissen, nahm den Schmerz erst jetzt wahr, schmeckte Blut.
Was sollte ich bloß tun?
Es fiel mir schwer, einen klaren Gedanken zu fassen. Die Angst lähmte und verwirrte mich zugleich. Aber dann, auf einmal, begriff ich. Ja, natürlich! Ich musste meinen Vater anrufen! Ihm sagen, dass etwas nicht stimmte. Dass ich Angst hatte. Und er so schnell wie möglich nach Hause kommen

musste. Weil da jemand in unserem Haus war. Und Mama nicht mehr antwortete.

Mit zitternden Fingern tippte ich auf meinem Telefon und wählte seine Nummer.

Die Zeit schien stehen geblieben.

Nichts passierte.

Dann doch: »Willkommen in der Sprachbox der Nummer ...«

Bitte nicht!

Ich wollte es nicht wahrhaben. Legte auf. Versuchte es ein zweites Mal. Wieder sprang nur die Sprachbox an.

Mist!

Und jetzt?

Unbewusst hatte ich zu atmen aufgehört. In meinen Ohren rauschte das Blut wie ein reißender Strom. Und das Klappern meiner Zähne dröhnte durch meinen Schädel.

Ansonsten herrschte weiter Stille.

Ich legte das Telefon beiseite. Atmete tief durch, dann noch einmal. Zog die Nase hoch. Fasste Mut. Und erhob mich. Aber als der Holzboden unter meinem Gewicht aufknarzte, erstarrte ich sofort wieder. Und hielt abermals die Luft an.

In diesem Augenblick begriff ich nicht, wie absurd mein Gedanke war, dass das Aufknarzen des Bodens mich verraten haben konnte. Wenn jemand im Haus war, hatte er mich ohnehin schon rufen hören.

Komm schon, sei kein Feigling!

Ich nahm all meinen Mut zusammen. Hob das Bein an, setzte einen ersten kleinen Schritt, zögerlich, fast wie in Zeitlupe. Dann einen zweiten. Und noch einen. Aber die Zimmertür schien auf einmal viel weiter entfernt als sonst, fast schon unerreichbar, und der blöde Holzboden viel zu laut. Jedes Knarren glich einem Donnerschlag. Doch ich durfte nicht stehen bleiben! Tapste weiter, immer weiter.

Als ich die Tür endlich erreicht hatte, presste ich mein Ohr dagegen und horchte. Ich sehnte mich nach einem Anzeichen dafür, dass alles in Ordnung war. Dass Mama und Papa miteinander sprachen und lachten. Und die Welt noch heil war.
Doch da war nichts.

Ich war den Tränen nahe. Griff die Klinke mit beiden schweißnassen Händen. Umklammerte sie mit aller Kraft, wie einen rettenden Anker. Und spürte, wie die Verkrampfung plötzlich von meinen Händen aus auf meinen gesamten Körper ausstrahlte. In meinem Nacken zog es schmerzhaft. Doch mir blieb nichts anderes übrig, als es zu ignorieren. Ich drückte die Klinke ganz sachte nach unten, Millimeter für Millimeter. Und zog die Tür vorsichtig auf.

Ich war auf einen Angriff gefasst. Erwartete, dass jeden Moment eine finstere Gestalt um die Ecke springen, die Tür noch weiter aufdrücken, mich zu Boden werfen und sich auf mich stürzen würde.

Aber nichts passierte.

Erst jetzt fiel mir Chris ein, und ich konnte nicht glauben, dass ich bisher nicht an ihn gedacht hatte. Mein Gott, ich war so blöd!

Ich blickte zurück zu meinem Bett, versuchte, mein Telefon dort oder auf dem Nachtkästchen auszumachen. Aber es war so finster, dass ich es nicht entdecken konnte.

Sollte ich zurückschleichen und ihn anrufen?

Ich zögerte, wusste nicht weiter. Und fürchtete, dass ich dadurch wertvolle Zeit verlor.

Später konnte ich nicht mehr sagen, was mich davon abgehalten hatte, Chris um Hilfe zu bitten. Jedenfalls entschied ich mich dagegen. Ich holte tief Luft. Ließ die Klinke los, um die ich mich immer noch verkrampft hatte. Streckte den Kopf durch den schmalen Spalt hinaus in den Flur.

Und lauschte.

Nichts zu hören.

»Mama?«, flüsterte ich, und von all der Stille umgeben, hörte es sich an, als brüllte ich regelrecht.

Keine Reaktion.

»Papa?«

Nichts.

Ich spürte, wie mir eine Träne über die Wange lief, und wischte sie mit dem Handrücken weg. Aus Reflex zog ich wieder die Nase hoch. Und erschrak darüber, wie laut es sich angehört hatte.

Ich horchte weiter starr, um Anzeichen dafür auszumachen, dass mich jemand gehört hatte. Oder die Treppe hochkam und sich mir näherte. Dabei löste sich eine weitere Träne aus einem meiner Lider, und noch eine. Und auch die Nase hörte nicht mehr auf zu laufen. Mehrmals wischte ich sie mir mit dem Unterarm trocken.

Mir war klar, dass ich etwas unternehmen musste, ich konnte ja nicht ewig im Türrahmen stehen bleiben. Also zog ich die Tür noch ein kleines Stück weiter auf. Und bemerkte dabei, dass es ungewöhnlich kühl im Flur war.

Ich machte einen behutsamen Schritt hinaus. Und verharrte auch dort einen Augenblick. Bis ich mich überwinden konnte und in Richtung Treppe schlich.

Der Teppich im Flur ließ mich nahezu geräuschlos vorwärtskommen. Aber trotz meiner Anspannung wusste ich: Die Stufen würden ein Problem werden, die knarrten bei jedem Schritt. Mama hatte sich oft darüber beschwert und Papa gefragt, ob es denn wirklich nichts gäbe, was man dagegen tun könnte. Es würde unmöglich sein, unbemerkt nach unten zu kommen.

Am Absatz wartete ich deshalb.

Und blickte hinunter.

Wie in einen bedrohlichen Schlund.

Ein Lichtschimmer fiel in den Eingangsbereich, vermutlich aus der Küche. Oder dem Wohnzimmer. Der Boden glitzerte nass, Schmutz klebte auf den weißen Fliesen. Und die Eingangstür stand sperrangelweit offen.

Die Kälte zog zu mir hoch, packte mich und ließ mich frösteln.

Ich hatte keine Ahnung, was hier los war. Aber mit jeder Sekunde, die verstrich, breitete sich die Angst davor, dass es etwas ganz, ganz Schlimmes war, weiter in mir aus. Mein Herz klopfte jetzt so heftig gegen meinen Brustkorb, dass es schon fast wehtat. Immer mehr Tränen liefen mir über die Wangen, sammelten sich am Kinn und tropften zu Boden. Ich zitterte am ganzen Körper, fühlte mich wackelig auf den Beinen. Konnte nicht einschätzen, ob sie mich bis ganz nach unten tragen würden. Und auch meine Zähne klapperten immer heftiger.

»Mama?«

Ich rief mehr, um mich abzulenken. Hatte die Hoffnung, eine Antwort zu bekommen, längst aufgegeben. Doch plötzlich glaubte ich ein Wimmern zu hören.

Konnte das sein?

Ich horchte konzentriert. Versuchte, das rauschende Trommeln in meinen Ohren auszublenden. Aber ich war mir nicht sicher.

Etwas lauter: »Mama?«

Vergeblich.

»Bist du hier?«

Nichts.

»Papa?«

Sollte ich vielleicht doch lieber Chris anrufen?

Auf einmal wieder dieses Wimmern. Ja, eindeutig!

»Mama?«

Ich hielt mich am Geländer zu meiner Rechten fest. Nahm

die erste Stufe, ohne dass ich dies so richtig wahrgenommen hatte. Das Knarren zerschnitt die Stille. Aber es war mir gleich. Ich musste runter. Musste wissen, was da los war. Und ob Mama vielleicht meine Hilfe brauchte.

»Bist du da?«

Die nächste Stufe.

»Papa?«

Endlich eine Antwort, wie ein heftiger Stromschlag: »Komm nicht weiter, Jana!«

Die Stimme meines Vaters schien aus dem Wohnzimmer gekommen zu sein. Und löste so viel und gleichzeitig zutiefst Widersprüchliches in mir aus. Da war auf einmal diese unglaubliche Erleichterung. Darüber, dass er schon zu Hause war. Dass er mich beschützen konnte – vor wem oder was auch immer. Dass alles nur ein Missverständnis war. Beinahe wäre mir ein Stein vom Herzen gefallen. Wenn da nicht der Klang seiner Stimme gewesen wäre, der ganz einfach nichts Gutes verheißen konnte. Da war plötzlich auch die Frage danach, warum er bisher geschwiegen hatte. Danach, wieso er jetzt nichts mehr sagte. Oder mir entgegenkam. Mich anlächelte. Mir erklärte, warum Mama geschrien hatte. Woher der Krach gekommen war. Mir versicherte, dass alles gut war. Und er mich gemeinsam mit Mama zurück ins Bett brachte.

All diese Gedanken und Fragen waren mir binnen Sekundenbruchteilen durch den Kopf geschossen. Mir wurde schwindelig. Ich begriff immer noch nicht, was passiert war. Oder was da immer noch im Gange war. Wie sollte ich auch?

Doch jetzt, mit einem Mal, schlug mein schlechtes Gefühl in eiskalte Panik um.

Am liebsten hätte ich auf der Stelle kehrtgemacht. Wäre zurück in mein Zimmer gelaufen. Hätte mich dort eingesperrt, alle Lichter angemacht und mich dennoch unter der

Decke verkrochen. Hätte dort gewartet, bis meine Mutter an die Tür klopfte und mir versicherte, dass alles gut war. Dass sie mich liebte. Und für immer bei mir bleiben würde. Ich schämte mich so sehr. Nie wieder würde ich meinen Frust an meiner Mutter auslassen, nie mehr wollte ich mich mit ihr wegen Kleinigkeiten zanken. Gott, da war plötzlich so vieles, was mir leidtat. So vieles, was ich ihr sagen wollte.

Aber insgeheim ahnte ich längst, dass ich niemals wieder die Chance dazu haben würde.

Auch wenn mein Vater hier war, vielleicht sollte ich ja besser doch durch die offen stehende Eingangstür hinauslaufen? Ins Dorf? Runter zum See? Oder in den Wald? Bis zur Lichtung? Egal wohin, Hauptsache ganz weit weg?

Doch ich lief weder zurück in mein Zimmer noch aus dem Haus. Stattdessen nahm ich die nächste Stufe.

»Bleib oben, Schatz!«, rief mein Vater ohne jede Kraft in seiner Stimme.

»Was ... was ist denn los?«

Wieder wischte ich mir übers Gesicht, der Ärmel meines Pyjamas war schon ganz nass.

»Geh zurück in dein Zimmer!«

Aber ich tat genau das Gegenteil. Stieg eine weitere Stufe hinab. Und noch eine.

»Jana, du sollst wieder hochgehen!«

Ich machte noch einen Schritt nach unten. Der Boden und die Wände schienen immer heftiger ins Schwanken zu geraten. Meine Beine kaum noch Kraft zu haben.

»Hörst du nicht!«

Noch zwei Stufen.

Mein Herz klopfte zum Zerspringen.

»Jana!«

Nur noch eine Stufe.

»Sofort!«

Ich war jetzt im Eingangsbereich. Zu meiner Rechten lag die offen stehende Eingangstür, durch die immer mehr Kälte hereinströmte. Draußen war nichts als nebelverhangenes Dunkelgrau zu sehen. Zu meiner Linken lagen die Küche und das Wohnzimmer, beide hell erleuchtet, aber von meinem Standpunkt aus kaum einsehbar.

»Jana, bitte ...«

Keine Frage, die Stimme meines Vaters war aus dem Wohnzimmer gekommen. Nicht mehr so bestimmt wie eben noch, eher weinerlich.

»Bitte, geh in dein Zimmer, Schatz. Bitte.«

LAUF! NICHTS WIE WEG VON HIER!, schrie alles in mir.

Und dennoch bewegte ich mich auf das Wohnzimmer zu.

WAS ZUM TEUFEL TUST DU NUR?

Je näher ich kam, desto deutlicher war das Wimmern meines Vaters zu hören. Und desto größer wurde die einsehbare Fläche. Aber mein Vater war immer noch nicht zu entdecken. Dafür ein Stuhl des Esstischs, der umgekippt auf dem Boden lag.

RENN WEG! LOS, VERDAMMT!

Die Tischdecke lag zerknüllt daneben. Eine zerbrochene Vase. Ein Bilderrahmen. Bücher, die aus dem Regal gefallen waren.

LAUF!

Mit jedem zögerlichen Schritt sah ich mehr von der Verwüstung. Und mit jedem Stück reifte die Gewissheit in mir, dass die Welt aus den Fugen geraten war.

»Bitte, geh in dein Zimmer«, wimmerte und schluchzte mein Vater. »Bitte ... bitte ...«

Ein letzter kleiner Schritt. Dann hatte ich die Schwelle erreicht. Und blickte vom Türrahmen aus nach links.

Da sah ich ihn.

Und meine Welt gab es nicht mehr.
»Ich habe dir doch gesagt, dass du in dein Zimmer sollst!«
Der Augenblick schien aus der Zeit gefallen.
Sich in alle Ewigkeit zu dehnen.
Nie zu enden.
Nie.
Doch plötzlich drang ein greller, schmerzverzerrter Schrei zu mir durch. Wurde immer lauter und schriller. Und ich begriff, dass ich selbst es war, die sich gerade die Seele aus dem Leib brüllte. Während es mir warm die Beine hinablief, begriff ich, dass sich diese Szene für immer und ewig in meinen Verstand gebrannt hatte:

Mein Vater, wie er da stand. Mit bebenden Schultern. Keuchend, weinend. Wie er zu mir aufsah, aus weit aufgerissenen Augen, mit Blut im Gesicht und an der Kleidung. Wie er seinen Blick wieder von mir abwandte, seine blutverschmierten Hände betrachtete – ungläubig, als wären sie kein Teil von ihm. Als hätte er nichts mit all dem zu tun, was diese eben angerichtet hatten. Und wie er dann zwischen ihnen hindurch zu Boden blickte.

Auf meine Mutter.
Die dort in einer roten Lache lag.
Seltsam verrenkt.
Still.
Tot.
Für immer.

13 JAHRE SPÄTER

Ich hatte es hinaus ins Freie geschafft.
Doch jetzt?
Ich atmete schwer. Riss meinen Blick durch die nächtliche Umgebung. War voller Panik. Wollte um Hilfe schreien, brachte aber bloß ein Krächzen heraus. Die Schmerzen in meinem Kehlkopf trieben mir Tränen in die Augen. Der Schlag eben musste etwas Schlimmes angerichtet haben.
»Hi…«
Es hatte keinen Sinn!
Klappern und Scheppern in meinem Rücken. Ein Fluchen. Ich fuhr herum. Sah seine Silhouette und den hektisch zuckenden Taschenlampenstrahl. Er schob Müll zur Seite, stieg darüber, bahnte sich einen Weg durch den finsteren Hausflur zu mir. Kam schnell näher.
»Wo willst du hin?«, brüllte er und leuchtete mir direkt ins Gesicht.
Scheiße!
Was tun?
»Glaubst du, du kommst hier weg?«
In der Ferne war das Feuer als orangeroter Schimmer zu erahnen. Ansonsten nichts als nebeldurchzogenes Schwarz.
Meine Gedanken überschlugen sich: Das Auto war keine Option. Ich hatte zwar den Schlüssel dabei, doch ich hatte ein gutes Stück weit abseits geparkt. Und selbst, wenn nicht: Das Öffnen, Einsteigen und Starten des Wagens würde zu lange dauern – bis dahin würde er mich leicht eingeholt haben. Also blieben mir nur zwei Möglichkeiten: die Straße hinunter ins Dorf. Oder in den Wald. Die Straße war beleuchtet, trotz

des Nebels wäre ich leicht zu finden gewesen. Normalerweise wäre ich ihm wohl davongelaufen. Aber mit meinem verstauchten Knöchel war ich mir da nicht so sicher. Der Wald hingegen war finster und dicht.

Meine Entscheidung fiel binnen Sekundenbruchteilen. Ich musste ein Versteck finden.

Los!

Unter stechenden Schmerzen rannte ich auf den Waldrand zu. Presste die Augen zusammen. Hob die Arme schützend vors Gesicht. Und preschte durch das dichte Gestrüpp.

Unter meinen Schritten knackten Zweige. Äste, die in der Dunkelheit wie aus dem Nichts auftauchten, peitschten mir ins Gesicht. Kratzten an meiner Haut.

Mein Atem rasselte. Aber ich durfte nicht stehen bleiben. Musste weiter, weiter, weiter!

»Bleib stehen, verdammt!«

Ich riskierte einen Blick zurück. Er hatte jetzt ebenfalls den Wald erreicht. Kam immer näher.

Schneller!

Der Lichtkegel seiner Taschenlampe schnitt nur ganz knapp an mir vorbei. Oder hatte er mich bereits erfasst?

Mein Herz raste.

Plötzlich blieb ich mit meinem verletzten Fuß an etwas hängen. Und alles ging ganz schnell. Ich hatte keine Chance, den Sturz abzufangen. Und knallte mit dem Kopf gegen einen Stamm. Schmerz explodierte hinter meiner Stirn. Ich konnte Blut schmecken, weil ich mir auf die Zunge gebissen hatte.

Einen Augenblick lang war ich außer Gefecht gesetzt. Und sah Sterne.

Dann nahm ich trotz der Benommenheit seine Schritte wieder wahr. Das Brechen von Holz. Viel zu nah.

Los, auf! Sofort!

Ich stemmte mich vom Boden ab, zwang mich aufzustehen. Weiterzulaufen. Aber ich war unsicher auf den Beinen. Die Schmerzen waren schlimmer als zuvor. Die Dunkelheit um mich herum drehte sich. Warm lief es mir die Schläfe hinab.

»Du kannst mir nicht entkommen!«

Ich konnte es hören, er war jetzt direkt hinter mir.

»Hi...!« Ich brach ab, es schmerzte zu sehr. Versuchte es dennoch gleich noch einmal: »Hi...!«

Plötzlich wurde ich an den Haaren zurückgerissen. Mit einer solchen Wucht, dass ich glaubte, skalpiert zu werden. Ich verlor alle Körperspannung. Sofort schlang sich ein Arm um meinen Hals, nahm mich in einen festen Würgegriff. Die Schmerzen in meinem Kehlkopf waren überwältigend.

Mir blieb die Luft weg.

Ich zerrte daran, aber ich war zu schwach. Ich schlug um mich, doch auch das half nichts. Ich trat nach hinten aus, mein Bein fuhr ins Leere.

Seine Stimme ganz nah an meinem Ohr: »Mach es nicht schwerer, als es ohnehin schon ist.«

Der Druck in meinem Kopf stieg an. Hitze breitete sich aus. Ein Kribbeln. Schwindel.

Es war zwecklos. Ich wollte gerade die Augen schließen. Mich meinem Schicksal fügen.

Aber ausgerechnet da tat sich eine kleine Lücke in der dichten Wolkendecke auf. Und auch der Nebel schien sich einen Augenblick lang zu lichten. Der Vollmond kam zum Vorschein und strahlte zwischen den Baumwipfeln hindurch auf uns hinab. Wie ein einsamer Scheinwerfer auf eine Kleintheaterbühne.

Es war wie ein Weckruf, der letzte Energiereserven in mir freisetzte.

Nicht aufgeben!

Ein letztes Aufbäumen. Ich nahm all meine Kräfte zusammen. Wand mich, schlug wie eine Verrückte um mich. Trat noch fester nach hinten aus. Landete einen Treffer. Und noch einen. Es gelang mir tatsächlich, den Druck um meinen Hals zu lockern.

Ich rang nach Luft.

Presste meinen Kopf zur Seite. Fühlte auf einmal seinen Unterarm an meinen Lippen.

Und biss zu.

Sein Schrei an meinem Ohr. Die Taschenlampe auf dem Boden. Faustschläge in meinem Nacken.

Aber ich ließ nicht ab, rammte meine Zähne noch tiefer in sein Fleisch. Und da war es fremdes Blut, das ich schmeckte.

Hoffnung keimte in mir auf.

Jedoch nur ganz kurz.

Denn auf einmal presste er mir seine Finger auf die Augen. Ich riss meinen Kopf hin und her und versuchte, mich aus seinem Griff zu befreien. Aber er ließ nicht von mir ab und drückte zu, immer fester. Bis die Schmerzen nicht mehr auszuhalten waren. Und ich von seinem Unterarm ablassen musste.

Jetzt ließ er endlich von meinen Augen ab.

Ich stolperte zur Seite. Schrie vor Schmerz. Krümmte mich. Presste die Augen zusammen. Drückte mir die Handflächen aufs Gesicht. Und war so abgelenkt, dass ich nicht mitbekam, was hinter mir passierte.

Plötzlich eine Schmerzexplosion an meinem Hinterkopf.

Erst verstand ich nicht. Ich duckte mich aus Reflex. Wollte mich in Deckung bringen. Taumelte. Hatte völlig die Orientierung verloren. Versuchte, etwas zu greifen zu bekommen. Mich auf den Beinen zu halten. Aber ich fuhr ins Leere.

»Hilfe!« Bloß ein gekrächztes Flüstern.

Da traf mich der zweite Schlag. Holz splitterte.

Und mir war klar, dass es vorbei war.

Ich bekam noch mit, dass ich auf die Knie sank. Vornüber kippte. Und ungebremst mit dem Gesicht auf dem nassen Waldboden aufschlug. Dass sich hoch über dem Nebel die massive Wolkendecke wieder vor den Mond schob.

Dann wurde es schwarz.

ZWEI ABENDE ZUVOR

1

In dem Moment, in dem ich das Unglück kommen sah, war es schon zu spät. Mir blieben nur Sekundenbruchteile. Zu wenig Zeit, als dass ich hätte reagieren können.

Ich hatte den Mann nicht bemerkt. War abgelenkt gewesen. Von dem Adrenalin, das durch meinen Körper schoss. Dem Schweiß, der mir über die Stirn und in die Augen lief, und den ich immer wieder mit meinen nassen Unterarmen wegwischen musste. Von meiner Atmung, die ich unter Kontrolle zu halten versuchte. Und von *Bad Religion*, die mit ihren verzerrten Gitarren aus meinen Kopfhörern dröhnten und sich gerade ausmalten, wie es wohl wäre, wenn Los Angeles in Flammen stünde.

Außerdem ärgerte ich mich immer noch über Felix, den Sohn des Verlagsinhabers und nur deshalb neuerdings auch Ressortleiter und somit mein neuer Vorgesetzter. Von Anfang an hatte er immer wieder seine Unfähigkeit und Gleichgültigkeit bewiesen und die meiste Zeit damit verbracht, sein Büro mithilfe einer blutjungen, High Heels tragenden Einrichtungsdesignerin, der er bei jeder sich nur bietenden Gelegenheit auf den Hintern starrte, neu auszustatten. Vergangene Woche erst hatte er drei überdimensionale Gemälde mit einigen Farbklecksern darauf geliefert bekommen. Aus einem Kindergarten, hatten wir von der Belegschaft scherzend angenommen. Aber dann hatte mir Marie beim gemeinsamen Morgenkaffee zugeflüstert, wie viel jede einzelne dieser Kritzeleien gekostet hatte, und ich war einfach nur fassungslos gewesen. Mein Jahresgehalt war nichts dagegen. Die Gehaltserhöhung, um die ich ein paar Wochen zuvor gebeten hatte, war aufgrund der schwierigen finanziellen Lage des Verlags jedoch leider nicht drin gewesen.

»Es tut mir ehrlich leid, Jana.«

Elender Heuchler. Aber egal, sollte so sein. Ich hatte mir fest vorgenommen, mich nicht mehr über Felix und seinen Vater, diesen widerlichen Sexisten der sogenannten »alten Schule«, zu ärgern. Seine ekeligen, oft nicht einmal mehr zweideutigen Kommentare zu ertragen. Seine Blicke auf mein Dekolleté oder meinen Hintern zu dulden. Immer wieder bekam ich Angebote von der Konkurrenz. Das nächste würde ich annehmen.

Dieses Mal hatte Felix es endgültig zu weit getrieben! Und damit all meine Vorsätze zunichtegemacht.

Ich hatte eigentlich nur noch ein schnelles Update für einen Online-Beitrag rausjagen wollen, als Marie an meinem Schreibtisch aufgetaucht war und mir die druckfrische Ausgabe unter die Nase gehalten hatte.

»Sag mal, dreht der jetzt total durch?«, wollte sie wissen.

Ich sah sie fragend an.

»Das ist doch dein Artikel, oder?«

Ich begriff immer noch nicht, worauf sie hinauswollte.

»Hast du das gewusst?«

»Ich ... wieso, was ...?«

»Da!« Marie zeigte auf die Headline.

SCHMUTZIGE GESCHÄFTE MIT NEUER MÜLLDEPONIE

Ich fand sie viel zu plump, wollte mir unbedingt noch etwas Besseres einfallen lassen. Aber ja, das war eindeutig ...

»Und hier!« Jetzt tippte sie auf Felix' Namen.

Plötzlich wurden meine Augen ganz groß. Mir stand der Mund offen, aber ich brachte kein Wort heraus. Die Zahnräder meines Verstands hatten endlich ineinandergegriffen.

Felix hatte doch tatsächlich die Unverfrorenheit besessen, meinen über viele Wochen hinweg hartnäckig recherchierten

Artikel über die illegalen Machenschaften im Zusammenhang mit der neuen Mülldeponie ohne mein Wissen zu veröffentlichen und einfach seinen Namen darunterzusetzen.

»Dachte ich es mir doch, dass du nichts davon gewusst hast«, sagte Marie.

Erst jetzt hatte ich mich gefangen. Ich sprang hoch, riss Marie die Zeitung aus der Hand und stürmte damit in sein Büro.

»Was soll das?«

Ein Ausdruck des Ertapptwerdens huschte über sein Gesicht. Allerdings nur einen ganz kurzen Moment lang. Dann klappte er sein Notebook zu, sprang von seinem Stuhl hoch, bedachte mich mit einem gleichgültigen Lächeln, wie es nur ein Berufssohn zustande bringt, und drängte sich an mir vorbei aus dem Raum.

»Sorry, Jana, ich habe jetzt echt keine Zeit für dich.«

Aber so einfach wollte ich ihn nicht davonkommen lassen. Ich hielt mit ihm Schritt und streckte ihm die Zeitung direkt vors Gesicht. Er schob sie beiseite, aber ich ließ nicht locker.

»Wie konntest du das machen?«

»Jana, ich muss wirklich los.«

»Ich will eine Antwort!«

»Es geht jetzt wirklich nicht. Ich bin in einer halben Stunde zum Tennis verabredet und ohnehin schon viel zu spät dran.«

Er legte einen Zahn zu, rannte regelrecht durch den Flur. Doch ich ließ ihn nicht entkommen und folgte ihm bis zum Fahrstuhl. Ich registrierte, dass Marie uns über ihren Bildschirm hinweg beobachtete. Am Fahrstuhl angekommen, fühlte Felix sich, während er voller Ungeduld immer wieder den Knopf drückte, schließlich doch bemüßigt, einen Kommentar zu der Angelegenheit abzugeben.

»Das war ein Versehen.«

»Ein Versehen?«

»Ich bitte dich, das ist doch keine Tragödie.«
»Das ist absolut letztklassig.«
»Mach es nicht schlimmer, als ...«
»Du hast mir meinen Artikel gestohlen!«
Jetzt hämmerte er schon regelrecht auf den Knopf ein.
»Jana, wir sind doch ein Team.«
»Und in einem Team bestiehlt man sich?«
Pling.
Die Türen öffneten sich.
Felix verschwand darin, vermied jeden weiteren Augenkontakt und drückte nun unaufhörlich auf die K1-Taste. Bis sich die Türen endlich wieder geschlossen hatten. Und der Aufzug mit ihm unterwegs in Richtung Tiefgarage war, wo der Porsche, den sein Vater ihm unlängst zum 30. Geburtstag gekauft hatte, auf ihn wartete und er damit zum Tennis verschwand.

Jetzt, drei Stunden später, zitterte ich immer noch vor Wut.

Am liebsten hätte ich all meinen Frust lauthals hinausgeschrien. Felix an den Kopf geworfen, dass seine Texte – wenn er sich denn mal dazu bemüßigt fühlte, einen zu verfassen – nur so vor Fehlern strotzten. Dass er Beistriche nicht länger würfeln, sondern endlich die Regeln dafür lernen sollte. Dass er in keinem anderen Verlag als dem seines Vaters einen Job bekommen würde. Und ausnahmslos alle im Team dieser Meinung waren.

Vielleicht würde ich das am nächsten Morgen ja sogar tun.

Der Job war mir egal!

Aber jetzt brauchte ich erst mal ein anderes Ventil. Und deshalb erhöhte ich die Geschwindigkeit des Laufbands weiter. Trotz des Brennens in meinen Oberschenkeln. Und der Tatsache, dass ich ohnehin schon ziemlich außer Atem war.

Noch eine Viertelstunde lang auspowern, dann würde ich es für heute geschafft haben. Dann nur noch duschen und ab auf die Couch. Mit einer kuscheligen Decke. Und ganz viel Schokolade. Ja! Das hatte ich mir heute wirklich verdient. Vielleicht würde ich ja sogar über meinen Schatten springen und …

Plötzlich wurde ich aus meinen Gedanken gerissen.

In meinem Augenwinkel tauchte etwas auf. Eine Hand von rechts. Ich riss den Kopf herum. Bemerkte jetzt endlich den Mann auf dem Laufband neben mir. Sah seine weit aufgerissenen Augen, sein wildes Gestikulieren.

Er zeigte zu meinen Füßen.

Ich blickte an mir hinab.

Da passierte es.

Eine Konzentrationsschwäche. Ein unglücklicher Schritt. Ein offenes Schuhband, auf das ich ausgerechnet jetzt trat. Und ein Laufband, das sich um all das nicht kümmerte und sich energisch weiterdrehte.

Ich wollte den linken Fuß anheben. Doch stattdessen kippte ich vorne über, und es zog mir die Beine nach hinten weg. Ich verlor das Gleichgewicht. War dennoch geistesgegenwärtig. Wollte die Arme hochreißen. Den roten STOPP-Knopf drücken. Aber alles ging viel zu schnell. Ich hatte keine Chance. Meine Hände fuhren ins Leere. Ich schaffte es gerade noch rechtzeitig, den Kopf ein Stück zur Seite zu drehen und mein Gesicht zu schützen. Doch das hemmte nicht die Wucht des Aufpralls. Ich knallte mit der Schläfe gegen die Armatur, und eine Schmerzgranate explodierte in meinem Schädel. Das Laufband drehte sich unbeirrt weiter, zog mich weiter runter. Und noch bevor ich ein weiteres Mal ungebremst mit dem Kopf aufschlug, dieses Mal auf dem Laufband selbst, hatte ich bereits das Bewusstsein verloren.

Als ich die Augen wieder öffnete, lag ich auf dem Rücken. Das grelle Licht der Halogen-Deckenleuchten trieb mir einen

Schwall Tränen in die Augen. Ich blinzelte, hielt mir die Hand vor, aber es half alles nichts. In meinem Kopf wummerte es gewaltig.

Vermutlich waren bloß ein paar Sekunden seit meinem Knock-out vergangen. Doch die Zeit hatte offenbar ausgereicht, dass das ganze Fitnessstudio von meinem Missgeschick erfahren hatte. Unzählige verschwitzte Körper rankten und drehten sich um mich herum. Es schienen immer mehr zu werden. Alle Augen waren auf mich gerichtet. Viele dumpfe Stimmen schwirrten und hallten durcheinander, und wurden erst allmählich klarer.

»… Gottes willen, … du dir wehgetan?«
»… in Ordnung …?«
»… denn das bloß passiert?«
»Ihr Schuhband …«
»Wahnsinn, … du das gesehen?«
»Voll der Absturz!«
»Bam!«
»So geil!«
»Sagt mal, habt ihr sie noch alle?«
»Hey, was denn?«
»Los, verschwindet!«
»Aber …«
»Sonst fliegt ihr aus dem Studio!«

Ausgerechnet die sensationsgeilen Kommentare der beiden Teenagerkerle waren die ersten, die ich trotz meiner Benommenheit klar und deutlich verstanden hatte. Und auch deren breites Grinsen war mir nicht entgangen.

Am liebsten wäre ich auf der Stelle im Erdboden versunken. Oder weggelaufen. Egal, wohin – einfach nur ganz weit fort.

Doch nun, da ich immer klarer im Kopf wurde, setzten die Schmerzen ein. Wie eine gewaltige Welle, die sich immer weiter auftürmte und jetzt mit voller Wucht gegen die Innenseite meiner Schläfe schwappte.

Fuck!

Ich stöhnte auf.

Die platinblonde Rezeptionistin mit der niedlichen kleinen Stupsnase in ihrem solariumgebräunten Gesicht tauchte in meinem Blickfeld auf. Mit besorgter Miene war sie neben mir in die Knie gegangen und kam ganz nah an mich heran.

»Alles in Ordnung?«, wollte sie wissen und schaute mir dabei prüfend in die Augen.

Ihr Atem roch nach irgendeiner exotischen Frucht. Ananas vielleicht. Oder Mango. Ich war noch zu benebelt, um das beurteilen zu können. Und zu sehr darauf konzentriert, ihr Gesicht zum Stillstand zu bringen.

»Mein Kollege ruft gerade die Rettung.«

»Die brauche ich nicht!«, entfuhr es mir wie von der Tarantel gestochen. Noch mehr Aufregung war das Letzte, was ich gerade wollte.

Ich versuchte, mich aufzurichten. Aber schon bei der ersten kleinen Bewegung brauste eine weitere Schmerzwelle durch meinen Schädel und ließ mich erneut aufstöhnen. Zudem drehte sich das Studio plötzlich wieder richtig heftig.

»Bitte bleib liegen!«

Die Platinblonde schob mir ein Handtuch unter den Kopf.

Ich ließ mich wieder zurücksinken. Spürte etwas Hartes unter meinem Rücken. Zog es hervor und sah, dass es einer meiner *Bluetooth*-Kopfhörer war. Ich tastete nach dem zweiten, aber der war nicht zu finden.

Irgendjemand lachte.

Mein Schock legte sich nur langsam. Aber je klarer ich im Kopf wurde, desto peinlicher wurde mir die Situation. Ich würde mich hier nie wieder blicken lassen können.

Ich schloss die Augen. Versuchte, die Stimmen um mich

herum, das Lachen und die Hitze, die mir in den Kopf stieg, zu ignorieren. Die Benommenheit weiter zurückzudrängen.

»Hier, dein Handy«, hörte ich eine Stimme.

Ich öffnete die Augen und erblickte, erneut von den grellen Halogenlichtern geblendet, einen glatzköpfigen Typen in einem knallpinkfarbenen Kraftshirt, der mir mein Telefon entgegenstreckte.

»Das hat es gut zehn Meter nach hinten gefetzt«, sagte er.

»Danke.«

Trotz der Benommenheit fielen mir die dicken Adern auf seinen Armen auf. Wie fette Würmer, dachte ich.

»Es hat übrigens gerade geläutet«, fügte er noch hinzu.

Kaum etwas konnte mir gerade gleichgültiger sein. Doch ausgerechnet in dem Moment, in dem ich es entgegennahm, begann es erneut zu läuten und zu vibrieren. Ich hatte natürlich vor, es zu ignorieren. Das Letzte, was ich jetzt wollte, war, zu telefonieren. Für mich zählte gerade nur, wie ich so schnell wie möglich wieder auf die Beine, hier raus und nach Hause kommen konnte.

Aber als mein Blick auf das Display fiel, hatte ich schlagartig ein ganz mieses Gefühl. Jegliche Benommenheit war wie weggeblasen, mein Verstand plötzlich glasklar. Und all die Menschen um mich herum hatten keine Bedeutung mehr.

›Kurt‹ stand dort.

Und mir war klar, dass dies ganz einfach nichts Gutes bedeuten konnte. Denn warum sonst, außer um mir schlechte Nachrichten zu überbringen, sollte der einzig verbliebene Freund meines Vaters, den ich seit Jahren weder gesehen noch gehört hatte, mich anrufen?

»Kleines?«, fragte er, weil ich kein Wort herausbrachte, nachdem ich abgenommen hatte.

Der Klang seiner Stimme ließ meine Lippen beben und die Augen noch feuchter werden. Mit einem Mal war die

Erinnerung zurück. Und schwoll zu einem bösartigen Knoten im Hals an.

»Jana?«

»Hey«, würgte ich gerade so heraus.

»Alles okay bei dir?«

»Ja«, log ich.

In meinem Schädel donnerte es. Dennoch war mir der seltsame Klang seiner Stimme sofort aufgefallen.

»Ist …?« Ich brach den Satz ab. Schnappte nach Luft. »Ist etwas mit Papa?«

Kurt zögerte.

»Ist er etwa …?«

»Nein, keine Sorge. Das nicht … aber …«

Ich erwischte mich bei der Überlegung, ob ich mir tatsächlich Sorgen gemacht hatte. Und fühlte mich trotzig und schäbig zugleich.

»Ich denke, du solltest trotzdem besser nach Hause kommen.«

»Wieso, was ist los?«

»Das weiß ich leider auch nicht so genau. Dein Vater spricht nicht darüber. Er sagt, er kann sich nicht erinnern. Aber irgendwie glaube ich das nicht und habe ein ganz schlechtes Gefühl.«

»Was ist passiert? Worüber spricht er nicht?«

»Ich habe ihn letzte Nacht sturzbetrunken aufgelesen. Er war nicht ansprechbar und hat nicht einmal mehr stehen können. Und er … nun ja, also …«

»Was?«

»Es fällt mir wirklich nicht leicht, dich damit zu belasten, Kleines, das musst du mir glauben. Aber … nun ja, ich weiß wirklich nicht, was ich machen soll.«

»Jetzt sag schon!«

»Er war voll Blut.«

»Blut?«, entkam es mir, und um mich herum kam Getuschel auf.

»Ja, seine Kleidung, die Hände und sogar sein Gesicht. Alles war blutverschmiert.«

»Mein Gott!«

»Ja, es … es war wirklich viel Blut, Jana. Sehr viel Blut. Und …«

Er seufzte. Suchte offenbar nach den richtigen Worten.

»Was, *und*?«

»Er hatte keine Verletzungen.«

Wumms! Diese Nachricht schlug ein wie eine Abrissbirne.

Und als hätte das nicht schon gereicht, fügte Kurt noch hinzu: »Er hatte nicht den kleinsten Kratzer, absolut nichts. Wessen Blut auch immer es war – es war nicht seines.«

2

Den Rest des Abends stand ich neben mir. Trotz zweier Schmerztabletten wummerte es in meinem Schädel, und immer wieder stieg eine leichte Übelkeit in mir hoch. Natürlich wusste ich, dass es besser gewesen wäre, mich im Krankenhaus gründlich durchchecken zu lassen – die Platinblonde und der Muskelprotz mit den Würmern unter der Haut hatten mich eindringlich dazu zu überreden versucht. Aber seit

Kurts Anruf war ich wie paralysiert. Weil die schmerzvolle Erinnerung mich wieder fest im Griff hatte. Und er angedeutet hatte, dass es da noch ein weiteres Problem mit meinem Vater gab, er mir aber ums Verrecken nicht hatte verraten wollen, worum zur Hölle es ging. Wohl, weil er wusste, dass ich sonst nur nach Ausreden gesucht und eine Heimreise zu vermeiden versucht hätte. Er kannte mich eben wie kaum jemand sonst – trotz der jahrelangen Funkstille zwischen uns.

»Hör mal, Kurt, ich kann mir nicht einfach so mir nichts dir nichts freinehmen. Ich habe einen Job, in dem ich voll eingespannt bin, und ich muss Abgabetermine einhalten. Außerdem ...«

»Jana, ich würde dich nicht darum bitten heimzukommen, wenn es nicht wichtig wäre.«

»Kannst du bitte aufhören, in Rätseln zu sprechen!«

»Ich kann dir das nicht beschreiben.«

»Was?«

»Du musst es mit eigenen Augen sehen.«

»Herrgott, kannst du mir nicht einfach sagen, was ...?«

»Nein, das kann ich leider nicht.«

»Aber ...«

»Vertraust du mir?«

»Sicher, aber ...«

»Dann setz dich in den nächsten Flieger und komm heim!«

Ich hakte natürlich weiter nach, drängte auf Antworten, doch Kurt ließ sich nichts mehr entlocken.

Um eine Rückkehr zu vermeiden, versuchte ich nach langem Hin und Her sogar, meinen Vater zu erreichen. Beim ersten Versuch kam ich jedoch nicht einmal dazu, das Telefon in die Hand zu nehmen. Schon dessen Anblick reichte aus, um mich vor Angst zu lähmen. Erst nach einem Gläschen Bourbon, dem ersten seit über einem Jahr, schaffte ich es immerhin, seine Nummer zu wählen. Aber bereits nach dem ersten Klingeln hatte mich der Mut verlassen und ich legte auf. Zwei Gläser später wagte ich schließlich einen letzten Versuch. Das Herz schlug mir dabei bis zum Hals, und als ich das dritte Klingeln erreicht hatte, zitterte ich am ganzen Körper. Doch mein Vater ging weder ran noch rief er zurück.

Und auch Kurt nahm nicht mehr ab. Genauso wenig wie Tante Gabi oder meine Großeltern.

Sonst fiel mir niemand mehr ein, den ich im Vertrauen hätte anrufen können. Simon, Kurts Sohn, vielleicht noch. Er war zwei Jahre älter als ich, und aufgrund der engen Freundschaft unserer Eltern waren wir viele Jahre fast so etwas wie Geschwister gewesen. Erst im Teenageralter hatte sich das allmählich geändert. Es hatte nie einen wirklichen Bruch gegeben. Vielmehr war es so gewesen, dass ich zunehmend das Gefühl gehabt hatte, dass er mehr als bloß eine Schwester oder eine Freundin in mir gesehen hatte. Aber das konnte ich mir auch eingebildet haben. Wie bei jedem Teenager, hatten auch meine Gefühle damals verrückt gespielt. Jedenfalls hatten wir im Jahr vor dem Tod meiner Mutter kaum noch etwas miteinander zu tun gehabt, und ich war voll und ganz auf Chris aus Simons Klasse fixiert und Hals über Kopf in ihn verschossen gewesen. Die beiden hatten sich nicht besonders gut verstanden – gut möglich, dass das an mir gelegen hatte. Jedenfalls verwarf ich jetzt den Gedanken, Simon anzurufen, wieder. Es wäre ohnehin schon daran gescheitert, dass ich nicht einmal seine Nummer hatte und an diese nur über Kurt gekommen wäre.

Es war zum Verrücktwerden!

Erst dachte ich, dass es im Vorjahr gewesen war. Aber nach kurzem Überlegen wurde mir klar, dass es bereits gut drei Jahre her war, dass ich meinen Vater zuletzt gehört hatte. Ein Höflichkeitsanruf zu dessen Geburtstag war es gewesen, für den ich mir ebenfalls hatte Mut antrinken müssen.

Die ganze Zeit über hatte ich ihm anhören können, dass ihm das Telefonat genauso unangenehm gewesen war wie mir. Es hatte keine Minute gedauert und war von Schweigen geprägt gewesen.

Jetzt, beim Gedanken daran, meinen Vater bald wiederzusehen, spürte ich, wie trotz des Alkohols die Panik immer weiter in mir hochstieg – wie eine giftige Brühe, die allmählich überzukochen drohte. Alle Versuche, die Angst zurückzudrängen, waren zwecklos – sie verschafften ihr nur noch mehr Aufmerksamkeit.

Ich würde ins Tal zurückkehren. An den Ort meiner schlimmsten Albträume. Und das wegen Kurts beängstigender Nachricht.

Ich war verrückt!

Immer wieder blitzte vor meinem geistigen Auge das Bild meines Vaters auf. Wie er mich aus weit aufgerissenen Augen anstarrte, mit Blut an den Händen und im Gesicht. Dem Blut meiner Mutter.

Mir brach der Schweiß aus.

Was, zum Teufel, war vorgefallen? Hatte sich die Vergangenheit tatsächlich wiederholt? Wessen Blut hatte an seinem Körper geklebt, als Kurt ihn aufgelesen hatte?

Wie banal mir der Frust darüber, dass Felix mein Vertrauen missbraucht und mir die Story geklaut hatte, jetzt vorkam. Ich empfand auch keinen Ärger, als er sich am Telefon, nachdem ich ihn wegen eines familiären Notfalls um einen spontanen Urlaub gebeten hatte, als der große Gönner aufgespielt hatte. Der Arme würde doch tatsächlich ausnahmsweise ein Auge zudrücken, obwohl er doch stets alle Hände voll damit zu tun hatte, mein hitziges Temperament im Zaum zu halten. Unter normalen Umständen wäre ich wohl am liebsten durch die Leitung gekrochen, um ihm an die Gurgel gehen zu können. Aber an diesem Abend war mir Felix schlichtweg egal. Und so kam mir sogar ein leeres »Danke« über die Lippen, bevor ich auflegte.

Einen Freund hatte ich nicht. Im Grunde hatte ich, von Chris, meiner großen Jugendliebe, einmal abgesehen, noch nie eine richtige Beziehung gehabt. Das lag nicht etwa daran, dass ich niemanden kennengelernt hätte. Ich wurde öfter von Kerlen angequatscht, für meinen Geschmack sogar ein wenig zu oft – manchmal schien es mir, als liefe ich mit einem nur für die Männerwelt sichtbaren Schild über meinem Kopf herum, mit der Aufschrift ›Suche einen Beschützer, bitte sprich mich an!‹. Ich hatte auch nicht gerade wenige Dates und immer wieder kurze Affären – auch ich hatte Bedürfnisse. Und gute Absichten. Ehrlich. Aber jedes Mal, wenn sich auch nur annähernd so etwas wie eine Beziehung an meinem Liebeshorizont abzuzeichnen begann, ergriff mich Panik. Dann zog ich die Reißleine, floh und verkroch mich in meiner Höhle.

Jaja, ich weiß. Es bedarf wohl keiner besonders tiefen psychologischen Kenntnisse, um zu begreifen, dass meine Beziehungsängste und meine Unfähigkeit, anderen zu vertrauen, mit meinen Verlustängsten aufgrund der Ermordung meiner Mutter zu tun hatten. Und der Tatsache, dass mein Vater bis heute im Verdacht stand, sie auf dem Gewissen zu haben. Ich kannte mich mit solchen Dingen aus und war mir derer bewusst – immerhin hatte ich über ein Jahrzehnt Psychotherapie hinter mir. Und dennoch konnte ich einfach nichts dagegen tun.

In besonders dunklen Momenten trauerte ich Chris immer noch nach. Stellte mir vor, wie unsere Beziehung wohl ohne den Mord verlaufen wäre. Und idealisierte ihn immer noch zu diesem zwei Jahre älteren Beschützer hoch.

Auch an diesem Abend war die leise Hoffnung in mir aufgeflammt, ihm in den nächsten Tagen über den Weg zu laufen. Und bei der Vorstellung erfasste mich ein warmes Kribbeln. Andererseits war mir klar, dass er wohl kein so gestörtes Liebesleben wie ich hatte. Dass er ziemlich sicher längst verheiratet war, Kinder hatte und ein glückliches Leben führte. Und dass er sich deswegen wohl kaum noch für mich interessieren würde. Immerhin war ich es gewesen, die Schluss gemacht hatte. Die weggegangen war. Und die seine vielen Anrufe und Nachrichten in den Wochen und Monaten danach mit Tränen in den Augen ignoriert hatte.

Ich versuchte, die Wehmut darüber, dass ich es versaut hatte, abzuschütteln und meine Einsamkeit positiv zu sehen: So musste ich zumindest niemandem erklären, weshalb ich Hals über Kopf aufbrach und nach Hause zurückkehrte, obwohl ich doch ahnte, dass ich mich damit direkt ins Verderben stürzen würde.

Ich musste lediglich eine Lösung für Charles finden. Doch es war bald 22 Uhr, viele Möglichkeiten hatte ich also nicht mehr – eine bloß, um genau zu sein. Meine Nachbarin, Frau Jakob, eine höchst aktive 75-Jährige, die das gesamte Wohnhaus regelmäßig mit nächtlichen Geigenkonzerten oder Operngesang beglückte, war erst wenig erfreut, als ich vor ihrer Wohnung aufschlug. Mit aufgesetztem Bedauern schüttelte sie den Kopf, nachdem ich sie um ihre Hilfe gebeten hatte, und wollte schon die Tür schließen.

»Tut mir leid.«

Die Tür war fast zu.

Ich brauchte eine Idee. Schnell. Aber ich war vom Alkohol und den Schmerzmitteln benebelt. Sollte ich ihr Geld anbieten? Würde sie das überzeugen? Nein, etwas anderes. Komm schon! Da musste ich an ihre neidvollen, halb hinter dem Vorhang versteckten Blicke denken.

»Sie könnten in den nächsten Tagen, wenn Sie Charles Futter geben, natürlich auch gerne meinen Balkon benutzen.«

Ich bereute das Angebot, noch während ich es ausgesprochen hatte. Aber zumindest zeigte es Wirkung, und ich wusste, dass ich die Blicke nicht missinterpretiert hatte. Frau Jakob hielt in der Bewegung inne. Zögerte. Und zog die Tür wieder auf. Zumindest dieses Problem war gelöst.

Zurück in meiner Wohnung, überkam mich ein Schwindelanfall, und ich hatte keine andere Wahl, als mich ein paar Minuten hinzulegen. Als ich mich wieder gefangen hatte und vor meinem Notebook saß, musste ich feststellen, dass es in den nächsten Tagen nur noch absurd teure Flüge gab. Mir blieb nichts anderes übrig, als ein kleines Vermögen dafür hinzublättern. Auch einen Mietwagen hatte ich selbst in London schon mal deutlich billiger bekommen. Ich entschied mich für einen völlig überteuerten VW Polo mit Automatikschaltung und hoffte, dass mir diese nicht allzu viele Probleme machen würde.

Nachdem ich den Koffer gepackt und endlich meinen Reisepass und zur Sicherheit auch die Schlüssel meines Elternhauses gefunden hatte, ließ ich mich erschöpft aufs Bett fallen. Beim Blick auf die Uhr wurde mir klar, dass ich bereits viel zu viel intus hatte. Ein ganzes Jahr lang hatte ich es geschafft, die Finger von dem Mist zu lassen und sogar mit dem Rauchen aufzuhören. Ich hatte stattdessen angefangen, Sport zu treiben, meine Kondition verbessert und sogar ein paar Muskeln aufgebaut. Heute Abend hatte ich wie selbstverständlich ein Glas nach dem anderen gekippt. Ohne schlechtes Gewissen darüber, was ich mir damit gerade versaute. Oder einen Gedanken daran, wie übel es mir am nächsten Morgen gehen würde. Es war, als hätte ich das ganze letzte Jahr bloß auf einen triftigen Grund gewartet, um mit dem Scheiß wieder anfangen zu können. Tja, tadaaa – hier war er nun also!

Jetzt schwankten die Zeiger, als wollten sie mich verhöhnen. Ich musste die Augen zusammenkneifen und mich konzentrieren. Kurz nach 22 Uhr. Nein, Unsinn! Es war bereits kurz nach 23 Uhr.

Mist!

In weniger als acht Stunden würde mein Flieger gehen.

Ein tiefer Seufzer. Mir graute bei der Vorstellung.

Wie viele Jahre war ich schon nicht mehr daheim gewesen? Sieben? Oder acht?

Mindestens genauso lange versuchte meine Therapeutin mir nun schon weiszumachen, dass ich meine Vergangenheit nicht länger verdrängen dürfe, sondern mich ihr stellen müsse. All das Unausgesprochene dürfe mich nicht länger von innen heraus auffressen. Es müsse endlich alles raus. Vor allem die Frage, die mich seit 13 Jahren schier um den Verstand brachte. Die immer da war – egal ob ich lachte, weinte, hoffte, liebte, trauerte oder stinkwütend war, wie auf Felix zuvor. Die Frage, bei der mir der Schweiß ausbrach, wenn ich nur daran dachte:

War mein Vater der Mörder meiner Mutter?

Einige Wochen lang hatte er damals als Hauptverdächtiger gegolten. Während er in Untersuchungshaft geschmort hatte, war ich immer und immer wieder aufs Neue von Psychologen, Polizeibeamten und auch von Viktor, Kurts Bruder und Polizeichef meiner Heimat, befragt worden. Zigmal hatte ich erzählen müssen, was genau passiert war. Niemand schien mir glauben zu wollen, dass da ganz einfach nicht mehr war, was ich hätte berichten können. Selbst in Kurts Augen hatte ich Zweifel zu entdecken geglaubt.

Jana, wie genau hat das Geräusch geklungen, von dem du aufgewacht bist? Was für eine Art von Rumpeln? Wie spät war es da? Warum weißt du so genau, dass es 0.24 Uhr war? Steht der Radiowecker immer auf deinem Nachtkästchen? Hat noch jemand außer deiner Mutter geschrien? Bist du dir sicher, dass du dich nicht erinnern kannst? Was ist dann passiert? Wie laut hast du nach deiner Mutter gerufen? Kannst du bitte versuchen, es nachzumachen? Sicher nicht lauter? Kannst du dich an deine genauen Worte erinnern? Bestimmt nicht? Bitte denk nach! Und du hast sicher keine Antwort bekommen? Wo war dein Vater, als du den Streit hörtest? Glaubst du, dass er schon von der Arbeit zu Hause war? Wann kommt er üblicherweise von der Nachtschicht heim? Du hast auch nach ihm gerufen, richtig? Was denkst du, warum hat er erst mit dir gesprochen, als du bereits auf der Treppe auf dem Weg nach unten warst? Kannst du dich an seine genauen Worte erinnern? Haben sich deine Eltern öfter mal gestritten? Glaubst du, dass dein Vater deine Mutter getötet hat?

Diese letzte, entscheidende Frage hatte ich immer mit »nein« beantwortet. Dabei hatte ich jedes einzelne Mal das Gefühl, dass man mir die Lüge angesehen hatte.

Ob es an meinen Aussagen gelegen hatte, konnte ich nicht einschätzen. Offiziell war der Mordverdacht gegen meinen Vater aus Mangel an Beweisen fallen gelassen worden. Viktor hatte jedoch nie einen Hehl daraus gemacht, dass er weiter von der Schuld meines Vaters überzeugt war und nur auf den kleinsten Fehler von ihm wartete, um ihn endlich hinter Gitter bringen zu können.

»Er ist ein toller Mensch und ein noch besserer Bruder. Aber leider nicht der beste Polizist«, hatte Kurt mich einmal zu trösten versucht. »Er ist auf der falschen Spur und will das einfach nicht wahrhaben. Aber sie werden den Mörder finden, glaube mir!«

Doch für viele im Tal kamen die Worte des Polizeichefs einem Schuldspruch gleich.

Vor allem für Sybille Dorn. Die kleine frustrierte Lokal-Journalistin schien es plötzlich zu ihrer Lebensaufgabe erkoren zu haben, die Schuld meines Vaters zu beweisen oder zumindest in den Köpfen der Bewohner im Tal zu manifestieren. Dabei kannte sie keine Skrupel und scheute auch vor falschen Behauptungen und erfundenen Zeugenaussagen nicht zurück. Bei der Regionalzeitung des Tals flog sie deshalb einige Wochen nach dem Mord raus. Aber das machte alles nur noch schlimmer. Sie startete einen Blog, auf dem sie noch ungenierter Lügen verbreitete und damit immer mehr Anhänger gewann. Das ging über Monate und wurde immer schlimmer.

Einmal, kurz bevor ich das Tal verließ, entdeckte ich auf ihrem Blog ein knapp einstündiges Video, das unser Haus bei Nacht zeigte und den Titel *Was treibt ein Mörder bei Nacht?* trug. Am nächsten Tag lauerte sie mir auf, und als ich das Haus verließ, streckte sie mir ihr Aufnahmegerät entgegen und schrie mich mit einer Alkoholfahne an: »Warum deckst du deinen Vater, Jana? Warum?«

Das Absurde an ihrem Verhalten war, dass diese Frau meine Mutter überhaupt nicht persönlich gekannt hatte. Warum mein Vater sie nicht verklagt hatte, konnte ich nicht sagen. Ich hatte es ja selbst nicht getan. Wir hatten damals kaum mehr ein Wort miteinander gewechselt. Zwei Wochen später war ich 18 und verließ das Tal.

Mein Vater wich jedenfalls nie von seiner Version der Geschichte ab: Er habe eine unbekannte Gestalt aus dem Haus laufen und im dichten Nebel verschwinden sehen, als er von der Spätschicht heimkam. Sofort habe er geahnt, dass etwas nicht stimmte. Er sei durch die offen stehende Tür ins Haus gerannt. Habe seine Frau blutüberströmt aufgefunden und sie wiederzubeleben versucht. Jedoch nichts mehr für sie tun können. Und nein, tiefgreifende Eheprobleme habe es keine gegeben. Die Gerüchte seien aus der Luft gegriffen. Es sei eine Beziehung mit Aufs und Abs wie jede andere gewesen. Sie beide seien sehr glücklich miteinander gewesen. Hätten einander geliebt. Sein Herz sei für immer gebrochen.

Bald konnte ich nicht mehr wirklich einschätzen, ob die Streitereien meiner Eltern vielleicht tatsächlich viel seltener stattgefunden hatten, als ich das in Erinnerung hatte. War es tatsächlich eine Ehe mit ganz normalen Aufs und Abs gewesen? War es normal, dass Eltern sich anbrüllten, wenn sie glaubten, dass ihre Kinder schon schliefen?

Im Zweifel für den Angeklagten, heißt es doch so schön. Aber genau diese Zweifel klebten bis heute an meinem Vater.

3

In dieser Nacht vor meiner Rückkehr fühlte ich mich so erschöpft, dass ich mir sicher war, sofort einzuschlafen. Eine Stunde später wusste ich, dass ich mich getäuscht hatte. Ständig wälzte ich mich hin und her und versuchte, die dunklen Gedanken aus meinem Kopf zu bekommen. Aber es war zwecklos. Der Schrecken der Vergangenheit hatte mich eingeholt. Und selbst der Alkohol konnte ihm nichts von seiner Wucht nehmen.

Um 1.24 Uhr sah ich das letzte Mal auf mein Telefon.

Als ich irgendwann danach endlich einschlief, träumte ich zum ersten Mal seit langem wieder von meiner Mutter. Nicht von deren Ermordung, von der träumte ich immer noch oft. Nein, von meiner Mutter, wie sie war, bevor Schnittwunden an ihren Händen und Armen, ihrem Bauch, dem Hals und ihrem Gesicht klafften. Bevor der gebrochene Fingernagel ihres rechten Zeigefingers schräg abstand. Sie blutverschmiert und seltsam verkrümmt auf dem Boden lag. Und mich aus toten Augen ansah.

Unglaubliche 17 Stichverletzungen hatte die Gerichtsmedizin nach ihrem Tod festgestellt, und ich wünschte, ich hätte diese Zahl niemals erfahren. Es war erst einige Monate her, da musste ich beim Blick auf die Lotto-Zahlen, in denen sich die 17 verbarg, wie ein Schlosshund zu weinen beginnen.

In dem Traum strahlte und lachte meine Mutter. Sie drückte und küsste mich, wie Mütter das für immer machen sollten. Ich spürte ihre Wärme, ihren Puls. Roch den blumigen Duft ihres Haars. Fühlte die lange verlorene Geborgenheit.

Bis die Stimmung plötzlich umschlug. Von einem Moment auf den anderen. Und meine Mutter sich versteifte.

Ich spürte sofort, dass etwas nicht stimmte.

»Was ist los?«, wollte ich fragen.

Aber ich kam nicht dazu. Denn meine Mutter stieß mich von sich. So kräftig, dass ich zurückstolperte. Das Gleichgewicht verlor. Auf meinen Hintern knallte. Und im offen stehenden Haustürrahmen zum Liegen kam.

»Tu das nicht!«, fuhr meine Mutter mich an.

Ich begriff nicht.

»Was?«, wollte ich wissen. »Was habe ich falsch gemacht?« Aber so viel Kraft ich auch aufwendete, ich brachte kein Wort heraus. Meine Lippen waren wie zugeklebt.

Alles ging so schnell. Es wurde kalt. Von draußen strömte der Nebel an mir vorbei ins Haus, breitete sich aus, wurde immer dichter, hüllte meine Mutter ein. So rasch, dass sie schon einen Augenblick später kaum noch auszumachen war.

»Bleib, wo du bist!«, sagte sie.

Die Temperatur sank immer weiter. Ich begann zu frieren, meine Zähne zu klappern. Ich zitterte am ganzen Körper.

Meine Mutter war jetzt nur noch als fahle Silhouette im dichten Weiß auszumachen. Sekunden später war auch diese verblasst.

»Du darfst nicht heimkommen!«, hörte ich meine Mutter aus weiter Ferne.

Der Nebel hatte jetzt auch mich eingehüllt, schien immer schwerer zu werden, mir auf die Brust zu drücken. Ich konnte absolut nichts mehr erkennen. Bekam nur noch schwer Luft.

Ich wusste, dass mir nicht mehr viel Zeit bleiben würde. Um meine Kräfte zu bündeln, presste ich meine Augen zusammen, ballte meine Hände zu Fäusten. Und schaffte es endlich, zumindest ein Wort über meine Lippen zu pressen. »Warum?«

Die Antwort kam von so weit entfernt, dass sie kaum noch zu hören war: »Du bist in Gefahr!«

Plötzlich trat Sybille Dorn aus dem Nebel. Die eine Hand hatte sie hinter ihrem Rücken versteckt. In der anderen hielt sie ein Mikrofon, das sie mir vors Gesicht streckte. »Glaubst du, dass dein Vater deine Mutter ermordet hat?«

Ich kam nicht dazu zu antworten. Denn im nächsten Augenblick holte sie ein Messer hinter ihrem Rücken hervor. Und rammte es mir bis zum Anschlag in den Magen.

»Glaubst du es, Jana?«

4

Als der Wecker mich um 5.30 Uhr wachkreischte, fühlte ich mich noch erschöpfter als vor dem Einschlafen. Letzte zähe Fetzen meines Albtraums hatten sich noch gar nicht richtig von meinem Verstand gelöst, da setzten bereits die Kopfschmerzen wieder ein. Aus Reflex tastete ich nach der Beule, zuckte aber sofort zurück, weil schon die erste leise Berührung furchtbar wehtat. Zudem wirkte der Alkohol nach und bescherte mir ein dumpfes Wummern und einen staubtrockenen Rachen. Ich sehnte mich nach einem Schluck Wasser und hatte gleichzeitig alle Mühe, meine randvolle Blase im Zaum zu halten.

Meine Augen waren verklebt und brannten vor Müdigkeit. Dennoch bekam ich mit, dass Charles mir vom Fußende des Betts einen vorwurfsvollen Blick zuwarf, diesen mit einem mürrischen Knurren unterstrich und dann sofort wieder weiterschlief.

Kater müsste man sein!

Mein Flug würde schon in zweieinhalb Stunden gehen. Also schlug ich die Decke zur Seite, kroch aus dem Bett und schleppte mich ins Badezimmer, wo ich mich erst mal entleerte, anschließend gefühlt einen Liter direkt aus dem Wasserhahn trank, eine Schmerztablette einwarf und eine kalte Dusche nahm. Einen Espresso später fühlte ich mich zumindest halbwegs fit für die Reise. Zur Sicherheit kippte ich noch einen zweiten nach.

Die Verabschiedung von Charles fiel wenig herzlich aus. Er ignorierte mich schlichtweg und schlief einfach weiter, als ich ihm übers Fell streichelte. Mehr gab es nicht zu tun. Sonnenschein war angekündigt, Frau Jakob würde garantiert bald anrücken, um den Balkon in Beschlag zu nehmen. Es war mir zwar ein gehöriger Dorn im Auge, dass diese Frau in meiner Abwesenheit in meiner Wohnung sein würde. Aber ich hatte eben keine andere Wahl. Zur Sicherheit hatte ich noch alles, was mir heilig war, in mein Schlafzimmer gebracht, dieses abgesperrt und den Schlüssel unter dem großen Blumentopf im Wohnzimmer versteckt. Als ich gerade aus der Wohnung wollte, schlug aber die Paranoia ein und ich beschloss, den Schlüssel mit mir zu nehmen. Beim zweiten Versuch, die Wohnung zu verlassen, fiel mir Charles ein. Ich hetzte zurück zum Schlafzimmer, wo er noch immer auf dem Bett döste, packte ihn, ignorierte sein Murren und bettete ihn auf die Wohnzimmercouch.

Mein Gott, ich war völlig durch den Wind!

Das Taxi holte mich mit leichter Verspätung kurz nach 6 Uhr ab. Es folgten eine 20-minütige schweigende Fahrt durch den allmählich einsetzenden Morgenverkehr, ein zweistündiger unruhiger Flug, auf dem ein Baby in der Reihe vor mir fast durchgehend brüllte, und eine gut einstündige Fahrt mit dem gemieteten Polo durch die Pampa, bis ich mir am Rande der letzten Stadt vor meinem Heimatort an einer schäbigen Tankstelle ein kleines Frühstück gönnte – ein Fehler, wie sich herausstellen sollte und ich mir eigentlich hätte denken können. Der Kaffee war höchstens lauwarm und schmeckte wie schmutziges Wasser. Und das auf der brüchigen Kreidetafel vor dem Eingang angepriesene »Wellness Sandwich« entpuppte sich als knochentrockenes Brötchen, das lediglich mit zwei Scheiben verschwitztem Käse und einem verwelkten Salatblatt gefüllt war. Es musste mindestens schon einen Tag lang in der ungekühlten Vitrine gelegen haben. Obwohl ich richtig Hunger hatte, brachte ich nur die Hälfte davon runter. Der Rest landete in der Mülltonne.

»Genug Wellness?«, amüsierte sich der Kerl, der, in einen Blaumann gekleidet, an dem Stehpult neben der Tonne lehnte und einen kräftigen Schluck von seinem Bier nahm.

Sein Kumpel, ebenfalls in schickes Blau gekleidet, prustete, als hätte er eben den Witz des Jahrhunderts gehört, und versprühte dabei das Bier, das er eben noch im Mund gehabt hatte. Sein Lachen gab einen Satz gelber Zähne frei und ging fließend in einen grauenvollen Raucherhusten über.

»Könnte euch beiden auch nicht schaden«, gab ich zurück und musste mir eingestehen, dass ich ihre Schadenfreude verdient hatte. Was hatte ich mir auch dabei gedacht?

»Lass uns doch zusammen ein wenig Wellness machen! Was hältst du davon, hm?«

»Super Idee. Morgen, gleiche Zeit wieder hier«, sagte ich, kletterte in meinen Polo und brauste davon. Nun ja, das wollte ich zumindest. Aber die Automatikschaltung machte mir doch mehr Probleme, als mir lieb war, was bei den beiden einen erneuten Nikotinlachanfall auslöste.

»Scheiß auf den Wagen, Kleine, und bleib bei uns!«, hörte ich einen der beiden rufen.

Dann schaffte ich es endlich davon.

Von nun an war es nur noch eine gut 30-minütige Fahrt hinein in den Wald, der mit jedem Kilometer ein wenig dichter, herbstlicher und feuchter wurde. Bis zu meinem Heimatort, den man hier in der Gegend nur als »das Tal« bezeichnete und der seit 13 Jahren wie eine Drohung für mich klang.

»Ein Tal, wie nett. Ich liebe die Berge.«

So etwas in der Art bekam ich meist zu hören, wenn ich jemandem erzählte, wo ich aufgewachsen war. Aber so war das nicht. Es war kein richtiges Tal, um das majestätische Berge mit schneebedeckten Gipfeln thronten, auf denen man im Winter Ski fahren konnte. Nein, vielmehr eine kaum wahrnehmbare Senke im Wald, in der mein Heimatort an einem See lag.

»Oh, ein See, das stelle ich mir traumhaft vor.«

Auch das entsprach leider nicht der Realität. Der Nebelgrund war kein erfrischendes blaues Nass, dessen Oberfläche im grellen Sonnenlicht glitzerte und in dem man sich an heißen Sommertagen abkühlen konnte. Eher eine trübe Pfütze, in der man bis zu den Knöcheln im Schlamm versank und deren Wasser furchtbar übel schmeckte, wenn man es in den Mund bekam. Die braune Brühe sah nicht nur tot aus, sie schien es auch tatsächlich zu sein. Der örtliche Fischerverein war schon vor vielen Jahren aufgelöst worden, weil kaum je etwas gefangen worden war.

Ein hoffnungsloser Optimist, jemand, der es wirklich nicht wahrhaben möchte, hätte jetzt wohl noch von einem ländlichen Zusammenhalt geschwärmt, in dem man einander kennt, sich hilft und in dem so etwas wie Fischervereine einen hohen Stellenwert haben. Doch das Tal war anders. Feste oder Bräuche gab es kaum, die Menschen waren Eigenbrötler und blieben gerne für sich. Vor allem, seit das Sägewerk, in dem mindestens die Hälfte der Bevölkerung beschäftigt gewesen war, dichtgemacht hatte und die Arbeitslosigkeit ein zentrales Thema geworden war. Mit dem fehlenden Geld war bei vielen auch die Perspektive abhandengekommen. Und damit der Optimismus.

Nein, in meiner Heimat gab es weder Berge noch eine erfrischende Oase oder so etwas wie ein Gemeinschaftsgefühl. Nur Wald, so weit das Auge reichte und noch weit darüber hinaus.

Und natürlich den Nebel.

In der Regel schlich er sich im Laufe des späten Nachmittags heran und sank mit der Abenddämmerung auf das Tal hinab, wo er sich bis zum Morgengrauen hielt. Im Herbst, so wie jetzt, kam es schon vor, dass er hartnäckig den ganzen Tag über verharrte, das ohnehin nur fahle Tageslicht trübte und noch zusätzlich auf das Gemüt der Bewohner drückte. Leise war es an solchen Tagen im Tal, deprimierend und kalt.

»Wenn der Nebel schweigt, dann naht ein Unglück«, hatte meine Urgroßmutter, die wir aus irgendeinem Grund immer nur Dada genannt hatten, oft mit ihrer kratzigen Stimme gesagt – als wäre das etwas, was man einem Kind unbedingt vermitteln sollte.

Sie begründete dies damit, dass in den späten 50er-Jahren bei besonders dichtem Nebel ein Kind im Nebelgrund ertrunken war. Zwanzig Jahre später habe sich mein Urgroßvater beim Holzhacken beinahe den linken Fuß abgehackt – ebenfalls während einer tagelangen Nebelphase. Und in den frühen 90er-Jahren hatte es aufgrund schlechter Sichtverhältnisse einen schlimmen Verkehrsunfall gegeben, bei dem eine junge Frau ums Leben gekommen war. Die Unglücke reichten laut Dada noch viel weiter in der Zeit zurück – seit Jahrhunderten sei das Tal nun schon verflucht.

Ihr fauliger Atem war mir noch heute in Erinnerung. Ihre spröden Lippen, ihr vom grauen Star verschleierter Blick. Und ihre kalte, knorrige Hand, die etwas Reptilienhaftes hatte und sich wie grobes Schleifpapier anfühlte, wenn sie mir damit über die Wange strich. Vor allem aber unsere letzte Begegnung war es, die ich wohl nie vergessen würde und die mir immer noch einen eiskalten Schauer über den Rücken jagte:

Meine Mutter hatte auf mich eingeredet, mit ihr gemeinsam Dada zu besuchen. Ich war 16, hatte gerade heftige Pubertäts-Schübe, war zickig und wollte einfach nur alleine in meinem Zimmer sein, ohrenbetäubend laut Musik hören und auf meiner brandneuen *PSP Go* spielen. Aber meine Mutter hatte weiter auf mich eingeredet und nicht aufgegeben. Dada sei alt, würde bestimmt nicht mehr lange leben und sich freuen, mich zu sehen. Der Besuch würde ja nicht lange dauern. Sie hatte mich kleingekriegt, und so begleitete ich meine Mutter. Vor allem, weil da etwas Seltsames in ihren Augen zu liegen schien. Trauer vielleicht oder Verzweiflung? Jedenfalls hatte ich plötzlich das Bedürfnis, ihr einen Gefallen zu tun.

Wir tranken Tee, aßen trockenen Kuchen und lauschten Dadas Wehklagen. Ihr Kreuz schmerzte ohnehin immer. Dieses Mal kamen noch die Knie und der Magen hinzu – niemand von uns wusste damals, dass dieser und alle umliegenden Organe bereits von Metastasen befallen waren.

Die Zeit bis zu unserem Aufbruch schien für mich, obwohl ich meine *PSP* dabeihatte, überhaupt nicht vergehen zu wollen. Aber irgendwann war es dann endlich so weit. Wir waren gerade aus dem Haus getreten, als Dada in unserem Rücken etwas Unverständliches murmelte.

»Was hast du gesagt?«, wollte meine Mutter wissen.

»Hört ihr das nicht?«, flüsterte sie von der Türschwelle aus und hatte ihren trüben Blick irgendwo in weiter Ferne verloren.

»Nein, ich höre nichts«, sagte meine Mutter, weil tatsächlich nicht das leiseste Geräusch zu vernehmen war.

»Das meine ich ja. Das ist der Nebel.«

Meiner Mutter entkam ein müdes Seufzen. »Es wird schon dunkel, wir werden jetzt besser gehen.«

»Ihr solltet lieber nicht alleine unterwegs sein.«

»Dada, du weißt ganz genau, dass ich nichts von diesem Aberglauben halte«, sagte meine Mutter, und aus irgendeinem Grund nahm ich ihr das in diesem Moment nicht ab.

Erst jetzt sah Dada sie an. Ihr Blick schien plötzlich klarer, ihre Stimme kräftiger. »Ob du daran glaubst oder nicht: Ein Unglück wird passieren.«

Da huschte plötzlich wieder dieser Ausdruck über das Gesicht meiner Mutter. Ein Ausdruck, den ich nicht zu deuten vermochte. Der mich jedoch zutiefst beunruhigte.

Wenige Stunden später wurde sie ermordet.

5

Freitag, 22. Oktober 2009, 7.21 Uhr
17 Stunden und zwei Minuten bis zum Mord

»Was willst du damit sagen?«, fuhr Hans sie an und schlug mit der Faust auf den Tisch.

So laut, dass sie zusammenzuckte.

Unmittelbar darauf war von oben die Badezimmertür zu hören. Gefolgt von dem Knarzen der Treppen. Und im nächsten Moment tauchte Jana auch schon bei ihnen in der Küche auf.

Claudia wollte ihrer Tochter ein Lächeln schenken, war aber viel zu angespannt dafür. Zum Glück hatte Jana ohnehin nicht von ihrem Computerspiel aufgesehen, von dem sie sogar unterm Gehen nicht abgelassen hatte. Unter normalen Umständen hätte Claudia sie aufgefordert, zumindest am frühen Morgen und bei Tisch dieses Ding wegzulegen. Aber das hier waren keine normalen Umstände.

Das hier war die Hölle.

Die ganze Zeit über, während Jana bei ihnen am Frühstückstisch saß, sah Claudia den Frust in Hans' Blick, die Verzweiflung, die Wut. Die dicke Ader an seinem Hals. Die Anspannung in seinem Kiefer und den Fingern, mit denen er seine Kaffeetasse so fest umklammerte, dass die Knöchel weiß hervortraten, und sie fürchtete, das Porzellan könne jeden Moment in unzählige Teile zerspringen.

Und sie betete im Geiste.

Bitte, bitte, bitte!

Er sollte sich zusammenreißen.

Bitte!

Zumindest solang, bis Jana aus dem Haus sein würde.

Der letzte heftige Streit war erst zwei Tage her. Jana sollte nicht schon wieder eine ihrer Auseinandersetzungen mitbekommen müssen. Sie sollte nicht schon wieder fragen müssen, was mit Papa los war. Warum er schon wieder herumbrüllte. Und weshalb ihre Mutter weinte. Auch wenn Jana wohl nur einen Bruchteil ihrer Auseinandersetzungen mitbekam, so war selbst das schon zu viel. Ihre Tochter hatte ein Umfeld verdient, in dem sie sich geborgen fühlte. Leider konnte sie ihr das schon lange nicht mehr bieten.

Jana war 16. Und auf dem besten Weg, erwachsen zu werden. In vielerlei Hinsicht war sie jetzt schon eine junge Frau. Seit ein paar Monaten hatte sie ihren ersten richtigen Freund. Chris. Diesen bildhübschen, aber für Jana viel zu alten Jungen. Er war schon 18 – ein Altersunterschied von einer halben Ewigkeit also, gemessen in Teenagerjahren. Zudem wurde sie das Gefühl nicht los, dass dieser verschwiegene Junge voller Geheimnisse war und ihnen allen, vor allem aber Jana, etwas vorspielte. Aber welches Recht hatte sie schon, das zu beurteilen? Im Grunde wusste sie kaum etwas über ihn. Und sie hatte auch keinen Kopf dafür, das zu ändern.

Außerdem war sie doch selbst nicht das, was sie zu sein vorgab.

Erst war sie ja dagegen gewesen, dass Jana sich mit Chris traf. Aber dann hatte sie eingesehen, dass dieses Verbot absurd war. Jana hatte ihren eigenen Sturkopf und würde ohnehin machen, was sie wollte. Außerdem würde Chris Jana vielleicht ja doch die Stabilität im Leben bieten können, die sie ihr nicht mehr zu geben vermochte. Weil sie selbst jeden Halt im Leben verloren hatte. Und jeden Tag tiefer ins Bodenlose fiel.

Diesen Halt hatte Jana bitter nötig. Denn so erwachsen sie in so vielen Aspekten bereits war – im Grunde war sie immer noch ein Kind. Unsicher. Fragil. Verletzbar.

Und genau deshalb verspürte Claudia jetzt, in diesem Augenblick des tiefsten Schmerzes, auch so etwas wie Dankbarkeit. Weil ihre Gebete erhört worden waren. Und Hans sich tatsächlich zusammengerissen und seine Wut im Zaum gehalten hatte. Er hatte seinen Kaffee geschlürft und auf die Tischdecke gestarrt.

Wie eine halbe Ewigkeit war ihr die Zeit vorgekommen von dem Zeitpunkt an, als Jana in die Küche gekommen war, bis jetzt, da sie endlich ihren Tee ausgetrunken und ihr Butterbrot mit Himbeermarmelade aufgegessen hatte. Dabei hatte sie es fertiggebracht, so gut wie gar nicht von ihrem Computerspiel aufzusehen.

Hans hatte die ganze Zeit über kein Wort gesagt.

Doch in der Sekunde, in der Jana aus dem Haus raus war, brach die Frage erneut regelrecht aus ihm heraus – wie gewaltige Wassermassen, die einen Staudamm sprengten: »Also, was willst du damit sagen?«

Wenn sie das bloß selbst wüsste.

Sie hätte das Thema nicht ansprechen dürfen. Zumindest jetzt noch nicht, ehe sie nicht eine Entscheidung getroffen hatte. Aber nach dieser erneuten schlaflosen und tränengetränkten Nacht war sie mit ihren Kräften am Ende gewesen und hatte nicht mehr anders gekonnt. Sie war endgültig am Boden, wusste nicht mehr weiter. Und dennoch war sie im Grunde noch nicht bereit dafür. Vielleicht würde sie das niemals sein. Ganz sicher aber nicht heute.

»Jetzt sag schon!«, zischte er sie an.

Sie musste schlucken, um den Kloß im Hals hinunterzuwürgen.

»Rede schon!«

»Ich …« Sie rang nach Luft. »Ich … ich weiß es doch auch nicht, ich …«

»Willst du dich scheiden lassen?«

Sie versuchte, ihre Tränen wegzublinzeln.

»Ist es das, was du willst?«

»Hans, ich …«

»Ist es das?«

»Ja. Ich … ich meine, nein. Also, ich …«

»Was?«

»Ich weiß es nicht.«

»Du weißt es nicht?«

»Hans, bitte …«

»Bin ich dir nicht genug?«

»Darum geht es doch gar nicht.«

»Worum geht es dann?«

»Ich … ich kann nicht mehr, Hans. Ich … ich …«

»Und kannst du mir, verdammt noch mal, erklären, warum du jetzt heulst? Immerhin bin nicht ich es, der sich scheiden lassen will und damit unsere Familie zerstört!«

»Das … das will ich doch auch nicht, aber … aber …«

»Was willst du dann?«

»Ich … ich weiß … nicht … ich …«

»Hör endlich auf zu weinen!«

»Ich ... ich ...«
»Sag mir, um Himmels willen, endlich, was du willst!«
Sterben, dachte Claudia, und die Erkenntnis raubte ihr endgültig den Atem. Ja, genau das war es, was sie aus tiefstem Herzen wollte! Sie wünschte, sie wäre tot.

6

Auch am Tag meiner Rückkehr hatte der Nebel das Tal fest im Griff. Als ich in den Wald einfuhr, schafften es gelegentlich noch einige Sonnenstrahlen, sich durch die schweren Wolkentürme und die letzten gelben, orangefarbenen und braunen Blätter in den Baumkronen hindurchzuzwängen und ein Wechselspiel aus Licht und Schatten auf den bunten Waldboden und die feuchte Straße zu werfen. Aber schon nach wenigen Kilometern wurde es dunkler, und erste Ausläufer des Nebels tauchten auf. Erst waren es nur einzelne hauchzarte Schwaden, die zwischen den Bäumen zu beiden Seiten der Straße schwebten. Bald jedoch wagten sich die ersten aus dem Schutz des Waldes hinaus über den inzwischen nassen und mit Pfützen durchsetzten Asphalt. Und je näher ich dem Tal kam, desto dichter wurde die weiße Brühe und desto schlechter wurde die Sicht im Lichtkegel der Nebelscheinwerfer. Die Temperatur sank mit jedem Kilometer, die

Luft wurde feucht, und das Heizungsgebläse hatte bald alle Hände voll damit zu tun, die Scheiben beschlagfrei zu halten.

Ich bekam zunehmend das diffuse Gefühl, dass in den nächsten Stunden alles möglich war.

In der letzten langgezogenen Kurve vor der Ortseinfahrt ließ ich vom Gaspedal ab, weil ich ein verschwommenes schwarzes Bündel am rechten Straßenrand entdeckte. Erst hielt ich es für einen dunklen Lappen oder ein Kleidungsstück, das achtlos weggeworfen oder verlorengegangen war. Aber als ich näher kam und die Konturen sich schärften, begriff ich, was es wirklich war: eine tote Krähe, die auf dem Rücken lag – zerfleddert, angenagt und von Parasiten befallen. Ekel kroch mir den Nacken hoch. Ich richtete meinen Blick stur geradeaus und versuchte, den Kadaver zu ignorieren.

Der Zustand des Ortsschilds ein paar Meter weiter hätte nicht sinnbildlicher sein können. Es dürfte mal gerammt worden sein, war nun verbeult und hing rostig und schief in der Verankerung. Es hatte keine Bedeutung, denn den Ort nannte ohnehin kaum jemand bei seinem Namen. Gleich die erste Straßenlaterne dahinter war defekt. Das Licht der anderen war nicht mehr als ein Schimmern hinter der dichten trübweißen Wand.

Als ich in den Ort eingefahren war, hatte ich unwillkürlich die Luft angehalten. Wie ein Kind, das gerade im vordersten Wagen den höchsten Punkt einer Achterbahn erreicht hatte und von dort aus in den Abgrund blickte – in der Gewissheit, dass der Wagen mit ihm gleich in die Tiefe rauschen würde und es absolut nichts mehr dagegen machen konnte. Erst ein paar Häuser weiter, jenem meiner schon damals steinalten Volksschullehrerin, die ständig aus der Nase geblutet hatte, fiel es mir auf, und ich versuchte, tief durchzuatmen. Aber es war, als drückte mir eine schwere Last auf den Brustkorb.

Bluti-Ruthi.
Ich erinnerte mich daran, dass wir per Du mit unserer Lehrerin sein und sie mit Ruth ansprechen durften. Und daran, dass wir sie in den Pausen und nach der Schule immer Bluti-Ruthi genannt und das unglaublich witzig gefunden hatten. Gleichzeitig war es eine Art Mutprobe gewesen. Jedes Mal hatten wir uns verstohlen über die Schulter geschaut, weil wir fürchteten, erwischt zu werden.
Bluti-Ruthi.
Ich liebte diesen Nervenkitzel.
Trotz dieser kindlichen Erinnerung wollte sich meine Anspannung nicht legen. Ganz im Gegenheil. Mein Puls zog an, je tiefer ich in den Ort eintauchte. Mein Nacken und meine Schultern verkrampften sich, und obwohl ich mir dessen bewusst war, konnte ich absolut nichts dagegen ausrichten. Ich krallte mich so fest am Lenkrad fest, dass meine Finger zu schmerzen begannen. Ich schüttelte erst meine rechte, dann die linke Hand. Und sah, dass sie auf dem Lenkrad feuchte Abdrücke hinterlassen hatten.
Ab und an klebten weiße A4-große Zettel an den Masten – erste Anzeichen dafür, dass etwas ganz und gar nicht stimmte. In meiner Aufregung nahm ich diese aber nur unbewusst wahr. Und ahnte somit nichts von dem Ausmaß des Schreckens, der mich hier erwartete.
Mein Heimatort war keine wirkliche Stadt, eher ein größeres Dorf. Die einzige Straße, die ins Tal führte, zog sich einmal rund um den See, bis sie wieder an der Ortseinfahrt ankam und auf dem gleichen Weg durch den Wald zurück aus dem Tal führte. Die meisten Häuser lagen an der östlichen und der nordöstlichen Uferseite, wo sich auch der Kern mit dem Rathaus, der Polizeistation, der Freiwilligen Feuerwehr und der alten Volksschule befand.
Und dort, unmittelbar am Waldrand, thronte auch die Kir-

che inmitten des Friedhofs, auf dem meine Mutter begraben lag. Seit deren Begräbnis war ich nicht mehr an ihrem Grab gewesen. Und seither hatte ich auch Gewissensbisse deswegen. Aber ich hatte es einfach nicht übers Herz gebracht – es war ein weiterer wunder Punkt auf dem Scherbenmeer meiner Seele. Ich versuchte mir einzureden, dass ich ja vielleicht dieses Mal den Mut dafür würde aufbringen können. Aber im Grunde war ich Realistin genug, um mir einzugestehen, dass die Chancen dafür sehr gering waren.

Ich hatte mich schon oft gefragt, ob mein Vater jemals am Grab gewesen war. Die Teilnahme an der Beerdigung war ihm aufgrund der Untersuchungshaft jedenfalls verwehrt geblieben.

Während ich durch den Ort fuhr, wirkte er wie ausgestorben. Es war keine Menschenseele auf der Straße zu entdecken. Und ich war froh darüber. Erkannt zu werden und so etwas wie Small Talk führen zu müssen, war so ziemlich das Letzte, wonach mir gerade zumute war.

Und dennoch ging ich mehr unbewusst vom Gaspedal, als ich an Chris' Haus vorbeifuhr. Jenem Haus, in dem ich einst meine Unschuld verloren hatte. Und in dem er offenbar nicht mehr wohnte, weil sich nun eine Arztpraxis darin befand. Eine Mischung aus Erleichterung und Enttäuschung überkam mich. Erleichterung deshalb, weil ich hoffte, mir so die Gewissheit ersparen zu können, dass er längst verheiratet war, Kinder hatte, ein erfülltes Leben führte und mich aus seinem Gedächtnis gestrichen hatte. Enttäuschung deshalb, weil ich mich trotz meiner Panik in seine Arme zurücksehnte. Schon viel zu lange.

Im Grunde hatte es aber keine Bedeutung, ob er noch hier lebte oder nicht. Zumindest dachte ich das, weil ich in meiner Naivität die Hoffnung hegte, spätestens am Abend wieder von hier verschwunden zu sein.

Ich trat wieder aufs Gaspedal.

Im ganzen Ort war kaum ein Licht, das in den Fenstern brannte – nur das trübe Weiß, das sich in den Glasscheiben spiegelte. Kein Hund, der über einen Gartenzaun spähte, keine Katze, die über die Straße huschte, kein Vogel, der auf einem Dachfirst oder einem Stromseil darauf wartete, dass sich die Sicht besserte. Nicht einmal ein Wagen, der mir entgegenkam. Nichts.

Der Ort schien zu lauern.

Auf mich?

Ich hatte das dumpfe Gefühl, dass meine Ankunft bereits von jemand anderem außer Kurt erwartet worden war. Natürlich hielt ich das in diesem Moment für absurd und schrieb die dunkle Ahnung meiner Aufregung zu.

Ich hatte ja keine Ahnung.

Wie jedes Mal, wenn ich nach Hause zurückkehrte oder auch nur daran dachte, fühlte ich mich einsamer als sonst. Ungeschützt und angreifbar. Ich war wieder der launische Teenager, das Kind, das ich zum Zeitpunkt des Mordes gewesen war.

Und mit diesem Gedanken drängte sich mir unweigerlich auch die erschreckende Erkenntnis auf: An diesem Ort lebte der Mörder meiner Mutter. Unbehelligt. Seit 13 Jahren konnte er tun und lassen, was er wollte. Während die Überreste meiner Mutter tief unter der Erde lagen. Und meine Familie zerstört war.

Erneut versuchte ich, tief durchzuatmen und den Druck von meinem Brustkorb zu schütteln. Doch dadurch schien er nur noch stärker zu werden.

Zu meiner Linken konnte ich zwischen zwei Häusern hindurch einen kurzen Blick auf den Nebelgrund erhaschen. Zumindest hätte ich das gekonnt, wenn dieser nicht mit einer trüben Nebelkappe überzogen gewesen wäre. Ich war sogar ein wenig dankbar dafür, denn der See hatte immer schon etwas

Bedrohliches auf mich ausgestrahlt – wohl vor allem wegen Dadas düsterer Geschichte, die sie mir schon erzählt hatte, als ich noch ein kleines Kind gewesen war. Früher hatte ich mir oft vorgestellt, wie der Geist des ertrunkenen Kindes seit vielen Jahrzehnten im dunklen See lauerte. Und nur auf die Gelegenheit wartete, einen Spielkameraden zu sich in die Tiefe zu reißen.

Keine 50 Meter weiter stellte ich fest, dass der kleine Lebensmittelladen, in dem ich mir als Kind mit meinen Freundinnen immer Süßigkeiten gekauft und später, als rebellischer Teenager, manchmal auch gestohlen hatte, verschwunden war. Frau Wollny, die dicke Besitzerin mit ihrer gewaltigen Oberweite, dem nicht minder gewaltigen Doppelkinn und den glänzenden roten Backen, hatte uns nie begrüßt und uns immer argwöhnisch beobachtet, sobald wir den Laden betreten hatten. Und dennoch war es uns immer wieder gelungen, einen Schokoriegel oder eine Packung Kaugummi mitgehen zu lassen. Damals waren wir längst aus der Volksschule raus, und Bluti-Ruthi hatte nicht mehr ausgereicht, um uns einen Nervenkitzel zu bescheren.

Jetzt waren die Schaufenster des Ladens dunkel und leer. Eines war mit einem knallgelben Band beklebt, vermutlich weil es einen Sprung bekommen hatte. Das Namensschild des Ladens war abmontiert worden, und die zwei Metallstangen, die es über Jahrzehnte hinweg getragen hatten, ragten nun unnütz und rostig aus der schmutzigen Fassade. Auch auf einem der intakten Schaufenster klebte ein weißer Zettel. Ich war jedoch immer noch zu überwältigt von all den Eindrücken, die auf mich einprasselten, als dass ich begriff, worum es sich dabei handelte.

Auch das kleine Hotel auf der anderen Straßenseite schräg gegenüber hatte offenbar schon länger dichtgemacht. Ich glaube, es hatte nie einen richtigen Namen gehabt. Es wurde von allen immer nur »das Hotel« genannt, und auch der geschwungene Schriftzug über dem Eingang hatte nichts anderes erahnen lassen. Das »L« hatte sich inzwischen aus der oberen Verankerung gelöst und hing um 180 Grad nach unten. Der schwarze Lack der metallenen Buchstaben war kaum noch vorhanden – größtenteils schimmerten sie in rostigem Rotbraun. Die Fassade war einst strahlend gelb gewesen, hatte einen regelrecht erschlagen. Inzwischen war sie zu einem fahlen Irgendetwas verblasst, das wohl am ehesten mit Ockergrau zu beschreiben war. Hinter den verdreckten Fenstern schimmerten vergilbte Vorhänge. Eine Scheibe im zweiten Stock war mit einer schwarzen Plastikplane abgeklebt worden.

Die letzten Jahre hatten es offenbar nicht gut mit dem Tal gemeint. Alles schien fahler, kaputter und aus der Zeit geratener als in meiner Erinnerung. Dabei hatte ich erst einen kleinen Teil gesehen und mein Ziel noch gar nicht erreicht.

Ich richtete meinen Blick wieder nach vorne und …

Fuck!

Ich sprang auf die Bremse. Riss instinktiv das Lenkrad nach links. Und bekam den Polo gerade noch rechtzeitig und schräg zur Fahrbahn zum Stehen.

Vor dem Mann im Jäger-Outfit samt Hut und der darin steckenden Feder. Der ein Gewehr geschultert hatte und mich aus erschrockenen, weit aufgerissenen Augen heraus anstarrte.

Zwei, drei Sekunden lang passierte nichts. Dann löste er sich aus seiner Schockstarre, verließ den Fußgängerüberweg und kam an mein Beifahrerfenster.

Mit leicht zittrigen Fingern betätigte ich den Knopf und ließ die Scheibe hinunter. Ich rechnete mit einer Standpauke. Damit, dass er mir völlig zu Recht vorwerfen würde, dass meine Fahrweise gemeingefährlich und absolut verantwortungslos wäre.

»Bitte entschuldigen Sie, ich habe …«, setzte ich deshalb an. Aber er beugte sich zu mir herunter und unterbrach mich: »Jana?«

Ich nickte. Hatte keine Ahnung, wer er war.

»Na, das ist ja eine Überraschung!«

Wieder nickte ich. Rang mir ein Lächeln ab. Und hatte das Gefühl, dass meine Rückkehr keine allzu schöne Überraschung für ihn war. Aber sein aufgesetztes Lächeln konnte auch eine andere Ursache haben – immerhin hatte ich ihn ja eben beinahe über den Haufen gefahren.

»Seit wann bist du denn zurück?«, fragte er, und ich hatte den Verdacht, dass er das ganz genau wusste.

»Ich bin gerade eben angekommen.«

»Wow, ich habe dich ja schon eine halbe Ewigkeit nicht mehr gesehen!«

Jetzt, da sich mein Schreck allmählich legte, glaubte ich, eine dezente Alkoholfahne an ihm wahrzunehmen. Und der Kerl kam mir auf einmal entfernt bekannt vor. Der grau melierte, ungepflegte Fünftagebart, das breite Doppelkinn, die aufgedunsenen roten Backen, die eng zusammenstehenden dunklen Augen, die von tiefen Falten flankiert waren. Die feinen geplatzten Äderchen auf der roten Nasenspitze.

Aber wer zur Hölle war er bloß?

»Bist du etwa wegen der Suche hier?«

Abermals nickte ich nur und dachte mir: Ja, eindeutig eine Alkoholfahne. Doch dann hatten seine Worte meinen Verstand erreicht. Und ein Warnlämpchen in mir ging an.

»Welche Suche?«

»Na, nach Franziska.«

»Welcher Franziska?«

»Na, du stellst vielleicht Fragen, du bist doch mit ihr in die Klasse gegangen!«

Franziska. Das Warnlämpchen blinkte greller.

»Was ist mit ihr?«
»Hast du es denn noch nicht gehört?«
»Nein, was?«
»Sie ist verschwunden.«
Ich griff mir unbewusst an die Kehle. »Seit wann?«
»Heute ist der siebte Tag.«
Das Warnlämpchen brannte jetzt lichterloh!
»Davon wusste ich nichts.«
»Oh. Naj a, wir wissen alle nicht so recht, was wir davon halten sollen. Womöglich ist sie wirklich bloß abgehauen, um sich eine Auszeit zu nehmen. Kein Wunder, nach der Scheidung und all dem Stress. Andererseits scheint sie nichts von ihren Sachen mitgenommen zu haben, was man so hört. Ausweise, Geld, alles noch da, erzählt man sich.«
»Arg«, brachte ich gerade so heraus und schämte mich für diesen plumpen Kommentar. Ich versuchte zu verarbeiten.
»Na ja, wir suchen heute jedenfalls mal den Wald hinter der Kirche ab. Völlig unnötig und übertrieben wahrscheinlich. Aber irgendetwas müssen wir ja tun, nicht?«
Ich nickte und versuchte, gegen meine Schuldgefühle anzukämpfen.
Es hatte eine Zeit gegeben, da waren Franziska und ich beste Freundinnen, ja regelrecht unzertrennlich gewesen. Das hatte mit dem Wechsel in die Oberstufe und dem damit verbundenen täglichen Pendeln in die Stadt begonnen. Damals, als die Pubertät langsam eingesetzt hatte, hatten uns die Busfahrten und die gemeinsame Begeisterung für Punk-Musik und das Skateboardfahren zusammengebracht. Wir hatten uns unglaublich cool gefühlt und so anders als all die anderen, die uns wegen unserer viel zu weiten und herunterhängenden Hosen, unserer Nieten-Armbänder und der rot gefärbten Haare verächtlich angeschaut oder belächelt hatten. Ganze Wochenenden hatten wir damit verbracht, Tricks zu üben

oder einfach nur gemeinsam abzuhängen. Ich hatte oft bei Franziska übernachtet und sie mindestens genauso oft bei mir. Wir waren dann die halbe Nacht wach geblieben und hatten Musik gehört. *Bad Religion* zum Beispiel. *NOFX* oder *Rancid*. Mann, ich liebte diese Bands noch heute. Nächtelang hatten wir über Jungs gelästert oder von ihnen geschwärmt.

Und genau das war es auch, was uns schließlich getrennt hatte: Jungs. Ein Junge, um genau zu sein: Chris. In den wir beide uns verliebt hatten. Von dem wir beide nächtelang geschwärmt hatten. Und der sich für mich entschieden hatte.

Mit Blicken und zweideutigen Kommentaren hatte er mir das schon länger zu verstehen gegeben. Franziskas und meiner Freundschaft zuliebe hatte ich jedoch lange dagegen angekämpft. Aber in einem schwachen Moment nach der Schule war ich ihm verfallen. Und hatte mich an der Busstation um die Ecke von ihm küssen lassen. Ich hatte Franziska nicht gesehen, ehrlich nicht. Niemals hätte ich gewollt, dass sie das mitansehen musste. Aber was soll ich sagen – es war eben passiert. Und Franziskas und meine Freundschaft war Geschichte.

»Du bist wirklich das Letzte!«, hatte sie mich im Bus auf der Heimfahrt ins Tal angeschrien, als ich ihr die Sache hatte erklären wollen, und viele Gesichter hatten sich ganz neugierig und schadenfroh nach uns umgedreht. »Wenn Chris dir wichtiger ist als ich, dann bist du für mich gestorben!«

Das waren ihre letzten Worte an mich gewesen, danach hatte sie nie wieder mit mir gesprochen.

»Also, Jana, ich muss jetzt los«, riss mich der Jäger aus meinen Gedanken. »Wir starten gleich. War wirklich schön, dich wiederzusehen!«

Ein Erinnerungsblitz durchzuckte mich bei seinen Worten. Allerdings viel zu kurz, als dass ich ihn hätte greifen und den Mann vor mir endlich hätte einordnen können. Ich kam einfach nicht darauf, wer er war. Hätte natürlich nachfragen können. Aber das wäre mir peinlich gewesen. Erst recht jetzt, nachdem ich ihm das ganze Gespräch über vorgegaukelt hatte, ihn zu kennen.

»Ja, hat mich auch gefreut«, sagte ich deshalb nur, zwang mich erneut zu einem Lächeln und fuhr die Scheibe hoch.

Was für ein Schreck, dachte ich mir, als ich wieder anfuhr.

Ich konnte ja nicht ahnen, dass mir der große Schock erst noch bevorstand.

7

Mein Elternhaus – diese Bezeichnung bescherte mir jedes Mal aufs Neue einen schmerzhaften Stich in der Brust – lag selbst für hiesige Verhältnisse etwas abgelegen an der nordwestlichen Uferseite im hintersten Winkel des Tals. Die nächsten Nachbarn wohnten gut 300 Meter entfernt, die Sicht auf den Rest der Stadt war weitgehend verdeckt. Der Nebel schien dort stets ein wenig dichter und das Licht trüber als im Rest des Tals. Unmittelbar hinter dem Haus erstreckte sich der Wald viele Kilometer weit über unwegsames Gelände.

Es war mir völlig unverständlich, warum sich meine Eltern damals dazu entschieden hatten, im Tal und dann auch noch ausgerechnet an dieser abgelegenen Stelle ein Haus zu bauen und eine Familie zu gründen. Angeblich war doch schon viele Jahre vor der Schließung gemunkelt worden, dass das Sägewerk, in dem auch mein Vater beschäftigt gewesen war, keine große Zukunft haben würde und der Betreiber vor dem Bankrott stand. Es musste ihnen doch klar gewesen sein, dass ihnen im Tal keine rosige Zukunft bevorstand.

Wenn ich so darüber nachdachte, schien es mir fast, als hatten sie ein Unglück geradezu provozieren wollen. Ich ahnte ja nicht, dass ich gerade im Begriff war, es ihnen gleichzutun.

Kurz bevor ich das Haus erreicht hatte, steckte mir der Schreck darüber, dass ich diesen Jäger eben fast über den Haufen gefahren hatte, noch in den Gliedern. Vor allem aber Franziskas Verschwinden beunruhigte mich. Ich versuchte mir einzureden, dass meine Sorgen unbegründet waren. Im Grunde kannte ich Franziska ja gar nicht mehr und ich hatte keine Ahnung, wie ihr Leben in den letzten Wochen, Monaten und Jahren verlaufen war. Und welche völlig harmlosen Gründe es geben mochte, weshalb sie einige Tage von der Bildfläche verschwand. Hatte der Kerl gerade nicht etwas von einer Scheidung gesagt?

Außerdem hatte ich gerade mit meinen eigenen Problemen zu kämpfen. Jetzt, da ich fast am Ziel war, nahm wieder die Sorge darüber, warum Kurt meinen Vater blutverschmiert aufgefunden hatte, überhand. Und die Frage, was da noch war und warum Kurt am Telefon nicht darüber hatte sprechen wollen. Die 13 Jahre alten Bilder meines blutverschmierten Vaters tauchten so intensiv vor meinem geistigen Auge auf wie schon lange nicht mehr. Ich glaubte all das Blut geradezu riechen zu können. Und egal, wie sehr ich es auch versuchte, ich vermochte die Bilder und den Gestank einfach nicht zu verdrängen.

Seit meiner Abreise am frühen Morgen hatte ich Kurt insgesamt viermal zu erreichen versucht – immer ohne Erfolg. Von der Tankstelle aus hatte ich ihm deshalb eine Nachricht hinterlassen, dass ich auf dem Weg war und spätestens in einer Dreiviertelstunde daheim sein würde. Ich hatte mich gar nicht erst bemüht, meine Genervtheit über sein Verhalten zu verbergen. Aber auch darauf hatte er nicht reagiert. Und trotzdem war ich nicht überrascht, als ich ihn an der Einfahrt zu unserem Grundstück entdeckte – dort, wo ein holpriger Feldweg von der Straße abzweigte und direkt zum hinter Bäumen und Sträuchern versteckten Haus führte. Er trug schwarze Gummistiefel, dunkle Jeans und darüber einen graugrünen Regenmantel, unter dem eine kackbraune Fleeceweste zum Vorschein kam. Er lehnte an der Heckklappe seines in die Jahre gekommenen Range Rovers und rauchte.

Kurt rauchte immer. Fast jede meiner Erinnerungen an ihn war mit einer Zigarette verbunden. Selbst in jenen Situationen, in denen er gar nicht geraucht haben konnte – beim Begräbnis meiner Mutter zum Beispiel –, dichtete mein Verstand ihm im Nachhinein einen Glimmstängel im Mundwinkel hinzu. Mein Vater hatte früher, als die Welt noch in Ordnung gewesen war, oft gescherzt, dass es im Tal womöglich gar keinen Nebel gab, sondern in Wirklichkeit Kurt für all die weißen Schwaden verantwortlich wäre.

Ich erinnerte mich, dass Simon die Nikotinsucht seines Vaters früh geteilt hatte. Kaum dass es zur Pause geläutet hatte, war er schon in einen geschützten Winkel des Schulhofs verschwunden, um mit seinen Kumpels schnell eine durchzuziehen. Wenn sie anschließend durch den Flur geschlendert waren, hatten sie den penetranten, ekelhaften Geruch hinter sich hergezogen. Immer wieder waren auch Gerüchte in der Schule kursiert, dass sie mit Alkohol erwischt worden waren und deshalb saftige Strafen aufgebrummt bekommen hatten – ob das stimmte oder sie die Gerüchte womöglich sogar selbst gestreut hatten, weil sie sich dann noch cooler und rebellischer gefühlt hatten, konnte ich schwer einschätzen. Unser Bruder-Schwester-Verhältnis hatte damals schon der Vergangenheit angehört, und wir hatten so gut wie gar keinen Kontakt mehr. Auch Chris hatte zum Glück kaum etwas mit Simon und dessen halbstarken Kumpels zu tun gehabt. Und auch das hatte ich so sehr an ihm geschätzt.

Als Kurt mich nun erblickte, nahm er einen letzten Zug, ließ die Kippe einfach zu Boden fallen, trat darauf, und nachdem er den Rauch rasch wieder ausgeblasen hatte, versuchte er sich in einem Lächeln, was ihm ziemlich misslang.

Nur ganz kurz war in mir so etwas wie Wiedersehensfreude oder Erleichterung bei seinem Anblick aufgeflammt. Sein verkrampftes Lächeln hatte diesen Funken gleich wieder zunichte gemacht. Kurt wirkte genauso angespannt, wie ich mich fühlte. Was auch immer los war – sein Gesichtsausdruck konnte ganz einfach nichts Gutes verheißen.

Ich wollte auf seiner Höhe halten und das Fenster hinunterlassen. Aber ehe ich dazu kam, gab er mir ein Zeichen, weiter bis zum Haus zu fahren. Er wandte sich ab und folgte mir zu Fuß.

Kies knirschte unter den Reifen. Der Schotterweg war holprig und mit Pfützen durchsetzt. Es musste hier bis vor kurzem noch geregnet haben. Die Bäume und Sträucher zu beiden Seiten waren dichter und unförmiger als in meiner Erinnerung, die Wiese üppiger, der Wald schien ein gutes Stück näher herangerückt. Alles wirkte ein wenig fremd auf mich. Und irgendwie war ich sogar froh darüber.

Das Haus tauchte erst nach einer Linkskurve auf. Ich vermied den Blickkontakt, so gut es ging. Nahm es nur in meinem Augenwinkel wahr und hielt etwa 50 Meter entfernt am Wegrand – als fürchtete ich, dass es nach mir schnappen könnte, wenn ich mich auch nur ein Stück näher heranwagte.

Ich würgte den Motor ab, machte mich vom Gurt los und blieb noch einen Augenblick lang im Wagen sitzen. Die ganze

Anreise über war ich angespannt gewesen. Seit ich das Tal erreicht hatte, hatte mein Puls noch einmal merkbar angezogen. Jetzt schlug mir das Herz bis zum Hals.

Ich schloss die Augen, nahm einen tiefen Atemzug. Aber meine Aufregung wollte sich nicht legen.

Das Haus lag halblinks vor mir wie eine Drohung. Ich versuchte, es weiter zu ignorieren. Suchte stattdessen Kurt im Rückspiegel und beobachtete, wie er näher kam.

Er war immer schon mehr dünn als bloß schlank gewesen, aber in den letzten Jahren hatte er offenbar noch weiter abgenommen. Sein Regenmantel schien ihm zu groß und hing schlaff an ihm herab. Auch dass sein Haar inzwischen lichter geworden und ergraut war und er einige tiefe Falten bekommen hatte, war selbst auf die Entfernung nicht zu übersehen. Das jahrzehntelange Rauchen hatte seine Haut ledern werden lassen. Dunkle, schwere Ringe hingen unter seinen Augen.

Was ihm allerdings geblieben war, war seine Nase – die krummste, die ich jemals in meinem Leben gesehen hatte. Wie ein fettes Komma prangte sie in seinem Gesicht, und selbst für eine Comic-Figur wäre sie zu übertrieben gewesen. Irgendwann als Teenager war mir bei deren Anblick das Bild eines Betrunkenen, der an der Wand lehnte, in den Sinn gekommen, und es hatte mich seither nicht mehr losgelassen.

Kurt hatte mich fast erreicht.

Noch ein tiefer Seufzer.

Dann schälte ich mich mit gesenktem Kopf aus dem Wagen, wandte mich sofort vom Haus ab und wartete darauf, dass Kurt zu mir aufschloss. Dabei war es, von dessen knirschenden Schritten abgesehen, geradezu gespenstisch still. Keine Blätter, die in den Bäumen des angrenzenden Waldes raschelten, keine morschen Äste, die knarrten, kein Pfeifen des Windes, der durch die Zweige strich, keine Krähen, die um ihren toten Artgenossen an der Ortseinfahrt trauerten, kein Motorengeräusch, nicht einmal aus der Ferne. Einfach gar nichts war zu hören.

Wenn der Nebel schweigt, dann naht ein Unglück.

Diesen Gedanken konnte ich gerade gar nicht brauchen. Ich versuchte, ihn mit aller Macht beiseitezudrängen. Doch er blieb wie ein bitterer Nachgeschmack in meinem Verstand zurück.

»Hey!«, rief ich Kurt entgegen, um mich abzulenken.

Ich hatte versucht, mich möglichst locker zu geben. Aber ich war mir sicher, dass mir selbst an diesem einen kurzen Wort meine Unsicherheit anzuhören gewesen war. Ich wollte deshalb noch irgendetwas Belangloses oder Witziges nachlegen. »Na, alter Mann, endlich da?« So etwas in der Art.

Aber ehe ich die Möglichkeit dazu hatte, brach es aus ihm heraus: »Um Gottes willen, wie siehst du denn aus?«

Erst begriff ich nicht. Die Schmerzmittel und meine Aufregung hatten mich meine bläulich, violett und grünlich-gelb schimmernde Schwellung über dem Auge und an der Schläfe völlig vergessen lassen. Aber ausgerechnet jetzt wollte ich mir aus Unsicherheit heraus eine unsichtbare Strähne aus dem Gesicht streichen. Und ein Schmerzblitz durchfuhr mich.

Scheiße, ah!

Den ganzen Tag über war ich mir deswegen schon beobachtet vorgekommen – vom Taxifahrer zum Beispiel oder den Stewardessen. Immer wieder hatte ich deren Blicke im Rückspiegel und über die Sitzreihen hinweg eingefangen. Und auch die Mitarbeiterin des Mietwagenunternehmens am Flughafen hatte sich vor der Aushändigung des Wagenschlüssels mehrmals scheinbar ganz beiläufig erkundigt, wie mein Tag bisher so gewesen war und ob es mir auch wirklich gutging. Entweder hatte der Jäger zuvor es ignoriert, weil es ihm egal gewesen war, oder es war ihm von der Seite nicht aufgefallen.

»Ach das, halb so schlimm«, antwortete ich mit leicht schmerzverzerrtem Gesicht und hegte die naive Hoffnung, dass es als Erklärung ausreichen würde. Der Vorfall war mir auch heute noch unglaublich peinlich, und ich spürte, wie meine Wangen vor Scham zu brennen begannen. Ich glaubte immer noch, dass ein Studio-Wechsel meine größte Herausforderung in den nächsten Tagen werden würde. Ich hatte absolut keine Lust, darüber zu reden.

»Was ist passiert?«

»Nicht der Rede wert.«

»So sieht es aber nicht aus.«

»Ein kleiner Unfall.«

»Was für ein Unfall?«

Kurt hatte mich erreicht, und auf einmal schien diese Situation für uns beide überraschend, was eine kurze, ungeschickte Umarmung zur Folge hatte. Ich war schlichtweg überfordert.

»Das sieht ja richtig übel aus. Du bist doch hoffentlich nicht überfallen oder geschla…?«

»Nein, keine Sorge. Nur ein Sportunfall.«

Ich ahnte, dass ihm auch das als Erklärung nicht ausreichen würde. Noch ehe er weiter nachhaken konnte, ging ich in die Offensive: »Also, erzähl schon! Was ist passiert?«

Er gab sich geschlagen. Hielt inne. Atmete tief durch.

»In der vorletzten Nacht, es muss so kurz vor Mitternacht gewesen sein, da hat mein Telefon geläutet. Dein Vater rief mich an, aber er sagte kein Wort, sondern schnaufte nur ganz seltsam. Dann legte er auf. Und als ich ihn zurückrief, hörte ich wieder nur Schnaufen und Rascheln, und er antwortete nicht auf meine Fragen. Ich fand das seltsam und hab mir dann Sorgen gemacht. Ich bin hergefahren. Und hab ihn vor der Haustür gefunden.«

»Und?«

»Wie schon gesagt, er war sturzbetrunken, ich konnte ihn kaum auf die Beine bekommen. Und er war voll Blut. Seine Hände, die Kleidung, sogar das Gesicht war blutverschmiert.«

»Und was hat er gesagt, woher es stammte?«

»In der Nacht war er nicht ansprechbar, und gestern wollte er nicht mit mir reden. Er sagte, er wisse nichts mehr und ich solle ihn damit in Ruhe lassen. Du kennst ihn ja. Aber irgendwie glaube ich ihm das nicht, dass er sich nicht mehr erinnern kann.«

»Scheiße ...«, murmelte ich auf der Suche nach einer harmlosen Erklärung dafür.

»Das kannst du laut sagen«, sagte Kurt. Er seufzte. Blickte hinüber zum Haus. »Aber das ist, wie gesagt, nicht der einzige Grund, weshalb ich dich hergebeten habe.«

Jetzt, während meine Gedanken immer mehr an Fahrt aufnahmen und sich allmählich zu überschlagen begannen, wagte auch ich es endlich, mich umzudrehen und das Haus bewusst zu betrachten.

Mein Gott!

Selbst auf den ersten Blick war zu erkennen, dass es in die Jahre gekommen war und deutlich mitgenommener aussah, als ich das in Erinnerung hatte. Das Dach war weitgehend mit nassem Moos überzogen, einige Schindeln waren gebrochen oder fehlten ganz. Die Satelliten-Schüssel neben dem Schornstein war zur Gänze mit Rost überzogen. Auch die Fassade wies Sprünge und Risse auf. Der Putz war an einigen Stellen abgebröckelt, sodass die darunterliegenden Ziegelsteine zum Vorschein kamen. Große und kleine Teile lagen in der Wiese und im Gestrüpp um das Gebäude herum. Efeu rankte sich die feuchten Mauern hoch und versuchte zu kaschieren, was möglich war. Doch es wirkte nicht idyllisch, sondern krank. Die Fenster waren dunkel. Es war ihnen anzusehen, dass sie schon seit sehr, sehr langer Zeit nicht mehr geputzt worden waren. Der Postkasten neben der Eingangstür hing schief, mehrere Zeitschriften ragten aus dem Schlitz. Unkraut wucherte an allen Ecken und Enden.

Abgesehen von dem Verfall war jedoch nichts Auffälliges zu entdecken. Das Fenster meines Kinderzimmers war von hier aus nicht zu sehen, es war zum Wald gerichtet. Dafür schien sich der Küchenvorhang kaum merklich zu bewegen. Aber das konnte ich mir aufgrund der Spiegelung im Glas auch bloß eingebildet haben. Jetzt war jedenfalls keine Regung mehr auszumachen.

Ich hatte gar nicht mitbekommen, dass Kurt sich inzwischen einen neuen Glimmstängel angemacht hatte. Jetzt blies er eine dichte Nikotinwolke aus und nahm gleich einen weiteren Zug.

»Ich habe es selbst nicht gewusst und erst bemerkt, als ich ihn in der vorletzten Nacht ins Haus gebracht habe«, sagte Kurt.

»Was hast du nicht gewusst?«

»Ich denke, du solltest einfach mal ins Haus schauen.«

»Wieso, was erwartet mich da drinnen?«

»Bitte sieh es dir einfach an.«

»Ist Papa da?«

»Ich denke, ja.«

»Mein Gott, Kurt, kannst du nicht einfach …!«

»Bitte, Jana!«

»Nein, nicht ›Bitte, Jana‹! Ich habe diese Geheimnistuerei satt. Ich habe mir extra Urlaub genommen und bin von heute auf morgen den ganzen Weg hierhergekommen, ohne überhaupt zu wissen, warum. Und du kannst nicht einmal …!«

»Sieh einfach nach!«

Herrgott!

Langsam machte er mich richtig wütend. Ich schnalzte mit der Zunge und hoffte, damit keinen Zweifel daran zu lassen, was ich von seinem Verhalten hielt. Doch auch das half nichts.

Kurt hielt meinem Blick stand. Nahm einen weiteren tiefen Zug. Und schwieg.

Ein letzter genervter Seufzer. »Gut, bitte!«

Dann setzte ich mich in Bewegung und erwartete, dass Kurt mir folgen würde. Doch nach ein paar Schritten bemerkte ich, dass er stehen geblieben war.

»Was ist, willst du nicht mitkommen?«
»Nein, ich warte lieber hier draußen.«
»Und warum?«
»Ruf mich, wenn du Hilfe brauchst.«

8

Freitag, 22. Oktober 2009, 9.17 Uhr
15 Stunden und sechs Minuten bis zum Mord

»Was willst du hier, Kurt?
»Das weißt du ganz genau.«
»Hans ist nicht da.«
»Ich weiß natürlich, dass er nicht da ist. Er war eben bei mir.«

Kurt war einer der Letzten, den Claudia jetzt sehen wollte. Im Grunde wollte sie überhaupt niemanden sehen und einfach nur alleine sein. Über eine Stunde lang hatten Hans und sie sich gestritten, bis er urplötzlich aufgesprungen und aus dem Haus gestürmt war. Ihre Tränen wollten seitdem nicht aufhören zu fließen. Sie vermochte keinen klaren Gedanken zu fassen. Ihr brummte der Schädel, sie war mit ihren Nerven am Ende.

Und jetzt schickte Hans offensichtlich auch noch seinen besten Freund vor. Glaubten die beiden wirklich, dass das irgendetwas ändern würde? Selbst wenn sie gewollt hätte, wie sollte sie jemandem erklären, was sie selbst nicht verstand?

Sie wollte nicht mehr leben. Dieser Gedanke hatte in der letzten Stunde immer konkretere Formen in ihr angenommen. Die Vorstellung, von einem Augenblick auf den anderen von all dem Schmerz und ihren Sorgen erlöst zu werden, war unglaublich verlockend. Denn eines stand fest: Es war aussichtslos. Sie würde niemals das Leben führen können, das sie sich so sehr wünschte. Nur der Gedanke an Jana hatte sie bisher davon zurückgehalten, in die Küche zu gehen, sich ein großes Messer zu schnappen und sich die Pulsadern richtig tief aufzuschneiden.

»Kurt, bitte, ich habe jetzt wirklich keine …«
»Er leidet.«
»Und glaubst du, das tue ich nicht?«
»Dann hör doch auf mit dem Scheiß!«
»Was für einem Scheiß?«
»Das weißt du genau!«
»Was weiß ich?«
»Bitte, Claudia, hör auf, mich zu verarschen. Ich habe euch gesehen. Schon vor einiger Zeit.«
»Wie? Wen?«
»Verkauf mich nicht für blöd.«

»Kurt, bitte, ich kann jetzt wirklich nicht.«
»Hans hat das nicht verdient.«
»Und glaubst du, das weiß ich nicht?«
»Dann reiß dich endlich zusammen!«
»Bitte geh jetzt.«
»Du wirst das bereuen, glaube mir!«
»Was denn?«
»Dein Verhalten.«
»Was soll das eigentlich? Willst du mir drohen?«
»Nein, ich will dich nur warnen.«
»Warnen? Wovor?«
»Keine Ahnung. Aber denk an Jana. Und frage dich, ob du das alles wirklich willst!«

9

Ich knirschte mit den Zähnen und murmelte stille Flüche vor mich hin, als ich klingelte. Hauptsächlich, um mich von meiner Nervosität abzulenken. Aber auch, weil ich mich allmählich so richtig ärgerte. Über Kurt. Am meisten jedoch über mich selbst. Ich hätte niemals hierherkommen sollen. Hätte Kurt am Telefon festnageln und ihm Informationen entlocken müssen. »Wenn du möchtest, dass ich heimkomme, dann sag mir, worum es geht, oder vergiss es!«, hätte ich ihm klarmachen und ihm danach eine Ausrede auftischen müssen. Ich hätte das Wiedersehen mit meinem Vater unter allen Umständen verhindern müssen.

Was hatte ich mir überhaupt dabei gedacht, verdammt?

So viele Fragen, an die ich bisher nicht gedacht hatte, kamen mir auf einmal in den Sinn. Hatte mein Vater überhaupt gewusst, dass ich heimkommen würde? Hatte Kurt ihn informiert? Würde er wütend sein? Würde er mich ins Haus lassen? Würde er mit mir reden? Und wollte ich das überhaupt? Oder hatte gar mein Vater Kurt gebeten, mich herzuholen? Wenn ja, warum?

Meine Knie waren vor Aufregung ganz weich.

Der grelle Glockenklang drang zu mir nach draußen, hallte nach und verstummte. Sonst passierte nichts.

Ich hielt inne, lauschte. Versuchte vergeblich, das pulsierende Rauschen in meinen Ohren auszublenden. Und konnte nicht die geringste Regung aus dem Haus wahrnehmen.

Die Versuchung, einfach kehrtzumachen, in den Mietwagen zu steigen, aus diesem verdammten Tal zu rasen und meine Vergangenheit endgültig und für alle Zeit hinter mir zu lassen, war riesengroß. Ich hatte alle Mühe, ihr zu widerstehen.

Und klingelte noch einmal.

Vielleicht hatte ich mir die Bewegung im Küchenfenster zuvor ja nur eingebildet und mein Vater hatte mich gar nicht gehört. Womöglich war er gerade im Keller. Oder er hatte einen verspäteten Mittagsschlaf gehalten, saß nun aufrecht im Bett, lauschte der Stille und fragte sich, ob er geträumt oder es eben tatsächlich geläutet hatte. Wahrscheinlich passierte es nicht oft, dass, abgesehen von der Polizei oder irgendwelchen Journalisten, die einen besonderen Nervenkitzel darin sahen, einem *Cold Case* nachzugehen, jemand etwas von ihm wollte. Gut möglich, dass auch diese verrückte Sybille Dorn aus Mangel an anderen Lebensinhalten immer noch regelmäßig hier aufschlug, um meinen Vater zu diskreditieren. Ich hatte schon vor Jahren aufgehört, ihren Blog und die Videos zu verfolgen. Durchaus möglich, dass auch ich immer noch Ziel ihrer Anschuldigungen war.

Kurt war, soweit ich wusste, der Einzige, der trotz des schlimmen Verdachts all die Jahre zu ihm gehalten hatte. Alle anderen hatten ihn nach dem Mord im besten Fall ignoriert und zu tuscheln begonnen, wenn er sich mal aus dem Haus gewagt hatte. Andere wiederum hatten ihm ihre Feindseligkeit offen zu spüren gegeben – der Besitzer seines Stammwirtshauses beispielsweise, der ihn darum gebeten hatte, nicht mehr zu kommen.

Ich war um nichts besser. Und fragte mich jeden Tag aufs Neue, ob ich ihm damit Unrecht tat oder er es verdient hatte. In solchen Momenten des Zweifels dachte ich daran, wie ich ihn in der Mordnacht vorgefunden hatte. Dieses Bild und sein eisernes Schweigen ließen kaum einen anderen Schluss zu, als dass er der Mörder meiner Mutter war.

Ich klingelte noch einmal. Aber auch danach waren keine Schritte, kein Rufen oder sonst irgendein Geräusch aus dem Haus zu vernehmen.

Ich wandte mich zu Kurt um. Hob fragend meine Schultern und Handflächen hoch.

Er antwortete nicht. Nickte mir bloß zu, als wollte er mir damit Mut machen. Nahm einen weiteren Zug von seiner Zigarette, die aufglühte.

Seine Art ging mir jetzt gehörig auf die Nerven! Warum spielte er dieses Spielchen mit mir? Was war hier los? Und warum reagierte mein Vater nicht?

Ich klopfte.

»Papa?«

Keine Reaktion.

Wieder an Kurt gewandt: »Was soll das?«
Der nickte erneut.
Verdammt noch mal!
Ich ließ meinen Frust an der Tür aus, hämmerte nun regelrecht dagegen. Murmelte meine Flüche jetzt deutlich lauter, damit Kurt sie auch sicher mitbekam. Gleichzeitig kramte ich in meiner Tasche nach dem Schlüssel, den ich zum Glück am Vorabend noch gefunden hatte, und holte ihn heraus.
»Papa?«
Keine Antwort.
Jetzt reichte es mir. Ich sperrte auf und öffnete. Zumindest versuchte ich das. Doch die Tür blockierte.
Was zum …?
Im ersten Moment glaubte ich, dass die Eingangstür vielleicht schief in den Angeln hing oder der Holzboden sich gehoben hatte und sich deshalb die Tür daran sperrte. Gut möglich, so schlimm, wie das Haus von außen aussah – wie würde es erst drinnen aussehen? Aber dann begriff ich, dass etwas Schweres dahinterliegen musste und die Tür deshalb nicht weiter als nur einen kleinen Spaltbreit aufging.

Ich stemmte mich dagegen, aber auch das brachte kaum etwas. Viel mehr als zehn Zentimeter hatte sie sich nicht aufdrücken lassen.

Drückte etwa mein Vater gegen die Tür? Wollte er mich so daran hindern, ins Haus zu gelangen?

Ich spähte ins Vorzimmer. Aber der einsehbare Winkel war so schmal, dass ich kaum mehr als die Wand ausmachen konnte. Eine Kiste lag da und noch etwas, was ich nicht erkennen konnte. Es war dunkel im Flur, was mich wunderte. Denn er war zwar fensterlos, aber wenn die Zimmertüren offen standen, was sie früher immer getan hatten, war selbst an so trüben Tagen wie heute Licht in den Flur gefallen.

»Papa?«, rief ich durch den Spalt ins Haus.

Stille.

»Bist du zu Hause?«

Nichts.

»Lass mich rein!«

Ich klopfte fester als zuvor. Und weil nichts passierte, noch energischer. Ich stemmte mich mit aller Kraft gegen die Tür.

Erstarrte.

War da eben ein Knarren zu hören gewesen? Ich konnte es nicht mit Sicherheit sagen. Vielleicht …

Da! Ja, da war es wieder, eindeutig. Es hatte geklungen, als … ja, als würde jemand sein Gewicht auf dem Holzboden verlagern.

Jetzt war es wieder still.

»Was soll das denn, Papa?«, rief ich.

Dabei glaubte ich, ganz genau zu wissen, was los war: Er wollte mich schlichtweg nicht sehen. Nichts mehr mit mir zu tun haben. Kein Wunder, nach all den Jahren der Funkstille. Ich hatte doch mindestens genauso wenig Lust auf dieses unerwartete Wiedersehen. Wahrscheinlich hoffte er darauf, dass ich aufgeben und wieder verschwinden würde.

»Ich komme jetzt rein, hörst du!«

Er schwieg.

Ich versuchte es noch einmal mit Gewalt. Stemmte mich mit voller Wucht gegen die Tür und gewann so zumindest ein paar Zentimeter. Leider immer noch zu wenig, um ins Haus zu kommen. Also machte ich einen Schritt zurück und warf mich mit Schwung dagegen.

Fuck!

Von meiner geschwollenen Schläfe aus jagte mir ein Schmerzblitz durch den Schädel und dröhnte nach.

Aber immerhin hatte ich wieder ein Stück gewonnen. Und die Tür stand nun endlich so weit offen, dass ich mich durch den Spalt hindurch in den dunklen Flur drängen konnte. Ich zog den Bauch ein, drehte den Kopf zur Seite und quetschte meine Brust daran vorbei. Ein letzter Ruck, dann hatte ich es geschafft und ...

Du meine Güte!

Was ...?

Der Augenblick schien aus der Zeit gefallen.

Meine Augen gewöhnten sich rasch an die Dunkelheit. Aber mein Verstand vermochte die Eindrücke, die ihn erreichten, nicht zu verarbeiten. Ich sah und begriff dennoch nicht.

Was zum Teufel ...?

Ich rang nach Luft, hielt sie an.

Mein Gott!

Wie ...?

Chaos.

Was ...?

Reinstes Chaos.

In meinem Kopf. Und um mich herum.

Da ... da war einfach so ... so viel. So ...

Endlich sickerten erste zähe Tropfen der Erkenntnis in meinen Verstand. Die Bilder wurden klarer.

Da waren Türme. Unzählige Türme von Zeitschriften und Zeitungen, die sich mir in den Weg stellten und teilweise bis knapp unter die Decke reichten. Dazwischen Berge von Kleidungsstücken. Darauf mehrere vollgefüllte Kartons. Aus einem ragte ein Lampenschirm heraus. Mindestens fünf weitere lugten irgendwo hervor. Vier, nein, fünf Packungen Klopapier. Da war noch eine sechste. Eine siebte, es wurden immer mehr. Vollgestopfte Einkaufsplastiktüten, so viele, dass ich sie nicht zählen konnte. Schuhe, in Paaren und einzeln. Glasflaschen, Plastikflaschen. Getränkedosen. Ein leerer Bierkasten, ein zweiter. In jeder freien Lücke VHS-Kassetten und CD-Hüllen. Decken. Noch mehr Schuhe. Und ein weiterer Lampenschirm. Dahinter ein Vogelkäfig. Ein

Benzinkanister. Ein zweiter. Einige Wodka-Flaschen. Eine Whiskey-Flasche. Alkohol. Immer mehr Alkohol.

Weitere Tropfen der Erkenntnis.

Das Vorzimmer und der dahinterliegende Flur waren völlig zugemüllt. Nur ein schmaler Pfad war zwischen all den Bergen und Stapeln frei, den man sich entlangzwängen konnte. Und selbst auf dem lagen unzählige Dinge kreuz und quer, über die man hinwegsteigen musste. Jetzt entdeckte ich einen Autoreifen.

Auch der Treppenaufgang zu meiner Linken, jener, der hoch in mein Zimmer führte und den ich in der Mordnacht voller Angst hinuntergeschlichen war, war mit überquellenden Kartons und schwarzen Plastiksäcken zugestellt. Sogar ein Fahrrad blockierte den Weg. Auf den ersten Blick schien es mir unmöglich, nach oben zu gelangen.

Mein Vater stand keine fünf Meter von mir entfernt, an der Schwelle zur Küche. Er rührte sich nicht – wie ein Tier, das aus Furcht vor einem Angriff in Schockstarre verfallen war. Er sagte kein Wort. Sah nicht zu mir auf, sondern starrte auf einen zugemüllten Punkt auf dem Boden irgendwo zwischen mir und ihm.

Trotz der Dunkelheit sah ich, dass er, wie auch Kurt, ergraut war. Sein Haar hatte keinen erkennbaren Schnitt und stand zerzaust in alle Richtungen ab. Er hatte sich einen Vollbart wachsen lassen, der viel zu lang war und selbst auf die Distanz ungepflegt wirkte. Er trug einen aus der Form geratenen dunklen Strickpulli und eine dunkelgraue Jogginghose, die mit Flecken übersät war. Überhaupt wirkte alles an ihm grau. Lustlos, leblos. Vor allem auch die Haut in seinem Gesicht.

Ich stand da, genauso regungslos wie er, mit offenem Mund. War völlig überfordert. Konnte nicht einschätzen, wie viel Zeit seit meinem Eintreten vergangen war. Wahrscheinlich waren es bloß ein paar Sekunden gewesen. Es konnte aber genauso gut eine Minute gewesen sein. Jedenfalls zu wenig Zeit, um das Chaos um mich herum zu begreifen.

Doch jetzt drang der Gestank mit der Wucht einer Dampflok zu mir durch – eine undefinierbare, grauenvolle Mischung aus Schweiß, Exkrementen, Urin, Benzin und jeder Menge anderen furchtbaren Dingen.

Ach du Scheiße!

Nie zuvor hatte ich etwas Schlimmeres gerochen. Es reckte mich. Und mit einem Mal hatte sich das *Wellness Sandwich* bis in meinen Kehlkopf hochkatapultiert. Ich versuchte mit aller Macht, die Übelkeit hinunterzuwürgen, aber es war zwecklos. Mir wurde klar, dass ich das Sandwich nicht würde behalten können. Und es nur noch eine Sache von Sekunden war.

Ich musste hier raus!

Ich versuchte, mich durch den Spalt zurück nach draußen zu drängen. Aber der schien auf einmal enger als eben noch. Ich drückte mit dem Hintern gegen die Tür, wurde immer hektischer. Da reckte es mich schon wieder. Ich musste mir die Hand auf den Mund pressen. Quetschte mich regelrecht nach draußen. Dabei drängte es mir meinen Mageninhalt noch weiter nach oben. Und plötzlich hatte ich grauenvoll schmeckende Bröckchen in meinem Mund. Ich presste die Hand noch fester darauf.

Oh Gott! Oh Gott!

Ich schaffte es gerade noch rechtzeitig ins Freie. Zwei Schritte weiter brach es in einem Schwall aus mir heraus. Unmittelbar darauf folgte ein zweiter.

Dann lag das Sandwich vor mir auf den Steinfliesen verteilt. Vorneübergebeugt und die Hände auf die Oberschenkel gestemmt, musste ich feststellen, dass ich meine Schuhe und die Jeans besudelt hatte. Aber das waren gerade meine geringsten Sorgen, denn jetzt begann sich auch noch meine

Umgebung zu drehen. Kurz wurde mir schwarz vor Augen. Mein Kreislauf spielte verrückt.

Was für ein Albtraum!

Ich spuckte die Bröckchen aus, die ich mit meiner Zunge ertastet und aus den Zahnzwischenräumen gefischt hatte. Versuchte, meine Atmung in den Griff zu bekommen. Die Restübelkeit und den Schwindel zurückzudrängen. Und zu begreifen, was da eben passiert war.

Als ich mir halbwegs sicher war, mich nicht noch einmal übergeben zu müssen, richtete ich mich auf. Wischte mir mit dem Ärmel meines Mantels die Spucke aus dem Gesicht. Und schaute zu Kurt hinüber. Der hatte sich die ganze Zeit über nicht von der Stelle gerührt. Er stand einfach nur da. Beobachtete mich. Und rauchte.

In diesem Moment hasste ich ihn. Völlig egal, dass er für all das nichts konnte.

Als ich auf ihn zuging, fühlte ich mich unsicher auf meinen Beinen. Ich hatte das Gefühl, dass der Boden in Schieflage geraten war. Tausende Gedanken schossen mir auf einmal durch den Kopf. Keinen einzigen davon vermochte ich zu greifen. Das alles war zu viel für mich. Die Übelkeit begann schon wieder, in mir hochzusteigen. Ich hatte alle Mühe, dagegen anzukämpfen. Und die Tränen zurückzuhalten.

»Es tut mir leid«, sagte Kurt, als ich ihn erreicht hatte. »Aber wie hätte ich dir das beschreiben sollen? Du musstest es einfach mit eigenen Augen sehen.«

10

Als ich mich kurz darauf ein zweites Mal durch den schmalen Spalt ins Haus zwängte, wünschte ich mir Kurt an meine Seite. Eben noch hatte ich mit meinem Gefühlschaos allein sein wollen. Hatte ihm versichert, schon klarzukommen und mich später bei ihm melden zu wollen. Ich hatte seine Widersprüche abgeblockt und ihn fortgeschickt. Aber inzwischen war meine Stimmung ins Gegenteil gekippt. Ich fühlte mich alleine. Hatte Angst.

Absurde Hoffnungen gingen mir durch den Kopf. Konnte vielleicht alles bloß ein Missverständnis sein? War mein Vater womöglich gerade am Entrümpeln? Oder am Renovieren? Hatte er deswegen alles, was er wegschmeißen wollte, in den Flur und in den Treppenaufgang geschafft? Konnte seine schlimme Erscheinung gar damit zusammenhängen, dass er völlig fertig von all der schweren Arbeit war? Konnte der Gestank von einer kaputten Abwasserleitung stammen? Konnte es möglich sein, dass …?

Nein!

Ich hatte es hineingeschafft. Stand wieder im finsteren Vorzimmer. Blickte den Schlund, der früher einmal unser Flur gewesen war, entlang. Und wusste: Das hier war kein Missverständnis. So übel das Haus von außen auch aussah – es war nichts im Vergleich zu seinem Innenleben.

Mein Vater war zu einem Messie geworden.

Daran gab es nichts zu rütteln.

Beim Eintreten hatte ich die Luft angehalten, jetzt ging sie mir aus und ich war zu einem tiefen Atemzug gezwungen. Obwohl ich die Luft durch den Mund einsog, drang auch der Gestank wieder zu mir durch und ließ mich erneut würgen.

Mit jedem Schwall drückte sich mein verbliebener Mageninhalt weiter meine Speiseröhre hoch. Trotz des letzten Kaugummis, den ich zum Glück in meiner Tasche gefunden hatte, hatte ich einen üblen Gallegeschmack in meinem Mund. Ich war kurz davor, wieder hinauszulaufen.

»Papa?«, rief ich, weil er verschwunden war.

Ich bekam keine Antwort.

Zwei, drei Meter vor mir raschelte es unter einigen Müllsäcken. Ich versuchte, mir gar nicht erst auszumalen, warum. Doch ich kam nicht gegen die Mäuse und Ratten in meinem Kopf an.

Mein Brechreiz wurde immer schlimmer.

»Wo bist du?«

Plötzlich ein Scheppern aus irgendeinem Raum, gefolgt von dem Fauchen einer Katze. Ein Klirren, ein weiteres Fauchen, noch lauteres Scheppern. Etwas ging zu Bruch.

Dann war es wieder still.

Früher hatten wir keine Katzen gehabt. Jetzt hatte es nach mindestens zweien geklungen.

»Papa?«

Stille.

Also gut …

Ich stützte mich an der vergilbten Raufasertapete ab und stieg mit einem großen Schritt über einen Kleiderhaufen hinweg. Dabei streifte ich einen Karton, einige VHS-Kassetten fielen heraus und rutschten auf den darunterliegenden Kleiderhaufen. Ein Lampenschirm wurde mit in den Abgrund gerissen und kam auf einem Mikrowellenherd ohne Tür zum Liegen.

»Bist du in der Küche?«

Immer noch keine Reaktion.

Ich wagte einen weiteren Schritt, trat auf etwas, rutschte ab, hörte etwas Kunststoffartiges unter meinem Gewicht zu Bruch gehen, hob mein Bein wieder an und versuchte es an einer anderen Stelle. Dort fand ich ein wenig Halt. Beim nächsten Schritt musste ich mein Knie an einem weiteren vollgestopften Karton vorbeizwängen, was eine neuerliche Kettenreaktion in Gang setzte: Eine Packung Klopapier verlor ihren Halt und riss einen weiteren Lampenschirm und ein paar VHS-Kassetten mit sich. Wieder klirrte etwas.

Aber ich ließ mich nicht beirren. Setzte einen weiteren unsicheren Schritt und noch einen. Eine halbvolle Wodkaflasche kam vor meinen Füßen zu liegen. Mich ekelte davor. Gleichzeitig sehnte ich mich danach, den Flaschenhals an meine Lippen zu setzen, einen kräftigen Schluck zu nehmen und das Brennen in meinem Rachen zu spüren.

Aus einem schwarzen Plastiksack lugten Stofftiere hervor, die ich noch nie zuvor gesehen hatte. Ein verdreckter Löwe, eine Katze und etwas, was wie ein rosa Drache aussah. Darunter konnte ich einen alten Drucker ausmachen und einige Kabel. Mehrere zusammengedrückte Kunststoffflaschen. Ein Ventilator. Konservendosen, unzählige davon.

Ich versuchte, meine Umgebung auszublenden. Den noch intensiver gewordenen Gallegeschmack in meinem Mund zu ignorieren. Setzte einen weiteren Schritt. Und noch einen.

Bis ich die Türschwelle zur Küche erreicht hatte.

Und ich meinen Vater darin fand.

Er stand neben dem Kühlschrank. Musste sich daran abstützen, weil all der Müll um ihn herum es nicht zuließ, dass er aufrecht dastand. In seiner verdreckten Kleidung sah er aus, als trüge er eine Art Tarnanzug, er schien mit seiner Umgebung verschmolzen.

Es war hier kaum heller als draußen im Flur, denn die Jalousie war zur Hälfte hinuntergelassen, und das verschmierte Fenster war teilweise mit Kartons von Küchengeräten und anderen Utensilien verstellt. Auch hier konnte ich selbst auf den ersten Blick einige Lampenschirme und Kartons mit VHS-Kassetten entdecken. Besudelte Küchentücher, es mussten an die 20, 30 oder noch mehr sein. Außerdem regelrechte Berge geformt aus schmutzigen und verklebten Töpfen und Pfannen, Tellern, Gläsern und Tassen. Eingedrückte und zusammengefaltete Pizzakartons, wohin ich nur blickte – dabei gab es, soweit ich wusste, hier im Tal gar kein Restaurant oder gar einen Lieferservice. Überall benutztes Besteck, Fertiggerichtpackungen, geöffnete Konservendosen und verschimmelte Joghurt-Becher. Wahrscheinlich hätte schon die leiseste Berührung die Stapel und Berge zum Einstürzen gebracht. Der Herd, die Küchenplatte, die Spüle – all das war unter dem ganzen Müll nicht auszumachen. An den einst weißen Küchenschränken klebten verschiedenste eingetrocknete Flüssigkeiten.

Der Gestank war ein anderer als draußen im Flur. Jedoch nicht minder übel. Mehr Fäulnis als Fäkalien.

»Was …« Ich brach ab, musste schlucken. »Was soll das?« Ich hatte es gerade so herausgebracht, ohne mich erneut übergeben zu müssen. Spürte auf einmal den Druck hinter meinen Augen steigen.

Mein Vater antwortete nicht, sah mich nicht an.

»Papa!«, wurde ich laut.

Erst jetzt sah er endlich zu mir auf.

»Was ist hier los?«, drängte ich auf eine Antwort.

»Warum bist du hier?«

Er hatte etwas gelallt. Ich begriff, dass er sich vermutlich nicht nur wegen all des Mülls am Kühlschrank abstützen musste.

»Warum sieht es hier so schlimm aus?«

Er kratzte sich den Bart, schwieg.

Irgendwo draußen im Flur raschelte es wieder. Und jetzt fiel mir auch das Fliegensummen auf. Und die unzähligen schwarzen Punkte, die durch die Luft zischten und um die nackte Glühbirne kreisten.

»Warum ...« Wieder musste ich schlucken, weil es mir die Sprache verschlagen hatte. »Was ist passiert?«

Keine Antwort.

»Papa!«

»Hat Kurt dich gerufen?«

»Ja.«

»Das habe ich mir gedacht.«

»Das ist doch jetzt egal.«

Er murmelte etwas Unverständliches in seinen Bart.

»Wo kommt all das Zeug her?«

»Du hättest nicht extra kommen müssen.«

Die ersten Tränen liefen mir übers Gesicht. Vor Verzweiflung, vor allem aber vor Wut. Wie hatte er sich derart gehen und es so weit kommen lassen können? Wie hatte er unser Haus derart ruinieren können? Das Haus, in dem meine Mutter gelebt hatte! Und warum, verdammt noch mal, lieferte er mir keine plausible Erklärung für all das?

Ich wurde laut, betonte jedes einzelne Wort und packte all meinen Frust hinein: »Wo hast du das ganze Zeug her?«

Er schwieg, seufzte bloß.

»Rede mit mir!«

»Ich ...«

»Was?«

»Ich muss erst zusammenräumen.«

»Zusammenräumen?«

Die Naivität dieser Antwort machte mich nur noch wütender. Meine Übelkeit und die Schmerzen waren vergessen. Ich zwang mich dazu, in Gedanken bis drei zu zählen, ehe ich darauf reagierte. Aber ich hielt es nicht einmal bis zur Zwei aus.

»Ist das dein Ernst?«, brüllte ich ihm entgegen.

Keine Reaktion.

»Sieh dich um, verdammt!«

»Was soll ich sagen, ich ...«

»Das ist doch krank!«

Er wich meinem Blick aus, starrte wieder auf irgendeinen Punkt auf dem Boden vor mir. Kratzte sich den Bart.

Ich kochte vor Frust. Heulte. Zitterte. Wusste nicht, wohin mit meiner Wut. Packte einen Karton zu meiner Rechten, hob ihn hoch. Und musste feststellen, dass er schwerer war als gedacht. Es schepperte darin. Vermutlich Teller.

»Das zum Beispiel, was ist darin?«

Er sah nicht zu mir auf.

»Was?«

Schweigen.

»Gut, wie du möchtest!«

»Was willst du damit?«

»Ich bringe ihn raus!«

»Wohin raus?«

»Na, vors Haus, wohin sonst?«

»Nein, das tust du nicht!«

»Doch. Und dann werden wir auch noch ...«

Plötzlich riss eine Haltschlaufe des Kartons unter dem Gewicht. Und der Inhalt krachte zu Boden. Teller gingen zu Bruch, Scherben schossen über den Boden, dort, wo sie Platz dazu hatten.

Es war wie ein Weckruf für meinen Vater.

»Da siehst du, was du angerichtet hast!«, fuhr er mich an, stapfte durch den Müll auf mich zu, verlor dabei fast das Gleichgewicht und entriss mir den Kartonfetzen. »Lass das gefälligst!«

»Was willst du damit?«

»Das ist meine Sache!«

»Das sind doch nicht alles deine Sachen!«

»Ich werde mich schon darum kümmern!«
»Nein, wir machen das jetzt gemeinsam!«
»Du kannst wieder nach Hause fahren!«
»Ich bleibe!«

Ich griff mir einen vollgestopften schwarzen Müllsack, aus dem aus einem Riss ein Bratpfannenwender ragte.

»Leg den zurück!«
»Nein, den bringe ich jetzt vors Haus!«
»Das wirst du nicht!«
»Doch!«
»Gib den her!«

Er versuchte, ihn mit Gewalt an sich zu bringen. Der Plastiksack riss dabei noch weiter ein.

»Du kannst mich nicht daran hindern! Den bringe ich jetzt raus! Und du hilf mir, nimm den da!«

»Den Teufel werde ich tun!«

Er zerrte noch fester. Der Riss wurde größer, der Bratpfannenwender fiel heraus, außerdem eine *Tupper*-Box.

Ich hielt dagegen.

Aber er war stärker und brachte den Sack an sich. Dabei stolperte er zurück, verlor das Gleichgewicht und krachte mit dem Rücken auf den vollgeräumten Esstisch. Dort versuchte er, Halt zu finden, fegte zwei Filterkaffeemaschinen und einige Gläser hinunter und ging zu Boden.

»Um Gottes willen!«

Ich hetzte zu ihm.

Er stöhnte, sein Gesicht war schmerzverzerrt. Er schob sich den Arm unter, hielt sich den Rücken.

»Es tut mir leid.«

Ich wollte ihm hochhelfen, aber er schlug meine Hand weg und schnauzte mich an: »Lass mich!«

»Wie du willst, aber wir müssen …«
»Du musst gar nichts!«

Ich setzte an, hielt mich dann aber zurück. Sammelte mich. Und versuchte, einen versöhnlichen Ton anzuschlagen. »Ich will dir doch nur helfen!«

Aber er ging gar nicht erst darauf ein: »Und ich will, dass du gehst!«

»Ich werde nicht gehen! Nicht, bevor …«

»Im Haus bleibt alles so, wie es ist!«

»Das kann doch nicht dein Ernst sein!

»Das ist meine Angelegenheit!«

»Jetzt sei doch vernünftig!«

»Geh weg!«

»Du wirst sehen, wie schnell das geht, wenn wir das zusammen angehen. Komm, wir fangen gleich hier in der Küche an.«

Ich packte den Sack, den er mir eben entrissen hatte. Dabei fiel eine weitere *Tupper*-Box heraus. Einige Gabeln und anderes Zeugs. Es klirrte unter mir.

»Lass den!« Er kämpfte sich hoch, verzog sein Gesicht zu einer Grimasse, stöhnte auf. »Du sollst den zurücklegen!«

Aber ich war in meinem Tunnel gefangen, stand unter Schock. Hatte meinen Vorsatz, ruhiger mit ihm zu sprechen, längst wieder vergessen und ging erst gar nicht auf sein Drängen ein. Unter keinen Umständen würde ich diesen Sack wieder loslassen. Oder auch nur eine Minute ruhen, bis wir das Haus wieder halbwegs auf Vordermann gebracht haben würden. In diesem Moment glaubte ich tatsächlich daran.

»Jetzt komm schon, wir schaffen das!«

»Du sollst loslassen!«, brüllte er mich an, und ich spürte feine Spucketropfen in meinem Gesicht.

»Sicher nicht!«

Er versuchte, ihn mir zu entreißen. Aber ich hielt dagegen.

»Loslassen!«

Wieder hatte ich Spucke abbekommen.

Er war richtig aggressiv. Und natürlich wesentlich stärker, weshalb er den verdammten Sack an sich brachte.

Aber ich wollte mich davon nicht entmutigen lassen.

»Gut, dann nehme ich eben den!«, warf ich ihm entgegen und griff eine vollgestopfte Einkaufstüte, die aufgrund des metallischen Klapperns voller leerer Konservendosen schien.

Aber mein Vater entriss mir auch diese. »Her damit!«

Er packte mich am Oberarm, so fest, dass es schmerzte. Drängte mich rückwärts hinaus in den Flur.

»Au, lass los!«

»Raus mit dir!«

»Du tust mir weh!«

»Raus aus der Küche! Hier bleibt alles, wie es ist!«

Ich wollte mich aus seinem Griff winden, zerrte an seinem Arm. Aber ich war zu schwach. Zudem hatte ich Mühe, in all der Hektik und im Rückwärtsgehen sichere Schritte zu setzen. Ich knickte um, ein schmerzhafter Stich durchschoss meinen Knöchel. Ehe ich mich's versah, war ich schon draußen im Flur. Mein Vater ließ dennoch nicht von mir ab, drängte mich immer weiter. Bis ich schließlich wirklich das Gleichgewicht verlor, nach hinten stürzte, auf der Suche nach Halt einige Kartons mit mir riss und unter VHS-Kassetten, Glasflaschen, Gläsern und vielen weiteren Dingen begraben wurde.

Ich schrie. Mehr vor Schreck als vor Schmerz.

Mein Vater war plötzlich erstarrt. Stierte aus weit aufgerissenen Augen auf mich hinab. Atmete kurz und schnell.

Einen Augenblick lang war es still.

Dann murmelte er kaum verständlich: »Es … es tut mir … leid.«

Ich war baff, brachte kein Wort heraus. Außerdem rammte sich etwas Hartes in meinen Rücken, das ich zu greifen versuchte.

»Es ... ich ...«, stammelte er und brach ab.

Ich hatte einen Miniatur-Gartenzwerg mit Schubkarren unter meinem Rücken hervorgeholt.

Auf einmal machte mein Vater einen Schritt auf mich zu.

Im ersten Sekundenbruchteil erschrak ich, weil ich fürchtete, dass er sich auf mich stürzen wollte. Dann dachte ich, er würde seine Hand nach mir ausstrecken und mir aufhelfen wollen. Aber stattdessen drängte er sich an mir vorbei und riss dabei einen Kleiderhaufen mit, der zum Teil auf mich hinabbrauste.

»Wo willst du hin?«

Er antwortete nicht. Stieg über einen weiteren Kleiderberg, verlor dabei selbst fast das Gleichgewicht, musste sich an einem der Kartons mit den VHS-Kassetten abstützen, der deshalb den Halt verlor und runterrutschte, einen der Lampenschirme mit sich riss und noch etwas anderes außerhalb meines Blickfelds in Bewegung setzte. Es klirrte, Glas ging offenbar zu Bruch.

»Papa!«, rief ich ihm nach.

Aber er reagierte nicht.

»Jetzt bleib doch hier!«

Er stapfte weiter. War schon an der Eingangstür.

»Bitte warte doch!«

Aber er wartete nicht. Zerrte stattdessen an der Eingangstür und zwängte sich durch den Spalt aus dem Haus.

»Papa!«

Ich hörte seine Schritte, die sich vom Haus entfernten, das leise Knirschen des Schotters.

Und blieb alleine im Flur zurück.

Unfähig, auch nur einen klaren Gedanken zu fassen. Zu begreifen, was da eben passiert war. Wo ich war und was das alles zu bedeuten hatte. Wie ich diesen bestialischen Gestank jemals wieder aus den Räumen und meinem Kopf bekommen konnte.

So viele Jahre hatte ich mich vor einem Wiedersehen mit meinem Vater gefürchtet. Hatte mir diverseste Schreckensszenarien ausgemalt. Jetzt war alles ganz anders gekommen – schlimmer, als ich befürchtet hatte.

Ich hörte, wie er die Wagentür öffnete, sie zuknallte und den Motor startete. Wie er mit Mühe den Gang einlegte, wie die Reifen durchdrehten und Kies wegschleuderten. Und er davonbrauste.

Noch ein paar Sekunden lang war der Wagen zu hören. Dann war es still.

Bis wieder irgendwo unweit von mir ein leises Rascheln erklang. Und ich bemerkte, dass ich zitterte. Und erneut die Luft angehalten hatte.

11

Schwer zu sagen, wie lange ich einfach nur dastand, nachdem mein Vater aus dem Haus gestürmt war und ich mich hochgerafft hatte. Wie lange ich vor mich hin ins Leere starrte, keinen klaren Gedanken zu fassen vermochte. Und mich nicht zu rühren wagte. Als glaubte ich ernsthaft daran, dass meine Umgebung erst wieder zur Realität würde, wenn ich mich auch nur einen Millimeter vom Fleck bewegte.

Die süße Schärfe des letzten Kaugummis hatte sich längst

verflüchtigt, und ich schmeckte wieder die widerliche Säure meines Erbrochenen. An Zähneputzen war in diesem Haus nicht zu denken. Auch trinken würde ich hier sicher nichts – nicht einmal direkt aus dem Wasserhahn. In der Flasche im Wagen müsste noch ein letzter Schluck Wasser übrig sein. Vorerst begnügte ich mich jedoch damit, meine Übelkeit voller Ekel hinunterzuschlucken.

Mit dem Abklingen meiner Aufregung kehrte das schmerzhafte Pochen in meiner geschwollenen Schläfe zurück. Ich brauchte dringend eine Schmerztablette. Aber auch die Packung lag im Wagen.

Mir wurde klar, dass ich beim Aufeinandertreffen mit meinem Vater völlig den tatsächlichen Grund vergessen hatte, weshalb ich überhaupt hier war. Ich hatte nicht einmal daran gedacht, ihn nach dem Blut zu fragen und danach, was passiert war. Und ob das alles womöglich mit Franziskas Verschwinden zusammenhing.

Und mir wurde klar, dass ich nicht ewig so dastehen konnte.

Und so wagte ich mich schließlich aus meiner Schockstarre und machte einen ersten vorsichtigen Schritt, dann noch einen und einen weiteren. Bis ich zurück in der Küche war. Dort hob ich einen Kochtopf hoch, in dem völlig verschimmelte Essensreste, vermutlich Spaghetti in Tomatensoße, klebten. Der Gestank war richtig beißend, ich streckte den Topf von mir weg und betrachtete ihn voller Ekel. Sah mich um. Fragte mich, was ich damit anstellen sollte. Fand keine Lösung. Stellte ihn wieder zurück. Nahm stattdessen eine Filterkaffeemaschine, die mein Vater eben beim Zurückstolpern vom Tisch gefegt hatte, und stellte sie neben eine andere – ein verzweifelter Versuch, zumindest einen Hauch von Ordnung in all dem Chaos zu schaffen. Drei weitere Kaffeemaschinen waren von meiner Position aus nicht erreichbar. Also ließ ich von dem Versuch wieder ab.

Ich sah mich erneut um. Rieb mir das Gesicht.
War schlichtweg überfordert.
»Du wirst sehen, wie schnell das geht!«
Das oder etwas Ähnliches hatte ich meinem Vater doch gerade noch weiszumachen versucht. Jetzt, zurück im Flur, wurde auch mir klar: Hier würde gar nichts schnell gehen. Es würde Wochen, wenn nicht Monate dauern, dieses Haus wieder auf Vordermann zu bekommen. Zu zweit schien mir das Unterfangen überhaupt hoffnungslos. Ich hatte eine vage Vorstellung, wie es unter all dem Gerümpel und Dreck aussehen musste. Schmutz, Ungeziefer, Parasiten und diverse Flüssigkeiten, die sich in die Tapeten, Wände, Teppiche, den Holzboden und in die Möbel gefressen hatten. Gut möglich, dass das Mauerwerk an manchen Stellen bereits irreparabel beschädigt war. Vermutlich blieb gar nur ein Abriss übrig.

Je weiter mein Adrenalinspiegel sank, desto schockierter war ich über das Verhalten meines Vaters eben. Er war richtig aggressiv geworden, war regelrecht ausgerastet. Und das nur, weil ich einen Karton hatte aus dem Haus schaffen wollen.

Natürlich drängte sich mir unweigerlich die Frage auf, ob es in der Mordnacht vielleicht ebenso gewesen war. Hatte er sich von meiner Mutter aus irgendeinem Grund provoziert gefühlt? War es aus einer Nichtigkeit heraus zum Streit gekommen? Hatte er, wie eben, die Kontrolle über seine Emotionen verloren?

Das Bild meines Vaters, wie er ungläubig seine blutverschmierten Hände betrachtete, zuckte wieder einmal vor meinem geistigen Auge auf. Wie er zwischen ihnen hindurch zu Boden blickte. Auf meine tote Mutter, die dort lag, seltsam verrenkt. Und wie er dann wieder seine Hände betrachtete, als wären sie kein Teil von ihm. Als könnte er selbst nicht glauben, was sie gerade angerichtet hatten.

Wut und Trauer verstopften mir den Hals.

Ich blickte den Flur entlang zur Hintertür, dorthin, wo ich einst, als ich noch ein Kind und das Leben noch wunderschön gewesen war, an Wochenenden mit meinem Vater direkt in den Wald gegangen war. Zu unserer Wiese, unserem Platz. Zu unserer Bank.

»Aber bitte achtet darauf, dass ihr zum Mittagessen zurück seid!«, hatte meine Mutter uns nachgerufen.

»Jaja«, hatten wir halbherzig geantwortet und waren schon durch die Tür gewesen.

Gleich hinter dem Haus führte ein schmaler Trampelpfad durch den Wald bis zu der kleinen Lichtung, an der mein Vater eigenhändig für uns beide eine Art Bank aus einem besonders dicken Baumstumpf und ein paar Ästen gezimmert hatte. Damit wir von dort aus die vielen Schmetterlinge beobachten konnten, die über die Wildblumenwiese flatterten. Wir hatten die längste Zeit geschwiegen und versucht, uns möglichst nicht zu bewegen. Ab und zu war auf der anderen Seite der Lichtung sogar ein Reh aufgetaucht. Oder ein Hase ganz nah an uns vorbeigehoppelt.

Es war unser Platz gewesen. Und es war unser Ding gewesen, auf dieser Bank zu sitzen. Zu schweigen. Und die Schmetterlinge zu beobachten. Und das Leben zu genießen.

Ich liebte diesen Platz.

Ich liebte meinen Vater.

Damals.

Jetzt wandte ich mich von der Hintertür ab. Die Erinnerung war zu schmerzhaft. Stapfte stattdessen weiter und wagte einen Blick in das Wohnzimmer.

Unglaublich!

Die Couch, wenn sie überhaupt noch da war, war vollständig unter einem Müllberg begraben. Auch von dem Esstisch war nichts zu sehen. Ziemlich genau dort, wo einst meine Mutter tot gelegen hatte, stand nun ein altes ölverschmiertes

Motorrad, zur Hälfte mit Müllsäcken bedeckt. Daneben ein Stapel Autoreifen und einige dreckige Kanister, aus denen es nach Benzin und anderen beißenden Flüssigkeiten stank. Da war noch so viel mehr, aber das reichte mir – ich hatte genug gesehen.

Ich wandte mich vom Wohnzimmer ab, stapfte durch den Flur zurück zum Treppenaufgang. Ich wollte wissen, ob es im oberen Stockwerk ebenso schlimm wie hier unten aussah. Ich wollte mein Zimmer sehen. Hoffte, wenigstens das unversehrt vorzufinden. Sehnte mich auf einmal unglaublich intensiv danach, mich auf mein altes Bett fallen zu lassen. Einfach die Augen zu schließen. Und alles um mich herum zu vergessen. Zu schlafen. Mann, wäre das wundervoll. Wahrscheinlich hätte schon eine halbe Stunde genügt, um meinen Kater zu besänftigen und das Brennen meiner Augen zu lindern.

Aber schon nach den ersten Stufen hatte sich die Hoffnung, dass ich dort oben Ruhe finden würde, verflüchtigt. Den Treppenaufgang musste ich regelrecht hochklettern, wie einen Berg voller losem Geröll. Kaum dass ich einen Schritt setzte, hörte ich schon, wie hinter mir etwas hinab ins Vorzimmer kullerte. Auf halber Strecke, genau dort, wo die Stufen um die Ecke führten, versperrte mir das Fahrrad, das mir zuvor schon aufgefallen war, den Weg. Ich hatte alle Mühe, daran vorbeizukommen.

Oben angekommen, hatte ich endgültig Gewissheit, dass es dort nicht minder schlimm als unten im Erdgeschoss aussah. Auch hier versperrten mir unzählige Kisten, Säcke, Kartons, Bierkisten, Kanister, Zeitungs- und Zeitschriftenstapel und so vieles mehr den Weg. Uhren zum Beispiel, jede Menge davon. Aktenordner, Plastikkörbe und Computermonitore. CD-Hüllen in jeder noch so kleinen Lücke. Mitten im Flur standen drei schwarze Schreibtischstühle.

Ich kämpfte mich bis zu meinem einstigen Kinderzimmer

vor. Griff die Klinke. Und hielt einen Augenblick lang inne, bevor ich die Tür öffnete. Um mir Mut zu machen. Und mich zu wappnen, für was auch immer mich darin erwartete.

Doch als ich die Tür öffnete, war ich überrascht. Mein Zimmer war zwar wie der Rest des Hauses zugemüllt. Allerdings mit Abstand weit weniger schlimm als alle anderen Räume, die ich bisher gesehen hatte. Offenbar diente es meinem Vater mittlerweile als Schlafzimmer, denn das Bett war durch einen schmalen freien Korridor verhältnismäßig gut erreichbar und schien erst kürzlich benutzt worden zu sein.

Und dennoch gab es hier nichts zu beschönigen. Beim Gedanken daran, dass mein Vater in diesem Drecksloch tatsächlich schlafen konnte, wurde mir wieder übel. Er hatte meine alte *Hannah Montana*-Bettwäsche aufgezogen, die mir Kurt damals geschenkt hatte, ohne zu wissen, dass ich solches Pop-Gedudel verabscheute und längst auf der coolen Punk-Welle surfte. Ich hatte sie damals nie verwendet, meinem Vater schienen solche Abneigungen offensichtlich fremd. *Hannah Montana* war mit so vielen verschiedenfarbigen Flecken besudelt, dass sie und die schrillen Motive um sie herum kaum noch auszumachen waren. Auch im Bett selbst stapelten sich Zeitungen und Zeitschriften. Leere zerdrückte Bierdosen lagen davor. Und Alkoholflaschen. Unzählige davon.

Mir ekelte vor jeder einzelnen.

Und mir ekelte vor mir selbst.

Aber dann stach mir eine Wodkaflasche am Fußende des Bettes ins Auge. Und mein Abscheu war wie weggeblasen. Ich betrachtete sie näher. Und tatsächlich: Aus der Ferne schien sie ungeöffnet.

Ein unwiderstehlicher Drang entsprang plötzlich meinem tiefsten Inneren. Ich konnte nicht anders. Musste diese Flasche in die Hand nehmen. Die Erhabenheit des Drucks spüren. Prüfen, ob sie tatsächlich noch original verschlossen war. Ich musste sie aufschrauben, daran riechen. Die Augen schließen, den beißenden, so wohlvertrauten Duft in meine Nase steigen lassen. Die Flasche an meine Lippen setzen. Einen kräftigen Schluck davon nehmen. Das scharfe Brennen in meiner Mundhöhle und meinem Rachen spüren, in meiner Speiseröhre. Die wohlige Wärme fühlen, die meinen Kopf flutete. Das Kribbeln.

Dieser Drang war schlagartig so groß, dass ich erst begriff, was ich getan hatte, als der Alkohol tatsächlich bereits meine Speiseröhre hinunterbrannte. Ich öffnete die Augen. Schloss sie sofort wieder. Nahm einen zweiten Schluck. Und für einen verschwindend kurzen Moment hatte ich alles um mich herum vergessen. Und der ekelhafte Geschmack meines Erbrochenen war verschwunden.

Pure Erleichterung.
Noch ein Schluck.
Herrlich!
Ich genoss es.

Doch dann drang plötzlich der Gestank meiner Umgebung wieder bis zu meinem Verstand durch. Und ich konnte nicht fassen, was ich da eben getan hatte. Am frühen Morgen noch, als es mir richtig übel gegangen war, hatte ich mir geschworen, es einen einmaligen Ausrutscher gewesen sein zu lassen und dieses verdammte Zeug nicht mehr anzurühren. Jetzt hatte ich, ohne mit der Wimper zu zucken, diesen Vorsatz einfach über Bord geworfen.

Es war erschreckend. Mein Leichtsinn. Aber auch, was aus meinem Kinderzimmer geworden war. Denn auf das konzentrierte ich mich jetzt wieder, um meine Dummheit zu vergessen.

Das *Green Day*-Poster, auf dem Billie Joe seinen Daumen in der Nase stecken und das ich früher so heiß geliebt hatte, hing noch an der Wand neben dem Kleiderschrank – nur dass die untere Hälfte davon von Gerümpel verdeckt war. Damals hatte ein Poster von *The Offspring* gleich daneben gehangen, aber das war nun verschwunden. Die Türen meines Kleiderschranks waren offen, sodass dessen Inhalt fließend mit dem Stapel davor ineinander überging. Auf dem Fensterbrett thronte ein Blumentopf, aus dem ein zum Teil schon verrotteter undefinierbarer Pflanzenstängel emporragte. Die einst schneeweißen Vorhangseitenteile schimmerten nun in einem dunklen Beige, durchzogen von einigen dunkelbraunen Spritzern und größeren Flecken. Auch hier war das Fenster so verdreckt, dass kaum Licht in den Raum fiel.

Es war mir absolut unbegreiflich, wie mein Vater hier auch nur eine Minute lang Schlaf finden konnte. Aber dass er hier schlief, schien mir offensichtlich.

Auf dem Nachtkästchen standen einige leere Joghurtbecher, aus denen ebenfalls schon Schimmel überquoll, und drei Tassen. Außerdem lagen da einige Teelöffel, ein paar Stifte, drei Fernbedienungen, die ich nicht zuordnen konnte, und unzählige zerknüllte Taschentücher. Mein alter Fernseher war nirgends zu entdecken, und auch meine Stereoanlage war wohl irgendwo unter einem der Müllhaufen begraben.

Außerdem lagen einige Zettel auf dem Nachtkästchen – Briefe, stellte ich fest, als ich sie näher betrachtete. Sie mussten einmal nass geworden sein, das Papier war stark gewellt und die Schrift war größtenteils verschwunden, verwischt oder einfach nicht mehr lesbar. Sie schienen alle vom selben Verfasser zu stammen – doch wer sie geschrieben hatte, war für mich erst einmal nicht auszumachen.

Im Nachhinein fragte ich mich oft, warum mich diese Briefe so angezogen hatten. Immerhin war das ganze Haus und selbst dieses Zimmer mit einer Unmenge an Dingen vollgestopft gewesen. Alles hätte meine Aufmerksamkeit auf sich ziehen können.

Aber es waren die Briefe, die ich mir genauer ansah.

… Armen zu halten und zu spüren, wie mein Herz …
streiche… Haare duften, kann ich …

Unter normalen Umständen hätte mir längst klar sein müssen, dass es sich dabei um Liebesbriefe handelte. Aber nicht jetzt. Mein Leben hatte seit dem Vorabend eine weitere einschneidende Wendung genommen. Nur war mir das zu diesem Zeitpunkt noch nicht klar. Der Schock, der Alkohol und die Unmenge an Eindrücken der letzten Minuten und Stunden erschwerten mir das Denken.

Ich nahm einen weiteren Brief zur Hand und las.

Liebe Claudia,

ich kann nicht anders als dir …
vermisse dich wie …
denken. Wir …

stand da und die nächsten Zeilen waren wieder nicht lesbar. Nun wusste ich aber, dass die Briefe an meine Mutter adressiert waren. Von meinem Vater, vermutete ich. Von wem sonst, denn inzwischen dämmerte es mir allmählich, dass es sich um Liebesbriefe zu handeln schien. Aber dann las ich weiter, und ein Zittern entsprang meinem Herzen. Schlagartig breitete es sich über meine Blutbahnen auf meinen ganzen Körper aus. Bis in meine Finger, sodass der Brief in meinen Händen zu zappeln und das Papier zu knistern begann.

… müssen aus dieser Lüge ausbrechen. Du musst es Hans sagen. Ja, er wird durchdrehen. Und ja, wahrscheinlich wird er uns die Hölle heißmachen. Aber Jana kann er dir nicht wegnehmen! Wir können das schaffen, wir können endlich zusa…
… weg von hier, egal wohin. Hauptsache wir s…
… Lüge gelebt. Wir lieben uns und das i…
…icht länger ohn…
… für imm…
… sehne mich s …
…rmen zu lieg…
…iebe

Alles, was darunter geschrieben stand, war von der Nässe aufgefressen worden. Auch den Verfasser vermochte ich weder auf diesem noch auf einem der anderen Briefe zu erkennen. Aber als ich das Datum auf dem letzten Brief sah, schien die Raumtemperatur schlagartig nach unten zu fallen.

18. Oktober 2009

Das war nur wenige Tage vor Mamas Ermordung.

12

Freitag, 22. Oktober 2009, 10.51 Uhr
13 Stunden und 32 Minuten bis zum Mord

Beim ersten Mal hatte Claudia das Läuten nur unbewusst mitbekommen. Sie war viel zu tief in ihren Sorgen und ihren dunklen Gedanken versunken gewesen, als dass sie ihre Umgebung so richtig wahrgenommen hätte. Es fühlte sich an, als wäre sie mit einer dicken Watteschicht umwickelt.

Erst das Klingeln des zweiten Anrufs hatte diese Schicht durchdrungen und es bis zu ihrem Verstand geschafft. Doch sie hatte das Telefon einfach läuten lassen. Hatte schlichtweg nicht die Kraft aufgebracht, sich von der Bettkante hochzustemmen, das Schlafzimmer zu verlassen, die Treppen hinabzusteigen und sich den ganzen langen Flur bis zum Telefon zu schleppen. Schon alleine der Gedanke daran hatte sie an die Grenzen ihrer momentanen Leistungsfähigkeit getrieben. Sie hatte einfach nur weiter dasitzen wollen. Weinen. Und sich ausmalen, wie schön es wäre, wenn all der Schmerz tatsächlich mit einem Schlag ein Ende hätte.

Aber dann läutete das Telefon zum dritten Mal. Und unmittelbar darauf zum vierten Mal. Und plötzlich schoss Claudia die Sorge ein, dass Jana etwas passiert sein könnte. Ihre Tochter war das Wichtigste. Ihr Mädchen war alles, was zählte, alles, was sie noch hatte. Jana war der einzige Grund, der dagegensprach – gegen ihren sehnlichsten Wunsch. Ohne sie wäre sie schon längst weg.

Und so sprang sie regelrecht vom Bett hoch. Hetzte aus dem Zimmer, nahm immer gleich zwei Stufen auf einmal und rannte den Flur entlang zum Telefon.

»Herbst«, meldete sie sich und war felsenfest davon überzeugt, jemanden von der Schule dranzuhaben.

Aber sie hatte sich getäuscht.

»Ich halte das nicht aus, ich muss dich sehen!«, hörte sie die Stimme am anderen Ende der Leitung.

Erleichterung. Scham. Traurigkeit. Begierde. Glückseligkeit. Da waren so viele Gefühle, die sie auf einmal durchfluteten. Deren Wucht ließ Claudias Augen feucht werden.

Sie holte tief Luft. »Das geht jetzt nicht.«

»Warum nicht?«

Die Tränen liefen ihr schon wieder übers Gesicht. Aber sie versuchte, sich zusammenzureißen, so klar wie möglich zu sprechen und sich die Verzweiflung nicht anhören zu lassen.

»Hans kann jeden Moment zurückkommen. Ich weiß nicht, wo er ist. Aber ...« Sie brach ab.

»Ist alles in Ordnung bei dir?«

Wäre sie nicht so verzweifelt gewesen, hätte sie diese Bemerkung wohl aufgeregt. Wie sollte alles in Ordnung sein? Wie?

»Was ist los?«

»Wir hatten einen üblen Streit und ...« Sie ließ den Rest des Satzes in der Luft hängen.

»Und was?«

»Nichts. Ich denke, er wird bald zurückkommen.«

»Dann komm du eben her.«

Sie schluckte mehrmals. Versuchte, den Kloß, der ihr im Hals steckte, hinunterzuwürgen.

»Komm schon, Claudia, gib dir einen Ruck!«

»Nicht jetzt.«

»Bitte. Ich brauche dich.«

»Es geht nicht.«

»Ich muss endlich wissen, was du darüber denkst. Ich kann an nichts anderes mehr denken.«

»Ich doch auch nicht.«

»Alles, was ich dir geschrieben habe, meine ich genauso.«
Abermals brachen Gefühlsflutwellen über sie herein und zertrümmerten alle Dämme.

»Ich ... ich weiß.«
»Weinst du etwa?«
»Nein.«
»Lüg mich nicht an!«
»Ich ... ich ...«
»Was ist los?«
»Ich ... ich kann nicht mehr.«
»Was meinst du?«
»Ich bin am Ende.«
»Mein Gott, Süße, dann lass es uns machen!«
»Ich verstehe nicht, wie du dir das vorstellst.«
»Vergiss doch endlich, was die anderen denken!«
»Sie weiß es, oder?«
»Ja, sie hat gestern eine Stunde lang auf mich eingeredet.«
»Und?«
»Nichts *und*. Sie hat natürlich nichts verstanden. Ich habe mich dann geläutert gegeben, habe ihr vorgespielt, dass sie mich überzeugt hat. Aber das hat sie nicht. Wovon ich aus tiefstem Herzen überzeugt bin, ist, dass sie mir nichts bedeutet und wir beide zusammengehören.«
»Aber ... Jana ... sie ...«
»Sie ist ein kluges Mädchen und sie liebt dich über alles. Sie wird es verstehen.«
»Aber ...«
»Kein *aber* mehr! Hör doch auf dein Herz!«
Claudia wischte sich mit dem Unterarm die Tränen aus dem Gesicht.

»Du weißt, dass es auch für sie das Richtige wäre!«
»Ich weiß nicht mehr, was ich glauben soll. Ich kann keinen klaren Gedanken mehr fassen. Ich muss ...«

Sie brach ab. Weil sie einen Blick aus dem Fenster warf. Und das Auto die Auffahrt heraufkommen sah. Wie eine heraufziehende Bedrohung.

»Scheiße!«, entkam es ihr.

»Was ist?«

»Er kommt.«

»Hans?«

»Nein.«

»Wer dann?«

»Ich muss jetzt Schluss machen.«

»Soll ich zu dir kommen?«

»Nein! Auf keinen Fall!«

Claudia legte auf. Aber die Angst lähmte sie. Sie stand einfach nur da und wusste nicht weiter. Bis ein paar Augenblicke später die Klingel durchs Haus schallte.

»Mach auf!«, brüllte er und hämmerte gegen die Tür.

Sie rang nach Luft.

Hans war also auch bei ihm gewesen.

13

Meine Großmutter – die Bezeichnung »Oma« fand ich immer schon zu liebevoll und unpassend für diese Frau – war mir nie sonderlich sympathisch gewesen. Wenn ich an sie dachte, was ich zugegeben in den letzten Jahren so gut wie nie getan hatte, waren da diese schmalen Lippen, die sie meist zu einem strengen Strich zusammengepresst hatte. Die spitzen Wangenknochen, die sie mit einer Unmenge an Schminke auch noch betonte. Dieses meist aufgesetzt wirkende Lächeln. Die stets auftoupierten und mit einer Unmenge an Haarspray in Form gehaltenen Haare. Dieser überwältigende und alles einnehmende Gestank ihres blumigen Parfüms. Und natürlich das goldene Kreuz, das immer gut sichtbar von ihrer Halskette hing.

Als sie mir am Tag meiner Rückkehr die Tür öffnete, war sie genauso wie in meiner Erinnerung. Alleine schon ihr Anblick versprühte Kälte. Ich wollte nicht in ihrer Nähe sein. Aber seit dem Fund der Liebesbriefe war ich völlig durch den Wind. Ich konnte an nichts anderes mehr denken.

Meine Mutter hatte eine Affäre gehabt.

Diese Erkenntnis hatte mich regelrecht überrollt. Seitdem stolperten meine Gedanken wie ein Angefahrener von einer Sackgasse in die nächste. Immer und immer wieder schossen mir dieselben Fragen durch den Kopf:

Wussten meine Verwandten, wie es um meinen Vater stand und wie es in dessen Haus aussah? Wussten sie, dass er zu einem Messie geworden war? Wenn ja, warum hatte niemand etwas dagegen unternommen? Und warum hatte mich niemand informiert? Aber noch viel wichtiger war mir die Antwort auf die Frage, mit wem, um Himmels willen, meine Mutter eine Affäre gehabt hatte. Und warum? Hatten meine Familie und vor allem mein Vater es gewusst? Hatte er durch die Briefe davon erfahren? Falls ja, hatte er sie erst nach dem Tod meiner Mutter gefunden? Vielleicht sogar erst unlängst? Hatten sie deshalb neben seinem Bett gelegen? Oder hatte er sie schon damals entdeckt? Und waren die Briefe gar der Auslöser für …?

Nein!

Ich wagte es nicht, diesen Gedanken zu Ende zu denken. Und dennoch brauchte ich Antworten. Weil mir der Kopf sonst noch zu explodieren drohte. Ich musste ganz einfach mit jemandem darüber sprechen. Nicht mit meinem Vater, von dem erwartete ich mir keine ehrlichen Antworten darauf. Außerdem fürchtete ich mich vor einem erneuten Aufeinandertreffen.

Also wusste ich mir nicht anders zu helfen, als über meinen Schatten zu springen und meinen Großeltern einen Besuch abzustatten. Wer, wenn nicht die Mutter meines Vaters, würde mir Antworten auf meine Fragen geben können?

Doch auch dieses Aufeinandertreffen lief nicht so ab, wie ich es mir erhofft hatte. Ganz und gar nicht.

»Kind!«, sagte meine Großmutter geradezu erschrocken, nachdem ich ihr zwei, drei Sekunden lang beim Einordnen meiner Person hatte zuschauen können.

Nicht Jana. Nicht *mein* Kind. Nein, einfach nur »Kind«.

Dann, nahezu emotionslos, eher wie eine Pflichtfrage: »Wie siehst du denn aus?«

»Keine Sorge, nur ein kleiner Sportunfall.«

»Das sieht ja schlimm aus!«

»Ich weiß. Ist aber nicht der Rede wert.«

»Hm«, machte sie bloß und musterte mich. Ihre zusammengepressten Lippen waren noch schmäler als in meiner Erinnerung und beschrieben eine deutliche Abwärtskurve.

Sie war an der Schwelle stehen geblieben, machte keine Anstalten, mir entgegenzutreten und mich zu umarmen, wie andere Großmütter das wahrscheinlich getan hätten. Sie strahlte nicht vor Glück, rief nicht nach meinem Opa. Da war keine Freude in ihrem Gesicht, nicht eine Träne, die ihr über die Wange lief. Nein, ganz im Gegenteil. Sie wirkte voller Ablehnung und Anspannung, geradezu geschockt. In diesem ersten Moment unseres Wiedersehens vermochte ich nicht einzuschätzen, ob sie es nur unbewusst oder mit voller Absicht machte – aber indem sie im Türrahmen stehen blieb, versperrte sie mir den Zugang zum Haus.

»Was machst du hier?«, wollte sie wissen und hielt sich dabei verkrampft am Türstock fest. Ein kurzer Blick über meine Schulter, als erwartete sie dort eine Erklärung für mein Auftauchen.

»Überraschung«, sprach ich das Offensichtliche aus und hoffte, dass es ihr vorerst als Erklärung genügen würde.

»Ja, das sehe ich«, sagte sie und griff nach ihrem auftoupierten Haar, als wollte sie so etwas sagen wie: »Es ist ja wirklich schön, dass du vorbeischaust, aber es tut mir wirklich leid, es ist gerade äußerst unpassend. Ich fürchte, du musst ein andermal wiederkommen, ich bin gerade gar nicht in der Verfassung für Besuch.«

Ich versuchte, mich davon nicht entmutigen zu lassen. »Darf ich reinkommen?«

»Aber ja doch, sicher ...«, sagte sie, machte jedoch keine Anstalten, zur Seite zu treten und mich hereinzulassen. »Es ist nur so, dass ... also, weißt du ...«

Einen Augenblick lang standen wir uns schweigend gegenüber. Dabei vermied sie es, mich anzusehen. Machte stattdessen sinnlose Handbewegungen und zupfte am Ärmel ihrer Bluse. Zwang sich zu einem verkrampften Lächeln.

»Also, Kind, weißt du ...«

Ich bin heute noch davon überzeugt, dass meine Großmutter in diesem Augenblick beschlossen hatte, mich nicht ins Haus zu lassen. Dass sie mir irgendeine Ausrede auftischen und mir sagen wollte, dass es wohl das Beste wäre, wenn ich ein andermal wiederkäme. Oder wir doch einfach telefonieren konnten.

Aber mein Opa machte ihr einen Strich durch die Rechnung.

»Inge?«, war seine Stimme aus den Tiefen des Hauses zu hören, und gleichzeitig durchzuckte eine Mischung aus Ärger und Resignation das Gesicht meiner Großmutter.

»Inge, wer ist denn da?«, wollte er wissen und hustete.

Sie antwortete nicht, stand wie versteinert da. Als wollte sie nicht, dass er uns entdeckte.

Doch über ihre Schulter hinweg sah ich bereits seinen Schatten im Flur auftauchen und auf uns zukommen.

»Haben wir Besuch?«

Wieder ein Husten.

Dann hatte er uns erreicht und spähte meiner Großmutter neugierig über die Schulter.

»Jana? Was machst du hier? Das ist ja eine Freude!« Er schob meine Großmutter beiseite, trat zu mir, umarmte mich. »Komm her, lass dich drücken. Was hast du denn da für eine üble Beule?«

Unnötig zu betonen, dass ich meinen Opa mochte. Und dass er eine Frohnatur war. Und mir seit jeher schleierhaft war, wie er mit einer Frau wie meiner Großmutter zusammen und auch noch glücklich sein konnte.

»Halb so schlimm, nur eine Sportverletzung«, beschwichtigte ich.

Mittlerweile war ich schon geübt in dieser Antwort.

Er löste sich aus der Umarmung, hielt mich an den Oberarmen und strahlte übers ganze Gesicht.

»Warum hast du denn nicht angerufen? Oma hätte einen Kuchen gebacken.«

»Ich hoffe, ich komme nicht ungelegen«, fragte ich höflichkeitshalber und bereute es im selben Moment, weil ich meiner Großmutter damit nur die Chance gab, mich loszuwerden.

Aber mein Opa machte ihr auch jetzt einen Strich durch die Rechnung. »Aber nein! Komm doch rein!«, sagte er, trat zur Seite und machte eine einladende Geste.

Meine Großmutter wirkte alles andere als begeistert, als sie ebenfalls einen Schritt zur Seite machte. »Ja, genau, komm doch auf einen Sprung herein«, sagte sie. Aber die Worte hatten es bestenfalls halbherzig über ihre Lippen geschafft, und der Unterton ließ keinen Zweifel daran, dass sie es ganz und gar nicht wollte. Ihr Lächeln legte zwar die Haut um ihren Mund in Falten, erreichte jedoch ihre Augen nicht.

So gerne ich ihrem Wunsch nachgekommen wäre, ich brauchte Antworten. Und deshalb ignorierte ich ihre unterschwellige Botschaft. »Gerne, danke.«

Ihre Mundwinkel hingen jetzt steil hinab.

Nachdem ich in der Diele meinen Mantel abgelegt und die Straßenschuhe gegen Hausschlappen getauscht hatte, die mein Opa mir gebracht hatte, folgte ich ihm durch den Flur. Dabei schlurfte er, und seine Schlappen schleiften über den Holzboden.

»Heb die Füße beim Gehen!«, kommandierte meine Großmutter hinter uns, und es war unüberhörbar, dass sie es gewohnt war, Befehle zu erteilen.

Mein Opa gehorchte jedenfalls kommentarlos, und bis zum Küchentisch, an dem er mir einen Platz und eine Tasse Früchtetee anbot, war nicht mehr das geringste Schlurfen zu hören.

Die Küche war das absolute Gegenteil von jener meines Elternhauses. Alles hier war sauber und aufgeräumt. Die Gewürzfläschchen und -dosen machten auf mich den Eindruck, als stünden sie alle auf den Millimeter genau im gleichen Abstand zueinander. Nicht eine benützte Tasse oder ein Glas, das herumgestanden wäre.

»Das freut uns wirklich sehr, dass du uns besuchen kommst«, sagte er und sah meine Großmutter an. »Nicht, Inge?«

»Ja. Sehr«, sagte sie, lächelte, vergaß dabei aber erneut ihre Augen.

Bis dahin hatte sie stocksteif dagesessen, meinem Opa beim Zubereiten des Tees zugeschaut, an ihren dünnen Lippen gekaut und mich aus dem Augenwinkel heraus gemustert. Im Licht der Deckenleuchte fiel mir auf, dass sie am faltigen Hals rote Flecken bekommen hatte.

Mein Opa hustete wieder. Immer heftiger.

»Otmar!«, fuhr meine Großmutter ihn an.

Aber er fing sich kaum.

»Trink etwas!«

Er tat, wie ihm befohlen. Kriegte sich langsam ein. Musste sich aber dennoch noch einige Male kräftig räuspern.

»Bitte verzeih, Jana. Das ist der Krebs.«

»Otmar!«

Die Hitzeflecken an ihrem Hals waren blitzartig dunkler geworden.

»Opa, du ... du hast Krebs?«

»Ja, aber das ist kein Problem. Mach dir keine Sorgen! Ein, zwei Jahre habe ich ja noch, sagen die Ärzte. Und außerdem ...«

»Otmar, es reicht jetzt!«

»Ich habe doch nur ...«

»Dieses Thema ist unangemessen.«

Sie kratzte sich am Hals. Blickte zum Kruzifix an der Wand.

»Na ja, jedenfalls alles halb so schlimm«, sagte er, und kaum, dass er den Satz zu Ende gesprochen hatte, überkam ihn abermals ein grässlicher Hustenanfall.

Meine Großmutter schnaufte hörbar genervt. Ich konnte ihr regelrecht ansehen, wie sie sich im Geiste dazu ermahnte, die Contenance zu bewahren.

Ihr Anblick machte mich wütend.

»Jetzt schau doch nicht so traurig, Jana«, sagte mein Opa, nachdem er sich gefangen hatte.

Ich wusste nicht, was ich darauf antworten sollte. Lächelte ihn stattdessen an.

»Du siehst deiner Mutter so ähnlich«, sagte er. »Weißt du das eigentlich?«

Mein Lächeln erstarb. Ich schüttelte den Kopf. Musste schlucken.

»Auch du hast diese Traurigkeit in deinem Blick. Wie deine Mutter. Es ist so schade, dass es ihr immer schlechter ging, damals, bevor sie starb.«

»Otmar, ich denke, es ist genug jetzt.«

»Was meinst du?«, hakte ich nach, weil das neu für mich war. »Wieso ging es ihr schlecht?«

»Ich glaube, das weiß niemand so genau. Ich habe so gehofft, dass der Psychiat…«

»Otmar!«

»Was denn?«

»Schluss jetzt, aber sofort!«

»Ich wollte doch nur …«

Ein weiterer Hustenanfall beutelte ihn.

»Bitte verzeih«, brachte er gerade so heraus, und sein Kopf war hochrot angelaufen. Er verschwand aus der Küche.

Ich hörte, wie er den Flur entlanghetzte und hinter sich eine Tür, vermutlich die Badezimmertür, schloss.

Meine Großmutter stöhnte theatralisch, als wollte sie damit zum Ausdruck bringen, wie sehr sie sich aufgrund von Opas Krankheit einschränken musste.

»Verzeih, Kind. Ich weiß, es klingt nicht schön.«

Ich war einfach nur baff. Darüber, dass mein Opa Krebs hatte. Darüber, dass meine Mutter bei einem Psychiater oder einem Psychotherapeuten war – denn das war es doch, was mein Opa mir gerade hatte sagen wollen, oder? Aber vor allem auch das eiskalte Verhalten meiner Großmutter machte mich regelrecht sprachlos. Und wütend. Wie konnte sie derart gefühllos mit ihm umgehen und wieso war sie derart abweisend mir gegenüber?

Durch die geschlossene Tür drang das gedämpfte Husten zu uns.

»Wieso ging es Mama schlecht?«, traute ich mich nach einigen unangenehmen Sekunden des Schweigens zu fragen.

»Ach, vergiss das, dein Großvater ist bloß verwirrt.«

»Aber er hat doch gesagt, dass ...«

»Was verschafft uns die Ehre?«, unterbrach sie mich. Und als wollte sie auch gleich klarstellen, dass sie keine Lust auf eine ausführliche Antwort oder ein allzu langes Gespräch hatte, fügte sie noch schnell hinzu: »So sehr wir uns auch über deinen Besuch freuen, Kind: Ich fürchte, ich muss dich darum bitten, bald zu gehen. Du hast ja selbst gerade mitbekommen, wie es deinem Großvater geht. Er braucht jetzt dringend Ruhe.«

Ich ging nicht darauf ein, hakte stattdessen noch einmal nach: »Was hat Opa gemeint?«

»Was meinst du?«

»War meine Mutter in psychologischer Betreuung?«

»Blödsinn!«

»Warum bist du dir so sicher?«

»Wir sind eine normale Familie.«

Diese Antwort war so absurd, dass ich gar nicht recht wusste, was ich darauf erwidern sollte. Ich brauchte einen Augenblick, um meine Gedanken zu sammeln.

»Aber Opa hat doch eben ...«

»Wie gesagt: Dein Großvater ist krank. Und manchmal etwas verwirrt, was auch an den starken Medikamenten liegt, die er jeden Tag einnehmen muss. Ein weiteres Anzeichen dafür, dass du jetzt bitte gehen solltest.«

Meinetwegen, sollte so sein. Ich hatte ohnehin keine große Lust, dieser Frau noch lange gegenüberzusitzen. Außerdem hatte ich Angst, dass meine Anspannung noch steigen und ich den Mut verlieren würde, wenn ich es noch länger hinauszögerte. Und deshalb kam ich ohne weitere Umschweife zur Sache – immerhin war ich wegen genau dieser Frage hier. Wegen meines Frusts schoss sie regelrecht aus mir heraus:

»Waren meine Eltern glücklich zusammen?«

Sie riss mit übertriebener Mimik die Augen auf. »Was?«

»Hatten sie eine glückliche Ehe?«

»Wie kommst du darauf, so etwas zu fragen?«

»Einfach so.«

»Man fragt das nicht einfach so.«

»Das ist doch jetzt egal, warum ich das frage.«

»Das finde ich nicht.«

Ich versuchte, der Pattsituation zu entkommen: »Kann es sein, dass meine Mutter eine Affäre hatte?«

Ihre Hitzeflecken waren jetzt knallrot, ihr Augenlid zuckte. »Bitte was?«

Ich wiederholte meine Frage nicht. Ließ ihr Zeit.

Sie kratzte sich den Handrücken.

»Eine Affäre?«

»Ja.«

»Mein Gott, nein!«

»Wie kannst du dir so sicher sein?«

»Warum sollte sie eine Affäre gehabt haben?«

»Ich weiß es nicht.«

»Du kannst doch nicht aus heiterem Himmel mit so einer Frage hier aufkreuzen.«

»Also weißt du von nichts?«

»Was sagt denn dein Vater dazu?«

»Ich habe noch nicht mit ihm darüber gesprochen.«

»Und warum kommst du dann ausgerechnet zu uns mit so etwas?«

»Keine Ahnung, ich dachte ...«

»Keine Ahnung? Also, Kind, weißt du, das halte ich für äußerst unangemessen.«

Dass sie über meine Fragen nicht erfreut sein würde, hatte ich erwartet. Dass sie nun aber derart abblockend und aggressiv reagierte, verunsicherte mich mehr, als mir lieb war. Eher unbewusst bekam ich in meiner Aufregung mit, dass mein Opa währenddessen wieder aus dem Bad gekommen war, durch den Flur schlurfte und eine weitere Tür öffnete.

»Weißt du, wie es bei uns daheim aussieht?«
»Was meinst du?«
»Na, den ganzen Müll.«
»Welchen Müll?«

Ich nahm ihr ab, dass sie tatsächlich nichts davon wusste. Aber zu 100 Prozent sicher war ich mir nicht.

»Wann warst du denn zuletzt bei uns?«
»Wann ich zuletzt ...? Also, ich finde, das waren jetzt langsam genug Fragen!«

Mein Opa hatte wieder eine Tür geschlossen. Seine Schritte näherten sich.

»Aber ich möchte doch nur ...«
»Und ich möchte, dass dieses Verhör nun ein Ende hat.«
»Das ist doch kein Verhör. Ich möchte nur wissen, ...«
»Das ist mir egal, was das hier ist. Ich habe keine Lust darauf.«
»Ist dir denn egal, was damals passiert ist?«
»Ich verbitte mir solche Unterstellungen.«
»Alles, was ich will, ist, Antworten zu finden.«
»Da können wir dir leider nicht weiterhelfen.«

Mein Opa kam mit einem schwarz eingebundenen Fotoalbum zurück in die Küche und fiel mir in den Satz: »Sieh mal, Jana, das wollte ich dir immer schon mal zeigen. Es ist wirklich herzergreifend, wie ...«

Meine Großmutter sprang von ihrem Stuhl hoch – so abrupt, dass er nach hinten kippte.
»Gib das her!«, fuhr sie ihn an und entriss ihm das Album.
Mein Opa schien gar nicht so recht zu wissen, wie ihm geschah. »Was ist denn los?«
»Nichts ist los!«
»Ich wollte doch Jana nur …«
»Ich finde, das reicht jetzt!«, unterbrach sie ihn. Und dann in meine Richtung: »Dein Großvater ist zu schwach für so viel Aufregung und muss sich jetzt ausruhen.«
»Aber ich …«, setzte er an.
»Schluss jetzt, du bist krank und gehörst ins Bett!«
»Ich fühle mich aber …«
»Und dich, Kind, muss ich jetzt leider bitten zu gehen!«
Ich schäumte zwar vor Wut über ihr Verhalten, aber ich erhob mich dennoch. Es war zwecklos, ihr zu widersprechen. Sie war ein ignoranter Sturkopf, ich würde kein Wort mehr aus ihr herausbekommen. Zumindest jetzt nicht. Außerdem steckte ich Opa zuliebe zurück. Er sollte meine Hartnäckigkeit später nicht ausbaden müssen.
»Du kannst ja gerne ein andermal wiederkommen«, sagte sie, legte mir die Hand in den Rücken und schob mich regelrecht hinaus in den Flur. Im Vorbeigehen bekam ich noch mit, dass sie das Fotoalbum auf einer Kommode ablegte.
»Bist du noch länger da?«, hörte ich Opa in meinem Rücken rufen. »Du kannst ja morgen wieder vorbeikommen!«
»Aber bitte ruf vorher an!«, fügte meine Großmutter hinzu.
Ehe ich mich's versah, war ich schon an der Haustür. Und kaum dass ich aus dem Haus getreten war, hörte ich, wie die Tür in meinem Rücken energisch ins Schloss knallte. Und sie mehrfach verschlossen wurde.

14

Meine Tante wohnte im Nachbarhaus meiner Großeltern. Nach dem Rauswurf hatte ich es also nicht weit. Und dennoch kam mir der Weg dorthin unglaublich lang vor, weil ich die ganze Zeit über den giftigen Blick meiner Großmutter im Nacken zu spüren glaubte. Und ich mir vorstellte, wie sie am Fenster stand, den Vorhang leicht zur Seite geschoben, und mir, Flüche murmelnd, hinterherschaute. Ich konnte mir beim besten Willen nicht erklären, weshalb ich ihr derart unwillkommen war und sie so abblockend und stur auf meine Fragen reagiert hatte. Was in dieser Frau vorging. Und was ich hätte anders machen können.

War ich tatsächlich zu weit gegangen? War sie zu Recht derart verärgert gewesen?

Ich versuchte, die Selbstzweifel zu verdrängen, und öffnete das quietschende Gartentor.

Früher, als die Welt noch in Ordnung gewesen war, war Tante Gabi, die Schwester meines Vaters, eine wahre Frohnatur gewesen – zumindest hatte ich sie als eine solche wahrgenommen. Ich kannte sie eigentlich nur gut gelaunt, mit einem Lächeln auf den Lippen und immer einen flotten Spruch parat.

Meine Mutter und sie waren nicht nur Schwägerinnen, sondern, soweit ich das beurteilen konnte, auch beste Freundinnen. Mehrmals die Woche war Tante Gabi, wenn ich von der Schule oder dem Laden von Frau Wollny, wo ich wieder einmal eine Packung Kaugummi oder einen Schokoriegel hatte mitgehen lassen, heimkam, gerade auf einen Kaffee bei uns. Die beiden lachten viel, und gemeinsam lästerten sie über die Männerwelt. Manchmal kochten oder backten wir gemeinsam, und meine Tante half mir ab und an auch mit meinen Mathe-Aufgaben, weil sie in unserer Familie mit Abstand das größte Talent dafür hatte. Ich hasste Mathe, aber mit Tante Gabi war es halb so schlimm – selbst dabei hatten wir unseren Spaß.

Ich würde sagen, dass wir ein echt tolles Verhältnis gehabt hatten. Aber die Ermordung meiner Mutter hatte auch das verändert. Seit meinem Wegzug hatte ich nichts mehr von ihr gehört. Ich fürchtete mich davor, dass sie ähnlich wie meine Großmutter auf mein unverhofftes Auftauchen reagieren könnte.

Doch es kam anders. Nicht besser, bloß anders. Hatte mich das eiskalte Aufeinandertreffen mit meiner Großmutter schon verunsichert, so gab mir der Besuch bei Tante Gabi den Rest.

Sie hatte mich zwar sofort ins Haus gebeten, von Wiedersehensfreude oder Ähnlichem konnte ich jedoch nichts in ihrem Ausdruck entdecken. Sie wirkte blass wie ein Geist, musste schon seit einer Ewigkeit kein Sonnenlicht mehr gesehen haben. Ihre Haare waren fettig und zerzaust, und unter ihren Augen prangten schwere Tränensäcke und dunkle Schatten. Ihre Lippen sahen selbst aus der Entfernung farblos und rissig aus.

Ich saß Tante Gabi in ihrem Wohnzimmer gegenüber. Sie hockte, in einen versifften zartrosafarbenen Bademantel gekleidet, vorgebeugt auf dem Sofa und hatte die Unterarme auf die Oberschenkel gestützt. In der einen Hand hielt sie eine Zigarette, in der anderen die Fernbedienung, mit der sie unaufhörlich durch die Programme zappte. Eine widerspenstige Strähne fiel ihr dabei immer wieder ins Gesicht – Tante Gabi schien es immer erst mit leichter Verzögerung zu bemerken, strich sie aber unermüdlich hinters Ohr. Vor ihr auf dem Tisch standen ein randvoller Aschenbecher und eine halbvolle Tasse – ich tippte auf Schwarztee mit Rum, den glaubte ich nämlich bei der flüchtigen Begrüßungsumarmung an der Haustür gerochen zu haben.

Irgendwo ganz in der Nähe klapperten Hundekrallen über Fliesen. Es klang gemächlich, ich stellte mir einen alten Köter mit schweren Tränensäcken vor, dem der Sabber aus der Schnauze hing.

»Oh, *Sturm der Liebe*«, murmelte Tante Gabi mit einem Hauch von Freude darüber und strich sich wieder die Haarsträhne hinters Ohr.

Mir fiel auf, dass ihr gerahmtes Hochzeitsfoto neben dem Fernseher etwas schief hing. Ich hätte es gerne geradegerückt.

»Magst du *Sturm der Liebe*?«

»Ich … ich weiß nicht.«

Ich hätte ihr sagen können, dass ich keine Ahnung hatte, was das war. Und dass mir *Sturm der Liebe* scheißegal war. Aber dafür war ich einfach zu überrascht. Darüber, dass ausgerechnet das ihre erste Frage an mich gewesen war. Nicht, wie es mir ging, wann ich angekommen war, wie lange ich zu bleiben beabsichtigte, was ich vorhatte oder wie ich mir die üble Beule an der Stirn zugezogen hatte. Nein, nichts davon. Stattdessen, ob ich *Sturm der Liebe* mochte.

Zudem war mir jetzt ihre veränderte Stimmfarbe aufgefallen. Tiefer und rauer war sie geworden – sehr wahrscheinlich die Folge einer Unmenge an Zigaretten, die sie in den letzten Jahren geraucht hatte. Der Alkohol hatte wohl sein Übriges dazu beigetragen.

Sie schien das Interesse an der Sendung bereits wieder verloren zu haben und zappte weiter. Und weiter. Nahm einen Zug von ihrem Glimmstängel. Nippte am Tee mit Rum. Zappte weiter. Bis sie bei einer Talkshow angelangt war.

»Läuft nur Mist«, murmelte sie, nahm einen letzten Zug und hatte danach alle Mühe, die Zigarette in dem überquellenden Aschenbecher auszumachen, ohne dabei andere Stummel hinauszukicken. »Den ganzen Tag nur Mist, sage ich dir.«

»Hm«, machte ich und war schon am Überlegen, ob ich einfach wieder gehen sollte. Ich glaubte nicht daran, etwas Hilfreiches aus dem Wrack, das einmal meine Tante gewesen war, herauszubekommen.

»Wie ist das bei euch?«, fragte sie.

»Was?«

»Habt ihr ein besseres Programm?«

Ich zuckte mit den Schultern.

»Oder spielen die in jedem Land den gleichen Dreck wie hier bei uns?«

»Ich weiß nicht.«

»Hm. Na, egal.«

Ich hatte eine Frau vor mir, die jeden Lebenswillen verloren zu haben schien. Das war es, was das Tal aus einem machte. Die Arbeitslosigkeit. Die Perspektivlosigkeit. Und der Nebel.

In der Talkshow bekamen sich zwei junge Frauen in die Haare. Sie gestikulierten wild und brüllten einander an. Zwischen den beiden saß ein deutlich älterer Mann in pinkfarbenem Kapuzenpulli und zerrissenen Jeans. Er trug eine schwarze Sonnenbrille und amüsierte sich offensichtlich über den Streit der beiden.

›Horst, 72‹, wurde nun eingeblendet. Und darunter: ›jung gebliebener Vorstadt-Casanova‹

Ich wollte mich gerade erheben, da überraschte mich Tante Gabi mit einer Bemerkung, ähnlich, wie sie schon mein Opa zuvor hatte fallenlassen.

»Du siehst aus wie deine Mutter, weißt du das?«, sagte sie und hatte auf einmal einen Hauch von Traurigkeit in ihrem Ausdruck.

Ich hatte schlagartig einen Kloß im Hals.

Sie sah mich an und legte ihre Stirn in Falten, als müsste sie sich konzentrieren. Dann nickte sie und fügte hinzu: »Ja, eindeutig, die gleichen Augen.«

Dann wandte sie sich wieder von mir ab und zappte weiter, als hätte sie das eben nicht gesagt. So lange, bis sie bei einem Teleshoppingkanal angelangt war. Eine Frau war gerade völlig überfordert damit, eine Zwiebel zu schneiden, als ihr adrett gekleideter Mann ihr ein futuristisch anmutendes Plastikteil präsentierte.

»Kennst du das?«, wollte Tante Gabi wissen und wartete meine Antwort gar nicht erst ab. »Ich habe es mir letzte Weihnachten bestellt. Der größte Dreck, kannst du mir glauben. Hab mich viermal geschnitten. Der Daumen wollte gar nicht mehr zu bluten aufhören.«

Inzwischen war es mir gelungen, den Kloß hinunterzuwürgen.

»Tante Gabi?«

»Hm?«

»Was würdest du sagen …«, setzte ich an und musste dann doch noch einmal schlucken, um den Hals freizubekommen, »… wie geht es denn meinem Vater so?«

Sie sah mich an, als hätte sie die Frage nicht verstanden.

Weil sie nichts antwortete, hakte ich nach: »Was denkst du?«

»Gut«, sagte sie schließlich zögernd. Und nach einer kurzen Pause: »Oder?«

»Habt ihr viel Kontakt?«

»Dein Vater und ich?«

Wer sonst? »Ja.«

»Geht so.«

Also nicht …

»Hat er Probleme mit jemandem?«

»Was für Probleme?«

»Keine Ahnung.«

»Da, schau! Genauso habe ich es auch abgewaschen. Unmöglich, dass man sich dabei nicht schneidet! Die haben sicher einen Stuntman für diese Szene verwendet.«

Mein Gott! Ich versuchte einen anderen Ansatz: »Weißt du eigentlich, wie es bei uns zu Hause aussieht?«

»Was meinst du?«

»Ich meine den Müll.«

»Welchen Müll?«

Offenbar wusste auch sie davon nichts.

»Wann warst du denn zuletzt bei uns?«

Sie murmelte etwas, was ich nicht verstand.

Plötzlich hörte ich, wie die Haustür aufgerissen wurde. Wie Onkel Erik: »Gabi?« rief. Und: »Bist du da?« Wie sich seine energischen Schritte den Flur entlang näherten. Und er dabei noch einmal nach meiner Tante rief. »Wo bist du?«

Im nächsten Moment trat er zu uns ins Wohnzimmer.

Er wirkte abgehetzt. Als hätte er es besonders eilig gehabt, nach Hause zu kommen. Der Mund stand ihm einen Augenblick lang offen, als er mich erblickte. Und mir drängte sich die Vorstellung auf, dass meine Großmutter ihn unmittelbar nach meinem Rauswurf über mein Auftauchen informiert hatte.

»Jana?«, sagte er nach einer Schrecksekunde, aber ich nahm ihm diese Überraschung nicht ab.

Tante Gabi reagierte überhaupt nicht auf ihn. Sie sah ihn nicht einmal an.

»Was machst du hier?«, wollte er wissen.

»Ich besuche Papa.«

»Warum?«

Mit der Frage konnte ich nichts anfangen.

Onkel Erik war kein von Grund auf unsympathischer Mensch – allerdings grob und recht einfach gestrickt, mit einem Hang zu Verschwörungstheorien und rechten Ansichten. Worte wie »Neger« oder »Zigeuner« kamen ihm völlig selbstverständlich über die Lippen. Dabei glaubte ich absolut nicht, dass er ein überzeugter Rassist war – vielmehr schien er es einfach nicht besser zu wissen. Er war empfänglich für die Botschaften von arbeitslosen Losern, die in den Kellern ihrer Eltern wohnten und auf *YouTube* und anderen Social-Media-Plattformen davon berichteten, dass »die da oben« – Technologiekonzerne, Schwule, Linke, Juden oder Neger – im Begriff waren, die Weltherrschaft an sich zu reißen. Die vermeintlich logischen Erklärungen von der Schuld der anderen für sein eigenes Scheitern waren meinem Onkel sehr willkommen.

Vermutlich hing das damit zusammen, dass er viel Zeit und zu wenig Lebensinhalt hatte. Er war, wie mein Vater, bis zum bitteren Ende im Sägewerk beschäftigt gewesen. Ziemlich sicher fristete er seither ein Arbeitslosen-Dasein. Wie meine Tante und er es seit über einem Jahrzehnt geschafft hatten, über die Runden zu kommen, war mir ein Rätsel.

Jedenfalls erinnerte ich mich, dass ich schon als Kind das Gefühl hatte, dass er viel rauchte, ständig Alkohol trank und oft unnötigerweise viel zu laut wurde und sich über Banalitäten aufregte. Darüber, dass die Suppe nur lauwarm war, zum Beispiel. Oder darüber, dass es überhaupt Suppe gab und kein Fleisch. Gut möglich, dass Tante Gabi deshalb so viel Zeit bei meiner Mutter verbracht und es vorgezogen hatte, mir Mathe beizubringen, anstatt daheim mit Onkel Erik zu streiten.

Eine wirkliche Beziehung hatten wir beide nie zueinander aufgebaut. Er war einfach immer irgendwo im Hintergrund meiner Tante gewesen. Aber auch zu dieser schien mir sein Verhältnis ein Rätsel. Sie waren schon so viele Jahre verheiratet gewesen, aber dass die beiden sich auch nur einmal etwas Liebes gesagt oder gar einen Kuss oder einfach nur ein Bussi gegeben hätten, hatte ich nie mitbekommen. Vielleicht taten die beiden das nur in trauter Zweisamkeit. Aber so recht wollte ich nicht daran glauben.

»Schau, der Mist, den ich damals bestellt habe«, sagte Tante Gabi und machte sich eine neue Zigarette an, während sie ihren Blick nicht vom Flimmerkasten ließ.

Onkel Erik ignorierte sie. Er nahm breitbeinig neben ihr auf dem Sofa Platz, fischte sich ebenfalls eine Zigarette aus ihrer Packung, machte sie an und nahm einen tiefen Zug. Dabei wippte sein rechtes Bein nervös auf und ab.

Die Frage schoss förmlich aus mir heraus: »Hatte meine Mama einen anderen?«

Tante Gabi riss ihren Blick vom Fernseher los und starrte mich mit großen Augen an. Dann Onkel Erik. Und wieder mich.

Der Gesichtsausdruck meines Onkels wirkte nicht minder erschrocken. Jetzt wippten beide Beine richtig heftig.

»Was?«, fragte er eine Spur zu schrill und viel zu spät.

»Kann es sein, dass meine Mama einen Liebhaber hatte?«

Jetzt lachte er gekünstelt auf, als hätte ich eben einen guten Witz erzählt. Dann begriff er, dass ich nicht lockerlassen würde. Er sprang hoch. »Ich hol mir ein Bier.« Auf halbem Weg aus dem Wohnzimmer wandte er sich noch einmal zu mir um. »Willst du auch eines?«

Ich nickte, ehe ich darüber nachgedacht hatte.

»Nimm mir auch eines mit!«, rief ihm Tante Gabi nach, die nicht gefragt worden war.

Ich hatte die leise Hoffnung, dass Tante Gabi mir inzwischen meine Frage beantworten würde.

Aber stattdessen streckte sie mir ihren Daumen entgegen. »Siehst du das? Da war der Schnitt so tief, dass man den Knochen sehen konnte. So ein Mist, sage ich dir. Kauf dir das ja nicht!«

Als Onkel Erik zurückkam, stellte er mir eine bereits geöffnete Flasche ohne Glas auf den Tisch, nahm noch breitbeiniger als zuvor Platz und ignorierte meine Tante, die fragte: »Und wo ist meines?«

Sie schnalzte genervt mit der Zunge und wandte sich wieder dem Fernseher zu – immerhin wurden gerade Karotten klein gehackt. Trotzdem hatte ich das Gefühl, dass sie dem Gespräch lauschte und mich aus dem Augenwinkel heraus beobachtete.

Onkel Erik nahm einen Schluck und wischte sich anschließend mit dem Handrücken die Lippen ab.

»Und?«, hakte ich nach.

»Wie kommst du auf so einen Blödsinn?«

»Das ist doch jetzt egal, wie ich darauf komme.«

»Das finde ich nicht«, erwiderte er und kratzte am Flaschenetikett herum.

»Mich würde einfach eure Einschätzung interessieren.«

Ich stand so neben mir, dass ich erst beim zweiten oder dritten Schluck bemerkte, dass ich die Bierflasche an meine Lippen gesetzt hatte. Doch mein schlechtes Gewissen war jetzt nebensächlich. Ich versuchte zu begreifen. Brauchte Antworten. Und nahm jede Ausrede gerne an.

»Also, ich kann mir nicht vorstellen, dass …«, setzte mein Onkel an. »Also, nein … sicher nicht.«

»Was?«

»Ich kann mir nicht vorstellen, dass deine Mutter einen anderen hatte. Warum sollte sie auch? Das ist doch absurd.«

»Aber?«, hakte ich nach, weil ich das Gefühl hatte, dass da doch etwas war.

»Nichts.«

Er kratzte ein größeres Stück des Flaschenetiketts ab und zerknüllte es zwischen Daumen und Zeigefinger. Dabei kaute er auf seiner Unterlippe.

Ich leerte mein Bier zur Hälfte und musste mich richtig zusammenreißen, es nicht in einem hinunterzukippen.

»Jetzt sag schon!«

»Es muss gar nichts bedeuten.«

»Was?«

Er nahm einen weiteren Schluck und zündete sich eine neue Zigarette an. Er nahm einen Zug und hustete, aber es klang gekünstelt und ich hatte den Eindruck, dass er damit nur Zeit gewinnen wollte.

Meine Tante stemmte sich plötzlich von der Couch hoch und schlurfte ohne ein weiteres Wort aus dem Wohnzimmer.

»Ich … ich habe sie mal gesehen. Nun ja, zweimal, um genau zu sein.«

»Wie – gesehen? Was meinst du?«

»Na ja, mit einem anderen Kerl.«

»Was?«

»Ja, es muss so ein halbes oder dreiviertel Jahr vor ihrer … na ja, du weißt schon …«

»Einem anderen Kerl?«

»Ja. Es war nicht hier im Tal, sondern draußen in der Stadt.«

Mir stand der Mund offen.

»Ich war zum Tanken dort, die haben das Benzin immer um ein paar Cent billiger als hier bei uns. Das war damals schon so. Solltest du tanken müssen, würde ich dir empfehlen, es dort zu machen. In der Regel liegen die mindestens fünf Cent unter …«

»Mit was für einem Kerl hast du sie gesehen?«

»Was weiß ich, ich kannte ihn nicht.«

»Wie hat er ausgesehen?«

»Mann, Jana, ist verdammt lange her.«

»Du musst doch noch etwas wissen!«

»Nein, nicht viel …«

Er leerte seine Flasche. Nahm einen kräftigen Zug und ließ den Qualm einfach in seinen Lungen.

»*Nicht viel* heißt, dass du sehr wohl noch etwas weißt, oder?«

»Er hatte eine Glatze, das weiß ich noch.«

»Eine Glatze?«

»Ja, und einen Bart, einen dunklen Bart.«

Mein Verstand überschlug sich regelrecht. Unzählige Bilder von Freunden, Bekannten, Verwandten und überhaupt jedem, der mir gerade einfiel, blitzten vor meinem geistigen Auge auf. Auf niemanden schien die Beschreibung zu passen.

»Was noch?«

»Das war's.«

»War er groß oder klein, dick oder dünn?«

»Mehr weiß ich wirklich nicht mehr, es ist so lange her.«

»Und warum weiß ich nichts davon?«

»Jana, das ist doch jetzt egal. Das …«

»Was hat die Polizei damals gesagt?«

»Was sollen die schon gesagt haben?«

»Hat sie den Mann ausfindig machen können?«

Unverständliches Gemurmel.

Mir schwante Böses.

»Du hast doch der Polizei von dem Mann erzählt, oder?«

Erneutes Gemurmel.

»Hast du?«

»Nein.«

»Was? Warum nicht?«

»Ich weiß auch nicht, ich …« Er brach ab.

»Mein Gott, das ist doch wichtig!«

»Ach, was hätte das schon gebracht?«

Ich konnte es nicht glauben.

»Du hast eine wichtige Spur verschwiegen!«

»Was hätte ich denn tun sollen, verdammt?«

»Na, zur Polizei gehen natürlich!«
»Ich bitte dich, Jana, als ob das etwas geändert hätte.«
»Ja, vielleicht hätte es das!«
»Das glaubst du doch wohl selbst nicht.«
»Ich kann es nicht fassen!«
»Das hätte die Familie doch nur noch mehr belastet.«
»Das hätte die Familie …? Was?«
Ich war richtig laut geworden. In mir brodelte es.
»Also, Jana, ich glaube, es wäre besser, wenn du jetzt gehst«, sagte Tante Gabi, die lautlos zurück ins Wohnzimmer gekommen war und auf einmal ganz dicht hinter mir stand. Sie schaute mir nicht in die Augen, fixierte stattdessen ihre Finger, mit denen sie am Saum ihres rosa Bademantelärmels herumzupfte.

Ich fuhr hoch und zu ihr herum. »Hast du davon gewusst?«
»Was gewusst?«
»Du hast doch sicher gerade gehört, was Onkel Erik gesagt hat! Weißt du, wer der Mann war?«
»Lass es gut sein, Jana.«
»Wer war es?«
»Ich weiß es nicht.«
»Das glaube ich dir nicht!«
»Jana, bitte.«
»Nein, nicht *bitte*. Ich will wissen …«
»Schluss jetzt!«, wurde Onkel Erik plötzlich laut. »Es reicht, Jana. Ich bin dir keine Rechenschaft schuldig.«
»Mir nicht, aber meiner Mutter!«
»Auch deiner Mutter nicht.«
»Das kann doch nicht dein Ernst sein, oder?«
»Mach's gut, Jana!«
»Aber ihr könnt doch nicht …«
»Wir können das gerne ein andermal besprechen. Aber jetzt möchten wir dich bitten zu gehen!«

»Aber ...«
»Bitte!«

Sein Tonfall ließ keinen Raum für Zweifel: Die Diskussion war beendet. Ich wollte das nicht akzeptieren und versuchte weiter, ihnen etwas zu entlocken. Ich war mir sicher, dass da noch mehr war. Dass zumindest Onkel Erik wusste, wer der Unbekannte war. Aber meine Hartnäckigkeit änderte nichts daran, dass ich keine halbe Minute später erneut die Hand eines Familienmitglieds im Rücken hatte und aus einem Haus geschoben wurde. Und dass, kaum dass ich ins Freie getreten war, die Tür hinter mir zugeknallt und abgesperrt wurde.

15

Freitag, 22. Oktober 2009, 10.54 Uhr
13 Stunden und 29 Minuten bis zum Mord

Abermals schallte der schrille Klang der Türglocke durchs Haus.

»Mach auf, ich weiß, dass du da bist!«, rief Erik.

Aber Claudia dachte gar nicht daran, machte keinen Mucks. Wagte es nicht, sich zu rühren. Nur ihr Herz schlug so wild hinter ihrem Brustkorb, dass es schon wehtat.

Doch er gab nicht auf. Läutete noch einmal. Und gleich darauf schon wieder.

»Ich werde nicht gehen, falls du das hoffst!«, brüllte er und hämmerte mit den Fäusten gegen die Tür.

Sie biss sich auf die Unterlippe, verschränkte die Arme noch fester vor der Brust. Verfluchte sich im Geiste. Wie hatten sie bloß so unvorsichtig sein können?

Und schon wieder die Klingel.

»Mach endlich auf!«
»Hans ist nicht da!«
»Und du denkst, das weiß ich nicht?«
»Bitte geh!«
»Das hättest du wohl gerne, was?«
»Was willst du?«
»Das weißt du ganz genau!«
»Bitte, geh weg, Erik!«
»Mit deinem Verhalten reißt du die ganze Familie in den Abgrund, ich hoffe, das ist dir klar!«

»Mit meinem Verhalten?«, gab sie zurück und bereute es sofort, sich auf diese Diskussion eingelassen zu haben.

Die Familie, dass sie nicht lachte! Es drehte sich doch ohnehin bloß alles um ihre Schwiegermutter, diesen herzlosen, tyrannischen Drachen, dem eine intakte Fassade wichtiger als alles andere war und der in all den Jahren nicht ein liebes Wort für sie übriggehabt hatte. Von der ersten Begegnung an war sie ihr zutiefst unsympathisch gewesen. Und mit jedem weiteren Aufeinandertreffen hatte die Abneigung ihr gegenüber zugenommen. Claudia war es unbegreiflich, warum Hans sich bis heute wie ein Kind von ihr behandeln ließ. Bei allem, was er tat, ließ er sich von ihr dreinreden, nichts konnte er alleine entscheiden.

»Wie konntest du das nur tun?«

Diese Scheinheiligkeit! Hätte sie nicht solche Angst gehabt, hätte sie wohl lauthals losgebrüllt. Erik selbst war doch der Schlimmste von allen. Bei jeder sich nur bietenden Gelegenheit hatte er sie angebaggert. Fast immer, wenn er wieder einmal zu viel intus hatte, was viel zu oft vorkam, hatte er sie scheinbar ganz unbeabsichtigt an Stellen berührt, in deren Nähe er niemals etwas verloren hatte. Ein Klaps auf den Hintern hier. Ein fester Griff an die Hüfte da. Die Hand auf ihrem Oberschenkel. Ein scheinbar unbewusstes Streifen über ihre Brüste.

Gott, wie sehr sie dieser Mann ankotzte!

»Mach auf!«

»Verschwinde!«

»Wir müssen reden!«

»Du musst gehen, sonst gar nichts!«

»Das wirst du bereuen, das sage ich dir!«

Der Nächste, der ihr drohte. Allmählich hatte sie schon Übung darin, diese hasserfüllten Warnungen hinzunehmen. Und dennoch hatten sie Eriks Worte eben in den Grundfesten ihres Innersten erschüttert. Denn sie kannte ihn, diesen rohen Kerl, bei dem Argumente abprallten wie Regentropfen an Panzerglas. Sie konnte sich sehr gut vorstellen, dass er vor nichts zurückschrecken und seine Drohung wahrmachen würde.

16

Der Tag kam mir bereits unglaublich lang vor, dabei war es gerade einmal 17 Uhr vorbei – und dennoch begann es bereits zu dämmern. Es war nicht so, dass man etwa die Sonne über den Dächern verschwinden und rotorange und rosa Streifen am Horizont hätte sehen können – es war einfach so, dass das Grau in Grau langsam dunkler wurde und zunehmend alles miteinander verschwamm. Der Nebel hatte sich seit meiner Ankunft hartnäckig gehalten, und aus Erfahrung wusste ich, dass er auch die ganze Nacht über noch dichter werden und im Tal verharren würde. Zu dieser Jahreszeit war es gut möglich, dass er sich tagelang hier festsetzte und die Umgebung ihrer Farben, Kontraste und Geräusche beraubte.

Mit eingezogenem Kopf lief ich ziellos durch den Ort. Ich versuchte, mein Gedankenchaos zu ordnen, die letzten Stunden zu verdauen, meine wieder stärker werdenden Kopfschmerzen und meine immer schlimmer werdende Sehnsucht nach einem Gläschen Bourbon zu ignorieren.

Und das Gefühl, beobachtet zu werden.

Ab und an warf ich einen raschen Blick auf eines der Häuser um mich herum. Bildete mir ein, dass sich dort ein Vorhang kaum merkbar bewegt hatte. Einmal fuhr ich sogar ruckartig herum, weil ich mir plötzlich sicher war, dass da jemand hinter mir herschlich. Doch die trübweiße Straße hinter mir schien leer, nur ein paar parkende Autos und Sträucher am Straßenrand. Ich hielt dennoch in der Bewegung inne und den Atem an und lauschte. Nichts und niemand zu entdecken.

»Hallo?«, rief ich und kam mir im selben Moment unglaublich dämlich vor, weil ich schon Geister zu sehen begann.

Wenn mich jemand so sah, musste er wohl unweigerlich

zu dem Schluss kommen, dass ich seit meinem Wegzug den Verstand verloren hatte.

Ich ging weiter und merkte, dass die Wut in mir wieder hochkochte. Darüber, dass mein Vater unser Haus derart hatte verkommen lassen. Darüber, dass Kurt mich nicht vorgewarnt hatte. Und mich überhaupt in diese ganze Sache mit reingezogen hatte. Darüber, dass mein Onkel nie etwas von dem Unbekannten erwähnt hatte – weder mir noch der Polizei gegenüber. Dass er mich einfach aus dem Haus geworfen hatte, und das, obwohl – oder gerade weil – da ganz sicher noch mehr war, das er mir hätte berichten müssen. Ich ärgerte mich unglaublich darüber, dass meiner Tante das alles egal zu sein schien. Darüber, dass sie einfach nur apathisch dagesessen und nichts gesagt hatte. Darüber, dass meine Großmutter eine derart gefühlskalte, arrogante Person war und meinen Opa und alle Menschen in ihrer Umgebung behandelte, als wären sie unerzogene kleine Kinder. Darüber, dass das Schicksal ausgerechnet meinen Opa auserkoren und ihm den Krebs beschert hatte – den Einzigen aus meiner Familie, der wirklich herzlich und vor allem ehrlich mit mir zu sein schien.

Und natürlich, so sehr ich mir auch einzureden versuchte, dass mein Empfinden ungerecht war und ich die genauen Umstände nicht kannte, war ich vor allem wütend auf meine Mutter. Weil sie meinen Vater betrogen hatte. Und damit in gewisser Weise auch mich hintergangen hatte. Und weil sie unsere Familie damit ins Unglück gestürzt hatte.

Gott, ein Glas Bourbon würde jetzt guttun!

Neben all der Wut und dem Frust verspürte ich aber auch so etwas wie leise Zuversicht – so absurd es auch klingen mochte. Dreizehn Jahre lang hatte sich im Mordfall meiner Mutter absolut nichts getan. Jetzt war ich erst wenige Stunden zurück im Tal und bereits auf wichtige Hinweise gestoßen: Meine Mutter hatte anscheinend nicht nur psychische Probleme, sondern auch eine Affäre. Und offensichtlich hatte sie sich heimlich mit einem fremden Mann mit Glatze und dunklem Bart außerhalb des Tals getroffen.

Ich zweifelte nicht daran, dass dieser Unbekannte ihr Liebhaber gewesen war. Aber war er auch ihr Mörder? Oder war es tatsächlich so, dass ich mit meinem ersten Verdacht richtiggelegen hatte? Dass mein Vater schon damals hinter den Betrug meiner Mutter gekommen war und sich auf grausame Weise an ihr gerächt hatte? Konnte er so verzweifelt oder wütend auf sie gewesen sein, dass er ein Messer genommen und …?

Nein! Schluss damit!

Erneut versuchte ich mit aller Macht, diesen furchtbaren Gedanken zurückzudrängen – in irgendeinen tief verborgenen Winkel meines Gehirns, aus dem dieser nie wieder herausfinden würde. Doch er hatte sich längst im Scheinwerferlicht meines Verstandes festgekrallt. Genauso wie das Gefühl, dass meine ganze Familie mir etwas zu verheimlichen schien.

Wussten sie etwa von der Schuld meines Vaters? Versuchten sie mit ihrem seltsamen Verhalten, ihn zu schützen? Und welche dunklen Geheimnisse hatten sich noch in diesem trostlosen Tal verkrochen?

Da war so vieles, was ich zu diesem Zeitpunkt noch nicht wusste. Nur eines schien mir klar: Ich musste herausfinden, wer der Fremde war. Ich musste mit ihm reden.

Er war der Schlüssel.

Der Zustand meines Vaters, das unschöne Aufeinandertreffen mit ihm und alles, was danach passiert war, hatten mich Franziskas Verschwinden völlig vergessen und mich blind für die vielen A4-großen Zettel, die im ganzen Ort klebten, werden lassen. Aber jetzt, da ich an einem vor sich hin rostenden Stromkasten vorbeikam, an dem gleich zwei davon angebracht worden waren, nahm ich erstmals bewusst wahr, dass es sich dabei um Vermisstenplakate handelte.

Eine um 13 Jahre gealterte Franziska strahlte mich in Schwarz-Weiß und grob verpixelt davon an. Und plötzlich hatte ich wieder ihr Lachen im Ohr. Und den Klang der auf den Asphalt knallenden Skateboards, wenn wir unsere Tricks übten und dazu Punkrock hörten. Tagelang hatten wir nur dieses eine Album von *Bad Religion* gehört und voller Innbrunst mitgegrölt:

You and me
Have a disease
You affect me
You infect me

Unweigerlich musste ich an den letzten Satz denken, den Franziska mir an den Kopf geworfen hatte, bevor sie unsere Freundschaft beendet hatte: »Wenn Chris dir wichtiger ist als ich, dann bist du für mich gestorben!«

Dabei war es nie darum gegangen, wer mir wichtiger gewesen war. Ich war schlichtweg unsterblich in Chris verliebt gewesen, hatte beim Gedanken an ihn nächtelang nicht schlafen können. Und schon feuchte Hände bekommen, wenn ich ihn bloß auf der anderen Straßenseite oder im Schulhof erblickt hatte. Er war mein absoluter Traummann gewesen, und wahrscheinlich war er das in meiner verkorksten Vorstellung noch immer. Ich hatte Franziska zuliebe lange dagegen angekämpft. War bis heute hin- und hergerissen, ob ich wirklich richtig gehandelt hatte.

Beziehungen kommen und gehen. Aber wahre Freunde bleiben ein Leben lang. Jaja, ich kannte diesen Spruch. Klingt auch schön in der Theorie. Aber wie zum Beispiel auch der Kommunismus, blendet er den Faktor Mensch aus. Unser Handeln ist nicht immer rational nachvollziehbar.

Was passiert war, tat mir jedenfalls immer noch unglaublich leid. Gleichzeitig zählte ich die Beziehung mit Chris zu den schönsten Dingen, die mir in meinem ganzen Leben passiert waren.

Die Freundschaft mit Franziska aber ebenso.

›VERMISST‹ stand unter ihrem Foto in großen, fetten Lettern. Darunter: ›Wer hat Franziska seit dem letzten Freitag gesehen? Zuletzt trug sie sehr wahrscheinlich eine olivgrüne Laufjacke mit schwarzen Streifen an den Ärmeln, eine graue Laufhose und schwarze Sportschuhe. Hinweise werden dringend erbeten.‹ Daneben stand eine Telefonnummer.

Ich ging weiter, würgte den Kloß im Hals hinunter und hoffte inständig, dass es Franziska gutging. Ich nahm mir vor, am nächsten Tag ihre Eltern zu besuchen und mich nach ihr zu erkundigen. Ich fragte mich, ob sie es gewesen waren, die diese Plakate im ganzen Tal verteilt hatten. Und welchen Zweck sie erfüllen sollten. Hier kannte doch ohnehin fast jeder jeden, es brauchte sicherlich keine Vermisstenplakate, um auf Franziskas Verschwinden hinzuweisen. Aber womöglich wollte man bloß nichts unversucht lassen. Oder die Menschen hier hatten sich in den letzten 13 Jahren noch weiter voneinander isoliert.

Meine Sorge um Franziska vermischte sich mit jener um den Grund, weshalb Kurt meinen Vater volltrunken und blutverschmiert aufgefunden hatte. Ich suchte nach logischen Erklärungen, die dem Naheliegenden widersprachen. Doch so sehr ich mich auch bemühte: Ich fand keine einzige. Nicht alles im Leben war kompliziert, manchmal war auch die einfachste Lösung die richtige.

Keine Ahnung, wie lange ich weiter scheinbar ziellos durch den Ort streifte. Ich war so sehr in meinen Gedanken versunken gewesen, dass ich erst begriff, was mein Unterbewusstsein für mich beschlossen hatte, als ich unmittelbar vor ihrem

Haus stand. Dabei hatte ich keine Ahnung, ob sie überhaupt noch hier wohnte. Oder ob sie weiter im Mordfall meiner Mutter recherchierte. Und sie meinen Vater immer noch für den Mörder hielt. Ich zweifelte daran – 13 Jahre waren eine viel zu lange Zeit, selbst für eine erfolglose, aber dafür umso verbissenere Lokaljournalistin. Ich würde mich mit meinem Auftauchen wohl ziemlich lächerlich machen.

Und dennoch stand ich vor Sybille Dorns Haus.

Es lag unten am Nebelgrund, an einem der tiefsten Punkte des Tals, in eine besonders trübe Nebelschwade gehüllt. Es war alt und klein und stand inmitten eines kleinen Gartens, der von einem modrigen Holzzaun umgeben war. Die Außenwände waren mit dunkelgrauen Eternitplatten verkleidet und erweckten den Anschein, als wollte sich das Haus im Nebel tarnen. Viel mehr gab es zu dem Gebäude nicht zu sagen, außer vielleicht, dass es lieblos war und irgendwie ziemlich verzogen wirkte. So auch der Vorgarten, in dem alles – der vom Herbst kahlgefegte Kastanienbaum, die ebenso nackten Sträucher und die Holzhütte, an der eine Aluleiter und ein Schubkarren lehnten – aus der Form geraten schien. Der dünne Schornstein wirkte akut einsturzgefährdet. Die Pflastersteine, die zum Haus führten, waren brüchig und mit Unkraut durchsetzt.

Als ich das Grundstück betrachtete, wurden mir zwei Dinge klar: zum einen, dass hier wohl ein Mensch lebte, der nichts auf Fassaden oder Äußerlichkeiten gab. Und zum anderen, dass ich offenbar ganz schön lange gedankenverloren durch den Ort gezogen war, weil es inzwischen richtig finster geworden war.

Die beiden Fenster links und rechts der Eingangstür waren dunkel, aber jenes im ersten Stock unter dem spitz zusammenlaufenden Giebel war hell erleuchtet. Das Licht im ersten Stock legte zwar nahe, dass jemand da war, allerdings waren die Vorhänge zugezogen, weshalb ich niemanden dahinter ausmachen konnte.

Sybille Dorn konnte zu Hause sein. Genauso gut aber auch ein neuer Besitzer des Hauses. Auf dem Postkasten am Gartentor war jedenfalls kein Namensschild angebracht.

Mir war klar, dass ich auf der Hut sein musste und nicht zu viel preisgeben durfte. Wenn diese Frau immer noch so verbissen wie damals war und Lunte roch, dann konnte mein Vorhaben ganz schnell nach hinten losgehen. Zeit, um mir eine Taktik bereitzulegen, hatte ich jedoch nicht mehr. Ich stand wahrscheinlich ohnehin schon viel zu lange am Gartentor. Sybille Dorn konnte mich trotz der Dunkelheit und des Nebels längst entdeckt haben. Und sich fragen, was zum Teufel ich hier trieb.

Ich hätte niemals hierherkommen dürfen. Es war ein Fehler. Ich würde damit alles nur schlimmer machen. Ganz sicher sogar. Aber jetzt war ich nun mal hier. Und unverrichteter Dinge wieder abzuhauen würde bestimmt noch merkwürdiger wirken.

Also holte ich tief Luft. Öffnete das leicht verzogene Gartentor, das dabei ein Quietschen und Knarren von sich gab. Und betrat das Grundstück.

Auf dem Weg zur Eingangstür war ich mir wieder sicher, einen fremden Blick auf meiner Haut zu spüren. Und mit jedem Schritt, mit dem ich mich dem Haus näherte, wuchs mein Unbehagen. Sybille Dorns Stimme kreischte mir plötzlich durch den Verstand: »Warum deckst du deinen Vater, Jana? Warum?« Die Versuchung, einfach kehrtzumachen und wegzulaufen, war riesengroß.

Aber dann, nach nur wenigen Sekunden, die sich wie eine halbe Ewigkeit angefühlt hatten, stand ich vor der Eingangstür. Und ehe ich es mir anders überlegen konnte, klingelte ich.

Der Glockenklang drang zu mir nach draußen. Außerdem glaubte ich, ein kaum hörbares dumpfes Pochen vernommen zu haben. Aber ansonsten passierte nichts. Kein Rufen aus dem Haus, keine Schritte, die sich näherten, kein weiteres Geräusch, nichts.

Ich klingelte noch einmal. Aber auch danach tat sich nichts.

Seit meiner Rückkehr zog sich das wie ein roter Faden durch meine Vorhaben. Egal, wo ich aufkreuzte, wurde mir entweder nicht geöffnet oder ich wurde binnen kurzer Zeit wieder aus dem Haus geworfen.

Ich hatte es satt. Und deshalb klingelte ich noch einmal. Und klopfte.

»Frau Dorn?«

Keine Antwort.

Ich trat ein paar Schritte zurück und beobachtete dabei die beleuchteten Fenster im ersten Stock. Konnte aber keine Bewegung dahinter erkennen.

»Frau Dorn? Hallo?«

Keine Reaktion.

»Ich bin es, Jana Herbst!«

Knack.

Ich erstarrte. Lauschte.

Stille.

Ich traute mich kaum mehr als ein Flüstern: »Hallo?«

Nichts.

Hatte ich mir das Geräusch eben nur eingebildet?

Ich glaubte, dass es rechts vom Haus gekommen war. Oder von dem Schuppen, der dort lag. Plötzlich begriff ich: Dort war auf einmal ein fahler Lichthauch, der von der Rückseite des Hauses zu kommen schien. War der schon die ganze Zeit über dagewesen? Oder war er durch einen Bewegungsmelder angegangen? Weil da jemand war. Und ich mir das Knacken nicht eingebildet hatte.

»Hallo?«
Keine Antwort.
»Frau Dorn?«
Ein wenig mulmig zumute war mir ja. Aber in diesem Moment dachte ich nicht daran, dass dort eine Gefahr auf mich lauerte. Weshalb hätte ich das auch tun sollen? Ich hatte ja nicht die geringste Ahnung davon, was gerade im Tal vor sich ging. Und dass ich mit meiner Rückkehr eine Lawine losgetreten hatte, die im Begriff war, über mich hereinzubrechen. Um mich und noch weitere Menschen in meinem Umfeld unter sich zu begraben.

Und deshalb ging ich an die Seite des Hauses. Und glaubte in meiner Naivität immer noch, dass es vielleicht die Reporterin war, die ein Aufeinandertreffen mit mir scheute – vielleicht ja, weil ihr peinlich war, wie sie sich vor 13 Jahren benommen hatte. Vielleicht aber auch, weil es Entwicklungen gegeben hatte, von denen ich noch nichts wusste.

»Frau Dorn, ich bin es, Jana ...«
Ich trat um die Ecke.
Scheiße!
Plötzlich war da eine dunkle Gestalt, die auf mich zugeschossen kam. Und alles ging ganz schnell. Ich schrie auf. Hatte aber keine Chance zu reagieren und den Angriff abzuwehren. Ich bekam die Arme nicht mehr rechtzeitig hochgerissen. Da traf mich ein wuchtiger Stoß.

Ich donnerte mit dem Kopf gegen die Hauswand. Ausgerechnet mit der Seite, die ohnehin schon geschwollen war.
Ein Schmerzblitz durchschoss meinen Schädel.
Der Angreifer drängte sich an mir vorbei, rannte davon.
Ich taumelte. Mir wurde schwarz vor Augen. Ich sank auf meine Knie, ging zu Boden.
Und ich verlor das Bewusstsein.

17

Im ersten Moment dachte ich, dass ich träumte. Oder mir meine Sinne und die Dunkelheit einen Streich spielten. Warum sonst sollte ausgerechnet Chris über mir sein, mich rütteln und immer wieder mit meinem Namen auf mich einreden? Das war doch absurd. Und dennoch war es eindeutig seine Stimme, die mir durch meinen Kopf dröhnte, dumpf und dennoch viel zu laut.

Doch meine Benommenheit wich rasch, und ich begriff: Es war kein Traum. Chris war tatsächlich da.

»Was …?«

Ich wollte mich aufrichten, aber Chris hielt mich davon ab.

»Bleib liegen!«

»Aber was …?«

»Du scheinst ganz schön was abbekommen zu haben.«

»Was ist passiert?«

»Das wollte ich eigentlich gerade dich fragen.«

»Ich habe …«

Ich brach den Satz ab. Hoffte, so die schmerzhaften Funken in meinem Kopf zum Abklingen zu bringen. Aber es half kaum. Meine Gedanken waren ein einziger Brei.

»Was … was machst du hier?«

»Ich war bei meinem Abendlauf«, erklärte Chris. »Da habe ich einen Schrei gehört. Ich war gerade unten am Anfang der Straße und habe nicht gleich begriffen, von wo er kam. Aber zum Glück stand das Gartentor offen, und da habe ich dich gleich gefunden.«

»Wie lange bin ich …?«

Fuck. Noch so ein schmerzhafter Blitz.

»Ich glaube, du warst zum Glück nur ganz kurz benommen. Ein paar Sekunden. Ich habe sofort …«
Plötzlich war ich von Panik ergriffen, meine Benommenheit wie weggeblasen. Ich schlug Chris' Arm zur Seite, fuhr hoch und raffte mich auf meine Beine. Aber ich musste mich sofort an der Hauswand abstützen, weil mir schwindlig wurde. Und die Dunkelheit um mich herum und Chris in seinen dunklen Laufklamotten sich zu drehen begannen.
Ich wich zwei Schritte zurück.
Er kam mir nach.
»Jana, du solltest wirklich nicht …«
»Bleib, wo du bist!«
Ich wich noch einen Schritt zurück. Ein Bewegungssensor reagierte, ein fahler Lichtspot irgendwo hinter mir sprang an.
»Ich möchte doch nur …«
»Was machst du hier?«
»Was meinst du?«
»Warum bist du hier?«
»Das sollte ich wohl besser dich fragen.«
»Sag schon!«
»Wie gesagt, ich war nur eine Runde laufen und da habe ich deinen Schrei gehört.«
»War noch wer hier?«
»Was?«
»Hast du wen weglaufen sehen?«
»Nein, ich …« Er brach ab und setzte neu an. »Was ist denn überhaupt passiert?«
Ich versuchte, mich zu sammeln. Die Situation zu begreifen. Aber Chris ließ mich nicht zur Ruhe kommen. Er machte wieder einen Schritt auf mich zu. Ich wich erneut zurück.
»Warte!«, fuhr ich ihn an.
»Jana, bitte beruhige dich.«

»Ich bin ruhig«, log ich.
»Du brauchst wirklich keine Angst zu haben.«
»Habe ich nicht.« Wieder eine Lüge.
»Was machst du überhaupt hier bei Sybilles Haus?«

War es seltsam, dass er das erst jetzt fragte? Konnte *er* mich angegriffen haben? Aber warum hätte er das tun sollen? Woher hätte er wissen können, dass ich hier war? Und weshalb hätte er sich danach um mich kümmern sollen? Nein, Chris hatte völlig recht: Ich musste mich wohl wirklich erst mal beruhigen. War ich etwa hysterisch?

»Also, was machst du hier?«, hakte er nach.

Ich überlegte, was ich ihm sagen konnte, ohne dabei meinen Vater mit reinzuziehen. Oder etwas von dem schlimmen Zustand meines Elternhauses zu erwähnen – gerade Chris gegenüber war mir dieser unfassbar peinlich.

»Ist sie hier?«, setzte Chris nach, weil mir immer noch keine passende Antwort eingefallen war.

Ich nahm mir vor, weitgehend bei der Wahrheit zu bleiben.

»Ich weiß es nicht. Oben ist ja Licht an. Und deshalb habe ich geklingelt und …« Ein schmerzhafter Stich in meiner Schläfe brachte mich kurz aus dem Konzept. »Sie hat nicht geöffnet, und da war auf einmal ein Geräusch, und ich bin hierher und um die Ecke getreten. Und plötzlich war da dieser Kerl und hat mich gegen die Wand gestoßen. Ich bin mit dem Kopf gegen die Wand geknallt und ich … keine Ahnung, dann warst auf einmal du da.«

Diese verdammten Kopfschmerzen!

»Bitte hab keine Angst, es ist niemand mehr hier.«

Ich blickte über seine Schulter hinweg in den mit dichten Nebelschwaden durchzogenen nächtlichen Vorgarten. Und konnte dort nichts und niemanden entdecken.

»Bitte setz dich wieder hin!«, sagte Chris und ging an die Vorderseite des Hauses zur Eingangstür.

Meine Benommenheit hatte sich weitgehend gelegt. Dafür begannen meine Gedanken jetzt zu rasen. Hatte mich tatsächlich eben jemand angegriffen? Oder konnte es auch ein Versehen gewesen sein? War es Sybille gewesen? Hatte sie mich für einen Einbrecher gehalten? Aber warum hätte sie das tun sollen? Sie musste doch meine Rufe gehört haben. Oder hatte ich gerade jemand anderen überrascht, der sich durch mein Auftauchen in die Enge getrieben fühlte? Wenn ja, was wollte dieser Jemand hier? Konnte es Chris gewesen sein? Oder stimmte seine Geschichte mit dem Abendlauf? War es möglich, dass …?

»Sie scheint nicht zu Hause zu sein«, sagte Chris und unterbrach damit meine Gedankenflut.

»Hm«, machte ich bloß, weil gerade eine weitere Schmerzgranate hinter meiner Schläfe explodiert war.

»Ist wirklich alles in Ordnung mit dir? Wir sollten uns das genauer anschauen und …«

»Ja«, log ich. »Alles wieder gut.«

»Okay«, sagte er, und ich hatte den Eindruck, dass er mir nicht unbedingt glaubte.

Er drängte sich zwischen Hauswand und Hecke an mir vorbei.

»Warte, wohin willst du?«, wollte ich wissen, weil mir das Ganze inzwischen furchtbar unangenehm war. Wenn sie tatsächlich daheim war, würde ich alle Hände voll zu tun haben, ihr mein Auftauchen zu erklären. Und das auch noch vor Chris. Ich war so blöd, hätte niemals hierherkommen dürfen!

Aber Chris war schon an der Rückseite des Hauses und ging gar nicht auf meine Bitte ein. Ich konnte sehen, dass auch dort ein Lichtspot angegangen war.

»Wir sollten gehen!«, sagte ich und folgte ihm.

Chris stand schon auf der Terrasse. Er hatte seine Hände

ans Fenster gelegt und schirmte damit seine Augen ab, um ins Innere spähen zu können.

»Was tust du da?«

»Ich sehe nichts«, murmelte er und ging weiter zur Terrassentür.

Über dieser strahlte ein schwaches Licht auf ihn herab.

»Chris, ich finde wirklich, wir sollten …«

Ich hielt inne. Weil Chris auch gegen die Tür seine Hände zur Abschirmung gedrückt hatte. Und sie aufgrund des Drucks einfach aufgegangen war.

Einen Augenblick lang schwiegen wir uns an.

Dann sagte er: »Ich glaube nicht, dass das so gehört.«

Jetzt hatte ich ein richtig mieses Gefühl.

»Sybille?«, rief Chris ins Haus.

Ich konnte keine Antwort hören.

Chris stieß die Tür ein Stück weiter auf.

»Frau Dorn?«, rief ich, als ich hinter ihn trat.

»Sybille?«

Keine Reaktion.

»Was sollen wir jetzt machen?«, wollte ich wissen, in der Hoffnung, dass er vorschlagen würde, dass wir einfach unverrichteter Dinge wieder abziehen sollten. Mir gefiel diese Situation ganz und gar nicht. Es schien offensichtlich, dass hier etwas nicht stimmte. Es roch nach Ärger.

Aber Chris sagte: »Na, reingehen!«

»Wir können doch nicht einfach …«, setzte ich an.

Doch Chris trat schon ins Haus.

»Warte!«

Er ignorierte mich.

Mist!

»Bleib hier!«, zischte ich ihm nach. Aber ehe ich es so richtig begriff, war ich auch schon selbst im Haus.

Das fahle Terrassenlicht schaffte es kaum durch die schweren Vorhänge ins Innere des Hauses. Ich konnte so gut wie nichts erkennen. Chris war schon tiefer im Zimmer. Ich tastete die Wand nach einem Lichtschalter ab. Fand aber keinen. Ich versuchte es etwas weiter links. Auch dort ertastete ich nichts. Dann doch. Ich drückte ihn.

Das Licht sprang an.

Oh nein!

»Scheiße ...«, murmelte Chris.

Und spätestens jetzt hätte ich wissen müssen, dass hier etwas ganz Übles im Gange war. Und ich dieses verfluchte Tal auf schnellstem Wege hätte verlassen müssen.

Stattdessen stand ich wie versteinert da und fragte: »Mein Gott, was sollen wir tun?«

»Wir müssen die Polizei rufen!«

18

Als Chris und ich knapp zwei Stunden später aus der örtlichen Polizeistation hinaus ins Freie traten, präsentierte sich das Tal in seiner pursten Trostlosigkeit. Es war inzwischen stockdunkel geworden und der Nebel so dicht, dass das Licht der Straßenlaternen bloß noch als ein fahles Schimmern auf dem Asphalt darunter ankam. Ich war überrascht, wie rasch es sich abgekühlt hatte. Ich zog die Schultern hoch und verschränkte die Arme vor der Brust, weil es mich fröstelte. Gut möglich, dass es im Laufe der Nacht noch Minusgrade bekommen würde. Ich hätte meinen Wintermantel mitnehmen sollen.

Aus dem Polizeigebäude hinter uns waren das Läuten eines Telefons, eine gedämpfte Stimme und Schritte über einem Fliesenboden zu hören. Ansonsten war es totenstill.

Obwohl ich ja, wenn ich ganz ehrlich zu mir war, selbst insgeheim daran glaubte, dass mein Vater meine Mutter getötet hatte, war mir Viktor, Kurts Bruder, wegen seiner ständigen Anschuldigungen in der Zeit nach dem Mord und der öffentlichen Diffamierung meines Vaters zutiefst unsympathisch. Kurt und Viktor waren sich sehr ähnlich, aber die kleinen Unterschiede machten es aus: Viktors Stimme war nasaler als jene von Kurt, seine Haut war weniger ledern, die Gesichtszüge dafür kantiger, und seine Augen waren einen Hauch dunkler. Viktors Körper war sichtbar trainiert, Kurt hingegen war Kettenraucher und hatte mit Sport so viel am Hut wie ein Hochseilakrobat mit Höhenangst.

Viktor und einer seiner Untergebenen, ein schwer übergewichtiger Mann, den ich nicht kannte, dessen Namen ich mir auch nicht gemerkt hatte und der bei jedem Satz, den er sprach, mächtig ins Schnaufen kam, hatten Chris und mich befragt. Je länger die Befragung gedauert hatte, desto mehr hatte ich den Eindruck bekommen, dass sie vor allem mich regelrecht in die Mangel genommen hatten. Dass sich nach jeder seiner Fragen die Andeutung eines Lächelns in Viktors Gesicht abgezeichnet hatte, hatte ich nicht nur als irritierend empfunden, es hatte mir vor allem auch permanent das Gefühl gegeben, dass er mir kein Wort glaubte.

Aber auch Chris gegenüber hatte er ab und zu sein Misstrauen aufblitzen lassen und Dinge wie »Ein bisschen viel Zufall in letzter Zeit, findest du nicht auch?« fallen lassen und dabei ein hämisches Glucksen von sich gegeben. Ich hatte diese und ähnliche Bemerkungen nicht ganz zuordnen können und auch nicht weiter darüber nachgedacht, weil ich voll und ganz damit beschäftigt gewesen war, meine Gedanken zu ordnen und Viktors Fragen zu beantworten, ohne zu viel über meine wahren Beweggründe preiszugeben. Erst später sollte ich hinter den Grund für Viktors Misstrauen Chris gegenüber kommen. Und ich würde auch seine spitzfindigen Bemerkungen nachvollziehen können. Diese Erkenntnis würde mir noch den Boden unter den Füßen wegziehen.

»Jana, warum, sagtest du, wolltest du zu Sybille?«, hatte Viktor wissen wollen, obwohl er die Frage kurz zuvor bereits von mir beantwortet bekommen hatte – offenbar zu wenig überzeugend.

»Wie gesagt, ich wollte einfach nur mit ihr reden.«

Er nickte bedächtig und machte ein Gesicht, als würde er meine Worte gerade sorgsam prüfen. »Reden?«

»Ja.«

»Worüber denn?«

»Keine Ahnung, über nichts Besonderes.«

»Sollte es um den Mord an deiner Mutter gehen?«

»Nein.«

»Bist du dir da sicher?«

»Ja, ich ...« Ich brach ab, versuchte einen neuen Ansatz, der näher an der Wahrheit lag: »Keine Ahnung, vielleicht wollte ich einfach ein paar Dinge aus ihrer Sicht hören, um ... ja, um endlich damit abschließen zu können.«

Ich biss mir auf die Lippen, weil ich sofort wusste, dass ich zu viel gesagt hatte. Ich hatte Raum für Spekulationen und weitere Fragen geöffnet. Viktors dunkle Augen waren schmäler geworden. Er hatte Lunte gerochen. Und seine Fragen waren jetzt regelrecht auf mich eingeprasselt:

Welche Dinge wolltest du denn aus Sybilles Sicht hören? Du weißt es nicht? Aber warum warst du dann bei ihr? Bitte hör doch auf, mich für dumm zu verkaufen. Nein, das ist natürlich kein Verhör, wir stellen dir einfach nur ein paar Fragen. Hast du eine Ahnung, wo Sybille jetzt ist? Oder warum ihr Mobiltelefon ausgeschaltet ist? Keine Idee, nichts? Wie lange bist du eigentlich schon zurück im Tal? Und hast du Sybille heute schon gesehen? Wie spät war es, als du bei ihrem Haus angekommen bist? Warum bist du an die Seite des Hauses gegangen, nachdem dir niemand geöffnet hatte? Wie hat das Geräusch genau geklungen? Bist du dir sicher? Kannst du den Mann beschreiben, der dich angegriffen hat? Bist du dir überhaupt sicher, dass es ein Mann war? Könntest du ihn vielleicht beschreiben? Sicher nicht? Gar kein Detail, das dir aufgefallen ist? War er groß oder klein? Wo ist eigentlich dein Vater, Jana? Du weißt es nicht? Kann er dich angegriffen haben? Keine Ahnung, warum, es könnte doch sein, dass …

»Er war es nicht«, fuhr Chris energisch dazwischen.

Wir drei schauten ihn überrascht an.

»Ich habe die Gestalt weglaufen sehen, als ich den See entlang auf Sybilles Grundstück zugelaufen bin. Es war dunkel und der Nebel schon dicht, ich habe nicht erkannt, wer es war. Aber für Janas Vater war der Mann viel zu flink. Der Angreifer muss jung gewesen sein. Vielleicht in Janas und meinem Alter.«

»Und der Mann war schneller als du, Chris?« Er zuckte übertrieben mit den Schultern, als wollte er damit sagen: »Kannst du mir das vielleicht erklären?«

»Das kann ich nicht sagen.«

»Warum bist du dem Mann nicht nach?«

»Weil ich Janas Schrei gehört hatte und es mir wichtiger schien nachzusehen, ob jemand Hilfe brauchte.«

»Hm«, machte Viktor, und sein wachsamer Blick streifte zwischen uns hin und her.

Sein Untergebener schnaufte nach Luft. Das Zuhören hatte ihn offenbar angestrengt.

Zu diesem Zeitpunkt hatte ich die Hoffnung, dass Viktor sich mit unseren Antworten zufriedengeben würde. Doch ich hatte mich getäuscht.

»Können wir jetzt gehen?«, fragte ich.

»Einen Moment noch, bitte«, sagte er. »Ich habe nur noch ein paar Fragen.«

Und damit läutete er ein weiteres Bombardement an Fragen ein. Ab und zu band er auch Chris mit ein – meist, um meine Angaben zu hinterfragen. Das machte mich nur noch nervöser, und je länger diese sogenannte Befragung dauerte, desto unzusammenhängender schienen mir meine Antworten und desto länger die Pausen danach zu werden. Ich wurde unsicherer, glaubte zunehmend, einen seltsamen Unterton in Viktors Stimme herauszuhören. War bald davon überzeugt, dass er ahnte, dass ich ihm wesentliche Aspekte verschwieg.

»Das hier ist kein Verhör, und ich bin nicht verpflichtet, länger hier zu bleiben!«, hätte eine selbstbewusste Frau ihm wohl entgegengeworfen. Aber das war ich eben nicht. Seit meiner Rückkehr ins Tal fühlte ich mich wieder wie das 16-jährige Mädchen, das seiner Mutter beraubt wurde und das mit diesem Verlust allen Halt in seinem Leben verloren hatte. Ich war wieder die unsichere Jugendliche, deren Wangen und Ohren glühten, die nasse Hände bekam und die die Schuld bei sich selbst suchte, wann immer jemand in einer Uniform ihr Fragen stellte. Die sich von Älteren einschüchtern ließ. Und die sich bei jeder ihrer Antworten der Lüge überführt fühlte – selbst wenn sie die Wahrheit gesagt hatte.

Nachdem wir zum wahrscheinlich fünften oder sechsten Mal versichern mussten, dass wir in Sybilles Haus nichts angerührt oder mitgenommen hatten, war die Befragung endlich beendet. Und Chris und ich blieben mit unzähligen Fragen zurück:

Warum war die Terrassentür von Sybille Dorns Haus aufgebrochen worden? Wieso war das ganze Haus verwüstet worden? Hatte jemand etwas darin gesucht? Wenn ja, was? Hatte derjenige gefunden, wonach er gesucht hatte? Und wer war es gewesen? Hatte ich den Einbrecher etwa auf frischer Tat ertappt? Hätte es womöglich weit schlimmer für mich ausgehen können, wenn Chris nicht in der Nähe gewesen wäre? War ich jetzt in Gefahr, weil der Einbrecher fürchtete, dass ich ihn erkannt haben könnte? Und hing das alles mit meinem Vater und dem Mord an meiner Mutter zusammen? Falls ja: Warum passierte das Ganze ausgerechnet jetzt, genau am Tag meiner Rückkehr? Und warum sollte die ehemals so in den Fall verbissene Journalistin, die, wie ich jetzt erfahren hatte, längst ihren Beruf gewechselt hatte und nun selbstgebastelte Esoterik-Produkte und Wald-Meditationskurse anbot, damit zu tun haben?

So sehr ich mich auch bemühte, den roten Faden hinter all den Ereignissen der letzten Tage und Stunden zu finden, es wollte mir einfach nicht gelingen. Ich fühlte mich ausgelaugt, und mir brummte der Schädel. Ich sehnte mich nach einer Schmerztablette, einer heißen Dusche und einem Bett. Und ja, auch nach einem kleinen Gläschen. All das würde bei Kurt auf mich warten, der mir einen Schlafplatz angeboten hatte. Ich hatte zwar noch nicht zugesagt und ihm gesagt, dass ich es mir noch überlegen würde. Aber im Grunde hatte ich gar keine andere Wahl – meine Familie hatte mir mehr als deutlich vermittelt, was sie von meinem Auftauchen hielt, und in meinem Elternhaus würde ich bei all dem Müll und dem bestialischen Gestank kein Auge zubekommen. Außerdem fürchtete ich mich vor dem erneuten Aufeinandertreffen mit meinem Vater. Mir war klar, dass ich diesem nicht würde aus dem Weg gehen können, wenn ich nicht wollte, dass mich der Gedanke daran, wie es wohl verlaufen wäre, die nächsten Jahre beschäftigte. Aber zumindest hinauszögern konnte ich es ja noch ein wenig.

»Danke, dass du gelogen hast«, sagte ich, nachdem Chris und ich eine Weile schweigend vor der Polizeistation gestanden hatten.

»Gelogen?«, gab er sich unschuldig. »Ich lüge nie.«
»Du hast doch gar niemanden weglaufen sehen, oder?«
»Ach so, das ...«
»Also?«
»Nein, habe ich nicht.«
»Dann weißt du gar nicht, ob es mein Vater war oder nicht.«
»Genau.«
»Hm.«

Stille legte sich erneut zwischen uns, und ich überlegte, ob es mir nicht lieber gewesen wäre zu hören, dass es ganz sicher mein Vater gewesen war. Dann hätte ich zumindest gewusst, vor wem ich mich in Acht nehmen musste.

»Warum bist du eigentlich wirklich zurückgekommen?«, fragte Chris schließlich.

»Kurt hat mich gestern Abend angerufen und ...«

Ich brach den Satz ab, wusste nicht, wie ich ihn hätte weiterführen können, ohne irgendetwas von dem Albtraum, der sich in meinem Elternhaus abspielte, preiszugeben. Auch wenn mein Vater und nicht ich es derart hatte verkommen lassen, so schämte ich mich dennoch dafür. Außerdem war da ja noch die Sache mit dem fremden Blut, das an meinem Vater geklebt hatte.

»Ach, nicht so wichtig«, sagte ich deshalb.

»Und wo hast du dir die üble Beule zugezogen? Die stammt doch nicht von heute, oder?«

»Ach, nur ein Sportunfall, nicht der Rede wert.«
»Ich hoffe, du hast dir das anschauen lassen.«
»Natürlich.«
»Wenn du was brauchst, kannst du selbstverständlich gerne in meine Praxis kommen. Wir können gerne auch jetzt noch hinfahren. Oder du rufst mich einfach morgen an, wenn ...«
»Ja, danke.«
Trotz all der blöden Umstände konnte ich nicht umhin, mich geschmeichelt zu fühlen, weil Chris sich offensichtlich um mich sorgte. In den letzten Jahren hatte ich so oft an ihn denken müssen. Hatte mir ausgemalt, wie es wohl mit uns weitergegangen wäre, wenn der Mord nicht dazwischengekommen wäre. Ich hatte jeden einzelnen potenziellen Beziehungskandidaten mit einem idealisierten Bild von Chris verglichen und sie danach einen nach dem anderen in den Wind geschossen. Mehr als nur einmal hatte ich mit dem Gedanken gespielt, Chris anzurufen oder ihm einfach zu schreiben. Aber jedes Mal aufs Neue hatte mich kurz davor der Mut verlassen. Selbst seinen Namen in einer Online-Suchmaschine oder auf einer Social-Media-Plattform einzugeben, hatte ich nie geschafft – da war eine innere Blockade in mir gewesen, die ich einfach nicht zu durchbrechen vermochte. Sehr wahrscheinlich aus Angst davor, sehen zu müssen, wie glücklich er inzwischen ohne mich war.

Jetzt stand er nach all den Jahren tatsächlich vor mir. Und da meine Aufregung nun allmählich abzuklingen begann, musste ich mir eingestehen, dass er immer noch verdammt gut aussah. Er war fast noch schöner, als ich ihn in Erinnerung hatte. Soweit ich das in der einsetzenden Dunkelheit erkennen konnte, hatte er an den Schläfen einen grauen Ansatz bekommen. Davon abgesehen, hatten es die letzten Jahre aber offenbar mehr als gut mit ihm gemeint. Er wirkte immer noch jugendlich und frisch. Unter der schnittigen schwarzen Laufjacke schien sich ein trainierter Körper zu verbergen. Seine Augen strahlten noch intensiver, als ich es in Erinnerung hatte. Und dass er Arzt geworden war, machte ihn nicht gerade weniger anziehend für mich. Seit 13 Jahren suchte ich nach Halt in meinem Leben. Ich wünschte mir so sehr, dass ich diesen nun vor mir hatte.

»Mann, ich freue mich wirklich, dich wiederzusehen, Jana! Das muss doch jetzt schon eine halbe Ewigkeit her sein.«

»Ja«, sagte ich nur und spürte, wie meine Wangen heiß wurden.

Ich glaube, wir beide wussten ganz genau, wie lange es her gewesen war.

»Wie geht's dir so?«, fragte er. »Ich meine, abgesehen davon, dass du in fremden Gärten von Fremden angegriffen wirst.«

»Wenn du es so sagst, klingt das schon sehr seltsam, was?«

»Tut es.«

Wir lachten.

»Also, wie geht's dir so?«

»Ganz gut«, log ich. »Und dir?«

»Auch ganz okay, im Grunde. War viel los in letzter Zeit und eine schwierige Zeit.«

»Was war los?«

»Ach nichts, vergiss es. Hat sich zum Glück alles in Wohlgefallen aufgelöst.«

»Das klingt ja gut«, sagte ich und fragte mich gleichzeitig, wie unser Gespräch derart schnell in belanglosem Small Talk hatte enden können. Ich musste etwas unternehmen. Was konnte ich fragen? Verdammt, los, mach schon! »Und du bist Arzt geworden?«, entkam es mir, und ich ärgerte mich im selben Moment darüber.

»Jup. Spießig, ich weiß. Aber der Plan war eigentlich, dadurch hier rauszukommen und nach dem Studium wegzubleiben. Aber irgendwie hat es mich dann doch zurück ins Tal gezogen. Absurd, ich weiß. Aber wer weiß, vielleicht gehe ich ja noch irgendwann mal weg von hier.«

»Aber nein, das klingt doch gut.«

Da war so vieles, das ich ihn so lange schon hätte fragen wollen. Aber jetzt, da er endlich vor mir stand, wollte mir einfach nichts davon einfallen. Erneutes betretenes Schweigen war die Folge.

»Gut, also …«, setzte ich an.

»Hey, was hältst du davon, wenn du auf ein Glas Wein mit zu mir kommst? Ich finde, nach all der Aufregung haben wir uns das redlich verdient. Außerdem könnten wir ein wenig über alte Zeiten …«

»Das ist wirklich nett, aber …«

»Oder ein Glas Wasser, wenn du keinen Alkohol möchtest. Ich glaube, ich müsste auch noch Orangensaft …«

»Vielleicht ein andermal, gut?«

Ich konnte mir selbst nicht erklären, weshalb ich als Reaktion auf Chris' Angebot auf einmal in Panik geriet und nur noch weg und allein sein wollte. Am liebsten hätte ich ihn stehen lassen und wäre weggelaufen.

»Was hast du denn noch vor?«, wollte er wissen.

»Nichts, ich …«

»Na dann!«

»Nein, Chris. Nicht heute.«

Er gab sich geschlagen. »Na gut, dann vielleicht morgen?«

»Vielleicht, ja.«

»Cool, soll ich dich abholen? Ich habe morgen bis 18 Uhr Ordination. Danach könnte ich …«

»Ich weiß noch nicht so genau.«

»Gut, dann könnte ich ja …«

»Ich melde mich«, würgte ich ihn ab und hätte mich selbst dafür ohrfeigen können.

»Okay, gut.«
»Ja, gut.«
Unglaublich! So lange hatte ich davon geträumt, Chris wiederzusehen, mir ausgemalt, welchen Verlauf es wohl nehmen würde. Und jetzt, da es tatsächlich endlich so weit war und er auch noch Interesse an mir zu zeigen schien, hatte ich unser Gespräch binnen kürzester Zeit an die Wand gefahren. Ich konnte es nicht fassen. Hätte ihn am liebsten darum gebeten, noch einmal von vorne beginnen zu dürfen.

»Gut, also dann lass bitte deinen Vater lieb grüßen«, sagte er, und seine Enttäuschung war nicht zu überhören.

»Mach ich, danke.«

Er wollte sich schon abdrehen, fragte dann aber doch noch: »Wie geht's dem eigentlich so? Ich habe ihn sicher schon seit einem halben Jahr nicht mehr gesehen. Könnte auch ein Jahr oder länger her sein. In seinem Alter wäre ein kleiner Gesundheitscheck sicher keine schlechte Idee.«

»Ganz gut.« Ich war überzeugt, dass er mir diese Lüge hatte anhören können. »Ich werde ihn darauf hinweisen.«

»Super, mach das.«

»Ja.«

»Und wie sieht es aus, hast du eigentlich einen …?«

»Also, Chris, ich muss jetzt wirklich.«

»Okay. Ja, schon gut, alles klar.«

»Ich melde mich.«

»Ja, tu das. Bis bald.«

»Bis bald.«

Ich war so dumm!

Chris schien, genauso wie auch ich, nicht so recht zu wissen, ob nun ein Händedruck, eine Umarmung oder gar ein Küsschen auf die Wange angebracht wäre. Das führte dazu, dass wir beide irgendwelche nutzlosen Handbewegungen machten, vor- und wieder zurückzuckten. Ich strich mir schließlich eine nicht vorhandene Strähne aus dem Gesicht, und er streckte tatsächlich beide Daumen hoch.

Dumm war keine passende Beschreibung, ich war ein Idiot!

»Schönen Abend noch, Jana. Und melde dich, solang du noch hier bist. Ich würde mich wirklich sehr freuen.«

»Mach ich, versprochen.«

Na bitte, zumindest halbwegs schien ich diese Situation gerettet zu haben.

Chris hatte sich bereits ein paar Schritte entfernt, da schoss mir plötzlich die Frage in den Kopf und im nächsten Moment auch schon über meine Lippen: »Sag, kennst du vielleicht jemanden mit Glatze und dunklem Bart?«

Und damit schien ich jede Rettung zunichtegemacht zu haben. Spätestens jetzt musste er wohl davon überzeugt sein, dass ich in den letzten 13 Jahren völlig den Verstand verloren hatte.

Er wandte sich zu mir um. »Mit Glatze?«

»Ja, und dunklem Bart.«

»Nein, ich …« Er brach ab. »Was?«

»Wenn du an einen Mann mit Glatze und dunklem Bart denkst, wer fällt dir da ein?«

»Niemand, ich … Lass mal überlegen … Also, im Tal haben einige eine Glatze. Aber keiner hat auch noch einen dunklen Bart.«

»Sicher?«

»Ich weiß nicht, mir fällt niemand ein.«

»Es muss jemand sein, der vor 13 Jahren schon so aussah.«

Chris war nicht blöd. Natürlich ahnte er sofort, womit meine Frage zusammenhing. Jeder hier im Tal wusste ganz genau, wann meine Mutter ermordet worden war. Ganz besonders Chris.

Mir war erst jetzt der Gedanke gekommen, dass diese Person vielleicht gar nicht mehr am Leben war. Dreizehn Jahre waren eine lange Zeit. Wenn diese Person noch lebte, dann hatte sich deren Bart sicher längst grau oder gar weiß verfärbt.

»Geht es etwa um den Mord?«

»Nein.«

»Jana, bitte verkauf mich nicht für blöd.«

»Ich kann dir jetzt leider nicht mehr darüber sagen.«

»Du kannst mir vertrauen, das weißt du doch, oder?«

»Ja, das weiß ich.«

»Also dann raus mit der Sprache!«

»Fällt dir niemand ein?«

»Nein, also … nein, nicht auf Anhieb.«

»Und gibt es im Tal vielleicht einen Psychologen oder einen Psychotherapeuten?«

»Was?«

»Nicht, oder?«

»Was sind denn das für Fragen?«

»Ich erkläre es dir gerne ein andermal.«

»Ist wirklich alles in Ordnung?«

»Ja.«

»Hast du Probleme?«

»Nein, alles gut.«

»Warum willst du dann all diese Dinge wissen?«

»Wie gesagt, das erkläre ich dir gerne später.«

»Aber du musst doch …«

»Also, gibt es einen?«

Er schnaufte, gab sich geschlagen. Überlegte kurz. »Nein, keinen Mann. Aber Nina ist Psychotherapeutin.«

»Nina aus meiner Klasse?«

»Ja, genau.«

Kaum zu glauben, dass ausgerechnet die fragile Nina Psychotherapeutin geworden war. Ich hatte sie noch als unglaublich schüchternes Mädchen in Erinnerung, das kaum den Mund aufgebracht hatte und selbst dann rot im Gesicht angelaufen war, wenn nur jemand aus unserer Klasse sie angesprochen hatte. Nach Referaten oder Prüfungen war sie trotz Bestnoten meist heulend aus dem Klassenzimmer gestürmt. Immer wieder hatte sie tagelang im Unterricht gefehlt, und unsere Klassenlehrerin hatte uns dann immer gesagt, dass es Nina nicht gutgehe, sie aber sicherlich bald wieder zurückkommen würde.

»Sie hat vor drei oder vier Jahren eine Praxis hier aufgemacht«, fügte Chris hinzu.

Das war zwar nicht uninteressant, half mir jetzt allerdings nicht weiter. Bei Nina konnte meine Mutter unmöglich in Behandlung gewesen sein.

»Und sonst gibt es niemanden hier?«

»Nein, nicht dass ich wüsste.«

»Und draußen in der Stadt?«

»Mensch, du stellst Fragen. Ja, dort gibt es sicher zwei oder drei. Aber woher soll ich wissen ... Warte mal!«

»Was ist?«

»Glatze, Vollbart und Brille?«

»Brille weiß ich leider nicht.«

»Hm, ich glaube, mir ist jemand eingefallen, auf den deine Beschreibung passt.«

19

Freitag, 22. Oktober 2009, 14:42 Uhr
Neun Stunden und 41 Minuten bis zum Mord

Als die Haustür mit einer ungeheuren Wucht zuknallte, zuckte Claudia zusammen und presste sich instinktiv die Hand auf den Mund. Einen Augenblick lang saß sie wie versteinert an der Bettkannte. Lauschte gespannt. Und wagte es nicht zu atmen. Oder auch nur zu blinzeln. Erst, als sie seinen Wagen wegbrausen hörte und sie sich sicher war, dass er tatsächlich aus dem Haus war und nicht mehr zurückkam, löste sich ihre Verkrampfung zumindest ein wenig. Hans war zur Arbeit gefahren. Nachtschicht, das bedeutete, dass er nicht vor Mitternacht wieder heimkommen würde.

Zehn Minuten zuvor war er plötzlich aufgetaucht. Sie war gerade in der Küche gewesen, als sie sein Auto die Auffahrt hochkommen gehört hatte. Sie hatte alles fallen lassen und war gerade noch rechtzeitig hinauf ins Schlafzimmer geflüchtet, wo sie sich eingesperrt und auf der Bettkannte stocksteif verharrt hatte.

Bitte, bitte, bitte. Bitte, nicht schon wieder reden, hatte sie in Gedanken gefleht, während sie ihn unten im Erdgeschoss herumlärmen und Türen zuschmeißen gehört hatte. Mit jedem Knall hatte sie sich fester in die Tagesdecke verkrallt. Bitte!

Sie hätte ihm nicht in die Augen sehen können. Hatte nicht mit ihm reden wollen, nicht schon wieder. Sie hätte nicht gewusst, was sie noch hätte sagen können. Alles war längst besprochen und wieder und immer wieder durchgekaut worden. Und dennoch hatte sich nichts an ihrer Verwirrtheit geändert. Immer noch kratzten so viele quälende Fragen an den Wänden ihres Verstandes – wie lange, spitze Krallen.

Konnte sie Jana das wirklich antun? Würde ihre Tochter ihr jemals verzeihen oder sie zumindest bis zu einem gewissen Grad verstehen können? Wie bloß konnte sie Hans klarmachen, dass es nicht an ihm lag? Und dass sie es doch selbst am liebsten ganz anders gewollt hätte. Sollte sie nicht vielleicht doch auf ihn hören? Und ihr Verlangen ignorieren? Spielten tatsächlich gerade einfach nur ihre Hormone verrückt? Hatte sie so etwas wie eine Midlife-Crisis, wie Hans ihr vorgeworfen hatte? Würde sie es jemals schaffen, ihre Sehnsüchte zu ignorieren?

Sie wusste nicht, wo ihr der Kopf stand. Und sie hatte Angst. Vor Hans und allen, denen er sich anvertraut hatte. Aber noch viel mehr vor ihrem Wunsch, zu sterben.

Seit ihr am Morgen der Gedanke an ihren Tod gekommen war, hatte sie sich schon mehrmals bei der Überlegung erwischt, wie sie diesen wohl am einfachsten herbeiführen konnte. Sollte sie in den Nebelgrund gehen? Dorthin, wohin Dadas düsteren Geschichten zufolge in den letzten Jahrhunderten schon so viele Seelen vor ihr gegangen waren?

Claudia merkte, dass sie die Luft angehalten hatte, und schnaufte jetzt tief durch. Sie wischte sich die Wangen trocken und rieb sich mit beiden Händen das Gesicht.

Dabei fiel ihr Blick auf das Hochzeitsfoto auf der Kommode, das sie zwar regelmäßig entstaubte, aber schon seit Jahren nicht mehr so richtig wahrgenommen hatte. Es war ein schöner Tag damals gewesen – nicht der schönste, wie man das oft von Menschen zu hören bekam, nein, das nicht. Der schönste Tag ihres Lebens war ohne jeden Zweifel jener gewesen, an dem Jana das Licht der Welt erblickt hatte. Nichts war vergleichbar mit diesem Moment, als sie ihrem Engel zum ersten Mal in die Augen hatte sehen dürfen. Dieser Augenblick war magisch gewesen.

Nichtsdestotrotz war auch ihre Hochzeit schön gewesen – wenngleich sie auch schon damals leise Zweifel gehabt hatte. Und Sehnsüchte. Aber sie war fest entschlossen und guter Dinge gewesen, über all das hinwegzublicken und bis zu ihrem Tode an Hans' Seite zu bleiben.

Damals hatte sie natürlich noch nicht ahnen können, dass er tatsächlich der letzte Mensch sein würde, den sie in ihrem Leben sehen würde.

20

Eine knappe Dreiviertelstunde später hatte ich das nebelverhangene Tal, den Wald und auch die Tankstelle, an der ich mir am späten Vormittag noch das *Wellness Sandwich* eingefangen hatte, hinter mir gelassen, und ich lenkte meinen Polo durch die nächtlichen Gassen der Stadt. Während der Fahrt durch den Wald hatte ich förmlich zu spüren geglaubt, wie sich mit dem Lichterwerden des Nebels auch der Druck auf meiner Brust und auf meinem Gemüt zu lockern begonnen hatte. Jetzt fiel mir das Atmen leichter, meine Verkrampfung hatte sich gelöst, und die letzten Stunden fühlten sich nur noch wie die Erinnerung an einen bösen Traum an.

Vor über 20 Jahren hatte Professor Bertram Schwartz ein viel beachtetes und scheinbar bis heute aktuelles Werk über die Zusammenhänge von psychischen Krankheitssymptomen bei mangelndem Sonnenlicht verfasst. Ein Buch, das in Fachkreisen sogar internationale Anerkennung gefunden hatte und das auch Chris während seines Medizinstudiums untergekommen und aufgrund des nahen Wohnorts des Verfassers besonders in Erinnerung geblieben war. Auch die auffällige Erscheinung des Mannes war ihm noch erinnerlich.

Chris hatte Schwartz' Namen in den Browser seines Smartphones eingegeben und mir ein Bild des Professors gezeigt.

»Hier, könnte er das sein?«

Mir war ein kalter Schauer meinen Körper hochgejagt. Konnte dieser Mann die Liebesbriefe an meine Mutter geschrieben haben? Konnte er sie ermordet haben?

Professor Bertram Schwartz hatte eine spiegelglatte Glatze und einen besonders dichten und dunklen, fast schon tiefschwarzen Vollbart. Außerdem eine dezente Brille mit rundem Gestell, von der Onkel Erik zwar nichts gesagt hatte, die auf einige Entfernung aber sicher leicht zu übersehen gewesen war.

War, wohlgemerkt. Denn mit Schwartz gab es ein Problem: Laut *Wikipedia*-Eintrag, den mir Chris gezeigt hatte, war er bereits zwei Monate vor meiner Mutter an einem Herzinfarkt gestorben.

Diese Spur führte also in eine Sackgasse – zumindest teilweise. Denn nun war mir klar: Schwartz konnte der Mann gewesen sein, mit dem meine Mutter gesehen worden war –, auch, wenn ich die Chance dafür als sehr gering einstufte. Der Verfasser der Liebesbriefe konnte er jedoch definitiv nicht gewesen sein, denn der letzte, den ich gelesen hatte, war ja erst wenige Tage vor dem Mord an meiner Mutter geschrieben worden. Und somit konnte Schwartz auch nicht der Mörder sein.

Es war mehr als fraglich, ob Schwartz überhaupt jemals mit meiner Mutter zu tun gehabt hatte. Alles, was ich bisher hatte, war, dass Schwartz' Erscheinung zur Beobachtung meines Onkels passte – und das war nicht gerade viel. Ich hatte Onkel Erik das Bild zeigen wollen, doch obwohl ich Licht im Haus meiner Tante brennen gesehen und den Fernseher laufen gehört hatte, hatten die beiden mir nicht geöffnet.

Ich zweifelte daran, dass diese Schwartz-Spur mich in irgendeiner Weise weiterbringen würde. Und dennoch hatte ich beschlossen, meinem Bauchgefühl zu folgen, und war auf gut Glück in die Stadt gefahren – zu jener Adresse, an der Schwartz laut eines nie gelöschten Interneteintrags einst eine Praxis für Psychotherapie betrieben hatte. Immerhin war ein letzter Strohhalm besser als gar nichts.

Als ich vor der angegebenen Adresse parkte, war es bereits kurz nach 20.30 Uhr. Ich schälte mich aus dem Polo und stand vor einem Ungetüm von einem Haus aus Stein und Holz und Glas mit zig Ecken und Kanten und Winkeln. Keine Ahnung, was der Architekt damit beabsichtigt hatte – es schien jedenfalls mächtig in die Hose gegangen zu sein. Der Anblick passte so gar nicht in die Gegend und erschlug einen förmlich.

Das Grundstück war von einem hohen schwarz lackierten Metallzaun umgeben. Keine Hecke, nur die Schattenrisse einer Handvoll akkurat getrimmter Büsche und Bäume hoben sich von der Dunkelheit ab. Durch die zugezogenen Vorhänge konnte ich erkennen, dass noch Licht im Haus an war.

Ich suchte nach einem Namensschild, konnte jedoch keines finden. Also klingelte ich einfach, ehe mich der Mut verließ, und hoffte, dass ich den Weg jetzt nicht umsonst zurückgelegt hatte.

Es dauerte keine drei Sekunden, da ging die Eingangstür bereits auf, und eine zierliche Frau, die nicht größer als einen Meter sechzig gewesen sein konnte, kam vor dem Hintergrund der hell erleuchteten Diele zum Vorschein. Es war kaum mehr als ihre Silhouette zu erkennen.

»Ja?«, rief sie.

»Frau Schwartz?«

»Ja?«

»Mein Name ist Jana Herbst.«

Kurze Pause. Dann: »Ja?«

Jedes ihrer drei Jas hatte einen Tick ungeduldiger als das vorangegangene geklungen. Ich konnte nicht einschätzen, ob mein Familienname etwas in ihr ausgelöst hatte.

»Dürfte ich Sie vielleicht kurz sprechen?«

»Was wollen Sie?«

»War Professor Bertram Schwartz Ihr Mann?«

Gleiches Muster wie zuvor. Wieder eine kurze Pause, dann: »Was wollen Sie?«

»Darf ich vielleicht kurz reinkommen?«

»Was wollen Sie?«

Hartnäckig war die zierliche Dame jedenfalls. Und verunsichert hatte sie mich noch dazu.

»Das würde ich Ihnen gerne erklären, ohne hier vom Gartentor bis zu Ihnen schreien zu müssen.«

Keine Reaktion.

»Es dauert auch bestimmt nicht lange, versprochen.«

»Tut mir leid.«

Sie hatte bereits einen Schritt zurück ins Haus gemacht und war im Begriff, die Tür zu schließen. Ich brauchte eine Idee. Schnell!

»Es war meine Mutter, die vor 13 Jahren ermordet wurde!«, rief ich, weil mir nichts anderes auf die Schnelle einfallen wollte.

Sie hielt in der Bewegung inne. Schwieg.
»Es dauert wirklich nicht lange!«, bekräftigte ich.
Sekunden verstrichen.
Dann: »Warten Sie!«
Sie ließ die Eingangstür offen stehen, und ich konnte sehen, dass sie sich einen Mantel überzog, in Schuhe schlüpfte und die Stufen herunter und zu mir ans Gartentor kam. Ich korrigierte die Einschätzung ihrer Größe auf einen Meter fünfzig herunter.
Ihrer Kommunikationslinie blieb sie trotz der Tatsache, dass sie sich überwunden hatte und zu mir gekommen war, treu: »Was wollen Sie?«
Erst jetzt wurde mir so richtig klar, dass ich mir im Grunde gar nichts überlegt hatte. Meine wahren Beweggründe würde ich der Frau kaum offenbaren können.
»Stimmt es, dass Ihr Mann als Psychotherapeut gearbeitet hat?«
Sie sah mich nur an.
»Nun, also ... Kann es sein, dass meine Mutter bei Ihrem Mann in Behandlung war?«
»Ich möchte eigentlich nicht mehr über meinen Mann sprechen.«
»Ich würde wirklich nur gerne wissen, ob ...«
»Das weiß ich leider nicht.«
Mein Gott, diese Frau brachte mich völlig aus meinem nicht vorhandenen Konzept.
»Nun, also, ich habe Grund zur Annahme, dass ...«
Wieder: »Was wollen Sie?«
»Wäre es vielleicht möglich, dass Sie in den Aufzeichnungen Ihres Mannes nach dem Namen meiner Mutter suchen?«
»Nein, tut mir leid.«
»Vielleicht könnten Sie ja ...«
»Das ist leider nicht möglich.«

»Es wäre aber wirklich wichtig.«
»Das geht nicht. Es gibt keine Aufzeichnungen mehr. Die fielen damals alle dem Brand zum Opfer.«
»Oh, es gab einen Brand?«
»Ja, ich weiß es noch genau. Das war zwei Tage nach dem Mord an Ihrer Mutter. So etwas merkt man sich ja leider nur allzu gut.«
»Was ist passiert?«
»Die Polizei vermutete damals Brandstiftung. Aber gefunden haben sie den Schuldigen nie. Ich glaube, die haben nie ernsthaft ermittelt, weil sie mit dem Mord voll beschäftigt waren.«

Die Witwe war ja auf einmal richtig redselig geworden. Ich beschloss spontan, aufs Ganze zu gehen:

»Meine Mutter wurde vor ihrem Tod mehrmals gemeinsam mit Ihrem Mann gesehen.«
»Und?«

Ihre schnippische Art war zurück.

»Nun ja, können Sie sich vorstellen, warum?«

Selbst im schummrigen Licht der Straßenlaternen konnte ich erkennen, dass sich ihre Miene schlagartig verfinsterte, und der letzte kleine Funke ihrer ohnehin kaum vorhandenen Freundlichkeit erstarb.

»Sicher nicht!«, schnauzte sie mich an.
»Was?«
»Ich weiß ganz genau, worauf Sie hinauswollen!«
»Worauf denn?«
»Sie meinen doch nicht etwa, dass die beiden eine Affäre hatten, oder?«

Diese Reaktion überraschte mich dann doch gehörig. Wie war sie nur so schnell auf diese Schlussfolgerung gekommen? Ich hatte meinen Verdacht doch mit keinem Wort erwähnt.

»Was, nein, ich weiß nicht … Also eigentlich wollte ich nur …«

»Hören Sie, ich weiß nicht, was Sie mit Ihrem Auftauchen hier bezwecken. Vor allem jetzt, nach so langer Zeit. Aber ich habe keine Lust darauf!«

»Frau Schwartz, bitte entschuldigen Sie, ich wollte Sie wirklich nicht verärgern, sondern lediglich …«

»Ich kann Ihnen nur eines sagen: Mein Mann war der Ansicht, dass manche seiner Klienten sich bei Spaziergängen leichter öffneten als in geschlossenen Räumen. Gut möglich also, dass sie zusammen gesehen wurden. Genauso wie er auch mit anderen Frauen gesehen wurde. Aber eine Affäre? Niemals!«

»Das habe ich doch gar nicht behauptet.«

»Und jetzt möchte ich Sie bitten zu gehen.«

»Frau Schwartz, das ist ein Missverständnis. Ich wollte wirklich nur wissen, ob …«

»Auf Wiedersehen«, sagte sie, machte kehrt und stapfte zurück ins Haus.

»Bitte warten Sie doch!«

Der Knall der Haustür hallte durch die Straße.

21

Was für ein Tag!

Ich hatte keine konkreten Erwartungen an meine Rückkehr in meine Heimat gehabt – es war ja auch kaum Zeit dafür gewesen, groß darüber nachzudenken. Und dennoch war alles ganz anders gekommen. Ich hatte so vieles herausgefunden und tappte trotzdem weiter im Dunkeln. Im Grunde hatte ich nichts als die kaum lesbaren Liebesbriefe. Alles andere waren Gerüchte, Vermutungen und Sackgassen. Trotzdem hatte ich das Gefühl, dass ich der furchtbaren Wahrheit und all den dunklen Geheimnissen, die sie umgaben, einen großen Schritt nähergekommen war. Und ein wenig Licht in all den Nebel gebracht hatte.

Aber wollte ich das überhaupt? Hatte ich in den letzten 13 Jahren nicht alles darangesetzt, genau das Gegenteil zu erreichen? Wollte ich nicht vergessen und endlich alles hinter mir lassen? Endlich so wirklich von neuem beginnen? Ich war hin- und hergerissen.

Jetzt war es ohnehin schon spät, und ich musste akzeptieren, dass ich heute nichts mehr würde bewegen können. Die neuerliche Konfrontation mit meinem Vater wollte ich zumindest noch bis zum nächsten Morgen hinauszögern – alleine schon beim Gedanken daran begann sich mein Magen erneut zusammenzuziehen. Ich sehnte mich nach Antworten und hatte gleichzeitig eine riesengroße Angst davor.

Und so hatte ich Kurts Angebot, die Nacht bei ihm zu verbringen, angenommen, obwohl ich viel lieber alleine mit meinen wild durcheinanderschwirrenden Gedanken gewesen wäre. Da war so vieles, was ich verarbeiten musste und was mir immerzu durch den Schädel dröhnte. Ich wünschte, ich wäre daheim in meiner kleinen Wohnung, bei Charles, und umgeben von Frau Jakobs Klavierspiel, das zum einen zwar furchtbar nervig sein konnte, zum anderen aber auch so etwas wie ein Stabilitätsgefühl und Vertrautheit in mir auslöste.

Kurts Anwesenheit erwies sich zumindest als tröstlich. Und im Grunde tat es ja unheimlich gut, nicht alleine mit all meinen Sorgen und Ängsten zu sein.

Es war bereits nach 23 Uhr. Wir saßen schon einige Zeit zusammen im Wohnzimmer, schwiegen uns die meiste Zeit an, starrten ins Leere, knabberten Erdnussflips und tranken – leider viel zu viel für meine Umstände. Kurt hatte eine Miles-Davis-Platte aufgelegt, die im Hintergrund lief. Er saß in seinem Polstersessel, hatte die Beine überkreuzt und rauchte – allerdings sehr wenig für seine Verhältnisse – wohl, um mir einen Gefallen zu tun. Ich fragte mich, wie er das hinbekam, dass seine Bude nicht stank wie eine Hafenkneipe um 5 Uhr morgens.

Ich hatte mich ihm gegenüber auf das Sofa geflätzt, das mir zugleich auch als Schlafplatz dienen würde. Ich verspürte einen leichten Druck in der Blase, aber mir war bewusst, dass ich es bis zum nächsten Morgen wohl nicht mehr hochschaffen würde – ich hatte es mit dem Alkohol übertrieben und schon viel zu viel intus. Ich spürte, wie ich rasch müder wurde, und merkte, wie die Abstände zwischen meinen Gähn-Attacken immer kürzer wurden.

Der Tag hatte mich völlig geschlaucht. Der Alkohol tat nun das Übrige. Obwohl ich schon mehr als genug hatte, genoss ich seine betäubende Wirkung und schenkte mir laufend aus Kurts Whisky-Flasche nach. Scotch war nicht gerade meine bevorzugte Wahl, aber wie heißt es doch so schön: In der Not frisst der Teufel Fliegen. Zwischendurch nahm ich ohnehin immer wieder einen Schluck Bier – jeden davon begleitet von einem schlechten Gewissen, wieder in alte Gewohnheiten verfallen zu sein. Zumindest dem Drang, Kurt um eine Zigarette anzuschnorren, konnte ich widerstehen.

Im Laufe des Tages hatte ich mitbekommen, was der verdammte Alkohol aus Menschen machen konnte. Meine Tante und auch mein Vater hätten mir eigentlich Mahnung genug sein müssen. Ich hätte meine Finger von dem Dreck lassen müssen.

Ich war nicht wie der Rest meiner Familie!
Das versuchte ich mir zumindest einzureden. Und nahm einen weiteren Schluck von meinem Bier.

»Kurt?«, brach ich irgendwann das lange Schweigen zwischen uns.

Er hatte schon eine ganze Weile die Augen geschlossen. Ich war mir nicht sicher, ob er einfach nur der Musik lauschte oder bereits eingeschlafen war.

»Hm?«, machte er und sah mich an.

»Weißt du vielleicht, ob die Suche heute etwas ergeben hat? Ist Franziska wieder aufgetaucht?«

Ich merkte, dass ich inzwischen schon ein wenig lallte. Das würde einen üblen Kater morgen geben.

Die Frage schien Kurt wachgerüttelt zu haben. Er richtete sich ein wenig auf.

»Soweit ich weiß, nicht. Aber ich würde dem Ganzen auch nicht so viel Bedeutung beimessen.«

»Findest du das nicht seltsam, dass sie einfach verschwindet, ohne jemanden zu informieren?«

»Sie ist erwachsen, sie kann tun und lassen, was sie will – auch ohne jemandem Bescheid zu geben.«

»Weißt du denn Näheres, wie sie verschwunden ist?«

»Was meinst du?«

»Na ja, wann sie zuletzt gesehen wurde oder ob sie mit jemandem Streit hatte oder so.«

»Nein, keine Ahnung«, sagte er. Nach einer kurzen Pause fügte er noch hinzu: »Simon ist ja bei den Jägern, die haben heute bei der Suche geholfen. Dort hat er gehört, dass ...«

Kurt redete weiter, aber meine Aufmerksamkeit ging flöten. Seine Worte hatten etwas in mir ausgelöst. In meinem Kopf ratterte es. Und plötzlich fiel es mir wie Schuppen von den Augen. Am Morgen noch war ich zu angespannt und durch den Wind gewesen. Wegen meiner Rückkehr und der Angst davor, was mich zu Hause erwarten würde. Aber auch, weil ich abgelenkt gewesen war und den Jäger beinahe über den Haufen gefahren hatte. Jetzt begriff ich: Der Jäger war Simon!

Mein Gott!

Wie sehr er sich verändert hatte – so sehr, dass ich den Menschen, der einmal wie ein Bruder für mich gewesen war, nicht wiedererkannt hatte. Er trug nun einen Bart, der auch noch ergraut war. Und die aufgedunsenen Backen und das massige Doppelkinn – er musste gut 20 Kilo, wahrscheinlich noch mehr zugenommen haben. Die tiefen Falten um die Augen und die lederne Haut – wie bei Kurt Anzeichen von jahrzehntelangem übertriebenem Alkohol- und Nikotinkonsum.

Gott, wie peinlich!

Garantiert hatte er mir angesehen, dass ich ihn nicht erkannt hatte. Wahrscheinlich hatte er sogar …

»Alles in Ordnung?«, holte mich Kurt zurück ins Hier und Jetzt.

»Ja, ja … alles gut. Ich …«

Er runzelte die Stirn.

»Sorry, ich war nur kurz in Gedanken. Also, was hast du von Simon gehört?«

»Dass Franziska wohl zum Laufen in den Wald wollte und davon nicht mehr zurückgekehrt ist. Angeblich dreht sie mehrmals die Woche dort ihre Runden, und ihre Laufschuhe und -klamotten konnten bisher nicht gefunden werden. Aber ob irgendetwas davon stimmt, kann ich dir nicht sagen.«

»Klingt mysteriös«, sagte ich und rieb mir die Gänsehaut an meinen Unterarmen.

»Findest du?«

»Du etwa nicht?«

»Also wie gesagt, ich bin überzeugt, dass ihr nichts passiert ist.«

»Wie kannst du dir so sicher sein?«
»Das kann ich nicht. Aber was ändert es an der Sache, wenn ich mir Sorgen mache?«
Darauf wusste ich keine Antwort.
»Denkst du, dass ihr Verschwinden etwas mit …«
Ich hatte es mir anders überlegt und wollte die Frage doch nicht aussprechen. Aber Kurt wusste natürlich, worauf ich hinauswollte, und vervollständigte meine Frage:
»… dem fremden Blut an deinem Vater zu tun hat?«
Ich nickte kaum merkbar.
»Nein, das glaube ich nicht.«
»Aber du hast doch selbst gesagt, dass …«
»Dein Vater war damals unschuldig, und er hat auch dieses Mal nichts damit zu tun.«
»Wie kannst du dir so sicher sein?«
»Ich spüre das.«
»Hm.« Ich beließ es dabei. Es war wohl keine Begründung, die vor Gericht etwas taugen würde.
Kurt hatte seine Meinung. Aber hatte er auch recht?
»Leben denn ihre Eltern noch?«
»Ja, beide kerngesund.«
Ich nahm mir vor, die beiden am nächsten Tag aufzusuchen. Die Situation musste schrecklich für sie sein. Vielleicht hatten sie ja aber auch Informationen, die mich beruhigen würden. Womöglich war sie zu jemandem geworden, der sich gerne mal einfach so ein paar Tage Auszeit nahm, um Abstand von allem zu bekommen. Wobei: Wer war schon so? Das klang doch nicht logisch, oder? So oder so: Ich würde mit ihren Eltern sprechen.
Kurt und ich waren wieder in Schweigen verfallen.
Den ganzen Abend über hatte ich schon überlegt, ob ich ihm von den Liebesbriefen erzählen sollte. Ich war zu dem Entschluss gekommen, es bleiben zu lassen, und nahm an,

dass sie gut im Handschuhfach des Mietwagens aufgehoben waren – zumindest vorerst, solang ich mich aus irgendeinem unerfindlichen Grund dafür schämte.

Von den Briefen abgesehen, hatte ich jedoch auf einmal das dringende Bedürfnis, noch einige meiner Gedanken und Fragen laut auszusprechen, weil sie mich trotz des Alkohols und meiner Müdigkeit zu sehr aufwühlten.

»Darf ich dich noch etwas fragen?«

»Klar«, sagte er und klang unheimlich müde dabei.

»Du musst aber ganz ehrlich sein, bitte.«

»Warum sollte ich das nicht sein?«

»Kannst du dir vorstellen, dass meine Mutter ein geheimes Verhältnis hatte?«

Kurt antwortete nichts.

Und ich fand das seltsam.

Ich hatte Entrüstung erwartet, Protest oder zumindest Unglauben. Aber nicht Schweigen. Und dass er sich nun Erdnussflipskrümel von seiner kackbraunen Fleeceweste, diesem selten hässlichen Teil, das er schon am Vormittag bei meiner Ankunft unter seinem Regenmantel getragen hatte, zu zupfen begann. Er hätte sie gleich samt den Krümeln entsorgen sollen.

Irgendwann, als ich schon gar nicht mehr damit rechnete und er scheinbar alle Krümel von seiner Weste beseitigt hatte, fragte er schließlich: »Wie kommst du darauf?«

»Nur so ein Gedanke.«

»Und woher kommt dieser Gedanke?«

»Ich weiß auch nicht.«

»Hm.«

»Ich meine, irgendeinen Grund muss es doch geben, warum meine Mama ... also ich meine, warum sie wer ...« Ich brach ab, schaffte es nicht, den Satz über meine Lippen zu bringen.

»Du meinst, dass sie einen heimlichen Liebhaber oder so hatte, der sie dann tötete?«

»Ja. Nein, ich ... also ich weiß nicht.«

»Oder denkst du etwa, dass dein Vater dahinterkam?«

»Nein!«, log ich energisch, obwohl das der Gedanke war, der immer größeren Raum in mir einnahm.

Kurt machte sich eine Zigarette an. Nahm einen tiefen Zug und ließ den Rauch einfach in seinen Lungen.

»Also weißt du, Kleines ...«, setzte er an, und mir wurde trotz der schlimmen Umstände ganz warm ums Herz, weil er mich nach all den Jahren immer noch so nannte, »... ich bin wohl der Mensch, der, von dir einmal abgesehen, deinen Vater kennt wie niemand sonst. Und dennoch habe ich so oft das Gefühl, dass ich keine Ahnung habe, wer er überhaupt ist und was gerade in seinem Kopf vor sich geht.«

»Was meinst du?«, fragte ich, obwohl ich genauso über meinen Vater dachte.

»Weißt du, ich kann ihn nicht einschätzen. Ich glaube, das habe ich noch nie gekonnt. Und die anderen hier im Tal können das noch viel weniger.«

Ich nickte.

Kurt nahm einen weiteren Zug. »Aber er tut ja auch nichts dagegen, sondern verkriecht sich in seinem Haus, in das er nicht einmal mehr mich reinlässt. Du kannst dir nicht vorstellen, wie oft ich ihn schon wachzurütteln versucht habe. Aber es ist, als redete man auf eine Ziegelwand ein. Er verändert nichts, lässt einfach niemanden an sich ran, nicht einmal mich. Und sein Schweigen macht alles nur noch schlimmer.«

Er hielt einen Augenblick lang inne. Nahm einen weiteren Zug.

»Die Menschen haben Angst vor ihm«, sagte er. »Aber das liegt an seinem Verhalten und nicht daran, dass er ein schlechter Mensch ist. Ich bin überzeugt, dass er mit alldem nichts zu tun hat.«

Dann rauchte er die Zigarette zu Ende.

Und ich ließ seine Worte sacken. War es in Wirklichkeit nicht so, dass ich Angst vor ihm hatte? Glaubte ich insgeheim nicht daran, dass er zu allem fähig war? Immerhin hatte ich heute im Streit erleben müssen, wie aggressiv er binnen kürzester Zeit werden konnte. War es vielleicht auch so, dass …?

»Willst du noch ein Bier?«, fragte Kurt und unterbrach meinen trüben Gedankenwirbel.

»Ja, bitte«, antwortete ich und hasste mich dafür. »Nein, doch nicht!«

»Ja, was denn nun?«

»Egal, nimm mir bitte eines mit.«

Er verschwand in der Küche und kam kurz darauf mit zwei Flaschen und einer frischen Tüte Erdnussflips zurück. Er füllte meine Schüssel voll, und wir leerten alles schweigend. Bis mein Kopf wieder mit so vielen Gedanken und Fragen voll war, dass ich zumindest einer noch Luft verschaffen musste.

»Darf ich dich noch etwas Persönliches fragen?«

»Klar«, sagte er, aber sein Unterton suggerierte mir, dass er langsam genug davon hatte.

»Ach, egal.«

»Jetzt hast du damit angefangen, also frag schon.«

»Nein, es ist wirklich nicht …«

»Frag schon!«

»Du musst aber nicht antworten, wenn …«

»Jana!«

»Wie kommt es, dass du schon so lange alleine bist? Gab es denn nach Simons Mutter nie eine Frau in deinem Leben?«

Für einen Sekundenbruchteil glaubte ich, etwas in seinem Gesicht aufblitzen gesehen zu haben. Aber schon im nächsten Augenblick war es, was auch immer es gewesen war, verschwunden.

»Tut mir leid«, sagte ich. »Ich wollte nicht …«

»Ach, kein Problem«, sagte er und machte eine beschwichtigende Handbewegung. »Es war einfach so, dass mich Inges Tod damals sehr mitgenommen hat. Ich wollte keine andere Frau. Sie war die Liebe meines Lebens. Außerdem musste ich darauf achten, dass Simon nicht auf die schiefe Bahn geriet – ihn nahm der Tod seiner Mutter noch schlimmer mit als mich. Wir waren damals alleine, und ich habe mir geschworen, ihn zu beschützen – unter allen Umständen, komme, was da wolle.«

»Und das ist dir ja auch gelungen.«

»Ja …«, sagte er und ließ den Rest des Satzes und eine Unmenge an Interpretationsmöglichkeiten in der Luft hängen.

Ich überlegte, was ich darauf sagen konnte.

Aber Kurt kam mir zuvor: »Er ist ein guter Junge, das ist er wirklich. Aber dieser verdammte Alkohol … Er kann einfach nicht die Finger davon lassen. Vor zwei Monaten haben sie ihm den Schein abgenommen, weil er volltrunken gegen einen Baum gedonnert ist.«

»Um Gottes willen!«

»Ja, aber keine Sorge, ihm ist nichts passiert. Eine Lehre war ihm das leider auch keine. Jetzt fährt er halt ohne Führerschein in der Gegend herum und trinkt mindestens genauso viel wie vorher. Die Scheidung hat ihn halt damals auch sehr mitgenommen.«

»Oh, er ist geschieden?«

»Ja, schon vier Jahre mittlerweile.«

»Das tut mir leid.«

»Ach, das muss es nicht«, sagte er. Und als ich gar nicht mehr mit einer Fortsetzung rechnete: »Wie gesagt: Er ist ein guter Junge. Ich kann ihm nicht übelnehmen, was er getan hat.«

Ich beließ es dabei, weil ich Kurt hatte anhören können, dass ihn der Verlust seiner Frau und Simons Entwicklung danach immer noch sehr aufwühlten. Ich fragte mich, ob Simon auch ohne den frühen Tod seiner Mutter so früh mit dem Rauchen und dem Alkohol begonnen hätte.

Mein Kopf war voll mit Gedanken, und da war noch so vieles, worüber ich gerne mit Kurt gesprochen hätte – mit wem Simon verheiratet gewesen war, zum Beispiel, und weshalb sie sich getrennt hatten. Aber gleichzeitig war ich so unglaublich müde. Selbst wenn wir jetzt darüber gesprochen hätten, wir hätten Franziskas oder Sybille Dorns Verschwinden nicht aufklären können. Genauso wenig wie den Grund, weshalb mein Vater mit fremdem Blut besudelt gewesen war.

Auch wenn Kurt vom Gegenteil überzeugt war – ich war nicht so verblendet. Und ich war nicht blöd. Im Grunde brauchte ich doch nur eins und eins zusammenzuzählen. Und selbstverständlich machte ich mir deswegen riesige Sorgen. Sehr wahrscheinlich dachte Kurt genau dasselbe wie ich und wollte es bloß nicht zugeben. Aber ich beließ es dabei, weil allein schon der Gedanke daran, dass tatsächlich mein Vater hinter allem steckte, mir das Atmen erschwerte.

Schweigend aßen Kurt und ich Flips und tranken unsere Biere.

Es war schon nach Mitternacht, als die Miles-Davis-Platte zu Ende war und die Trompetenklänge verstummten. Kurt beließ es dabei. Und auch mir war die Stille ganz recht. Der lange Tag verlangte nun endgültig seinen Tribut, und die Müdigkeit überrollte mich förmlich. Mein ganzer Körper fühlte sich bleischwer an. Meine Umgebung verschwamm zunehmend. Meine Gedanken wurden dumpfer und drifteten ab. Meine Augenlider wurden schwer. Ich begann, allmählich wegzudämmern.

Aber plötzlich war da ein Geräusch, das mich aus meinem Schlummer riss. Ein Scheppern womöglich, irgendwo draußen, ganz in der Nähe. So sicher konnte ich das nicht sagen, weil ich bereits die ersten Ausläufer einer wirren Traumwelt erreicht hatte, in denen mein Vater mit blutverschmiertem Gesicht auf mich gewartet hatte.

Jetzt war es jedenfalls wieder still. Nur Hundegebell war aus irgendeinem Nachbargarten zu hören.

»Eine Katze wahrscheinlich«, murmelte Kurt, dem in seinem Polstersessel ebenfalls bereits die Augen zugefallen waren. Er gähnte herzhaft und streckte sich. »Oder ein Fuchs.«

Ich gab mich mit der Erklärung zufrieden. Schloss erneut meine Augen und ließ es zu, dass meine Erschöpfung mich in die Tiefen eines unruhigen Schlafes hinabriss.

Was wir in diesem Moment nicht ahnten, war, dass im Schutze der nebelverhangenen Dunkelheit gerade eine dunkle Gestalt um das Haus schlich und uns beobachtete. Und dass bald die Hölle über uns hereinbrechen würde.

22

Endlich!
Der Nebel hatte sich gelichtet. Die Sonne erhob sich strahlend über den im sanften Wind hin und her wankenden üppigen Wipfeln des Waldes, und der Himmel war so klar, wie ich ihn selten zuvor hier im Tal gesehen hatte. Es duftete nach Sommer, ein orangefarbener Schmetterling flatterte ganz aufgeregt an mir vorüber. Sogar leises Vogelgezwitscher war zu hören.
Ich atmete tief durch.
Herrlich!
Ich setzte einen ersten vorsichtigen Schritt ins Wasser. Genoss die angenehme Kühle, die meine Haut umschloss. Das Kribbeln, das meinen Körper flutete, die Gänsehaut, die sich an den Innenseiten meiner Schenkel regte. Nahm den feinen Schlamm, in den meine nackten Zehen bei jedem Schritt sanken, ganz bewusst wahr. Und den sanften Widerstand des Wassers, als ich mich nach vorne und ganz ins Nass fallen ließ und die ersten Schwimmbewegungen machte, die mich weiter hinaus auf den Nebelgrund brachten.
Das Sonnenlicht glitzerte auf der Wasseroberfläche wie Abertausende winzig kleine Diamanten.
Dieser Moment war perfekt.
All meine Sorgen waren vergessen. Meine Ängste wie weggeblasen. Es war alles bloß ein Missverständnis gewesen, alles. Ein böser Traum, weiter nichts.
Alles war gut!
Ich fühlte mich so unglaublich glücklich, so losgelöst von allem. Hätte heulen können vor Freude.
Ich schwamm weiter und immer weiter.

Genoss die Freiheit.
Das Leben.
Bis ich etwa die Mitte des Sees erreicht hatte. Dort strampelte ich auf der Stelle, legte den Kopf in den Nacken, schloss die Augen und ließ mir von den warmen Sonnenstrahlen das Gesicht streicheln. Minutenlang. Ich nahm mir vor, mir nie wieder Sorgen über etwas zu machen. Frei zu bleiben. Zu lieben.

Aber auf einmal spürte ich, dass etwas nicht stimmte. Ich konnte nicht sagen, was es war. Aber irgendetwas war nicht so, wie es sein sollte. Eine sonderbare Kälte erfasste mich.

Ich öffnete die Augen. Wandte mich zum Ufer um und blickte zu der Stelle, von der aus ich ins Wasser gegangen war. Weil ich wusste, dass meine Mutter dort auf einer Bank saß und auf mich wartete. Weil sie lächeln und mir mit beiden Armen zuwinken würde. Voller Liebe, wie Mütter das eben taten. Und weil sie mir zurufen und versichern würde, dass alles gut war. Und dass ich mir keine Sorgen machen musste.

»Toll, Jana!«, würde sie rufen, so laut, dass man es im ganzen Tal würde hören können. Und: »Du machst das großartig! Ich bin so stolz auf dich!«

Aber meine Mutter war verschwunden.

Was zum ...?

Nichts war dort mehr zu erkennen. Kein Haus, kein Baum, nicht einmal mehr die Kirchturmspitze, einfach nicht das Geringste. Weil der Nebel in Windeseile aufgezogen war, dicht und gewaltig. Und alle Farben und alles Licht verschluckt hatte. Nicht der feinste Sonnenstrahl, der noch zu erahnen gewesen wäre. Kein Glitzern mehr auf der Wasseroberfläche, nur weißer Dampf.

»Mama?«, rief ich, so laut ich konnte.

Ich bekam keine Antwort.

Es wurde immer kälter.

Ich strampelte heftiger, fühlte mich auf einmal so schwer. Versuchte zu verstehen. Und die aufsteigende Angst in mir zu ignorieren.
»Wo bist du?«
Stille.
Und erst jetzt bemerkte ich es: Das Vogelgezwitscher war verstummt. Und auch sonst war absolut nichts mehr zu hören. Selbst das Plätschern des Wassers, das es aufgrund meiner immer hektischer werdenden Schwimmbewegungen hätte geben müssen, war nicht zu hören.
Vollkommene Stille umgab mich.
Wenn der Nebel schweigt, dann naht ein Unglück.
Ich holte mir mit den Fingern das Wasser aus den Ohren.
»Mama?«
Da war nur meine Stimme. Ansonsten blieb es totenstill.
»Sag doch was, wo bist du?«
In der Ferne sah ich, wie der Nebel über das Ufer schlich. Sich auf den Nebelgrund hinauswagte, sich auftürmte und auf mich zukam wie eine gewaltige Flutwelle.
Scheiße!
Ich schrie auf vor Schreck!
Weil ich etwas an meinen Füßen gespürt hatte. Einen Fisch? Nein, bestimmt nicht! Es fühlte sich mehr wie ein kurzes Ziehen an. Ich strampelte heftiger. Versuchte, etwas im Wasser zu erkennen. Aber das war auf einmal so trüb, dass ich nicht einmal mehr bis zu meinem Bauchnabel hinabsehen konnte.
Ich kreischte auf!
Weil da wieder etwas bei meinen Füßen war. Eindeutig eine Hand, die nach mir griff, mich aber nicht zu fassen bekam. Weil ich wie verrückt strampelte. Und um mich schlug.
»Hilfe!«
Wieder die Hand.
»Mama! Hilf mir!«

Jetzt packte die Hand mich um den Knöchel meines anderen Fußes. Zerrte daran. Und zog mich mit einem kräftigen Ruck unter Wasser. Ich schrie aus Reflex, verschluckte mich. Schlug wie verrückt um mich. Kreischte. Bekam Wasser in die Lunge. Trat mit aller Kraft aus. Immer und immer wieder. Und schaffte es irgendwie zurück an die Wasseroberfläche.

»Hilfe!«

Eine Schrecksekunde später begriff ich, dass ich auf einmal von Booten umgeben war. Ich riss meinen Kopf hin und her und wieder zurück. Überall Boote. In einem unmittelbar vor mir saß mein Vater. Er hielt einen überquellenden Umzugskarton in Händen, aus dem eine Bratpfanne herausschaute.

»Gott sei Dank, Papa, hilf mir!«

Ich streckte die Hand nach ihm aus. Er stellte den Karton ab. Aber er half mir nicht.

»Bitte, Papa!«

Er antwortete nicht, hielt sich stattdessen mit der einen Hand am Bootsrand fest, beugte sich weit über den Rand und holte mit der Pfanne aus. Ehe ich begriff, schlug er zu.

Ich tauchte unter. Gerade noch rechtzeitig. Verschluckte mich in meiner Panik abermals. Hatte plötzlich keine Luft mehr. Tauchte wieder an die Wasseroberfläche, die Arme schützend vor meinem Gesicht.

Keine Spur von meinem Vater.

»Kauf dir den Mist bloß nicht!«, hörte ich auf einmal meine Tante aus einem Boot zu meiner Linken. »Der größte Mist, sage ich dir!« Ihre Finger waren blutverschmiert. »Siehst du, wie das blutet?«

Plötzlich holte sie aus und schleuderte mir etwas entgegen. Mir blieb keine Zeit zu reagieren. Doch sie verfehlte meinen Kopf um Haaresbreite. Die TV-Fernbedienung schlug unmittelbar neben mir im Wasser auf und versank.

Um mich herum passierte so viel, dass ich gar nicht wusste,

wohin ich zuerst schauen sollte. Plötzlich hörte ich Holz knarren, direkt hinter mir. Ich fuhr herum. Sah Chris, der mit seinem Boot ganz nah an mich herangerudert war. »Bitte glaube mir, Jana«, flehte er. »Ich bin nur zufällig vorbeigekommen. Das musst du mir glauben!«

Simon saß in seinem Jäger-Outfit in einem anderen Boot und feuerte Gewehrsalven in die Luft. Offensichtlich war er betrunken, selbst das Sitzen schien ihm schwerzufallen. Er feuerte weiter, auch als er das Gleichgewicht verlor und sich mit der freien Hand am Bootsrand festhalten musste.

Ein Schuss verfehlte mich nur ganz knapp.

»Krebs, Jana! Ich habe Krebs!«, sang mein Opa, der gemeinsam mit meiner Großmutter in einem weiteren Boot saß. Sie erhob sich, trat hinter ihn und hielt ihm den Mund zu.

»Sei ruhig, Otmar!«

Er rang nach Luft.

Kaum verständlich: »Krebs, Jana! Krebs!«

»Es reicht jetzt, das gehört sich nicht!«

Er holte das schwarze Fotoalbum hervor. Meine Großmutter ließ von seinem Mund ab und versuchte, es ihm zu entreißen.

»Gib das her!«

Aber er stieß sie von sich und warf es mir zu.

Platsch. Keine zwei Meter von mir entfernt.

Ich wollte danach greifen.

Aber plötzlich war da wieder eine Hand an meinem rechten Fußgelenk. Und eine zweite an meinem linken. Ich kreischte, trat und ruderte um mich. Versuchte zu erkennen, wer oder was da unter mir war. Aber das Wasser war jetzt tiefschwarz.

»Helft mir!«

»Krebs, Jana, Krebs!«

»Bitte glaube mir, Jana!«

»Siehst du, wie das blutet?«

»Simon ist ein guter Junge.«
»Bist du nicht mit Franziska in die Klasse gegangen?«
»Krebs, Jana, Krebs!«
Alle schrien sie durcheinander. Aber niemand half mir.
Ich versuchte, zu dem Boot, in dem Onkel Erik saß, hinzuschwimmen. Aber der griff das Ruder und setzte zurück. Lachte.
Keine Chance, ihn einzuholen.
Ich versuchte es mit Kurts Boot.
Doch auch der setzte zurück.
»Das ist nur ein Fuchs«, rief er mir dabei zu. »Mach dir keine Sorgen, ganz bestimmt nur ein Fuchs. Aber wie hätte ich dir das beschreiben sollen?«
Jetzt spürte ich noch mehr Hände, die meine Füße und Beine packten. An mir zerrten, immer fester. Ich versuchte, mich mit aller Kraft zu wehren und über Wasser zu halten.
Aber es war zwecklos.
Wieder wurde ich in die Tiefe gerissen.
Und alles um mich herum war plötzlich schwarz.
»Hilfe!«, brüllte ich und schluckte dabei Wasser. »So helft mir doch!«
Aber von oben war bloß deren Lachen zu hören.
Ich war machtlos. Wurde immer tiefer hinabgerissen.
Bis plötzlich ein grellweißes Gesicht unmittelbar vor mir auftauchte. Und mich weit aufgerissene Augen anstarrten.
Es war Sybille Dorn.
Ihre Stimme war glasklar:
»Glaubst du, dass dein Vater deine Mutter ermordet hat?«
Ich kam nicht dazu zu antworten. Denn im nächsten Augenblick holte sie ein Messer hinter ihrem Rücken hervor. Und rammte es mir bis zum Anschlag in den Magen.
»Glaubst du, Jana?«

23

Was …?

Ich schreckte aus dem Albtraum auf. Sprang von der Couch hoch. Aber mein alkoholgetränkter Kreislauf war nicht so schnell. Mir wurde schwindlig, meine Umgebung begann sich zu drehen. Ich machte einen Ausfallschritt zur Seite. Musste mich an der Lehne der Couch abstützen.

Meine Gedanken überschlugen sich. Was war passiert? War da eben ein Schrei gewesen? Und ein heftiges Poltern? Oder hatte ich beides nur geträumt?

Ich versuchte zu begreifen. Sah mich um. Die Stehlampe in der Ecke war noch an. Aber Kurts Polstersessel war leer. War er inzwischen in sein Bett geschlichen? Wie spät war es überhaupt? Ich konnte nicht einschätzen, ob ich schon mehrere Stunden oder bloß zehn Minuten geschlafen hatte.

Mein Schwindel schwand nur langsam.

Verdammter Alkohol!

Ein kaum hörbares Knistern.

Ich rieb mir die brennenden Augen. Nahm erst jetzt das flackernde Licht wahr, das von der Wand draußen im Flur reflektiert wurde. Es fiel durch den Spalt der angelehnten Tür. Auch das Knistern kam von dort.

Ich begriff immer noch nicht. Mein Verstand war getrübt. Und dennoch wusste ich, dass etwas nicht stimmte.

»Kurt?«, rief ich und bereute es im selben Moment.

Weil mir ein eisiger Schmerzblitz durch den Schädel schoss. Und weil Kurt wahrscheinlich längst schlafen gegangen war und ich ihn mit meinem Gebrüll jetzt geweckt hatte.

Wieder dieses Knistern.

»Kurt?«

Keine Antwort.

»Alles okay bei dir?«

Ich setzte mich in Bewegung. Versuchte, die klebrigen Reste meiner Benommenheit abzuschütteln. Klar im Kopf zu werden. Das Schwanken meiner Umgebung auszublenden.

Ein strenger Geruch stieg mir in die Nase.

Das Knistern wurde lauter.

Rötliches Flackern.

Plötzlich begriff ich. Viel zu spät.

Mein Gott! Scheiße!

Es brannte!

Panik. Tausende Gedanken. Was tun?

Ich sprintete hinaus in den Flur, schlug mir dabei die Schulter am Türstock an. Sah die Flammen im Eingangsbereich. Und Kurt, der dort zwei Meter von der leicht offen stehenden Eingangstür entfernt regungslos auf dem Boden lag.

»Um Gottes willen, Kurt!«

Ich rannte zu ihm, stürzte neben ihm zu Boden, rüttelte ihn.

»Kurt!«

Er war bewusstlos.

»Wach auf!«

Ich drehte ihn auf den Rücken. Sah sein blutverschmiertes Gesicht. Und die üble Platzwunde an seiner Schläfe.

»Hey, Kurt, wach auf!«

Ich klatschte ihm ins Gesicht.

»Komm schon!«

Ich spürte die Hitze in meinem Rücken. Musste mich wegdrehen, weil sie kaum auszuhalten war.

Scheiße, Scheiße, Scheiße!

Was sollte ich zuerst tun? Kurt weiter zu wecken versuchen? Ihn hier wegschaffen? Aber wie? Hilfe holen? Nur wo?

Bei den Nachbarn? Besser gleich die Feuerwehr rufen? Oder sollte ich zuerst versuchen, den Brand zu löschen? Sollte ich die Tür schließen, um den Flammen die Luftzufuhr abzuschneiden? Oder würde ich damit alles nur noch schlimmer machen?

Ich wusste nicht weiter. Mein Adrenalinspiegel war so hoch, dass mir das Denken schwerfiel.

»Kurt!«

Ich rüttelte ihn jetzt richtig heftig. Aber auch das half nichts.

»Jetzt komm schon!«

Er regte sich nicht.

Ich nahm seine Hände, wollte ihn nach draußen zerren. Aber er war zu schwer.

Mist!

Ich hatte keine andere Wahl. Ich musste versuchen, die Flammen zu löschen. Nur wie? Ich rannte in die Küche. Suchte dort nach etwas, von dem ich keine Ahnung hatte, was es war. Fand in meiner Hektik nichts.

Das konnte doch nicht wahr sein!

Ich brauchte eine Idee! Jetzt!

Da stach mir die halbvolle Sodaflasche ins Auge. Ich lief damit zu den Flammen, die kurz davor waren, auf die Vorhangseitenteile überzugreifen. Schüttete den Inhalt darauf. Lief zurück in die Küche. Fand eine Vase, die ich unter dem Wasserhahn volllaufen ließ. Wieder zurück zu dem Feuer. Dort fiel mir in meiner Panik nichts anderes ein, als es über Kurt zu schütten.

Es half tatsächlich.

Er regte sich. Stöhnte.

»Kurt!« Ich ging wieder neben ihm zu Boden. Rüttelte ihn so heftig, wie ich nur konnte. »Komm, wach auf! Wir müssen hier raus!«

»Was …?« Er stöhnte, fasste sich an die Stirn, verzog das Gesicht zu einer schmerzverzerrten Grimasse.

»Bitte komm!«

»Was … ist passiert?«

»Es brennt, wir müssen aus dem Haus!«

Plötzlich wurden seine Augen ganz groß. Der Schreck stand ihm ins Gesicht geschrieben. »Ist er etwa …?«

Wieder stöhnte er vor Schmerz.

»Komm!«

»Ist er noch da?«

»Wer?«

»Sei vorsichtig!«

»Was ist denn los?«, wollte ich wissen, wartete die Antwort aber nicht ab. Ich packte ihn an den Armen. Versuchte, ihn nach draußen in Sicherheit zu schleifen. »Komm schon, du musst mithelfen!«

Er wollte sich gerade hochraffen.

Da hörte ich plötzlich ein Geräusch in meinem Rücken. Ich fuhr herum. Und konnte nicht glauben, wer da schon wieder völlig unverhofft vor mir stand.

»Was ist denn hier los?«, wollte Chris wissen, packte Kurt unter den Armen und schleifte ihn nach draußen und legte ihn einige Meter vom Haus entfernt ab.

»Ruf die Feuerwehr!«

24

Kurt war offenbar zeitgleich mit mir in seinem Polstersessel im Wohnzimmer eingeschlafen und hatte die Nacht dort verbracht.

Bis er von diesem Geräusch geweckt wurde.

Erst ging es ihm wie mir kurz darauf. Er war verwirrt, vom Schlaf und vom Alkohol ein wenig benebelt, glaubte an einen Traum. War schon dabei, erneut einzuschlummern.

Da hörte er es wieder: das Knarren des Holzbodens. Und ein Schleifen, das er nicht zuordnen konnte.

Er bekam es mit der Angst zu tun, denn ich schlief neben ihm auf der Couch. Es musste also jemand anderer im Haus sein.

Mit dieser Erkenntnis war er hellwach!

So leise wie möglich, fast wie in Zeitlupe, erhob er sich. Versuchte dabei, den stechenden Schmerz in seinem Kreuz zu ignorieren. Das Knacken seiner Kniescheiben zu vermeiden. Und keinen Mucks von sich zu geben. Aber die Kniescheiben spielten nicht mit und knacksten lauter als befürchtet. Er erstarrte. Verharrte gekrümmt im Stehen, biss die Zähne zusammen. Und lauschte.

Plötzlich wieder ein Knarren. Eindeutig aus dem Flur.

Kurts Puls und seine Gedanken beschleunigten sich. Sollte er schreien? Würde das den Einbrecher abschrecken? Oder sollte er mich wecken, um mich außer Gefahr bringen zu können? Und was zur Hölle konnte er als Waffe verwenden? Er entschied sich für eine der Bierflaschen. Und stahl sich damit hinaus in den Flur – ganz sachte, Schritt für Schritt. Und in ständiger Angst, dass der Eindringling jeden Moment um die Ecke springen könnte.

An der Schwelle zum Flur hielt er abermals inne. Und horchte.

Nichts.

Langsam streckte er den Kopf hinaus in den Flur. Sein Herz schlug dabei wie verrückt. Er war auf einen Angriff gefasst.

Aber da war niemand.

Kurts Umgebung drehte sich. Er kniff die Augen zu schmalen Schlitzen zusammen. Versuchte, sich zu konzentrieren und etwas im Dunkeln auszumachen. Doch da war nichts Auffälliges. Und auch die Eingangstür war geschlossen.

Hatte er sich also getäuscht? Hatte er die Geräusche bloß geträumt?

Die leere Bierflasche erhoben, schlich er in die Küche. Auch dort war niemand. Das Fenster schien unversehrt. Er zweifelte immer mehr an den Geräuschen. Tapste weiter ins Bad. Auch dort nichts und niemand.

Bestimmt hatten ihm seine Sinne einen Streich gespielt. Und der blöde Alkohol.

Seine Aufregung nahm langsam ab.

Um ganz sicherzugehen, wollte er aber noch die Haustür auf Einbruchsspuren überprüfen. Auf dem Weg dorthin sehnte er sich nur noch ins Bett. Es war dumm von ihm gewesen, einfach auf dem Polstersessel einzuschlafen. Die stechenden Schmerzen in seinem Rücken ließen ihn seinen Leichtsinn nun büßen. Der Boden knarrte unter seinen Schritten.

Mein Gott, wenn dich jetzt jemand so sehen könnte, sagte Kurt sich in Gedanken. Du führst dich ja auf wie ein kleines, verängstigtes Mädchen. Alkohol hatte dir noch nie …

Da passierte es: Die angelehnte Toilettentür wurde plötzlich aufgestoßen. Und eine dunkle Gestalt sprang heraus. Stürzte sich auf ihn und schlug ihm die Flasche aus der Hand. Kurt schrie auf. Aber ehe er so wirklich begriff, was gerade geschah, er sich hätte wegdrehen oder die Hände zur Verteidigung hochreißen können, hatte er bereits einen Treffer gegen seinen Kopf abbekommen. So wuchtig, dass er glaubte zu spüren, wie sein Hirn gegen die Schädeldecke geschleudert wurde. Im nächsten Moment wurde ihm schwarz vor Augen. Er taumelte. Und brach bewusstlos zusammen.

Zu diesem Zeitpunkt hatte es noch nicht gebrannt. Der Eindringling musste das Feuer also gelegt haben, nachdem ich von Kurts Schrei aufgewacht war.

War es eine Panikreaktion des Täters gewesen? Oder hatte dieser den Brand von Anfang an geplant? Die Polizei ging von Benzin als Brandbeschleuniger aus. Hatte der Angreifer also einen Kanister dabei? Hätte ich ihn aufhalten können, wenn ich nach meinem Wachwerden schneller reagiert hätte? Und ich am Vorabend nicht so viel getrunken hätte?

Warum der Täter Kurts Haus in Brand gesetzt hatte, konnte sich bisher niemand erklären. Ich hingegen hatte eine beängstigende Vermutung: Ich war erst wenige Stunden zurück im Tal. Und dennoch hatte ich bereits von mehreren Seiten pure Feindseligkeit zu spüren bekommen. War ich mit meinen Fragen bereits jemandem auf die Pelle gerückt? Hatte sich jemand in die Enge getrieben gefühlt? Hätte vielleicht sogar ich das eigentliche Opfer dieses Angriffs sein sollen? Aber wenn er gegen mich gerichtet gewesen sein sollte: Woher hatte der Täter gewusst, dass ich die Nacht bei Kurt verbringen würde? Und hatte das alles vielleicht bloß eine Warnung sein sollen? War der Täter zu noch viel mehr bereit? Trachtete mir jemand ernsthaft nach dem Leben? So viele Fragen. Und auf noch keine einzige davon hatte ich eine Antwort.

Zusammen hatten Chris und ich das Feuer rasch löschen können – noch bevor die Freiwillige Feuerwehr angerückt war. Der Schaden am Haus hielt sich, soweit ich das beurteilen konnte, in Grenzen. Zum Glück hatten nur das Vorzimmer und Teile des Flurs Feuer gefangen. Die Haustür würde wohl ausgetauscht werden müssen. Aber damit würde Kurt sicher gut leben können. Nicht auszudenken, wenn er nicht aufgewacht wäre und der Täter den Brand gelegt hätte, während wir beide tief und fest und vom Alkohol betäubt schliefen.

Wir beide waren glimpflich davongekommen. Aber ich hatte die beunruhigende Ahnung, dass es damit nicht getan war. Und dass sich die Schlinge um meinen Hals immer enger zog.

»War es mein Papa?«, wollte ich von Kurt wissen, nachdem sein Bruder endlich aufgehört hatte, uns mit Fragen zu bombardieren, und uns alleine gelassen hatte.

Kurt sah mich nicht an, sondern starrte stumm zu Boden und kratzte sich die schiefe Nase. Er wirkte angeschlagen.

Die Blaulichter der beiden Polizeiautos und des Feuerwehrwagens waren inzwischen abgeschaltet worden. Bis vor wenigen Minuten noch waren sie durch die nebelverhangene Dunkelheit gezuckt und hatten das halbe Tal auf uns aufmerksam gemacht. Manche Anwohner waren hinaus in ihre Vorgärten getreten und starrten ungeniert. Die meisten aber begnügten sich damit, bloß ihre Vorhänge ein Stückweit zur Seite zu schieben und uns heimlich zu beobachten.

»Kurt!«

»Was?«

»Kannst du mich bitte nicht ignorieren!«

Er seufzte, zögerte.

»War es Papa?«

»Wie gesagt, der Angreifer war maskiert.«

»Stimmt das?«

»Natürlich.«

Ich hatte meine Zweifel.

»Jetzt sag schon, glaubst du, dass er es war?«

»Nein«, antwortete er in einem Tonfall, der mich noch viel mehr zweifeln ließ.

»Warum tust du das?«

»Was?«

»Warum schützt du ihn?«

»Das tue ich doch gar nicht.«

»Bitte verkauf mich nicht für blöd.«

»Jana, du bist aufgebracht. Du bildest dir das ein.«

»Warum hältst du all die Jahre als Einziger zu ihm?«

»Weil er mein Freund ist.«

»Freundschaft basiert auf Gegenseitigkeit.«

Sein Mund öffnete sich, aber es drangen keine Worte daraus.

Und plötzlich begriff ich. Mein Verstand hatte endlich eins und eins zusammengezählt.

»Du warst es, richtig?«

»Was?«

»Du warst es, der ein Verhältnis mit meiner Mutter hatte!«

»Nein!«

Die Antwort war schnell gekommen. Aber halbherzig. Ich glaubte ihm nicht, und das sah er mir an.

Ich brauchte einen Augenblick, um mit dieser Erkenntnis klarzukommen. Kurt und meine Mutter. Ich ... keine Ahnung, das war einfach so ... so unvorstellbar. So ... Meine Gedanken stolperten von einer Sackgasse in die nächste.

»Jana, ich ...« Er brach ab. Schnaufte.

»Weiß es mein Vater?«

Kurt antwortete nicht. Er holte sich seine Zigaretten heraus und zündete sich einen Glimmstängel an.

»Gib mir bitte auch eine«, sagte ich und verschwendete keinen Gedanken daran, dass ich dem Mist eigentlich abgeschworen hatte.

Kurt gab mir Feuer. Ich machte den ersten Zug und hustete den Qualm gleich wieder aus. Ekelhaft und himmlisch zugleich.

»Hat er es herausgefunden?«, drängte ich auf eine Antwort und nahm einen weiteren Zug.

Aber er schwieg.

»Kurt!«

»Ich weiß es nicht.«

»Also stimmt es tatsächlich.«

Schweigen.

Das war mir Antwort genug. Mir schwirrte der Kopf. Vom Nikotin, das gerade voll einfuhr. Und weil ich immer noch zu begreifen versuchte, was ich da gerade erfahren hatte. So ganz wollte die Vorstellung, dass Kurt, der beste Freund meines Vaters, der Mann, der früher wie ein enges Familienmitglied für mich gewesen war, tatsächlich eine heimliche Liebesbeziehung zu meiner Mutter gehabt hatte, meinen Verstand nicht erreichen. Eine ganze Weile lang starrte ich benommen vor mich hin ins Leere.

Dann drang Chris' Stimme zu mir durch: »Du kannst gleich mit dem Krankenwagen mitfahren.«

Ich war so gedankenversunken gewesen, dass ich ihn gar nicht hatte kommen hören. Jetzt schnippte ich so unauffällig wie möglich die Zigarette fort, weil ich mich ertappt fühlte.

»Danke, nicht nötig«, antwortete Kurt kraftlos.

»Das finde ich aber schon.«

»Das ist mir egal.«

»Also, Kurt, ich muss dir dringend empfehlen, dass du dich im Krankenhaus gründlich durchchecken lässt. Solche Kopfverletzungen dürfen nicht auf die leichte Schulter genommen werden und können ernsthafte Folgen …«

»Ich muss nicht ins Krankenhaus.«

»Da bin ich anderer Meinung. Und ich bin von uns beiden der Mediziner. Bitte sei doch vernünftig und …«

»Mir geht es gut.«

»Das mag sein, trotzdem muss ich dir dringend anraten, dass du …«

»Vergiss es, Chris!«

Mir kam diese Diskussion nur allzu vertraut vor. Unter normalen Umständen hätte ich Kurt jetzt wohl zu überzeugen versucht, vernünftig zu sein und auf Chris zu hören. Nur war es eben noch gar nicht lange her, dass ich genau gleich wie er reagiert hatte. Auch an mir waren im Fitnessstudio sämtliche logischen Argumente gescheitert wie ein paar rohe Eier an einer massiven Burgwand. Außerdem hatte ich gerade andere Probleme. Kurts Geständnis nahm immer mehr an Fahrt in meinem Kopf auf und machte mir zu schaffen. Zudem drehte es mich immer noch wegen der verdammten Zigarette.

»Also, wenn du wirklich gegen mein Anraten nicht ins Krankenhaus willst, dann muss ich auf eine schriftliche Bestätigung von dir bestehen!«

»Kein Problem, die kannst du haben.«

»Mein Gott, Kurt, sei doch vernünftig!«

»Hast du was zum Unterschreiben?«

»Nicht hier, ich müsste erst …«

»Dann mach ich das. Was soll ich schreiben?«

Chris schnaufte und gab sich geschlagen. »Komm mit!«

Kurt sah mich an. Zögerte. Strich mir über den Oberarm. »Wir reden später weiter, ja?«

Dann folgte er Chris zu dessen Wagen.

Ich sah den beiden nach und versuchte, das Bild meiner Mutter in Kurts Armen aus meinem Kopf zu drängen. Aber es wollte mir einfach nicht gelingen. Ekel kroch in mir hoch. Wut. Aber auch so etwas wie Erleichterung, keine Ahnung, wieso.

Nur unbewusst bekam ich mit, wie Chris Kurt einen Zettel reichte und wie Kurt diesen auf den Kofferraumdeckel von Chris' Wagen legte und etwas daraufkritzelte. Dann rissen erneut die Bilder vor meinem geistigen Auge all meine Aufmerksamkeit an sich.

Mir wurde übel.

Irgendwann stand Chris auf einmal wieder vor mir. Kurt war verschwunden.

»Er ist so ein Sturkopf!«, sagte Chris.

»Hm«, machte ich bloß.

Zuvor, als die Flammen gewütet hatten, hatte er sich in einer spontanen Eingebung einen Eimer, der draußen im Vorgarten neben der Regentonne gestanden hatte, geschnappt, ihn dort mehrmals volllaufen lassen und damit den Flammen den Garaus gemacht. Ich hatte es ihm mit der Vase gleichgetan. Ich wollte mir gar nicht erst vorstellen, was passiert wäre, wenn der Täter mehr Zeit gehabt hätte, um das Benzin noch großzügiger zu verteilen und den Brand gründlicher zu legen.

Kurt und ich hatten Glück im Unglück gehabt.

Das dachte ich zumindest.

»Was hast du überhaupt hier getrieben?«, wollte ich jetzt von Chris wissen. Allmählich lichtete sich mein Verstand.

»Was meinst du?«

»Wieso bist du so früh morgens unterwegs gewesen?«

»Ich konnte nicht schlafen.«

»Und?«

»Da bin ich raus zum Laufen.«

»Um diese Uhrzeit?«

»Ja, warum nicht?«

»Bist du ständig laufen?«

»Nein, eigentlich nicht. Aber am Vorabend bin ich ja nicht weit gekommen, weil du überfallen wurdest. Und ich habe irgendwie die ganze Zeit daran denken müssen. Daran, was dir passiert ist. Aber auch … also …« Er kratzte sich verlegen am Hinterkopf. »Auch … egal.«

»Was?«

»Na ja, dass du … wieder hier bist.«

Ich wusste nicht, was ich darauf antworten sollte. War mir auf einmal gar nicht mehr so sicher, ob ich ihm wirklich trauen konnte – was natürlich absurd war. Es war ja Chris!

»Jedenfalls konnte ich deshalb nicht mehr einschlafen und hab mich ständig nur hin- und hergewälzt, nachdem ich so gegen 4.30 Uhr aufgewacht war«, erklärte er. »Da habe ich mir gedacht, ich kann doch genauso gut auch zu einem Morgenlauf starten. Wegen der Ordination würde ich ohnehin den ganzen Tag wieder nicht dazu kommen.«

»Und jetzt hast du ausgerechnet dann wieder eine Laufrunde gemacht, wenn ein Unbekannter in Kurts Haus einbricht, ihn angreift und dessen Haus in Brand setzt?«

»Anscheinend.«

»Ein wenig viel Zufall, findest du nicht?«

»Was soll das, glaubst du mir etwa nicht?«

Er sah mich intensiv an. Trotz meiner Verwirrtheit und all meiner Zweifel wurde mir beim Blick in seine Augen klar, dass ich mich in seine Arme wünschte. Diese Erkenntnis trieb schlagartig meinen Puls in die Höhe. Ich sehnte mich danach, von ihm berührt zu werden, wollte ihn ganz fest an mich drücken. Gleichzeitig musste ich mir eingestehen, dass er mich verunsicherte.

»Du kannst mir vertrauen, Jana«, sagte er, als hätte er eben meine Gedankengänge mitbekommen. »Ich bin auf deiner Seite. Ich bin einer von den Guten.«

»Ich weiß«, sagte ich.

»Ich bin für dich da.«

»Ja, danke.«

»Ich muss leider bald in der Ordination sein. Aber …« Er räusperte sich in die Faust. »Also, hast du vielleicht Lust, mit zu mir zu kommen? Ich habe eine bequeme Couch, auf der

du dich ein wenig ausruhen kannst. Ich kann dir den Hausschlüssel dalassen, und wir könnten ja …«
»Danke, lieber nicht.«
»Du solltest dich schonen.«
»Dafür habe ich jetzt leider keine Zeit.«
»Aber ich könnte …«
»Mach's gut, wir hören uns«, würgte ich ihn ab und hatte es auf einmal ganz eilig, von ihm fortzukommen.

Jetzt, da mein Adrenalinspiegel langsam sank, spürte ich, wie der Druck hinter meinen Augen anstieg. Die letzten Stunden waren einfach zu viel für mich gewesen. Ich wusste, dass ich die Tränen nicht mehr lange würde zurückhalten können. Zudem setzte nun auch der Kater so richtig ein. Das schmerzhafte Pochen hinter meiner Stirn schien mit jeder Minute schlimmer zu werden, und mir wurde allmählich so richtig schlecht. Ich hatte leider den zweiten Abend hintereinander viel zu viel getrunken.

Ein Königreich für mein Bett!

Doch jetzt war nicht die Zeit zu träumen. Es war ohnehin schon kurz vor 6.30 Uhr und begann bereits zu dämmern. Ein neuer Tag brach an. Der Tag, an dem ich nicht länger weglaufen, sondern meinem Vater endlich all die Fragen stellen würde, die mich seit 13 Jahren quälten. Allen voran die Frage, bei der es mir schon die Kehle zuschnürte, wenn ich nur daran dachte:

Papa, hast du Mama getötet?

Jetzt gab es keine Ausreden mehr. Und keine Zeit mehr zu verlieren. Seit dem Brand spürte ich eine Uhr in mir ticken, und ich hatte das vage Gefühl, dass die Zeit drängte. Nicht nur, weil ich davon überzeugt war, dass, trotz Kurts entlastender Aussage, Viktor meinem Vater bald auf die Pelle rücken und ihn zu den Vorfällen befragen würde. Nein, da war noch viel mehr. Ich fürchtete, dass etwas noch weit Schlimmeres aufziehen würde.

Noch hatte ich nicht die geringste Ahnung, was tatsächlich vor sich ging. Und doch wusste ich in meinem tiefsten Inneren, dass es ein furchtbares Ende nehmen würde. Bald.

25

Freitag, 22. Oktober 2009, 15.52 Uhr
Acht Stunden und 31 Minuten bis zum Mord

Kaum dass ihre Tochter von der Schule zu Hause war, hatte diese sich wieder in ihrem Zimmer eingeschlossen und ihre schreckliche Gröl-Musik in einer Lautstärke aufgedreht, dass im ganzen Haus die Wände vibrierten. Gott, wie sehr sie Jana liebte. Aber seit die Pubertät so richtig bei ihr eingeschlagen hatte, war sie immer öfter – nun, wie sollte sie es ausdrücken – besonders schwierig und unzugänglich vielleicht? Bestimmt lag sie gerade wieder im Bett und spielte ihre stumpfsinnigen Computerspiele. Das wäre ja auch okay, ein oder zwei Stunden am Tag. Aber ginge es nach Jana, würde sie das wohl auch für den Rest des Tages machen. Und das jeden Tag. Seit sie sich mit Franziska gestritten hatte, hatte Jana ihr Skateboard nicht mehr angerührt. Nur noch Chris besaß die Gabe, sie von dem Bildschirm wegzubekommen.

Normalerweise hätte Claudia Jana jetzt gebeten, erst ihre Hausaufgaben zu erledigen und dieses furchtbare Geschrei etwas leiser zu machen. Aber im Moment war nichts normal. Es war, als hielte das Schicksal gerade den Atem an – weil sich etwas ganz Schlimmes anbahnte. Etwas, das sehr bald über sie hereinbrechen und sie verschlingen würde.

Zum einen war es ihr im Moment sogar ganz recht, dass Jana sich in ihrem Zimmer verkroch und für sich sein wollte. Weil Claudia sich ohnehin nicht in der Lage fühlte, ein vernünftiges Gespräch mit Jana zu führen oder ihr eine heile Welt vorzuspielen. Immerhin kostete es sie ja schon eine enorme Kraftanstrengung, nicht sofort wieder in Tränen auszubrechen.

Zum anderen aber durfte sie kein Risiko eingehen. Sie musste schleunigst etwas unternehmen und Jana aus dem Haus schaffen. Weil die Gefahr ganz einfach zu groß war, dass Hans, Kurt, Erik oder sonst noch wer erneut hier auftauchte, in der Meinung, ihr erklären zu müssen, was sie zu tun hatte oder wie sie ihr Leben zu leben hatte. Sie hatte es so satt!

Jana sollte auf keinen Fall so einen Auftritt wie von Erik vorhin erleben müssen – das Mädchen hatte ohnehin schon viel zu viel in den letzten Monaten mitmachen müssen. Auch wenn Jana in ihrer pubertären Coolness versuchte, es sich nicht anmerken zu lassen und auf Gesprächsversuche nicht einging, so war ihr deutlich anzumerken, dass sie sich Sorgen machte.

Die ganze Zeit über hatte Claudia deshalb gegrübelt, wohin sie mit Jana flüchten konnte – einfach auch, um ein paar Stunden durchschnaufen zu können. Bis ihr Dada in den Sinn gekommen war – bei ihr würde sie hoffentlich niemand vermuten.

»Ich will aber nicht«, protestierte Jana, als sie offenbar bekommen hatte, dass sie das Computerspiel wegpacken, die Musik ausmachen und mit zu ihrer Urgroßmutter kommen sollte.

»Bitte zieh dich an.«
»Ich bleibe da!«
»Nein, bitte, komm.«
»Ich will nicht zu Dada!«
»Und warum nicht?«
»Sie stinkt aus dem Mund.«
»Du übertreibst.«
»Tu ich nicht. Außerdem jammert sie ständig.«

Dagegen konnte Claudia tatsächlich nichts einwenden. Dadas Monologe über ihre Schmerzen und Wehwehchen konnten lang sein, sehr lang. An manchen Tagen dauerten sie von der Begrüßung bis zur Verabschiedung.

»Wir werden auch nicht lang bleiben, versprochen.«
»Warum kann ich nicht einfach daheim bleiben?«

Weil ich Scheiße gebaut habe und gerade alles dabei ist, über mich hereinzubrechen, dachte sie. Und weil der Druck auf mich mittlerweile so schlimm geworden ist, dass ich seit dem Morgen ernsthaft mit dem Gedanken spiele, mir das Leben zu nehmen. Zum Beispiel deshalb.

Wie gerne hätte sie offen mit Jana gesprochen und ihr all das erklärt. Aber das wäre nicht fair gewesen. Sie hatte kein Recht, ein 16-jähriges unschuldiges Wesen, den wichtigsten Menschen in ihrem Leben, mit in den Abgrund zu ziehen.

Und deshalb sagte sie nur: »Weil sie sehr alt ist und sicher nicht mehr lang leben wird. Wer weiß, wie oft wir noch die Möglichkeit dazu haben.«

26

Wie ich geahnt hatte, hatte sich die Nebelbrühe die ganze Nacht über hartnäckig im Tal gehalten und machte auch jetzt, mit Einsetzen des Tageslichts, nicht die geringsten Anstalten, sich zu lichten. Als ich mich in dem Mietwagen meinem Elternhaus näherte, erweckte es den Anschein, dass der Nebel es vor mir zu verbergen versuchte. Als sollten die darin befindlichen Antworten auf all die dunklen Geheimnisse meines Lebens für immer vor mir versteckt werden. Erst auf den letzten Metern schälte es sich aus dem trüben Grau, doch die Farben und Konturen blieben blass und verschwommen.

Ich lenkte den Polo an den Wegrand, würgte den Motor ab und blieb noch einen Augenblick lang sitzen, um das Haus zu betrachten. Nichts rührte sich. Ich konnte nicht einschätzen, ob mein Vater daheim war. Andererseits: Wo sollte er um diese Uhrzeit sonst sein? In irgendeinem fremden Haus, um es in Brand zu setzen?

In meinem Kopf spulten sich so viele Fragen in Endlosschleife ab. Und trotz all meiner Bemühungen seit meiner Rückkehr schienen es immer mehr statt weniger zu werden. Wie hing alles zusammen? Wieso zum Teufel war mein Vater blutverschmiert und volltrunken herumgeirrt? Wessen Blut hatte er an seiner Kleidung? Hing alles damit zusammen, dass Kurt ein Verhältnis mit meiner Mutter hatte? Wusste mein Vater davon? Falls ja, seit wann? Und welche Rolle spielte Sybille Dorn in all dem? Wo steckte sie? Und wieso hatte jemand ihr Haus verwüstet und mich angegriffen? War sie es gar selbst, um von irgendetwas abzulenken? Trachtete sie mir nach dem Leben? Und wo steckte Franziska?

Ich war fest entschlossen, mir Antworten zu holen. Jetzt. Ich wollte mit meinem Vater über die Briefe und Kurts Verhältnis mit meiner Mutter sprechen, so schmerzhaft es auch werden könnte. Ich würde nicht lockerlassen, auf gar keinen Fall. Ich war ohnehin schon viel zu lang vor der Wahrheit davongelaufen. Jetzt sollte dies ein Ende haben!

Ich blickte zum Handschuhfach hinüber. Überlegte, ob ich die Briefe herausholen und mitnehmen sollte, oder ob sie dort besser aufgehoben waren. Ich konnte nicht einschätzen, ob mein Vater bereits bemerkt hatte, dass ich sie mitgenommen hatte, und wie er darauf reagieren würde. Ich fürchtete, dass er sie mir entreißen und wegnehmen könnte. Also ließ ich sie dort, wo sie waren.

Jetzt mach schon!

Ich schaffte es endlich, mich aus meinen trüben Gedanken zu reißen. Atmete tief durch, dann noch einmal. Machte mich von dem Gurt los, öffnete die Tür und wagte mich aus dem Wagen. Es schien auf einmal kälter geworden zu sein. Reine Einbildung, das war mir natürlich klar. Und dennoch erfasste mich ein leichtes Zittern, als ich auf das Haus zuging. Meine Knie wurden ganz weich. Mein Puls zog an.

Ich versuchte, mich abzulenken und an all die schönen Momente zu denken, die ich als Kind hier erlebt hatte – damals, als die Welt noch in Ordnung gewesen war. Als meine Mutter noch gelebt, gelacht und mich gedrückt und geküsst hatte. Als sie uns noch nachgerufen hatte, dass wir ja rechtzeitig zum Essen zurück sein sollten, als mein Vater und ich uns gerade durch die Hintertür stahlen, um in den Wald zu unserer Bank am Rande der Lichtung aufzubrechen. Und als sie uns noch unmittelbar, bevor die Tür zuknallte, nachrief: »Und Hans, bitte repariere heute unbedingt noch das Kellerfenster, ich weiß nicht, wie lange ich dir das schon sage.« Als Tante Gabi fast täglich hier gewesen war und mit meiner

Mutter und mir gekocht, gebacken, einen Film geschaut oder mir mit den Aufgaben geholfen hatte. Als mein Vater noch kein Blut an seinen Händen kleben hatte. Und kein Fahrrad den Treppenaufgang versperrt hatte.

Dieses trostlose Haus war einmal mein Zuhause gewesen. Mein Ort der Liebe und des Glücks. Der Platz, an dem ich mich geborgen und sicher gefühlt hatte. Und der in der Mordnacht zur Hölle auf Erden für mich geworden war.

Vorübergehend war ich nach dem Tod meiner Mutter bei Tante Gabi und Onkel Erik untergekommen. Aber aus diesen Tagen wusste ich kaum noch etwas. Die Wochen waren damals an mir vorübergezogen, ohne dass ich in meiner Trauer etwas davon mitbekommen hätte. Ich hatte kaum gesprochen und so gut wie nichts gegessen oder getrunken. Hunger und Durst lenkten mich ab. Und die Rasierklingen natürlich.

Meine Erinnerung setzte erst wieder an jenem Tag ein, an dem mein Vater aus der Untersuchungshaft entlassen, seine Unschuld offiziell anerkannt worden war und wir beide hierher zurückgekehrt waren. Doch nichts an diesem Ort war mehr bunt gewesen, leuchtend und schön. Nichts war mehr, wie es einmal gewesen war, absolut gar nichts. Über Monate hinweg hatte ich mein Zimmer nur dann verlassen, wenn ich mich mal dazu hatte überwinden können, in die Schule zu gehen. Mein Vater hatte mich nicht gedrängt – ich hatte ihn in diesen Monaten kaum zu Gesicht bekommen. Miteinander gesprochen hatten wir so gut wie nie. Das war mir auch ganz recht so – ich hatte niemanden sehen und mit niemandem reden wollen. Oft hatte ich, wenn ich wusste, dass er zu Hause war, sogar den Toilettengang so lange hinausgezögert, bis ich die Schmerzen in meinem Unterleib nicht länger ausgehalten hatte. Nicht nur einmal hatte ich mir dabei in die Hose gemacht. Aber das war mir immer noch lieber gewesen, als meinem Vater zu begegnen. Die Gefahr, ihm tatsächlich über den Weg zu laufen, war jedoch ohnehin sehr gering gewesen, denn auch er hatte den Großteil der Tage in seinem Schlafzimmer eingesperrt verbracht.

So waren die Tage und Wochen und Monate verstrichen. Bis zum Tag meines 18. Geburtstags.

Da hatte ich bereits alles organisiert und in die Wege geleitet. Und meinen verdutzten Vater vor vollendete Tatsachen gestellt.

»Wohin willst du mit den Koffern?«, hatte er gefragt, als ich mich damit die Treppen hinabgemüht hatte.

Ich hatte ihm in knappen, zittrigen Worten und mit rasendem Herzen erklärt, das Tal zu verlassen und ins Ausland zu gehen. Und dass mein Taxi jeden Moment kommen und mein Flug in knapp vier Stunden gehen würde.

Er hatte mich bloß angestarrt. Sein Mund war ihm dabei weit offen gestanden. Aber er hatte nichts gesagt oder gefragt. Nicht, wohin ich gehen wollte, wie lange ich zu bleiben beabsichtigte oder ob er mich zum Bleiben würde überreden können. Nein, rein gar nichts. Ich hatte zwar den Eindruck gehabt, dass seine Augen glasig geworden waren. Aber das konnte ich mir auch bloß eingebildet haben.

»Mach's gut«, hatte ich zum Abschied gesagt und es nicht mehr gewagt, ihn anzusehen. »Ich melde mich.«

Ich hatte die Eingangstür geöffnet. Da hatte er auf einmal doch noch etwas von sich gegeben – nicht mehr als ein Gemurmel, das ich nicht verstanden hatte. Einen Sekundenbruchteil hatte ich überlegt nachzufragen, hatte es dann aber sein lassen. Es hätte ohnehin nichts an meinem Vorhaben geändert. Ich hatte mich entschieden. Schon sehr lange zuvor.

Ich war aus dem Haus getreten, hatte die Haustür hinter mir ins Schloss fallen lassen und meinen Vater alleine im Flur zurückgelassen.

Ich war weggelaufen. In der Hoffnung, damit alles Schlimme hinter mir zu lassen und neu starten zu können. Aber meine Hoffnung hatte sich nicht erfüllt. All meine Fragen, Sorgen und Ängste waren mit mir gereist. Und hatten mich bis heute fest im Griff.

Wäre mein Vater mir gestern nach meiner Rückkehr und unserem Streit nicht zuvorgekommen, hätte ich es mit großer Wahrscheinlichkeit wieder getan: Ich wäre weggelaufen – vor meinem Vater und vor der Wahrheit. Im Grunde hatte ich das ja auch getan. Nach der Konfrontation hatte ich mich mit allem Möglichen beschäftigt – scheinbar, um die Wahrheit herauszufinden. Tante Gabi, meine Großeltern, Chris, Kurt, die Witwe des Psychologen – mit so vielen hatte ich gesprochen. Doch der einfachsten Lösung – jener, auf meinen Vater zu warten oder ihn zu suchen und ihm all meine Fragen endlich zu stellen – war ich aus dem Weg gegangen.

»Papa, hast du Mama getötet?«

Fünf Worte nur.

Tausende Male hatte ich sie in Gedanken bereits geformt, ja, regelrecht hinausgeschrien. Aber nicht ein einziges Mal hatte ich sie tatsächlich über meine Lippen gebracht.

Jetzt, da ich das Haus fast erreicht und mir meine Wangeninnenseite blutig gekaut hatte, war die Versuchung riesengroß, schon wieder kehrtzumachen und wegzulaufen.

GEH DA NICHT REIN!, brüllte eine panische Stimme in mir, als ich nur noch wenige Schritte von der Haustür entfernt war. LAUF WEG, EGAL WOHIN! EINFACH NUR WEG VON HIER!

Immerhin hatte ich doch eben erst erleben müssen, wozu mein Vater imstande war. Denn wer außer ihm sollte Kurt überfallen und sein Haus angezündet haben? Mein Vater musste von Kurts Betrug erfahren und diesen Rachefeldzug gestartet haben. Aber warum ausgerechnet jetzt, am Tag meiner Rückkehr? War ich der Auslöser für alles? War letztendlich alles meine Schuld?

Ich griff in meine Manteltasche, holte den Hausschlüssel hervor. Und ahnte nicht, dass erneut alles ganz anders kommen würde, als ich es erwartet hatte.

27

»Papa?«, rief ich zum wiederholten Male.

Keine Antwort.

»Bist du hier?«

Nichts.

Im Haus blieb es, von dem gelegentlichen leisen Rascheln, das vermutlich von Ratten kam, und dem allgegenwärtigen Fliegensummen abgesehen, still. Natürlich hätte ich mir auch nach meinem ersten unbeantworteten Rufen denken können, dass er nicht hier war. Aber ich traute meinem Vater alles zu – sogar dass er sich irgendwo im Haus versteckte, nur um einer neuerlichen Begegnung mit mir aus dem Weg zu gehen. Oder um mir keine Erklärungen für die Ereignisse der letzten Stunden liefern zu müssen.

»Papa?«

Keine Reaktion.

Wegen des vielen Mülls, der mir die Wege versperrte, dauerte es gut 20 Minuten, bis ich jeden einzelnen Raum im Erdgeschoss und anschließend auch das obere Stockwerk abgesucht hatte. Keine Spur von meinem Vater. Oder einem Hinweis darauf, wo er stecken konnte. Auch, ob das Bettlaken inzwischen anders zerknüllt dalag als noch am Vortag, konnte ich nicht mit Sicherheit sagen.

Ich kämpfte mich die Treppen hinunter zurück in den Flur und anschließend bis in die Küche vor. Dort überlegte ich, was ich als Nächstes machen konnte, um Antworten zu bekommen. Doch der bestialische Gestank und die Müllberge ließen mich kaum einen klaren Gedanken fassen. Mir war völlig schleierhaft, wo zum Teufel mein Vater all die Dinge herhatte. Hatte er all das tatsächlich gekauft? Gefunden oder geschenkt bekommen? Erschnorrt? Oder gar gestohlen? Und war alles hier Schrott? Wann hatte er mit dem krankhaften Anhäufen begonnen? So viel trug man nicht von heute auf morgen zusammen. Das musste schon viele Jahre, vielleicht sogar seit meinem Auszug so gehen.

Es war Wahnsinn!

Allmählich wurde mir richtig übel von dem Gestank, und ich fürchtete, dass mir bald der halbverdaute Alkohol die Speiseröhre hochschießen könnte. Also sah ich mich noch ein letztes Mal in der Küche um, und erst jetzt fiel mir ein in die Jahre gekommenes Mobiltelefon neben einem mit Schimmel überzogenen Mixer rechts von der Spüle auf. Ob es das aktuelle Telefon meines Vaters war, konnte ich nicht einschätzen. Ich versuchte, es einzuschalten, aber entweder war der Akku leer oder das Teil war Schrott. Ich sah mich nach einem passenden Ladekabel um, gab es aber schnell wieder auf. Eine Nadel in einem Heuhaufen wäre leichter zu finden gewesen. Also war auch das eine Sackgasse.

Ich holte mein eigenes Telefon aus der Manteltasche und

wählte die Nummer meines Vaters. So schnell hatte ich das in all den letzten Jahren nicht zustande gebracht. Auch mein Herz schlug weit weniger heftig als sonst, es machte bloß ein paar zusätzliche Schläge.

Seine Mobilbox sprang an.

»Bitte ruf mich zurück, wenn du das hier hörst!«, forderte ich ihn nach dem Piepton auf. »Wir müssen reden!«

Meine Hoffnung, dass er das tatsächlich tun würde, war gering.

Zurück im Flur, hielt ich einen Augenblick lang inne. Weil es mich wieder überkam – dieses dumpfe, nicht greifbare Gefühl, das ich schon vorhin gehabt hatte, gleich nachdem ich das Haus betreten hatte.

Was stimmte hier nicht?

Ich konnte es nicht mit Sicherheit sagen, aber ich glaubte, dass sich etwas in all dem Chaos um mich herum verändert hatte. Dass da etwas war, was hier nicht hingehörte. Oder dass etwas fehlte. Nur was?

Plötzlich tauchte eine Katze völlig geräuschlos im Eingangsbereich auf. Sie war die Treppen hinuntergeschlichen, hockte nun auf einem vollgestopften Karton und starrte mich neugierig an. Ich fragte mich, wo sie sich bisher versteckt und warum ich sie noch nicht entdeckt hatte.

»Hallo«, sagte ich, weil mir gerade nichts anderes einfiel. Dann: »Miez, Miez.«

Ich wollte zu ihr. Doch schon beim ersten Schritt sprang sie vom Karton und flitzte wieder die Treppen hoch.

Gut, dann eben nicht.

Zurück zu meiner Frage: Was stimmte hier nicht?

Da waren diese unzähligen Türme von Zeitschriften und Zeitungen, die sich mir in den Weg stellten und bis knapp unter die Decke reichten. Dazwischen Berge von Kleidungsstücken. Darauf mehrere vollgefüllte Kartons. Aus einem ragte ein Lampenschirm heraus. Mindestens fünf weitere lugten irgendwo hervor. Eine Unmenge an Klopapier-Packungen. Vollgestopfte Einkaufsplastiktüten, so viele, dass ich sie nicht zählen konnte. Schuhe, in Paaren und einzeln. Glasflaschen, Plastikflaschen. Getränkedosen. Ein leerer Bierkasten, ein zweiter. In jeder freien Lücke VHS-Kassetten und CD-Hüllen. Decken. Noch mehr Schuhe. Unmittelbar neben der Kellertür ein weiterer Lampenschirm, darauf eine braune Weste. Eine hellgrüne Jacke. Eine Jeans. Eine Whiskey-Flasche. Dahinter der Vogelkäfig. Ein Benzinkanister. Eine ...

Scheiße!

Ein Zittern erfasste mich.

War es das? War das der Beweis?

Meine Gedanken überschlugen sich. Mein Zittern wurde heftiger. Das Blut rauschte plötzlich ganz wild in meinen Ohren.

Der Anblick des Benzinkanisters war wie ein Schlag in die Magengrube. Ich konnte mich erinnern, dass er schon am Vortag dort gestanden hatte. Aber jetzt, nach den Ereignissen der letzten Nacht, schienen meine schlimmsten Befürchtungen wahr geworden zu sein.

Mein Vater war ein Mörder.

Dann fiel mein Blick auf die Hintertür am Ende des Flurs.

Und plötzlich wusste ich, wo mein Vater war.

28

Auch wenn ich den Grund dafür noch nicht kannte, so war ich mir beim Anblick der Hintertür plötzlich absolut sicher, wo ich meinen Vater finden würde. Ich musste an die Zeit denken, als ich noch ein Kind und das Leben noch wunderschön gewesen war. In der ich an den Wochenenden mit ihm durch diese Tür direkt in den Wald gegangen war. Zu unserem Platz. Zu unserer Bank, die nicht sonderlich bequem gewesen war, auf der wir dennoch so viele Stunden ganz still und starr verharrt hatten. Weil dort ab und zu auf der anderen Seite der Lichtung ein Reh aufgetaucht war. Und ich dieses Wesen als ein Wunder angesehen hatte. Und weil dort manchmal ein Hase ganz nah an uns vorbeigehoppelt war. Und Hunderte von bunten Schmetterlingen über die Wildblumenwiese geflattert waren. Gelb und orange und braun und rot und so vieles mehr waren sie gewesen. Jeder für sich ein kleines Meisterwerk.

Gott, ich hatte diesen Platz geliebt!

Und meinen Vater vergöttert.

Damals.

Jetzt graute mir davor, ihn wiederzusehen.

Und dennoch trat ich aus dem Haus, zog die Hintertür hinter mir zu und ging auf jene Stelle am Waldrand zu, wo früher der schmale Trampelpfad bis zu der kleinen Lichtung geführt hatte. Trotz des fahlen Lichts musste ich ihn auch nicht lange suchen – der Pfad war tatsächlich auch jetzt noch da. Mein Vater musste ihn auch in den letzten Jahren immer wieder mal benutzt haben, sonst wäre er längst vom Unterholz zugewachsen.

Ich schob einige dünne Zweige beiseite und tauchte in

den Wald ein. Folgte dem Pfad. Und kämpfte gegen meine innere Stimme an, die immer hysterischer auf mich einschrie:

WAS ZUR HÖLLE MACHST DU DA?

Obwohl sie in den letzten Stunden schon mehrmals recht gehabt hatte, ignorierte ich sie auch jetzt.

GEH NICHT WEITER!

Aber ich ging weiter, immer tiefer in den Wald hinein.

DU MACHST EINEN FEHLER!

Der Weg wirkte so vertraut und befremdlich zugleich. Ich glaubte mich sogar an einzelne Bäume zu erinnern, aber nach über 13 Jahren konnte das bloß Einbildung sein.

LAUF ZURÜCK!

Gut zehn Minuten dauerte es, und die ganze Zeit über war ich mir sicher, meinen Vater dort auf unserer Bank sitzend anzutreffen. Ich erwartete, dass sein Blick über die Wiese hinweg auf das andere Ende der Lichtung gerichtet sein würde, dorthin, wo sich uns früher manchmal das Reh gezeigt hatte. Ich ging davon aus, dass er sich nicht rühren würde, wenn er meine sich nähernden Schritte und das brechende dürre Unterholz vernehmen und ich zu ihm an die Bank treten würde – vermutlich, weil er sich genauso sehr vor der Konfrontation fürchtete wie ich. Mir war klar, dass er mein »Hallo« nicht erwidern würde.

Ja, als ich meinen Vater am Rande unserer Lichtung fand, war tatsächlich alles genauso, wie ich es vermutet hatte.

Fast.

Denn was ich nicht erwartet hatte, war, dass ich bei seinem Anblick vor Schreck zurückstolpern, keinen Halt mehr finden, hart auf meinen Hintern fallen und mir dabei die Seele aus dem Leib brüllen würde. Weil mein Vater dort blutüberströmt und mit aufgeschnittenen Pulsadern auf mich gewartet hatte.

Tot.

29

Das Rattern des Motors war ohrenbetäubend laut. Die Rotorblätter drehten sich mit einer solchen Wucht, dass jeder Grashalm der Lichtung zu Boden gedrückt wurde und die Äste und Zweige der umstehenden Fichten und Tannen sich verbogen und heftig hin und her schwankten. Der Luftstoß war so gewaltig, dass ich es trotz vor das Gesicht gehaltener Arme kaum schaffte hinzusehen, als der Hubschrauber vom Boden abhob. Erst als er schon hoch über den Wipfeln war und einen Augenblick lang über der Lichtung schwebte, konnte ich ihn beobachten. Der Metallkoloss drehte sich um 180 Grad, neigte die Nase leicht nach unten und brauste schließlich mit einem ungeheuren Tempo davon.

Meine Umgebung kam wieder zur Ruhe.

Aber der Sturm in meinem Kopf tobte weiter.

»Es tut mir ehrlich sehr leid, Jana!«, sagte Chris, der immer noch ein wenig abgehetzt wirkte. »Aber du hast es auch selbst gesehen, oder?«

Ich verstand nicht, was er damit meinte. Es war mir auch egal.

Als ich vorhin den ersten Schock überwunden und bemerkt hatte, dass mein Vater doch noch lebte, hatte ich sofort Chris angerufen und ihn um Hilfe gebeten.

»Ich rufe den Notruf und bin gleich da!«, versicherte er mir und legte auf.

Die knapp 20 Minuten, die es gedauert hatte, bis er an der Lichtung angekommen war, waren mir wie eine Ewigkeit vorgekommen. Ich war auf und ab gelaufen, hatte zur Ablenkung wirres Zeug mit mir selbst geredet. Immer wieder mein Telefon betrachtet und überlegt, wen ich noch hätte anrufen und um Hilfe bitten können. Ich hatte mich davor gefürchtet, meinen Vater genauer anzusehen oder ihn gar zu berühren. Und hatte es dennoch tun müssen. Ich hatte auf ihn eingeredet. Aber er war bewusstlos geblieben. Hatte überlegt, was ich tun oder ihm hätte sagen können. Hatte wieder auf mein Telefon geschaut, den Bildschirm entsperrt, nicht weitergewusst und ihn wieder gesperrt. Ich war immer hektischer geworden, immer verzweifelter.

Fuck! Fuck! Fuck!

Chris hatte zum Glück mitgedacht und noch auf dem Weg hierher einen Rettungshubschrauber gerufen. Und als dieser fünf bis zehn Minuten nach ihm eingetroffen war, hatte Chris schon die Blutung stillen und meinen Vater notversorgen können.

»Das sieht nicht gut aus«, hatte Chris gemurmelt, während er hektisch herumhantierte.

Ich hatte unter Schock danebengestanden. War unfähig gewesen, etwas beizutragen oder auch nur zu sagen. Nicht einmal so richtig hinzusehen, hatte ich mich gewagt.

Jetzt war mein Vater auf dem Weg ins Krankenhaus.

Und auf der Lichtung war es still.

»Du hast es doch auch gesehen, oder?«, hakte Chris nach, weil ich ihm nicht geantwortet hatte. »Jana?«

»Was?«, fragte ich, obwohl ich ahnte, was er gemeint hatte.

»Die Verletzungen deines Vaters, und ich meine nicht die Pulsadern. Du hast sie doch gesehen, richtig?«

Ich nickte.

»Die können nichts mit dem Selbstmordversuch zu tun haben«, sagte er.

Das fürchtete ich auch.

»Ich glaube, das ...« Er hielt kurz inne, trat vor mich, hielt mich an beiden Oberarmen und schaute mir eindringlich in die Augen. »Ich glaube, das waren Kampfspuren.«

Ich hatte diesen Gedanken ebenfalls bereits gehabt, antwortete aber nichts. Stattdessen wich ich seinem Blick aus und schaute auf die Bank. Auf *unsere* Bank. Die Bank, die mein Vater einst selbst gebaut hatte. Und auf der nun sein Blut klebte.

»Ich hoffe, du verstehst, dass ich keine andere Wahl habe«, sagte Chris.

»Was meinst du?«

»Ich muss die Polizei informieren.«

Ich nickte.

Starrte weiter auf das viele Blut.

Und plötzlich schoss mir ein Gedanke ein. Ich war wie vom Blitz getroffen. Hatte auf einmal einen ganz furchtbaren Verdacht.

Die Lösung war so nahe gewesen!

Ich rannte los.

30

Als ich den Pfad zurück zu meinem Elternhaus lief, hörte ich Chris dicht hinter mir. Panik hatte mich erfasst. Alle Gedanken, die ich vor wenigen Sekunden noch für wichtig gehalten hatte, waren jetzt bedeutungslos. Da war nur noch dieser grausame Verdacht. Dass da etwas in meinem Elternhaus darauf wartete, von mir entdeckt zu werden. Oder jemand. Denn ja, ich hatte das gesamte Erdgeschoss und auch das obere Stockwerk durchsucht. Aber einen Ort hatte ich bisher völlig außer Acht gelassen: den Keller.

Viktor und dessen Männer würden garantiert bald mit einem Durchsuchungsbefehl aufkreuzen und das Haus auf den Kopf stellen. Ich wollte ihnen zuvorkommen. Nicht weil ich glaubte, dass ich sie noch retten konnte. Nein, einfach, weil ich sie vor ihnen entdecken wollte.

Weil ich endgültige Gewissheit brauchte!

»Warte!«, rief Chris ein gutes Stück hinter mir.

Aber er war mir jetzt egal. Ich hatte meine Arme schützend vorgestreckt. Schob Äste und Zweige beiseite. Stolperte beinahe über eine Baumwurzel. Hielt mich gerade noch auf den Beinen. Und lief weiter. Ich wollte nur noch in diesen Keller.

»Jana, was ist denn los, um Himmels willen?«

Jetzt machten sich die vielen Stunden im Fitnesscenter endlich bezahlt. Ich legte sogar noch einen Zahn zu. Rannte, als ginge es tatsächlich noch um Leben und Tod.

»Warte doch!«

Der Abstand schien größer zu werden.

An meinem Elternhaus angekommen, riss ich die Hintertür auf, schob mich ins Haus, zog die Tür kraftvoll zu und sperrte sie ab, ehe Chris das Haus erreicht hatte.

»Jana, was soll denn das?« Er rüttelte an der Tür, schlug dagegen. »Lass mich rein!«

Ich zwängte mich an einem Kleiderberg vorbei. Riss in meiner Hektik einen Karton herunter. Kam ins Straucheln. Fiel. Raffte mich wieder hoch. Kämpfte mich weiter. In meinem Rücken schepperte und klirrte es. Es war mir egal.

Endlich an der Kellertür!

Ich riss sie auf. Zumindest wollte ich das. Aber sie klemmte. Ich zerrte noch fester. Jetzt gab sie nach, und ich konnte sie zumindest so weit aufziehen, dass ich mich durch den Spalt würde hindurchzwängen können.

Aber ich schreckte zurück.

Mein Gott!

Schon der Gestank im Erdgeschoss war furchtbar. Aber das, was mir jetzt aus den Tiefen des stockdunklen Kellers entgegenströmte, war kaum zu ertragen. Es reckte mich, Gallensaft schoss mir die Speiseröhre hoch, meine Augen begannen zu tränen.

Ich roch Urin, Fäkalien, Schimmel und so vieles mehr.

Ohrenbetäubendes Fliegensummen.

»Jana!«, rief Chris und hämmerte gegen die Tür.

Ich drückte den Lichtschalter.

Es blieb finster.

Auch das noch …

Wie vor einem Tauchgang wollte ich tief Luft holen, um sie anhalten zu können. Doch dabei musste ich mich fast übergeben. Ich hatte auf einmal übelschmeckende Bröckchen im Mund. Spuckte sie aus. Atmete erneut tief ein. Und setzte den ersten Schritt. Vor lauter Aufregung ging mir aber sofort wieder die Luft aus. Ich zog mir meine Kleidung über Nase und Mund und presste mir den Arm darauf, um atmen zu können. Aber das minderte den Gestank nicht im Geringsten. Ganz im Gegenteil: Es wurde immer schlimmer. Mit jeder Stufe, die ich tiefer hinabstieg, drückte es mir meinen Mageninhalt weiter nach oben. Es war, als tauchte ich immer tiefer in einen verfaulten Zahn voller Eiter ein.

Weil ich kaum noch etwas sehen konnte, holte ich mein Telefon aus der Manteltasche. Ich wollte die Taschenlampen-App aktivieren, aber in der Hektik fiel es mir beinahe aus der Hand. Ich bekam es gerade noch zu greifen. Aber mit meinen zitternden und verschwitzten Fingern schaffte ich es nicht, die verdammte Bildschirmsperre aufzuheben. Ich wischte mir die Hände an meiner Kleidung trocken. Bekam die Sperre endlich weg. Und drückte das Taschenlampen-Symbol.

Grelles Licht entsprang.

Scheiße!

Ich schrie auf. Schrill und unglaublich laut.

Scheiße! Scheiße! Scheiße!

Ich konnte nicht mehr aufhören zu schreien, brüllte mir die Seele aus dem Leib.

Das Telefon entglitt mir. Krachte zu Boden.

Alles wurde schwarz.

Nur noch vor meinem geistigen Auge sah ich weiter, was ich eben entdeckt hatte: Sybille Dorn. Die Widersacherin meines Vaters. Jene Frau, die ihn so lange an den Pranger gestellt und öffentlich verunglimpft hatte. Auf dem Boden, am Fuße der Treppe. Nackt und seltsam verrenkt. Mit offen stehendem Mund. Und weit aufgerissenen und auf mich gerichteten Augen. Blutüberströmt. Und wie meine Mutter damals mit so vielen Stich- und Schnittverletzungen, dass wahrscheinlich schon ein Bruchteil davon ausgereicht hätte, um sie zu töten.

31

Die nächsten Stunden, jene, nachdem ich zum wiederholten Mal seit meiner Rückkehr von Viktor und dessen Männern befragt worden war, erlebte ich wie in Trance. Als hätte man mir eine Überdosis Beruhigungsmittel verabreicht und mich gleichzeitig unter aufputschende Drogen gesetzt. Die Erschöpfung steckte mir in den Knochen. Ich war fix und fertig, zitterte am ganzen Körper und konnte einfach nicht aufhören zu weinen. Die letzten Tage und Stunden hatten einen Tiefschlag nach dem anderen gebracht. Und dennoch hatte ich bisher immer noch so etwas wie einen letzten Funken Hoffnung gehabt – dass alles bloß ein Missverständnis war. Doch nun war selbst der ausgelöscht.

Mein Vater war ein Mörder!

Diese endgültige Gewissheit hatte mich in meinen Grundfesten erschüttert. Donnerte mir unaufhörlich durch den Verstand. Und machte es mir unmöglich, an etwas anderes zu denken.

Mein Vater war ein Mörder!

Ich hatte es befürchtet, geahnt. Und konnte es dennoch nicht fassen.

Mein Vater war ein Mörder!

»Hier, trink das«, sagte Kurt, der mich erneut bei sich aufgenommen hatte und mir nun eine warme Tasse reichte, in der sich gerade eine Brausetablette auflöste.

Ich hockte auf der Couch, auf der ich die Nacht verbracht hatte, und ignorierte ihn.

Er hielt sie mir weiter entgegengestreckt.

Ich vermochte keine Kraft dafür aufzubringen, ihm zu antworten oder gar diese Tasse zu greifen.

»Du solltest etwas trinken«, setzte er nach, und weil ich nicht antwortete, noch: »Nimm zumindest einen Schluck.«

Ich bemerkte, dass ich die Luft angehalten hatte und sie mir jetzt schlagartig ausging. Ich machte einen tiefen Atemzug, aber es fühlte sich an, als erreichte nur ein Bruchteil der Luft meine Lungen. Sogar solche Banalitäten wie Atmen brachten mich gerade an die Grenzen meiner Leistungsfähigkeit.

Mein Vater war ein Mörder!

13 Jahre lang hatte ich gehofft, dass ich mich geirrt hatte. Dass alle sich geirrt hatten. Und mein Vater unschuldig war. Dass er aus irgendeinem anderen Grund schwieg und nicht erzählte, was tatsächlich in der Mordnacht passiert war.

Doch jetzt, während Ärzte im Krankenhaus um sein Leben kämpften und ich nicht so recht wusste, ob ich hoffen sollte, dass es ihnen gelang, waren alle Zweifel beseitigt.

Mein Vater war ein Mörder!

Auch wenn sie noch so oft durch meinen Kopf dröhnte – die Gewalt dieser Erkenntnis blieb überwältigend.

Mein Elternhaus wurde inzwischen von einer Hundertschaft an Polizisten und Spezialisten der Spurensicherung und irgendwelchen anderen Fachbereichen belagert. Unzählige Einsatzfahrzeuge parkten zu beiden Seiten der Auffahrt. Das Grundstück war weitläufig abgesperrt worden. Unten an der Straße, dort, wo der Weg hinauf zu unserem Haus führte, lauerte eine Horde von Journalisten mit großen Kameras und Mikrofonen und streckte diese den vielen Schaulustigen entgegen. Fast das ganze Tal schien sich zum Gaffen versammelt zu haben.

Ich war froh darüber, die Liebesbriefe nicht im Haus gelassen zu haben. Im Handschuhfach des unscheinbaren Polos glaubte ich sie sicher, und die Untreue meiner Mutter würde zumindest vorerst noch mein Geheimnis bleiben – als wenn das noch irgendetwas geändert hätte.

Soweit ich das in meinem betäubten Zustand mitbekommen hatte, nahm die Polizei Folgendes an: Sybille Dorn hatte offenbar im Geheimen immer noch daran gearbeitet, die Schuld meines Vaters zu beweisen. Vermutlich war sie auf etwas Belastendes gegen ihn gestoßen und hatte ihn damit konfrontiert. Was es genau war, hatte aufgrund ihres am Vorabend gestohlenen Computers und der verschwundenen Akten noch nicht ausgemacht werden können. Gut möglich aber, dass diese inzwischen in meinem Elternhaus gefunden worden waren. Jedenfalls dürfte es zwischen meinem Vater und ihr zum Streit gekommen sein, der eskaliert war. Es war zum Kampf gekommen, die Journalistin dürfte sich gewehrt und meinem Vater dabei einige Verletzungen zugefügt haben. Doch er hatte sie überwältigt und mit unzähligen Messerstichen – möglich, dass es an die 40 oder noch mehr waren – getötet.

In weiterer Folge war es wohl so gewesen, dass mein Vater gemerkt hatte, dass seine Zeit abgelaufen war und er sein 13 Jahre altes Lügenkonstrukt nicht länger würde aufrechterhalten können. Vermutlich hatte er deshalb beschlossen, sich an Kurt zu rächen. Weil er schon lange oder erst unlängst – diese Frage musste erst noch geklärt werden – von dem Betrug seiner Frau mit seinem besten Freund erfahren hatte. Kurt hatte Viktor das geheime Verhältnis nun endlich gestanden. Möglich, dass auch die Tatsache, dass Kurt mich heimgebeten und mich damit in die Sache mit hineingezogen hatte, ein Grund dafür gewesen war, dass mein Vater es ihm hatte heimzahlen wollen.

Die Frage, die mich dabei ganz besonders beschäftigte, war jene, ob mein Vater wusste, dass ich in der letzten Nacht bei Kurt übernachtet hatte. Hatte er das Haus im Wissen darüber angezündet und meinen Tod in Kauf genommen? Oder hatte er ihn sogar beabsichtigt?

Mein Vater war ein Mörder!
Es blieb unfassbar!
»Jana?«
»Was?«
»Hörst du mir überhaupt zu?«
»Ja. Nein, ich …«
»Ich habe gesagt, dass ich deine Mutter geliebt habe.«
»Ich will das nicht hören!«
Im Grunde wollte ich nicht einmal in Kurts Nähe sein. Die Vorstellung, dass er meinen Vater hintergangen hatte und mit seiner Affäre mit meiner Mutter meine Familie in gewisser Weise zerstört hatte, konnte ich ihm nicht verzeihen. Aber ich wusste schlichtweg nicht, wohin ich sonst sollte. Einzig Chris wäre noch eine Möglichkeit gewesen. Aber der hatte sich seit dem Leichenfund nicht mehr gemeldet. Und ich brachte einfach nicht den Mut auf, ihn anzurufen.

»Ich weiß nicht, ob dein Vater es je herausfand.«
Danach sieht es wohl aus, dachte ich.
»Ich kann nur sagen, dass schon lange etwas zwischen uns und unserer Freundschaft stand. Und dass ich wegen meines schlechten Gewissens es nicht gewagt habe, ihn darauf anzusprechen.«
Ich nickte, mehr brachte ich nicht zustande.
»Jedenfalls …«, setzte er nach einiger Zeit an, brach aber ab und seufzte schwer.
»Was?«, hakte ich nach, nachdem er sich eine Zigarette angemacht und mir ebenfalls eine gereicht hatte.
»Nun ja, ich möchte einfach nicht den gleichen Fehler ein zweites Mal machen und durch mein Schweigen alles nur noch schlimmer machen.«
Ich machte einen Zug. Er schmeckte grauenvoll. Ich musste husten und machte einen weiteren.

»Was meinst du?«

Auch Kurt nahm einen tiefen Zug und behielt den Rauch einfach in den Lungen.

»Also, ich habe gelogen, was den Angriff in der letzten Nacht angeht. Ich habe sehr wohl erkannt, wer mich angegriffen und dann das Feuer gelegt hat.«

32

Freitag, 22. Oktober 2009, 18.40 Uhr
Fünf Stunden und 43 Minuten bis zum Mord

Jana hatte natürlich vollkommen recht gehabt: Dada stank tatsächlich aus dem Mund – und das heftig und immer. Ihr Atem hatte etwas von rohen Eiern, vermischt mit warmer, abgelaufener Milch. Und auch ihr sonstiger Körpergeruch war an manchen Tagen, so auch heute, richtig übel.

Abgesehen davon waren die letzten beiden Stunden aber die angenehmsten des Tages für Claudia gewesen, und der Besuch hatte seinen Zweck erfüllt. Sie hatten Tee getrunken, staubtrockenen Kuchen gegessen und Dadas krächzendem Wehklagen gelauscht. Und das Wichtigste von allem: Ab und zu war es ihr für einen ganz kurzen Moment sogar gelungen, ihre missliche Lage zu vergessen.

Aber schließlich konnte Claudia sich nicht ewig hier verstecken, und sie mussten auch irgendwann mal wieder heim. Und deshalb war es jetzt an der Zeit aufzubrechen und sich zum Abschied von Dada mit ihren knorrigen Fingern über die Wange streicheln zu lassen – ein Ritual, dem man unmöglich entkommen konnte und das auch Jana mit einer Grimasse, die wohl am ehesten als eine Mischung aus Ekel, Genervtheit und gespielter Freundlichkeit zu beschreiben war, über sich ergehen ließ.

»Mach's gut, Dada«, sagte Claudia, und der Aufbruch fühlte sich für sie an, als wage sie sich zurück ins Verderben.

In den letzten Stunden war wieder Nebel aufgezogen. Die Umgebung hatte sich ihrer Stimmung angepasst.

Jana und sie waren gerade aus Dadas Haus getreten, als diese in ihrem Rücken etwas Unverständliches murmelte.

»Was hast du gesagt?«, fragte Claudia, weil sie das Gefühl hatte, dass sie die alte Frau nicht einfach ignorieren konnte – auch wenn ihr gerade der Sinn danach stand.

»Hört ihr das nicht?«, flüsterte Dada von der Türschwelle aus und hatte ihren trüben Blick irgendwo in weiter Ferne verloren. Ihre spröden Lippen zitterten dabei ein wenig.

»Nein, ich höre nichts«, sagte Claudia, weil tatsächlich nicht das leiseste Geräusch zu vernehmen war.

»Das meine ich ja. Das ist der Nebel.«

Ihr entkam ein müdes Seufzen. »Es wird schon dunkel, wir werden jetzt besser gehen.«

»Ihr solltet lieber nicht alleine unterwegs sein.«

»Dada, du weißt ganz genau, dass ich nichts von diesem Aberglauben halte.«

Erst jetzt sah Dada sie an. Ihr Blick schien plötzlich klarer, ihre Stimme kräftiger. »Ob du daran glaubst oder nicht: Ein Unglück wird passieren.«

»Wir passen schon auf uns auf«, sagte Claudia und rang

sich ein verkrampftes Lächeln ab. Aber so richtig glaubte sie selbst nicht daran. Den ganzen Heimweg über hatte sie ein kaltes Kribbeln im Nacken und Dadas Stimme im Kopf: »Ein Unglück wird passieren.«

33

Kurt hatte also sehr wohl meinen Vater erkannt, bevor dieser ihn in der letzten Nacht bewusstlos geschlagen und anschließend sein Haus angezündet hatte. Viktor gegenüber hatte Kurt das aus einem immer noch vorhandenen und aus meiner Sicht völlig absurden Solidaritätsgefühl heraus und aufgrund seines schlechten Gewissens verschwiegen. Zu Recht fühlte er sich verantwortlich dafür, mit der Affäre mit meiner Mutter den ganzen Schrecken erst ausgelöst zu haben.

»Mein Gott, Kurt! Warum hast du mir das denn nicht gleich gesagt?«, hätte ich ihn gerne angeschrien und dabei so richtig durchgerüttelt. Wenn ich mit seinem Geständnis nicht gerade noch tiefer in mein emotionales Loch gefallen wäre.

Die Schlinge um den Hals meines Vaters zog sich enger. Daraus würde er sich nicht mehr herausschweigen können.

Mein Vater war ein Mörder!

»Ich meine, ich hätte mich ja auch geirrt haben können. Immerhin war es dunkel und ...«, versuchte Kurt, sein

Schweigen zu rechtfertigen, und wir beide wussten ganz genau, dass er sich nicht geirrt haben konnte.

»Bullshit!«, fuhr ich ihn deswegen an.

Ich kochte plötzlich vor Wut. Hatte diese verdammte Geheimnistuerei so satt. Es musste endlich ein Ende haben. Man konnte einem Menschen doch nicht ewig den Rücken freihalten. Wir alle waren selbst für unsere Handlungen verantwortlich. Und dafür, was wir nicht taten. Die Wahrheit zu sagen, zum Beispiel.

Und genau das war der Punkt: Ich hatte das Gefühl, dass jeder in meiner Umgebung und in diesem verfluchten Tal mir etwas zu verheimlichen schien. Alle logen sie mich an. Und das riss mich endgültig aus meiner Lethargie.

Noch zorniger machte mich die Tatsache, dass sich meine Familie weder blicken noch von sich hören ließ. Keiner, der mir Trost gespendet oder ein Gespräch angeboten hätte. Nicht ein Anruf, keine einzige Nachricht, nichts.

Ich konnte mir richtig vorstellen, wie meine Tante gerade betrunken auf der Couch lag und sich durch das Programm zappte. Wie sie sich bei meinem Onkel, der neben ihr ein Bier nach dem anderen kippte, beschwerte, dass nur Mist im Fernsehen lief. Und wie meine Großmutter mit dem Staubwedel durchs Haus lief und meinen Opa herumkommandierte, als sei nichts passiert. Als wäre alles wie immer.

Ich hielt diese Ignoranz nicht länger aus. Brauchte ein Ventil. Und das sofort!

»Wo willst du hin?«, wollte Kurt wissen.

Ich war von der Couch hochgesprungen und schon auf halbem Weg aus dem Haus.

»Diesem Pack die Meinung geigen!«

34

»Jana, was machst du hier?«, fragte Onkel Erik mit großen Augen, nachdem er mir die Tür geöffnet hatte.

Ich nutzte den Augenblick seiner Überraschung und drängte mich an ihm vorbei ins Haus.

»Hey, was soll das?«, rief er mir nach und knallte die Tür zu.

Ich stapfte ins Wohnzimmer. Und fand Tante Gabi genauso vor, wie ich sie mir in meinem Frust vorgestellt hatte:

Obwohl es bereits später Nachmittag war, lag sie in ihrem Morgenmantel auf der Couch, das halbe Gesicht im Polster vergraben. Die Fernbedienung in Richtung Fernseher gestreckt, zappte sie sich durch das Programm. Auf dem Tisch vor ihr lag eine aufgerissene Tüte Chips, daneben stand eine Flasche Bier. Ich sehnte mich nach einem Schluck daraus. Gleichzeitig war der Anblick wie ein Weckruf für mich. Ich stellte mir vor, wie ich die Flasche mit voller Wucht gegen die Wand schmetterte. Ich war nicht wie sie. Wollte unter keinen Umständen so enden.

»Jana, du?«, fragte sie und hatte sichtlich Mühe, sich aufzurichten.

Der erbärmliche Anblick machte mich noch rasender.

Der Fernseher lief unglaublich laut.

»Ich habe dich immer geliebt, Anita!«, hauchte eine männliche Stimme, und unmittelbar darauf setzte schnulzige Geigenmusik ein. »Oh, Carlos!«

»Genau so habe ich mir das vorgestellt!«, schleuderte ich Tante Gabi voller Abscheu entgegen.

»Was meinst du?«

Sie hatte es immer noch nicht geschafft, aufrecht dazusitzen.

»Du kotzt mich an!«, schrie ich sie an.

»Ich glaube, dir geht's nicht gut!«, fauchte Onkel Erik mich an. Er war mir ins Wohnzimmer gefolgt und baute sich nun in seiner ganzen erbärmlichen Männlichkeit vor mir auf. Zumindest versuchte er das. Tatsächlich aber machte er einen Ausfallschritt zur Seite, und mir wurde klar, dass er betrunken war.

»Euch beiden ist wirklich alles scheißegal, was?«

»Du vergreifst dich im Ton, Jana!«

»Als ob wir hier am feinen Hofe wären. Schaut euch doch einmal im Spiegel an!«

»Was, zum Teufel, willst du hier?«

»Euch sagen, wie scheiße ich euch und euer Verhalten finde!«

Tante Gabi hatte es endlich geschafft, von der Couch hochzukommen. Sie reagierte nicht, starrte mich bloß an.

»Ich mache seit 13 Jahren einen einzigen Albtraum durch. Und was kommt von euch? Nicht eine Nachricht, kein einziger Anruf. Nichts, absolut gar nichts. Ihr sitzt einfach nur da, schaut fern und betrinkt euch. Habt ihr in den letzten Jahren vielleicht auch nur eine Sekunde lang mal nicht nur an euch gedacht und euch vor dem Scheißfernseher die Birne zugeknallt? Könnt ihr euch auch nur im Ansatz vorstellen, wie ich mich heute fühle? Habt ihr auch nur einmal einen Gedanken daran verschwendet, euch …«

»Ich finde, du solltest jetzt gehen!«, unterbrach Onkel Erik so laut und energisch, dass ich kurz zusammenzuckte.

Aber ich fing mich schnell.

»Genau, das würde euch so gefallen, was? Nur nicht mit der Realität konfrontiert werden und weiter saufen und fernschauen und nicht darauf achten, was …!«

»Geh jetzt!«

»Nein, das werde ich nicht tun!«

»Jana, ich warne dich. Du ...«
»Du warnst mich? Drohst du mir etwa?«
»Du solltest nicht ...«
»Hast du dir denn wirklich schon die allerletzte intakte Gehirnzelle taubgesoffen?«
»So, das reicht jetzt wirklich!«
»Nein, ich werde ...«
»Du gehst jetzt!«
»Sicher nicht! Ich habe lange genug ...«
Onkel Erik packte mich plötzlich am Oberarm. So kräftig, dass es mir einen Augenblick lang die Sprache verschlug.
»Es ist vorbei, Jana!«
»Lass mich gefälligst los!«
»Du gehst jetzt!«
»Du tust mir weh, verdammt!«
»Entweder du gehst freiwillig, oder ich muss dich aus dem Haus werfen.«
»Das tust du doch nicht wirklich!«
»Genau das werde ich machen!«
Ich reagierte mit einem verächtlichen Schnaufen durch die Nase. »Du bist doch wirklich das Letzte!«
»Gut, wie du willst«, sagte er.
Und zerrte mich aus dem Wohnzimmer und den Flur entlang bis zur Eingangstür. Riss sie auf und schob mich aus dem Haus. Ehe ich so richtig begriff, was da eben passiert war, stand ich draußen in der Kälte.
»Ich zeige dich an, du Schwein!«
»Gut, und wenn du noch einmal hier aufkreuzt, rufe ich die Polizei!«
Dann knallte er mir die Tür vor der Nase zu.

35

Eigentlich hatte ich meinem Frust ja Luft verschaffen wollen. Ich hätte es auch nicht für möglich gehalten – aber das Aufeinandertreffen mit Tante Gabi und Onkel Erik hatte mich nicht beruhigt, sondern tatsächlich nur noch wütender gemacht. Ich war auf 180, wusste nicht, wohin mit all meiner aufgestauten Wut, hätte am liebsten irgendwo gegengeboxt und lauthals losgebrüllt, so lange, bis mir die Stimmbänder versagen würden. Aber dann, beim Anblick des Nachbarhauses, war mir klar, wer es würde ausbaden müssen: meine Großmutter.

Ja, ich würde ihr endlich die Meinung geigen. Ihr klipp und klar sagen, was ich von ihrer kalten, arroganten und vor allem ignoranten Art hielt. Sie daran erinnern, dass sie die Menschen in ihrer Umgebung, und vor allem meinen Opa, mit dem Respekt behandeln sollte, den sie verdient hatten. Ihr an den Kopf werfen, dass sie niemals für meinen Vater oder mich dagewesen war, als wir jemanden gebraucht hätten.

Ich stampfte auf ihr Haus zu, konnte es auf einmal kaum noch erwarten und wurde immer schneller. Wie ein einzelner Kieselstein, der eine Kettenreaktion und damit eine gewaltige Lawine ausgelöst hatte. Ich preschte durch das Gartentor und den Vorgarten und schlug regelrecht auf die Klingel und das Türblatt ein. Und als ich endlich die sich nähernden Schritte aus dem Haus hörte, klopfte ich noch energischer. Ich konnte es kaum noch erwarten, endlich loszubrüllen.

Verdammt, das würde guttun!

Aber als mir die Haustür geöffnet wurde, war all mein

Frust schlagartig wie weggeblasen. Denn mein Opa stand vor mir.

»Jana, Liebes«, sagte er und Mitleid sprach aus jeder Faser seines Gesichts. »Wie geht es dir?«

Er trat zu mir nach draußen, nahm mich in den Arm.

Und ich brach im selben Augenblick in Tränen aus.

»Oma hat versucht, dich zu erreichen«, sagte er nach einiger Zeit. »Du armes Kind, du.«

Mir war natürlich klar, dass dem nicht so war. Vermutlich hatte sie meinem Opa nur vorgegaukelt, es versucht zu haben. Aber es war mir egal. In diesem Moment zählte für mich nur die so viele Jahre vermisste Nähe zu meinem Opa.

»Schon gut«, sagte er und fuhr mir mit der flachen Hand über den Rücken. »Schon gut.«

Alle Anspannung, all der Frust, die Wut, die Trauer, all das war mit einem Mal vergessen. In diesem unverhofften Moment genoss ich einfach nur seine Nähe. Und bereute es, dass ich all die Jahre keinen Kontakt zu ihm gehabt hatte. Alleine er wäre es wert gewesen, regelmäßig ins Tal zurückzukehren. Und an das Positive im Leben zu glauben.

Mein Körper bebte, ich weinte immer heftiger, schluchzte, zog die Nase hoch.

»Lass es ruhig raus, gut so.«

Ich fühlte mich fragil. Und dennoch so behütet und mit Wärme durchflutet wie seit dem Tod meiner Mutter nicht mehr. Ich konnte mich nicht erinnern, wann ich zuletzt von jemandem so liebevoll in den Arm genommen worden war.

Doch dann wurde dieser Moment jäh zerstört.

Denn plötzlich hörten wir meine Großmutter aus dem Haus krächzen: »Otmar?«

Mein Opa ignorierte sie, ließ mich nicht los.

Ich hingegen konnte diese Frau nicht einfach ausblenden. Ihr herrischer Tonfall ließ mich all die positiven Gedanken, die mich eben noch durchflutet hatten, vergessen und trieb die Galle in mir hoch. Mit einem Schlag war die Wut zurück. Und das noch schlimmer als zuvor.

»Wer ist da?«, keifte sie und keine Sekunde später: »Warum antwortest du nicht?«

»Komm doch rein!«, sagte mein Opa.

»Lieber nicht.«

Ich wollte nichts lieber als das. Ich wollte die Konfrontation. Aber ihm zuliebe versuchte ich, sie abzuwenden.

»Aber sicher doch!«

»Ich weiß wirklich nicht, ob das eine gute Idee ist.«

»Warum sollte es das nicht sein?«

Weil ich deine Frau hasse. Und weil ich einfach nicht verstehe, warum du nicht siehst, was für eine gefühlskalte, hassenswerte Furie sie ist!

»Ich weiß auch nicht, ich ...«

»Papperlapapp, rein mit dir!«

Er schob mich vorwärts, und kaum dass ich im Vorzimmer stand, war da auch meine Großmutter, die sich mit ihren dürren ein Meter siebzig aufbaute wie ein gewaltiger Wall.

»Kind?«, sagte sie bloß und schaffte es dennoch, so viel Kälte und Ablehnung zu vermitteln.

»Jana hat ...«, setzte mein Opa an.

Aber sie fuhr ihm dazwischen: »Was machst du hier?«

Ich wäre ihr am liebsten an die Gurgel gesprungen.

»Es ist gerade sehr unpassend, weißt du«, fügte sie hinzu, ohne mich antworten zu lassen. »Dein Großvater braucht Ruhe. Du weißt doch, dass er krank ist. Und ich muss dir wohl nicht erklären, dass ...«

Aus. Schluss. Das war's. Diese unfassbare Arroganz gab mir endgültig den Rest. Und aus mir brach es regelrecht heraus:

»Das, was Opa braucht, ist Liebe!«, schrie ich sie an.

»Liebe, die du ihm offenbar nicht geben kannst! Weil du ein Herz aus Stein hast und immer nur an dich denkst!«

»Was?«, krächzte sie ganz schrill.

»Jana, Schatz, vielleicht solltest du …«, versuchte mich mein Opa zu beruhigen.

Aber ich brüllte sie weiter an: »Dein Egoismus kotzt mich so sehr an, dass ich es dir gar nicht beschreiben kann. Hast du vielleicht auch nur einmal daran gedacht, dass die Menschen in deiner Umgebung …?«

»Schluss jetzt!«, schrie sie.

»Ich denke gar nicht daran!«

»Raus!«

Sie stieß mich gegen die Brust.

»Vielleicht solltet ihr beiden …«, versuchte mein Opa zu schlichten, musste dann aber husten.

»Verschwinde, du hysterische Göre!«, kreischte sie.

»Sicher nicht!«

»Raus aus meinem Haus!«

Sie stieß mich noch einmal, heftiger als zuvor. Sie war richtig aggressiv geworden. Und das machte wiederum mich nur noch rasender. Ich hatte allergrößte Mühe dabei, mich zurückzuhalten. Ich wollte nichts mehr, als sie zurückzustoßen, sie an den Haaren zu reißen, ihr ins Gesicht zu schlagen und ihr wehzutun. Ihr zu zeigen, dass sie mir nicht überlegen war. Sondern ich ihr.

Doch im nächsten Sekundenbruchteil war ich über mich selbst erschrocken. Die Erkenntnis schlug wie ein Blitz ein. Diese Frau rief etwas in mir hervor, was ich weder war noch sein wollte.

Sie war Gift!

Ich musste weg von ihr!

Doch da fiel mein Blick auf die Kommode hinter ihr. Besser gesagt auf das, was darauf lag: das Fotoalbum, das mein

Opa mir hatte zeigen wollen und das meine Großmutter ihm aber aus der Hand gerissen hatte. Und offensichtlich nach meinem Rauswurf dort abgelegt hatte. Und plötzlich glaubte ich zu wissen, wie ich es ihr zumindest ein klein wenig heimzahlen konnte, ohne zu einer Bestie zu werden.

Ohne weiter darüber nachzudenken, schob ich sie zur Seite, drängte mich an ihr vorbei und hörte nicht darauf, was sie mir entgegenschrie. Ich packte das Fotoalbum. Und stapfte damit in Richtung Ausgang.

»Gib das zurück!«, schrie sie.

Sie versuchte, sich mir in den Weg zu stellen. Und mir das Album aus der Hand zu reißen. Ich drehte mich von ihr weg. Sie krallte sich an meinem Mantel fest, wollte mich zurückhalten. Aber sie hatte keine Chance. Ich war schon an ihr vorbei, preschte durch die immer noch offen stehende Tür nach draußen und rannte mit dem Album davon.

»Du Satansbraten!«, rief sie mir nach. Und noch vieles mehr, das ich nicht mehr verstand, weil mein Puls vor Aufregung flatterte und das Blut so wild in meinen Ohren rauschte, dass es alle anderen Geräusche verdrängte.

Ich hatte sie besiegt.

36

Das Tal war meine Heimat. Und dennoch war ich dort nirgends mehr zu Hause. Es war bald Mitternacht, aber allmählich gingen mir die Möglichkeiten aus, wo ich unterkommen konnte.

Mein Elternhaus war den ganzen Tag über durch eine Horde von Spezialisten der Spurensicherung belagert worden – und das würde es aufgrund all des Mülls und Gerümpels wohl auch noch viele Wochen lang bleiben. Aktuell wurde es nur von einem einsamen Streifenwagen bewacht, aber schon am kommenden Morgen würde die versammelte Mannschaft in diesen Albtraum zurückkehren und ihre Arbeit fortsetzen. Vermutlich würden sie sich eine Menthol- oder Minzpaste unter die Nase schmieren, wie man das oft in Filmen sah. Ich zweifelte jedoch daran, dass dies wirklich ausreichen würde, um den Gestank im Keller zu übertünchen. Sie waren nicht zu beneiden.

Auch Kurt war in dieser Nacht keine Option. Ich brauchte etwas Abstand von ihm. Zum einen, weil ich ein schlechtes Gewissen hatte – immerhin hatte mein Vater versucht, ihn umzubringen und sein Haus anzuzünden. Und so verrückt es auch klang: Ich fühlte mich in gewisser Weise schuldig dafür. Zum anderen wollte ich mir noch darüber Klarheit verschaffen, wie ich dazu stand, dass er ein Verhältnis mit meiner Mutter gehabt hatte und die beiden sich offenbar geliebt hatten. Die Vorstellung ekelte mich an, machte mich wütend und hatte dennoch auch etwas Tröstliches. Wenn Kurt und sie sich tatsächlich geliebt hatten, dann musste sie doch glücklich gewesen sein. Oder? Die Frage, wie wohl alles weitergegangen wäre, wäre meine

Mutter nicht ermordet worden, war dadurch nur noch quälender geworden.

Auch bei Tante Gabi und Onkel Erik konnte ich mich so bald nicht mehr blicken lassen. Die lagen vermutlich längst volltrunken auf dem Sofa und schnarchten um die Wette. Und bei meiner Großmutter brauchte ich wohl nie wieder aufzukreuzen – aber das war zum Glück auch das Letzte, was ich wollte.

Ob ich es je übers Herz bringen würde, das Fotoalbum, das ich ihr gestohlen hatte, durchzublättern, konnte ich nicht einschätzen. Die Vorstellung, darin Bilder meiner Mutter zu finden, schnürte mir die Kehle zu. Es war absurd: Einerseits sehnte ich mich so sehr nach meiner Mutter, ja selbst nach einem einfachen Bild von ihr. Ich wollte sie lachen sehen, meine Erinnerung auffrischen und mehr von ihr erfahren. Ich war unglaublich neugierig, sie aus einem neuen Blickwinkel zu sehen. Gleichzeitig fürchtete ich nichts mehr, als durch ihren Anblick den Schmerz von damals zurückzulassen. Und deshalb hatte ich das Album in dieser Nacht auch draußen im Mietwagen gelassen – in meiner Nähe und dennoch weit genug entfernt, um halbwegs frei atmen zu können. Noch hatte ich mich nicht entschieden, was ich damit anstellen und ob ich es mit nach Hause nehmen würde. Vielleicht wäre es ja, um endlich mit allem abschließen zu können, das Beste, wenn ich es vor meiner Abreise einfach im Nebelgrund versenkte. Aber das würde ich wohl nicht übers Herz bringen.

Jetzt, knapp drei Stunden nach dem Aufschlagen bei meinen Großeltern, war meine grässliche Wut endlich ein wenig abgeflaut, und ich war über mich selbst schockiert. Nie zuvor war ich derart aggressiv und so nahe dran gewesen, gegen jemanden handgreiflich zu werden. Ich erkannte mich selbst nicht wieder. Schämte mich. Sehnte mich nach einer Flasche Bier und noch viel mehr nach etwas Härterem. Und wusste gleichzeitig ganz genau, dass mich dieser verdammte Alkohol nur noch tiefer hinunterziehen würde.

Es tat mir nicht gut, was diese gefühlskalte alte Frau und dieses verfluchte Tal aus mir machten. Es schien, als wäre das Böse in Form des Nebels über die Atmung in meine Lungen eingedrungen und breitete sich von dort auf meinen gesamten Körper aus. Ich musste schleunigst weg von hier. Nahm mir ganz fest vor, am nächsten Morgen gleich nach dem Aufwachen abzureisen. Ich konnte ja nicht ahnen, dass es da bereits zu spät sein würde.

Mein Vater war ein Mörder.

Auch wenn mir diese Erkenntnis in den letzten Stunden schon so oft eingeschossen war, so verlor sie nichts an ihrer ungeheuren Wucht. Wie unzählige Sprengladungen, die an den unterschiedlichsten Stellen meines Verstands explodierten, um diesen immer instabiler zu machen und ihn schließlich zum Einsturz zu bringen. All die Jahre hatte ich es geahnt. Jetzt hatte ich Gewissheit und konnte es dennoch nicht fassen.

Mein Vater war ein Mörder.

»Willst du wirklich nicht zumindest ein wenig davon probieren?«, fragte Chris, obwohl ich ihm mehrmals versichert hatte, keinen Bissen von der Pasta, die er auf die Schnelle für mich zubereitet hatte, runterzubringen.

Er nahm neben mir auf dem Sofa in seinem Wohnzimmer Platz.

Aus Mangel an Alternativen hatte ich sein Angebot, die Nacht bei ihm zu verbringen, angenommen. Es war nicht so, dass ich mich unwohl in seiner Nähe fühlte. Ganz im Gegenteil. Vielmehr war es so, dass ich mir unser Wiedersehen all die Jahre ganz anders ausgemalt hatte – romantischer, leidenschaftlicher, mit ganz vielen Schmetterlingen im Bauch. Die Umstände, unter denen es nun tatsächlich passiert war, hätten nicht schlimmer sein können.

Seine Nähe fühlte sich seltsam an.

Ich sehnte mich nach einer Berührung von ihm. Wünschte mir eine Umarmung und noch viel mehr. Beim Blick auf seine vollen Lippen fragte ich mich, wie es sich nach der langen Zeit wohl anfühlen würde, sie zu küssen.

Zum anderen war da diese leise Stimme tief in mir, die mir, wann immer ich ihm in die Augen sah, zuflüsterte, dass ich auf der Hut sein sollte. Weil er nicht ehrlich war und irgendetwas vor mir zu verheimlichen schien.

»Es schmeckt ehrlich nicht so übel, wie es vielleicht aussieht«, riss er mich aus meinen trüben Gedanken.

»Danke, mir reicht das hier«, sagte ich und hob mein Bier.

»Du solltest besser etwas essen.«

»Ich habe keinen Hunger.«

»Aber wann hast du denn heute zuletzt …?«

»Vielleicht später.«

»Was hältst du von einem Kompromiss?«

»Der da wäre?«

»Probiere nur einen Bissen, okay?«

»Ich kann jetzt wirklich nicht, Chris.«

»Keine Chance, dich zu überreden?«

»Nein, nicht jetzt.«

»Na gut, wie du willst.«

Stille legte sich erneut zwischen uns. Bis ich den Eindruck bekam, dass Chris etwas sagen wollte, sich aber nicht traute.

»Was ist?«, wollte ich wissen.

»Nichts, was soll sein?«

»Jetzt sag schon!«

»Ach, nichts Wichtiges, nur … Also, ich meine, darf ich dich etwas Persönliches fragen?«

»Was?«

»Aber bitte versteh das nicht falsch, ja?«

»Was denn?«

»Bist du dir eigentlich sicher, dass du Kurt trauen kannst?«
Damit hatte ich nun wirklich nicht gerechnet!
»Wie kommst du darauf?«
»Keine Ahnung, nur so.«
»Kannst du bitte aufhören, in Rätseln zu sprechen!«
»Nun, ich kenne Kurt ja nicht besonders gut. Ich meine halt einfach so, wie man sich eben hier im Tal kennt. Aber ich kenne seinen Sohn, und das ist ein Arschloch.«
»Wieso, was ist mit Simon?«
»Er war schon zur Schulzeit ein Idiot und nicht ganz richtig im Kopf – spätestens nach dem Tod seiner Mutter ist bei ihm eine Sicherung durchgebrannt. Heute säuft er wie ein Loch und hat seine Frau so lange geschlagen, bis sie sich von ihm getrennt hat. Und andere Gerüchte gibt es auch noch im Tal.«
Das war also der Grund für Simons Scheidung, den hatte mir Kurt tatsächlich verschwiegen.
»Welche Gerüchte gibt es noch?«
»Also ich habe das wirklich nicht aus erster Quelle.«
»Chris, jetzt sag schon!«
»Angeblich soll er wildern, und, obwohl er bei den Jägern ist, ständig auf alles schießen, was ihm unterkommt. Und sogar schon dabei erwischt worden sein. Scheinbar hat ihm Viktor damals geholfen, seinen Kopf aus der Schlinge zu ziehen. Warum die Jäger ihn nicht rausschmeißen, weiß keiner – wahrscheinlich hat auch da Viktor seine Hände im Spiel. Aber was weiß ich.«
»Tatsächlich?«
Ein Jäger und Wilderer also. Ich erinnerte mich noch vage an Kurts Worte am Vorabend: »Er ist ein guter Junge, das ist er wirklich. Aber dieser verdammte Alkohol ... Er kann einfach nicht die Finger davon lassen.« Das oder etwas ganz Ähnliches hatte er doch über ihn gesagt.

»Na ja, wie dem auch sei«, sagte Chris. »Ich kenne Kurt kaum, aber Simon ist definitiv das größte Arschloch hier im Tal. Ich habe seine Frau, bevor sie ihn verlassen hat und weggezogen ist, oft genug behandelt, um das zu wissen. Ich habe auf sie eingeredet, dass sie Anzeige erstatten sollte. Aber du kannst es dir sicher denken – es ist immer das Gleiche. Sie hat lieber die Schuld bei sich gesucht. Bis sie dann zumindest weggezogen ist.«

Ich wusste nicht, was ich darauf antworten sollte. Hatte das Gefühl, dass ich erst mal darüber nachdenken sollte, bevor ich mir eine Meinung bilden würde. Ich hatte plötzlich das dringende Bedürfnis, das Thema zu wechseln. Und deshalb lenkte ich ab und fragte, was mir die ganze Zeit schon auf der Zunge brannte:

»Wie kommt es eigentlich, dass du alleine in diesem großen Haus wohnst?«

»Was?«, kam es eine Spur zu schrill. Mit dieser Frage schien nun Chris überhaupt nicht gerechnet zu haben.

»Hast du keine Freundin?«

Kurzes Zögern. Dann: »Nein.«

Seine Reaktion hatte sich ein wenig trotzig angehört.

»Warum nicht?«

»Ach, das ist eine lange Geschichte.«

»Ich habe heute nichts mehr vor.«

»Gerne ein andermal.«

»Ich weiß nicht, ob ich dann noch da bin.«

»Dann lass uns den Abend doch bitte nicht mit ...«

»Jetzt erzähl schon!«

»Jana, bitte ...«

»Bitte!«

Er zögerte. »Da gibt's nicht viel zu erzählen.«

»Ja, was denn nun? Es ist eine lange Geschichte, über die es nicht viel zu erzählen gibt?«

Er seufzte.
Ich ließ ihm Zeit, aber es kam nichts.
»Also?«
Erneutes Seufzen. »Ich war verheiratet.«
»Und was ist passiert?«
»Ich will eigentlich nicht darüber reden.«
»Ach, komm schon!«
Später konnte ich mir selbst nicht so richtig erklären, weshalb ich auf einmal so verbissen war, mehr über sein Liebesleben zu erfahren. Vielleicht, weil es mich von meiner Trauer und der Verzweiflung ablenkte. Vielleicht auch nur deshalb, weil ich mir wünschte, dass uns beiden nichts im Wege stand – wobei auch immer. Es war absurd, ich wusste das. Aber ich fühlte mich auf einmal wieder wie das Teenager-Mädchen von damals – das Hals über Kopf in diesen coolen, um zwei Jahre älteren Typen verliebt war. Ich wollte hören, dass er frei war, dass er auf mich gewartet hatte, dass er mich zurückwollte.

»Gut, wie du willst. Ich war verheiratet. Die Ehe hat von Anfang an nicht funktioniert, wir haben uns ständig gestritten und sprachen schon über unsere Scheidung. Dann wurde sie ungeplant schwanger, und wir haben es noch einmal versucht. Bis sie mich verlassen hat, als sie im vierten Monat war. Von da an haben wir nur noch über unsere Anwälte miteinander gesprochen und uns schon im Vorhinein über das Sorgerecht gestritten – das hat sich aber leider erübrigt, weil sie eine Fehlgeburt erlitten hat.«

Wumms! Das hatte gesessen!
»Bist du jetzt zufrieden?«
Scheiße. Diese Zusammenfassung war wie ein Schlag in die Magengrube. Ich fühlte mich schrecklich. Spürte, wie meine Wangen und Ohren Feuer fingen.
»Autsch«, brachte ich gerade so und voller Scham heraus.

»Ja, autsch.«

»Das tut mir echt leid.«

»Ja«, sagte er trotzig.

»Ich konnte ja nicht ahnen, dass ...« Ich brach ab, wusste nicht weiter. Setzte noch einmal an: »Ich habe nicht gewusst, dass du ...« Auch dieser Satz verlief im Nichts.

»Schon okay.«

»Nein, ehrlich, ich hätte nicht ...«

»Ich habe lange gelitten, aber mittlerweile bin ich drüber hinweg.«

Es war ihm anzuhören, dass er das noch lange nicht war. Es tat mir so unglaublich leid – sein Unglück und die Tatsache, dass ich diese schlimme Erinnerung zurückgeholt hatte. Nur, um ihn und mich selbst von meiner Misere abzulenken, hatte ich seine Bitten ignoriert und ihn gedrängt.

»Darf ich dich kurz drücken?«, fragte ich.

Er nickte.

Ich rutschte näher an ihn heran. Wir umarmten uns.

Und auf einmal kippte die Stimmung. Plötzlich ging alles ganz schnell. Wie ein Damm, der so viele Jahre standgehalten hatte. Und der nun unter dem Druck der Lust in Tausende und Abertausende Stücke zerbrach.

Sein Duft und sein Atemhauch an meinem Hals katapultierten mich schlagartig 13 Jahre zurück. In die Zeit, in der die Welt noch heil war. Und wir beide ein Paar. Meine Körpertemperatur schoss in die Höhe. Ich wollte mehr.

Chris löste die Umarmung und sah mir tief in die Augen. Ich konnte ihm ansehen, dass es ihm genauso ging wie mir. Er strich mir das Haar zurück, berührte dabei sanft mein Ohr, und im selben Moment erfasste ein wohliges Kribbeln meinen ganzen Körper.

Er kam mit seinem Gesicht näher an meines.

Ich zuckte zurück.

Aber er kam weiter nach, hauchte mir ins Ohr, küsste es. Und dabei durchflutete mich eine Welle der Erregung.

Er küsste mich am Hals, dann im Nacken.

Ich spürte ein Ziehen im Unterleib. Und wusste, dass ich hier und jetzt mit ihm schlafen wollte.

Er ließ von meinem Hals ab, und wir küssten uns. Erst sanft, aber es wurde schnell richtig heftig und leidenschaftlich. Seine Hand glitt über meinen Oberschenkel, meine unter sein T-Shirt.

Mein Körper glühte, als ich mit meiner Hand von seinem Bauch hoch zu seiner strammen Brust wanderte und die feinen Brusthaare fühlte.

Er nahm meinen Kopf in seine Hände und während er mich weiter küsste, drehte er mich sanft zur Seite und zurück. Ich legte mich auf die Couch, und im nächsten Moment war er schon über mir. Ich wollte seine Gürtelschnalle lösen, aber ich bekam es in meiner Aufregung nicht hin.

»Warte, ich helfe dir«, flüsterte er und befreite sich erst von dem Gürtel und öffnete dann den Knopf seiner Jeans.

Während wir uns weiterküssten, übernahm ich den Reißverschluss und hob gleichzeitig meinen Oberkörper etwas an, damit er mir meinen Pullover ausziehen konnte. Doch dieser blieb an meinem Ohrring hängen und in unserer Aufregung hatten wir einige Mühe, ihn davon zu befreien. Als wir es endlich geschafft hatten, fuhr Chris mir unter das T-Shirt und öffnete mit einem flinken Drücken meinen BH.

»Bist du dir sicher?«, hauchte er.

Meine Hand glitt unter seine Boxershorts.

37

Eine halbe Stunde später stand Chris unter der Dusche, und durch die geschlossene Badezimmertür drang das sanfte Plätschern zu mir an die Couch. Ich lag da, immer noch nackt und verschwitzt, und wartete darauf, dass mein Puls sich endlich wieder beruhigte und das wilde Rauschen des Blutes in meinem Kopf abnahm. Ich war noch immer voller Glückshormone, Adrenalin und Erregung. Konnte nicht fassen, was da eben passiert war. All die Jahre hatte ich davon geträumt. Jetzt war es so schnell passiert, dass ich es gar nicht richtig mitbekommen hatte.

Ich atmete tief durch, rieb mir das Gesicht.

Einfach unglaublich!

Im Badezimmer krachte es. Es klang, als wäre Chris die Duschgelflasche entglitten und zu Boden geknallt. Kein Wunder, wahrscheinlich war er gerade genauso durcheinander und überwältigt wie ich. Ich überlegte kurz, ob ich zu ihm in die Dusche steigen sollte, aber ich traute mich nicht.

Ich raffte mich dennoch von der Couch hoch, weil mir allmählich kühl wurde. Es drehte mich ein wenig, als ich mich auf die Suche nach meinen Klamotten begab – zuvor hatte ich sie in der Hitze des Gefechts einfach zu Boden fallen lassen oder in hohem Bogen weggeschleudert.

Nachdem ich alles eingesammelt und mich angezogen hatte, sah ich mich das erste Mal so richtig bewusst in Chris' Wohnzimmer um – auch, um mich von meiner Sehnsucht nach einem Drink oder zumindest einer Zigarette abzulenken.

Mir gefiel, was er aus seinem alten Elternhaus gemacht hatte – auch ohne Vergleich zu meinem. Es war geschmackvoll eingerichtet, wenn auch einige der Möbelstücke nicht so ganz zusammenpassten – vor allem jene kantigen und modernen, die noch ganz neu wirkten. Ich nahm an, dass Chris sie nach der Scheidung auf die Schnelle gekauft hatte, ohne sich groß Gedanken über ein Gesamtkonzept zu machen. Auch die Couch sah noch neu aus, und ich fragte mich, ob wir beide sie eben »eingeweiht« hatten. Ich mochte den Gedanken daran.

Die Wände waren weiß gestrichen und wirkten ein wenig kühl. Die gerahmten Drucke zweier abstrakter Gemälde voller bunter Farbkleckse konnten von einem hochgepriesenen Künstler stammen, genauso gut aber auch von der örtlichen Kindergartengruppe. So oder so: Sie hatten eine Wirkung und strahlten Wärme aus.

Der Stil-Mix des Wohnzimmers hatte mich neugierig gemacht. Da es im Badezimmer immer noch plätscherte, nutzte ich die Gelegenheit, stahl mich hinaus in den Flur und wagte einen Blick durch die angelehnte Tür in das Nebenzimmer. Ein Heimbüro offensichtlich, von dem aus Chris allen Papierkram der Praxis zu erledigen schien. Viel gab es hier nicht zu sehen. Zwei Regale, vollgepackt mit dicken Ordnern und wissenschaftlich anmutenden Büchern. Eine traurig wirkende Yucca-Palme in der Ecke und eine abgestorbene Orchidee auf dem Fensterbrett. Zwei mit Ordnern überquellende Kartons in der Ecke. Und dann noch den Schreibtisch aus Mahagoni – vermutlich ein antikes Stück. Kein Nachbau, ein Original, war ich mir sicher. Ich betrachtete ihn näher, ließ meine Fingerspitzen über die feinen Erhabenheiten gleiten. Und warf dabei eher beiläufig einen Blick auf die Dokumente, die darauf lagen.

Das Plätschern aus dem Badezimmer erstarb.

Ich wollte nichts davon lesen, ehrlich nicht. Rückblickend betrachtet wünschte ich mir so sehr, dass ich einfach auf dieser Couch liegen geblieben wäre. Dass ich mir eine

Decke geschnappt, auf Chris gewartet und den gemeinsamen Abend mit ihm genossen hätte. Dass ich mit ihm eingeschlafen und am nächsten Morgen wieder aufgewacht wäre. Dass wir zusammen gefrühstückt, vielleicht auch wieder miteinander geschlafen und eventuell sogar von einer gemeinsamen Zukunft geträumt hätten.

Unwissenheit kann ein Segen sein.

Aber so war es leider nicht.

Ehe ich begriff, hatte ich bereits eine Zeile aufgeschnappt und dann gleich die nächste gelesen. Es waren Anwaltsbriefe, das begriff ich sehr schnell. Und, dass es darin offenbar um Chris' Scheidung ging. Und, dass diese scheinbar noch gar nicht oder zumindest noch nicht lange durch war, denn das Schreiben, das ich mir jetzt näher ansah, war gerade einmal einen Monat alt.

Mir wurde auf einmal wieder ganz heiß.

Ich war zu weit gegangen. Hatte kein Recht, in seinem Büro zu sein und das hier zu lesen.

Ich wollte gerade gehen.

Da stach mir ein Name ins Auge.

Und Panik packte mich.

Was zum …?

Plötzlich begriff ich, warum Chris sich so geheimnisvoll gab, als es um seine Scheidung ging. Und ich verstand jetzt auch, weshalb Viktor bei der Befragung Bemerkungen wie »Ein bisschen viel Zufall in letzter Zeit, findest du nicht auch?« hatte fallen lassen. Ganz sicher war er schon zuvor befragt worden und zählte zum Kreis der Verdächtigen. Denn er war mit Franziska verheiratet gewesen.

38

Keine Ahnung, wie lange ich wie gelähmt dagestanden hatte. Und mit meinen wild durcheinanderschießenden Gedanken zu kämpfen hatte. Ich versuchte zu begreifen. Aber mein Verstand war wie von einem Betäubungspfeil getroffen.

Irgendwann stand Chris mit einem umgebundenen Badetuch im Türrahmen. Und erst jetzt schaffte ich es zurück ins Hier und Jetzt.

Ich sah ihn an.

Er sah mich an. Mit offen stehendem Mund.

Ich war so wütend und enttäuscht zugleich. Wollte schreien und gleich darauf losheulen. Und wusste gar nicht so recht, warum. Und aus irgendeinem Grund hatte ich auf einmal Angst.

Er kam auf mich zu. »Jana …«

»Lass gut sein, Chris«, sagte ich und wollte an ihm vorbei aus dem Zimmer.

Aber er stellte sich mir in den Weg. »Bitte warte!«

Ich drängte mich an ihm vorbei. »Lass mich!«

»Wo willst du denn hin?«

»Weg von dir!«

Ich stapfte ins Wohnzimmer, um mein Telefon zu holen, das dort auf dem Couchtisch lag.

Er kam mir nach und blieb im Türrahmen stehen. »Bitte bleib hier und lass es mich erklären.«

»Bist du noch mit Franziska verheiratet?«

»Nein, das habe ich dir doch gesagt.«

»Und die Papiere? Wieso streitet ihr noch über eure Anwälte?«

»Das tun wir doch gar nicht mehr.«

»Einer der Briefe war erst einen Monat alt.«

»Der Streit ist beigelegt. Wir haben uns außergerichtlich geeinigt und sind seit zwei Wochen geschieden.«

»Also hast du mich angelogen!«

»Warum, ich habe dir nie vorgemacht, dass ich schon länger geschieden bin.«

»Wo ist sie?«

»Wer, Franziska?«

»Ja, wer denn sonst?«

»Das weiß ich doch nicht!«

»Hast du etwas damit zu tun?«

»Womit?«

»Na, mit ihrem Verschwinden!«

»Spinnst du?«

Mir wurde erst jetzt klar, dass ich im Laufe des Tages keinen Gedanken an sie verloren hatte und daher gar nicht wusste, ob sie immer noch vermisst wurde.

»Ist sie noch verschwunden?«

»Warum fragst du mich das?«

»Ist sie noch?«

»Ja, soweit ich weiß, schon.«

Das hier war nicht gut, ganz und gar nicht! Ich wollte nichts wie weg von ihm, raus aus seinem Haus.

Aber er stand immer noch im Türrahmen.

»Lass mich gehen!«

»Bitte, Jana …«

»Geh zur Seite!«

Er wich zurück. Doch als ich an ihm vorbeiwollte, versuchte er, meinen Arm zu greifen.

»Du missverstehst das völlig.«

»Mach's gut!«

Ich hetzte den Flur entlang bis zur Diele, schlüpfte in meine Schuhe, konnte aber meinen Mantel nicht finden.

»Warte, ich habe ihn in den Schrank gehängt«, sagte er und holte ihn heraus.

Ich riss ihn ihm aus der Hand und zog ihn mir über.

»Jana, jetzt hör mir doch endlich zu.«

Ich dachte gar nicht daran. Wollte die Tür öffnen, aber sie war abgesperrt.

»Wo ist der Schlüssel?«

Er griff meinen Oberarm.

»Lass mich los!«

»Jana, bitte ...«

»Du sollst mich loslassen!«, schrie ich ihn an und fuhr mit der Hand aus, um mich von seinem Griff loszureißen.

Dabei schlug ich gegen die Kommode zu meiner Rechten. Und fegte eine Vase samt Trockengestrüpp hinunter. Chris reagierte blitzartig. Griff danach, versuchte, sie aufzufangen. Doch sie krachte zu Boden. Und zersprang in zig Teile. Große und kleine Scherben schossen über den Holzboden. Den Schlüsselbund hatte ich ebenfalls mitgerissen. Und einen Zettel, der von der Kommode auf die Keramiksplitter hinabsegelte. Und unmittelbar vor meinen Schuhspitzen zum Liegen kam.

Natürlich interessierte mich dieser Zettel nicht im Geringsten. Ich wollte trotz des Schadens, den ich gerade angerichtet hatte, einfach nur noch raus aus diesem Haus und weg von Chris. Aber dann sah ich, dass es sich um eine handschriftliche Notiz handelte. Und ehe ich es so richtig begriff, hatte ich bereits ein paar Worte gelesen. Und dann alle.

Warte mal ...!

Mein Hirn ratterte.

Plötzlich nahm alles eine neue, völlig unerwartete Wendung. Und das Unglück nahm seinen Lauf.

39

Freitag, 22. Oktober 2009, 20.36 Uhr
Drei Stunden und 47 Minuten bis zum Mord

Claudia konnte schwer einschätzen, wie lange sie schon am Küchenfenster stand und hinaus in die nebelverhangene Nacht blickte. Seit dem Heimkommen war sie wieder alleine mit ihren dunklen Gedanken. Jana hatte sich sofort wieder in ihrem Zimmer eingeschlossen, ihre Musik angemacht und sich seitdem nicht mehr blicken lassen.

Bis vor einiger Zeit noch hatte ihre Tochter jede freie Minute mit Franziska verbracht, und die beiden waren bis spätabends mit ihren Skateboards unterwegs gewesen. Verschwitzt und mit Schrammen und blauen Flecken übersät, hatte Jana ihr dann voller Begeisterung von irgendwelchen Flips und sonstigen Sprüngen berichtet. Claudia hatte kein Wort davon verstanden. Und dennoch hatte es so unglaublich gutgetan, ihre Tochter glücklich zu sehen. Und sie noch als Kind zu erleben.

Aber diese Zeit war vorbei.

Aus Jana hatte Claudia nichts rausbekommen, doch sie hatte sich längst einen Reim aus allem gemacht. Zeitgleich mit dem Bruch mit Franziska war Chris in Janas Leben aufgetaucht. Claudia zählte einfach eins und eins zusammen – nicht alles im Leben war so kompliziert wie ihre Situation gerade.

Eigentlich könnte sie sich ja über das Glück ihrer Tochter freuen – die erste große Liebe war doch immer etwas ganz Besonderes. Wenn da nicht ihre Zweifel wären, was Chris anging. Er war zu alt für Jana, schon viel reifer als sie. Und irgendwie wurde sie das Gefühl nicht los, dass er den Bruch mit Franziska nicht wert war. Aber was wusste sie schon. In Sachen Liebe war sie wohl die Letzte, die das Recht hatte zu urteilen oder irgendwelche Ratschläge zu erteilen.

Claudia ahnte, was das Beste für sie war. Und dennoch tat sie genau das Gegenteil.

»Ob du daran glaubst oder nicht: Ein Unglück wird passieren.«

Dadas Worte kratzten immer noch an ihrem Verstand. Wie ein rostiger Nagel auf wundgeschürfter Haut.

Normalerweise schenkte sie den düsteren Prophezeiungen dieser alten Frau ja keine Aufmerksamkeit. Von Aberglauben, schwarzer Magie und diesem ganzen Hokuspokus hatte sie nie etwas gehalten. Aber dieses Mal war das anders. Den ganzen Tag über hatte Claudia bereits das Unglück auf sich zurasen gespürt. Dadas Worte waren wie eine letzte Bestätigung gewesen.

Sie befand sich gerade in der Ruhe vor dem Sturm, dachte sie. Und unmittelbar mit diesem Gedanken bemerkte sie, dass die Musik aus Janas Zimmer verstummt war. Auf einmal waren da nur noch das monotone, scheinbar viel zu langsame Ticken der Wanduhr und das leise Surren des Kühlschranks, das sie umgab.

Halt, nein, da war noch etwas!

Ein Geräusch, das da nicht sein sollte. Direkt hinter ihr.

Sie fuhr herum.

»Du?«, entfuhr es ihr, und sie hörte, dass ihre Stimme dabei zitterte.

»Hast du etwa jemand anderen erwartet?«

»Wie bist du ins Haus gekommen?«

Erst jetzt entdeckte sie das Messer.

40

Die Liebesbriefe lagen immer noch im Handschuhfach meines Mietwagens, bisher hatte ich keiner Menschenseele davon erzählt. Ich hatte jedoch Fotos davon auf meinem Handy. Und diese verglich ich nun mit der Handschrift auf dem Zettel, der zu meinen Füßen gelandet war.

> *Ich, Kurt Frank, geboren am 25.09.1969, bestätige hiermit, bei vollem Verstand, aus freien Stücken und gegen das Anraten meines Hausarztes Doktor Christian Lienhardt auf weitere gesundheitliche Untersuchungen im Zusammenhang mit meiner Kopfverletzung, die mir heute Nacht von einem Unbekannten zugefügt wurden, zu verzichten. Ich wurde über die Risiken aufgeklärt und bin mir derer bewusst.*

Darunter standen nur noch das heutige Datum und Kurts Unterschrift. Nicht viel also. Und dennoch hatten diese Worte schlagartig meine volle Aufmerksamkeit auf sich gezogen. Ich blickte abwechselnd auf die Fotos der Liebesbriefe in meinem Smartphone und auf diese händisch verfasste Einverständniserklärung. Ich zoomte, scrollte und spürte dabei, wie mein Puls immer weiter anzog. Mein Hirn ratterte, stolperte über seine eigenen Gedanken. Ich versuchte zu verarbeiten.

»Was ist los?«, wollte Chris wissen.

Aber ich ignorierte ihn. War voll und ganz darauf konzentriert, diese beiden Handschriften zu vergleichen.

Der Schwung mancher Anfangsbuchstaben war ähnlich. Vor allem das *A* in dem Wort *Anraten* in Kurts Bestätigung und dem Wort *Armen* in einem der Liebesbriefe.

… gegen das Anraten meines Hausarztes …
… Armen zu halten und zu spüren …
Ja, sie waren ähnlich. Aber lange nicht ident.
»Aber Jana kann er dir nicht wegnehmen!«, stand in einem der Briefe. Und auch dieses *A* am Satzbeginn passte nicht zu Kurts Bestätigung.
»Hey, bitte, rede mit mir!«, ließ Chris nicht locker.
Doch ich betrachtete jetzt die Ls näher:
Liebe Claudia, stand in einem Brief.
Christian Lienhardt, stand auf der Bestätigung.
Mein Blick hetzte hin und her und hin und her und wieder zurück. Und ich musste einsehen, dass die Linienführung dieser Buchstaben nicht einmal ähnlich war. Ich hatte zwei völlig unterschiedliche Schrifttypen vor mir.
Wie konnte das sein?
Auch ganze Wörter, das *Ich* zum Beispiel, sahen ganz unterschiedlich aus.
Chris redete weiter auf mich ein. Aber ich hörte ihm gar nicht zu, war wie paralysiert. Ich verglich noch weitere Buchstaben und fand auch noch andere Worte, die in beiden Handschriften vorkamen. Und je mehr ich verglich, desto sicherer war ich mir: Das waren keine Veränderungen, die sich im Laufe von 13 Jahren entwickelt hatten. Nein, ich hatte zwei grundlegend verschiedene Handschriften vor mir.
Mein Herz schlug jetzt ganz wild.
Wie konnte das möglich sein? Hatte meine Mutter etwa zwei Affären gehabt? Oder hatte Kurt mich angelogen, als er behauptet hatte, eine geheime Liebesbeziehung mit meiner Mutter gehabt zu haben? Aber warum hätte er das tun sollen? Und wer, zum Teufel, hatte diese Liebesbriefe dann verfasst?
All diese Fragen und noch viel mehr schossen mir durch meinen Verstand. Und plötzlich drängte sich noch etwas in mein Unterbewusstsein. Ein verschwommener Gedanke, der

mir am Morgen bereits gekommen, den ich aber weder da noch jetzt zu greifen vermochte. Ich ahnte, dass es mit etwas zusammenhing, was ich in meinem Elternhaus gesehen hatte. Aber ich kam einfach nicht darauf, was es war. In Gedanken war ich auf einmal inmitten der Müllberge. Und sah mich um. Sah den Benzinkanister, die Lampenschirme, die VHS-Kassetten, die Klopapier-Packungen, all die Müllsäcke und so vieles mehr. Was war hier falsch? Was fehlte hier? Oder was war hier, das hier nicht hingehörte?

»Das kann doch nicht sein!«, sagte Chris und riss mich aus meinem Gedankenstrudel. »Hörst du das?«

»Was?«, wollte ich wissen.

Aber da war sie auch schon bis zu mir vorgedrungen: die Feuerwehrsirene.

41

Chris und ich sahen uns an. Wir sagten nichts. Formulierten dieselbe unfertige Frage bloß mit unseren Blicken:

Was zur Hölle …?

Er hob den Schlüsselbund, den ich ebenfalls von der Kommode gerissen hatte, vom Boden auf, öffnete die Tür, und wir traten hinaus ins Freie – Chris hatte immer noch bloß das Badetuch um die Hüften gebunden.

Ja, es war eindeutig die Sirene der Freiwilligen Feuerwehr, die durch die nebelverhangene Nacht schrillte. Und die das gesamte Tal geweckt zu haben schien. Immer mehr Lichter gingen um uns herum an, und immer mehr Bewohner kamen aus ihren Häusern hinaus auf die Straße. Alle richteten ihre Blicke in dieselbe Richtung.

»Scheiße«, sagte Chris.

Ich folgte ihm ein paar Schritte vom Haus weg und seinem Blick die Straße runter. Dorthin, wohin alle Augen gerichtet waren und wo die Nacht rotorange aufglühte. Weil ein heftiger Brand dort wütete.

Schon wieder ein Feuer!

Ich nahm die Hand von meinem weit aufgerissenen Mund, von der ich keine Ahnung hatte, wie sie überhaupt dorthin gekommen war. Meine Gedanken überschlugen sich. Und plötzlich waren auch die Bilder der letzten Nacht zurück. Ich bei Kurt, auf dessen Couch. Die Bierflasche vor mir. Kurt in seinem Polstersessel. In dieser grässlichen braunen und mit Erdnussflipskrümeln übersäten Fleeceweste. Mit einer Zigarette in der Hand. Und …

Warte …!

Im Geiste sprang ich von Kurts Wohnzimmer in den Flur meines Elternhauses. Ich schärfte meinen Blick und …

Scheiße!

Plötzlich fiel es mir wie Schuppen von den Augen. Ich sah es nun klar und deutlich vor mir. Und ich begriff.

Am Morgen hatte ich doch das Gefühl, dass sich etwas in meinem Elternhaus verändert hatte. Jetzt war mir klar, was es gewesen war: Es war nicht so, dass etwas fehlte. Vielmehr war es so, dass etwas im Flur lag, was dort nicht hingehörte: Kurts grässliche braune Fleeceweste nämlich, unmittelbar neben einem der Lampenschirme. Nur konnte das doch nicht möglich sein. Wie hätte sie dort hinkommen können? Er hatte sie doch am Vorabend getragen. Und er hatte behauptet, unmittelbar nach mir in seinem Sessel eingeschlafen zu sein und die ganze Nacht dort verbracht zu haben. Er hatte doch gesagt, erst von den Geräuschen des Einbrechers, also meines Vaters, aufgewacht und von diesem dann bewusstlos geschlagen worden zu sein.

Wie also, verflucht noch einmal, hatte seine Weste dann in den Flur meines Elternhauses kommen können?

Es gab nur eine Erklärung: Er hatte gelogen.

Er musste in der Nacht, während ich tief und fest auf seiner Couch geschlafen hatte, dort gewesen sein. Und mit dieser Erkenntnis kam mein Verstand erst so richtig in Fahrt. Was hatten die unterschiedlichen Schriften, der Überfall auf Kurt und der Brand seines Hauses, Franziskas Verschwinden, Sybille Dorns Leiche im Keller, das Feuer jetzt und Kurts Fleeceweste im Flur meines Elternhauses zu bedeuten? Es war, als betrachtete ich ein komplexes Puzzle, bei dem gerade so viele Teile fehlten, dass das Gesamtmotiv noch nicht zu erraten war. Aber ich ahnte, dass diese Teile unmittelbar vor mir lagen. Ich musste sie nur noch entdecken und richtig einsetzen.

Das Dröhnen der Sirene drang wieder zu mir durch. Zerrte mich gedanklich zurück ins Hier und Jetzt. Und plötzlich glaubte ich zu wissen, was er vorhatte.

Ich war mir sicher: Ich durfte keine Zeit verlieren!

42

Es war klamm und viel zu kalt für diese Jahreszeit. Trotz der Eile, die ich hatte, und meiner Aufregung fror ich, als ich im Schutze des Waldes am Ortsrand entlanghetzte, um unbemerkt bis an die Rückseite meines Elternhauses zu gelangen. Die Nebelbrühe, die sich in dieser Nacht zusammengebraut hatte, war selbst für hiesige Verhältnisse besonders zäh und dicht. Die Vorahnung eines furchtbaren Unglücks lag in der Luft.

Als ich mein Ziel fast erreicht hatte, wurde ich vorsichtiger und wählte meine Schritte mit Bedacht, um ja keine Aufmerksamkeit zu erregen. Immerhin hatte ich keine Ahnung, ob er bereits hier war.

Am Haus angekommen, verharrte ich, hinter einem Gestrüpp versteckt, und beobachtete das Gebäude einen Augenblick lang. Ich war ganz außer Atem, feine Wölkchen stiegen vor meinem Gesicht hoch und lösten sich im Nebel auf. Schweiß stand mir auf der Stirn. Das Blut rauschte so wild in meinen Ohren, dass ich das Gefühl hatte, gar nichts von meiner Umgebung mitzubekommen. Nur langsam wurde es leiser in meinem Kopf.

Ich lauschte gespannt.

Aus der Ferne war die Aufregung rund um das Großfeuer zu hören – ansonsten nichts und niemand.

Ich schlich noch ein Stück weiter, um am Haus vorbei die Auffahrt einsehen zu können. Es war so, wie ich befürchtet hatte: Der Streifenwagen, der das Grundstück bewacht und dafür gesorgt hatte, dass keine Schaulustigen oder sonst irgendjemand sich näherte und unbefugt eindrang, war wegen des Brandes abgezogen. Die Spezialisten der Mordkommission und der Spurensicherung hatten die Nacht über das Tal verlassen und waren zurück in die Stadt gefahren. Die örtliche Polizeistation war dünn besetzt. Ein Großbrand, wie er gerade wütete, zog alle Kräfte auf sich – auch jene, die nicht gerade Nachtdienst zu schieben hatten.

Mein Elternhaus lag still und verlassen da. Durch die Fenster war keine Bewegung und nicht der leiseste Lichthauch zu erkennen.

Scheinbar keine Spur von ihm.

Noch.

Aber wenn ich mit meiner furchtbaren Vermutung richtiglag, dann würde es nicht mehr lange dauern, bis er hier auftauchte. Ich war verrückt, alleine hierherzukommen. Aber ich hatte keine andere Wahl. Ich wusste nicht, wem ich vertrauen konnte. Und die Zeit drängte.

Ich ließ noch einmal meinen Blick über alle Büsche und Bäume und alles, was als Versteck dienen konnte, gleiten.

Nichts zu sehen.

Also holte ich noch einmal tief Luft und fasste Mut.

Los jetzt!

Ich wagte mich aus dem Schutz des Waldes, schlüpfte unter dem gelben Absperrband hindurch und lief hinüber zum Haus. Dort angekommen, presste ich mich mit dem Rücken an die Wand. Hielt abermals die Luft an und horchte.

Aus der Ferne drang weiter die Hektik des Brandes bis zu mir. Aber in meiner unmittelbaren Umgebung herrschte immer noch absolute Stille. Kein Hinweis darauf, dass er bereits hier war.

Wenn der Nebel schweigt, dann naht ein Unglück.

Komm schon, weiter!

Ich schlich mit dem Rücken zur Wand das Haus entlang. Schritt für Schritt, bei jeder Bewegung darauf bedacht, kein unnötiges Geräusch zu verursachen. Bis ich mein Ziel erreicht hatte: das kleine Kellerfenster, das schon damals, als die Welt noch in Ordnung gewesen war, kaputt gewesen war und sich nicht richtig hatte schließen lassen. Einige Male hatte ich mitbekommen, dass meine Mutter meinen Vater darum gebeten hatte, es endlich zu reparieren. Damals hatte er die Reparatur ständig aufgeschoben. Jetzt hatte ich die Hoffnung, dass sich auch in den letzten 13 Jahren nichts daran geändert hatte, weil es meinem Vater schlichtweg egal gewesen war. Das Fenster würde der einzige Weg sein, ins Haus zu gelangen, ohne eines der Polizeisiegel, die an den Türen und Fenstern angebracht waren, zu zerstören und meine Anwesenheit zu verraten.

Und tatsächlich: Das Fenster war nicht versiegelt worden. Und wie schon damals wurde es nur von einem dünnen Draht geschlossen gehalten. Schon ein leichter Druck reichte aus, um diesen aus der Angel zu heben. Danach versperrten mir nur noch ein paar Kartons dahinter den Zugang. Ich hatte einige Mühe, das Fenster gegen deren Widerstand noch weiter aufzudrücken, ohne dabei zu viel Krach zu verursachen. Aber schließlich hatte ich es so weit aufbekommen, dass ich mich, die Beine voran, hindurch und ins Haus zwängen konnte.

Ich steckte gerade bis zur Hüfte im Fenster.

Da rutschte mir plötzlich das Herz in die Hose.

Weil da ein Geräusch am Waldrand erklang: das Knacken von brechendem Unterholz.

43

Ich hatte es ja kaum für möglich gehalten. Aber selbst in der Dunkelheit wirkte es so, als wäre das Chaos in meinem Elternhaus aufgrund der stundenlangen Belagerung durch die Polizei nur noch schlimmer geworden. Neben all dem Müll und Gerümpel meines Vaters stand und lag nun überall auch Ausrüstung der Spurensicherung herum. Zumindest der Gestank hatte etwas abgenommen, weil Sybille Dorns Leiche natürlich längst abtransportiert worden war. Die Fliegen schienen das noch nicht wahrhaben zu wollen und schossen auf der Suche nach ihr hektisch durch die Finsternis und um meinen Kopf herum.

Zentimeter für Zentimeter stahl ich mich durch den Keller, bei jeder Bewegung darauf bedacht, keinen unnötigen Lärm zu verursachen und keine Spuren zu hinterlassen. Jeden meiner Schritte setzte ich mit Bedacht – wie auf wackeligen Steinen, die aus einem Fluss ragten. Ich schlich vorbei an jenem Platz, von dem aus mich die einstige Journalistin aus weit aufgerissenen toten Augen angestarrt hatte, weiter zu den Treppen und hoch in das Erdgeschoss.

Die Kellertür war freigeräumt worden. An der letzten Stufe vor der Schwelle verharrte ich einen Augenblick, um sicherzugehen.

Ich horchte in die Finsternis.

Bis auf das Fliegensummen war nichts zu hören.

Also trat ich hinaus in den Flur.

Und hatte nur noch Augen für das, was ich am Morgen bloß unbewusst wahrgenommen hatte. Und was nun meinen schlimmen Verdacht bestätigte: diese grässliche braune Fleeceweste.

Der Anblick war wie ein heftiger Boxhieb in meine Magengrube. Ich war so wütend, fassungslos und wie gelähmt zugleich. Versuchte zu begreifen und eine völlig banale Erklärung dafür zu finden, wie sie vor dem Brand hierhergekommen sein konnte. Aber egal wie ich es drehte und wendete, mir wollte einfach keine einfallen. Sie war der Beweis.

Und so blieb mir nichts anderes übrig, als mich in der Küche zu verstecken und zu warten. Und zu versuchen, mir einzureden, dass es das einzig Richtige war, was ich hier tat. Weil ich keine andere Wahl hatte. Und es meine einzige Chance war, meinen Verdacht beweisen zu können. Ich hockte regungslos in meinem Versteck hinter drei Kartons neben dem Ort, wo vermutlich unsere alte Eckbank vergraben lag. Lugte dahinter hervor, hinaus in den Flur. Und merkte, dass ich aufs Klo musste.

Ausgerechnet jetzt!

Fünf Minuten vergingen.

Nichts passierte. Bis auf das stetige Fliegensummen und ein gelegentliches Rascheln und Klappern. Wieder stellte ich mir vor, dass es die Mäuse und Ratten waren, die sich durch den vor sich hin schimmelnden Müll auf der Suche nach Nahrung wühlten. Vielleicht war es ja auch eine der Katzen, die sich mir am Morgen gezeigt hatte und den wachsamen Augen der Spurensicherung entgangen war. Der Druck in meiner Blase stieg an.

Ich wagte einen kurzen Blick auf mein Telefon. Drei weitere Minuten waren verstrichen.

Immer noch nichts.

Zweifel regten sich in mir.

»Du drehst langsam durch, begreifst du das denn nicht?«, zischte eine Stimme in mir.

Konnte sie recht haben? Täuschte ich mich? War ich verrückt geworden zu denken, dass er zu so etwas imstande war? Konnte es eine andere Erklärung dafür geben? Zu meinen Zweifeln mischte sich die Sorge, dass ich mächtige Probleme bekommen würde, wenn man mir draufkäme, dass ich in dieses von der Polizei versiegelte Haus eingebrochen war – denn es hatte längst absolut keine Bedeutung mehr, dass ich in meinem früheren Leben hier aufgewachsen war, gelacht, geliebt, meine Mutter geküsst und diesen Ort mein Zuhause genannt hatte.

Weitere zwei Minuten lang hockte ich in meinem Versteck, ohne dass etwas passierte. Meine Selbstzweifel wurden immer schlimmer. In meinem Rücken regte sich ein schmerzhaftes Ziehen. Aber schlimmer war das Stechen in meinem Unterleib. Lange würde ich es nicht mehr aushalten!

Du bist verrückt, einfach nur verrückt!, warf ich mir im Stillen selbst an den Kopf. Was hast du dir nur dabei gedacht? Du hast alles nur noch schlimmer gemacht! Wer soll dir jetzt noch glauben?

Noch eine Minute verharrte ich, ohne dass sich etwas tat.

Der Harndrang trieb mir zunehmend Tränen in die Augen.

Aus, Schluss jetzt! Es war von Anfang an eine idiotische Idee gewesen hierherzukommen! Ich sollte zusehen, dass ich so schnell wie möglich wieder von hier verschwand. Gut möglich, dass der Streifenwagen bald zurückkehrte. Nicht auszudenken, wenn ich entdeckt würde! Ich hatte mich entschieden. Wohl auch, weil ich es immer noch nicht wahrhaben wollte.

Ich wollte mich gerade hochstemmen. Konnte es kaum noch erwarten, endlich meine Blase zu entleeren.

Da hörte ich es: das Schaben und Klappern an der Hintertür.

Und ich hatte Gewissheit, dass ich recht hatte.

Mein Puls schoss mit einem Schlag in lichte Höhen. Ich hielt vor Aufregung die Luft an, spannte meinen ganzen Körper an. Und jeder Gedanke an meine Blase war verflogen.

Die Hintertür wurde geöffnet.
Kurzes Zögern.
Dann Schritte. Und der Lichtkegel einer Taschenlampe.
Und auf einmal erschien er im Türrahmen.

44

Freitag, 22. Oktober 2009, 20.39 Uhr
Drei Stunden und 44 Minuten bis zum Mord

Claudia begriff, dass sie einen Fehler gemacht hatte. Sie hatte nicht bedacht, dass sie zur Sicherheit einen Hausschlüssel abgegeben hatten. »Für den Notfall.« Damals hatte sie natürlich nicht geahnt, dass genau das zu einem solchen führen würde.

»Sag schon, wen hast du denn erwartet?«

»Wie bist du ins Haus gekommen?«, fragte sie, obwohl sie die Antwort längst wusste. Sie hoffte bloß, Zeit zu gewinnen.

»Die Tür war offen.«

»Das stimmt nicht!«

In Wirklichkeit hatte Claudia keinen blassen Schimmer, ob sie abgesperrt hatte oder nicht. Sie vermochte gerade keinen klaren Gedanken zu fassen.

»Oh, dann muss ich wohl einen Schlüssel haben.«
»Warum hast du …?«
»Ich finde, dass *du* jetzt ein paar Fragen beantworten solltest«, unterbrach er sie scharf.
»Bitte, geh!«
»Das würde dir wohl so passen, was?«
»Verschwinde aus unserem Haus!«
Er grinste abschätzig.
»Und leg das Messer weg!«
»Hast du etwa Angst vor mir?«
»Gib das her!« Sie wollte es ihm entreißen, aber er stieß sie kraftvoll von sich. »Spinnst du?«, entkam es ihr aus einem Reflex heraus. Erst dann setzte die Angst ein.
»Also, wen hast du denn erwartet?«
»Ich werde mit dir jetzt sicher nicht …«
»Und ob du wirst!«, schrie er sie an.
Sie zuckte zurück.
Er kam ihr nach. Packte sie am Oberarm.
»Du tust mir weh!«
Er kam ganz nah an sie heran, flüsterte ihr ins Ohr: »Und was, wenn ich genau das will?«
Seine Alkoholfahne ekelte sie an. Wie damals, als er ebenfalls viel zu viel intus gehabt hatte und sie angemacht hatte. Betatscht. Und ins Ohr gehaucht, dass es doch ihr kleines Geheimnis bleiben könnte. Damals hätte sie sich am liebsten auf der Stelle übergeben. Und allen erzählt, was für ein widerwärtiges Schwein er war. Nur Jana und Gabi zuliebe hatte sie darauf verzichtet.
»Lass mich los, verdammt, oder ich rufe die Polizei!«
»Dass ich nicht lache!«
»Verschwinde!«
Er packte sie noch fester.
Da ergriff sie Panik.

Und alles passierte ganz schnell: Sie hatte keine Zeit zu überlegen. Handelte rein aus Reflex. Entdeckte im Augenwinkel die Pfanne zu ihrer Rechten. Griff danach, packte sie. Und zog ihm eins über. Ein metallisches Dong. Er schrie auf. Ließ von ihr ab. Jedoch nur, um ihr ins Gesicht zu schlagen – so wuchtig, dass mit dem Klatschen ein Pfeifen in ihren Ohren ertönte.

Einen Augenblick lang sah sie Sterne.

Aber schon eine Sekunde später holte sie der Schock zurück ins Hier und Jetzt. Weil ihr Blick wieder das Messer in seiner Hand eingefangen hatte.

Sie wollte gerade lauthals losbrüllen und um Hilfe schreien. Da passierte plötzlich etwas völlig Unverhofftes:

Jana erschien in der Küche, ohne von ihrer tragbaren Computerkonsole aufzusehen. Sie war so sehr davon gefesselt, dass sie nicht einmal aufsah, als sie den Raum betrat und sie beide nicht wahrnahm. Ihre Tochter ging zum Kühlschrank, öffnete ihn, tippte noch ein paar Sekunden lang hastig an dem Gerät herum, fluchte und ließ erst jetzt von ihrem Spiel ab.

»Haben wir keinen Joghurt mehr?«, rief sie, ohne sich so wirklich im Kühlschrank umgesehen zu haben.

Plötzlich erschrak sie. Sie hatte erst jetzt begriffen, dass sie nicht alleine war. Und ihre Augen wurden ganz groß. Sie nahm die Kopfhörer aus ihren Ohren.

»Hallo.«

»Hallo«, bemühte Erik sich, sich freundlich zu geben und die Fassung zu wahren.

»Hab dich gar nicht gehört«, sagte sie.

»Onkel Erik hat nur ein Werkzeug von Papa zurückgebracht und wollte gerade wieder gehen«, nutzte Claudia die unverhoffte Gelegenheit.

Er rieb sich die Schläfe, starrte sie hasserfüllt an. Seine Kieferknochen mahlten.

»Das wolltest du doch, nicht?«, bekräftigte Claudia.

Er legte das Messer auf die Kücheninsel. »Ja, genau das wollte ich.«

45

»Wusste ich es doch!«

Ich sprang aus meinem Versteck und aktivierte gleichzeitig die Taschenlampen-Funktion auf meinem Telefon. In der Hektik fiel es mir beinahe aus der Hand.

Kurt schrie auf vor Schreck. Zuckte zurück. Und hielt sich die Hand vors Gesicht, weil ihn das grelle Licht blendete.

Obwohl er jetzt auch mir direkt ins Gesicht strahlte, konnte ich ihm ansehen, dass er hin- und hergerissen war – zwischen mir und jener Stelle, an der zuvor noch seine Weste gelegen hatte. Die ich aber längst an mich genommen und versteckt hatte.

»Suchst du etwas?«

Ich versuchte, mich tough zu geben. Mir meine Enttäuschung und die Angst nicht anmerken zu lassen. Aber ich konnte hören, dass meine Stimme zitterte. Mein Herz schlug mir bis zum Hals.

Ich sah ihm an, wie er zu verstehen begann. Und seine Gesichtszüge kollabierten.

»Wie konntest du nur?«, warf ich ihm voller Abscheu entgegen und musste dabei gegen die Tränen ankämpfen.
»Jana, was … was … wieso bist du hier?«
Er versuchte, die Fassung wiederzufinden.
»Weil ich ahnte, dass du kommen würdest.«
»Ich … ich …« Er brach ab.
»Ich habe so gehofft, dass ich mich irre.«
»Was … meinst du?«
»Hör auf, mich zu verarschen!«
»Jana, ich … ich verstehe nicht, ich …«
»Kurt, bitte!«, schrie ich.
Und damit begannen meine Tränen zu fließen.
Zwei, vielleicht drei Sekunden lang passierte nichts.
Dann seufzte er schwer.
»Hast *du* sie getötet?«, wollte ich wissen.
Er schwieg.
»Hast du?«
Er seufzte noch tiefer als eben.
»Ach Jana, Kleines, warum musstest du hierherkommen?«
»Du Lügner!«
Die Tränen wollten nicht aufhören zu fließen.
»Bitte, ich … Jana, ich …«
»Du hast mich angelogen!«
Kurzes Zögern. Dann: »Ja.«
»Du hattest gar keine Affäre mit meiner Mutter, richtig?«
»Nein, hatte ich nicht.«
»Warum hast du es dann behauptet?«
»Wie bist du dahintergekommen?«
Ich dachte gar nicht daran, ihm von den Briefen zu erzählen! Ich war es, die Antworten verdiente: »Warum hast du es gesagt?«
»Jana, bitte …«
»Warum?«

»Mein Gott, weil du mir den Floh ins Ohr gesetzt hast. Du selbst hast mir von der möglichen Untreue deiner Mutter erzählt.«
»Und?«
»Es hat perfekt in meine Geschichte gepasst.«
»Welche Geschichte?«
»Jana, bitte. Können wir das nicht einfach lassen und …«
»Sag schon!«
»Bitte. Lass uns das hier …«
»Rede!«
Vor lauter Tränen konnte ich kaum noch etwas sehen. Kurt machte plötzlich einen Schritt auf mich zu.
Ich schreckte zurück. »Bleib, wo du bist!«
»Bitte, du brauchst nicht …«
»Sag schon!«
»Es musste alles sehr schnell gehen, ich hatte nicht lange Zeit, mir alles gründlich zu überlegen. Du hast mir damit das perfekte Motiv dafür geliefert, weshalb dein Vater sich an mir rächen wollte. Es schien mir auf einmal alles stimmig, und ich habe meine Geschichte spontan angepasst.«
»Warum musste es schnell gehen?«
»Weil Sybille schon tot war.«
Das aus Kurts Mund zu hören, war, als wäre ich eben von einer Dampflok gerammt worden. Ich konnte es nicht fassen.
»Warum hast du sie getötet?«
»Jana, das ist doch jetzt egal.«
»Ist es nicht!«
»Doch, ist es! Wir beide sollten …«
»Warum?«
»Falls es dir ein Trost ist: Es war keine Absicht, es ist einfach passiert. Es war ein Unfall. Ich wollte niemals, dass es so weit kommt, ehrlich nicht.«
»Was ist passiert?«

»Das kann ich dir leider nicht sagen.«
»Wieso nicht?«
»Weil es nicht geht. Akzeptiere es!«
»Du weißt genau, dass ich das nicht kann. Du hast mich da mit reingezogen.«
»Ich wollte nie, dass dir etwas passiert, Kleines. Das musst du mir glauben. Bitte, lass es jetzt nicht so weit kommen. Können wir nicht einfach einen Schlussstrich ziehen?«
»Das kann doch nicht dein Ernst sein!«
»Lass uns diese Sache einfach vergessen. Bitte!«
Kurts weinerlicher Ton machte mich unglaublich wütend. In diesem Moment schossen mir Tausende Gedanken auf einmal durch den Kopf. Jeden Sekundenbruchteil drängte sich eine andere Frage in den Vordergrund und wollte beantwortet werden.
»Stimmt es überhaupt, dass du meinen Vater betrunken und blutverschmiert aufgelesen hast?«
»Nein.«
»Warum hast du das dann behauptet?«
»Weil ich dich dazu bringen musste, dass du heimkommst.«
»Weshalb?«
»Weil du Teil des Plans warst.«
»Welchen Plans?«
»Du solltest deinen Vater zum zweiten Mal anschwärzen.«
»Und woher wusstest du, dass ich das tun würde?«
»Weil ich alles so drehen würde, dass du gar keine andere Wahl haben würdest, als das zu tun.«
»Und ich war dein Alibi.«
Er nickte. »Ja, weil du bei mir übernachtet und bestätigt hast, dass wir beide im Wohnzimmer eingeschlafen sind.«
»Und was ist wirklich passiert?«
Ich hatte eine furchtbare Ahnung, wollte es aber nicht wahrhaben.

»Ich habe dir ein starkes Schlafmittel in dein Bier gemischt, und als du eingeschlafen bist, habe ich mich davongeschlichen.«

»Um was zu tun?«

»Ich hatte Sybilles Leiche im Wald versteckt, dann aber erkannt, dass ich den Plan anpassen musste, um keine Zweifel an der Schuld deines Vaters aufkommen zu lassen. In der letzten Nacht habe ich ihre Leiche aus dem Wald geholt und sie in euren Keller gebracht.«

»Und was hast du mit meinem Vater gemacht?«

»Ich hatte ihn zuvor unter dem Vorwand, dringend mit ihm über dich sprechen zu müssen, in den Wald zu eurer Wiese gelockt, und, ja …«

»Und?«

Er holte Luft. »Ich habe alles wie einen Selbstmord aussehen lassen.«

Ich war fassungslos. Völlig perplex. Ich hatte Kurts Worte zwar gehört, klar und deutlich. Aber ich verstand sie nicht. Es war einfach unglaublich. Und aus irgendeinem Grund hatte ich das Gefühl, dass Kurt selbst nicht so recht daran glaubte, was er da gerade von sich gab.

»Das stimmt doch nicht, oder?«

»Doch«, sagte er. »Genau so war es.«

Ich wollte ihn anfahren, ihm vorwerfen, dass er das größte und hinterhältigste Arschloch war, das mir jemals untergekommen war. Aber ich brachte kein Wort heraus.

»Du solltest ihn zur Rede stellen wollen und Sybilles Leiche im Keller finden.«

»Ich war bloß dein Spielball.«

»Aber du solltest keinen Schaden nehmen. Das wollte ich wirklich nicht, Kleines.«

»Hör auf, mich so zu nennen, verflucht!«

Ich weinte immer noch, doch inzwischen, weil ich so

unglaublich wütend war. Ich wollte weg von Kurt, konnte seinen Anblick nicht mehr ertragen. Aber ich hatte noch so viele Fragen, auf die ich Antworten brauchte. Mir wurde schwindlig.

»Und was war mit dem Brand?«

»Dem in meinem Haus?«

In all der Aufregung hatte ich gar nicht mehr daran gedacht, dass es ja gerade schon wieder brannte.

»Den habe ich gelegt, nachdem ich zurück war und so lange Lärm gemacht habe, bis du endlich aufgewacht bist. Die Beule am Kopf hatte ich mir schon vorher selber zugefügt. Ich musste mich nur noch auf den Boden legen, mich bewusstlos stellen und von dir gefunden werden.«

Das ... das war alles so unglaublich! So surreal!

»Jana, wir haben leider nicht mehr viel Zeit. Ich denke, die Streife wird bald zurückkommen.«

Genau darauf hoffte ich inständig.

»Bitte lass uns von hier verschwinden und alles in Ruhe ...«

»Hast du den Brand jetzt auch gelegt?«, fiel ich ihm ins Wort. Ich brauchte noch Antworten, bevor es zu spät sein würde.

»Ja.«

»Weil du die Weste holen musstest.«

Er nickte. »Ich hatte Angst, dass Viktor sie wiedererkennen würde. Das wäre zwar kein so großes Problem gewesen, weil ich sie ja genauso gut auch wann anders hier vergessen haben konnte. Aber ich musste einfach jedes Risiko beseitigen – und du hattest mich ja am Vorabend darin gesehen.«

»Garantiert existieren doch längst Fotos von jedem Winkel hier.«

»Ja, wahrscheinlich. Aber die sind egal, weil du sie wohl niemals zu Gesicht bekommen hättest.«

Was Kurt mir da erzählte, war einfach nicht zu glauben. Mir fehlten schlichtweg die Worte.

»Diese verdammte Weste«, fluchte er und rieb sich mit der freien Hand das Gesicht.

»Wieso war sie überhaupt noch hier?«

Er schnaufte. »Ja, warum wohl?«

Ich sagte nichts. Wartete darauf, dass er fortfuhr.

»Weil ich eben kein kaltblütiger Mörder bin. Hast du vielleicht eine Ahnung, wie anstrengend es war, Sybilles Leiche durch all diesen Scheißmüll hier in den Keller zu tragen? Außerdem stand ich unter Zeitdruck. Alles hat viel länger gedauert als gedacht. Du hattest zwar eine schöne Menge Schlafmittel intus, aber ich musste unter allen Umständen zurück sein, bevor du aufwachen würdest. Ich war komplett durchgeschwitzt und durcheinander. Ich habe gar nicht so richtig mitbekommen, dass ich sie mir ausgezogen und bloß meine Jacke wieder angezogen hatte. Ich habe sie schlichtweg vergessen und erst wieder daran gedacht, als du schon Sybilles Leiche entdeckt hattest. Ich wusste sofort, dass ich einen Fehler gemacht hatte. Ich musste die Nacht abwarten, um sie mir zurückholen zu können.«

»Deshalb das Feuer jetzt?«

»Ja.«

»Was hast du angezündet?«

»Das Hotel. Das braucht doch eh niemand mehr.«

Ich brauchte einen Moment, um all das sacken zu lassen.

»Jana, wir haben jetzt wirklich keine Zeit mehr. Ich bitte dich eindringlich: Gib mir die Weste und lass uns diese Sache nicht ...«

»Wie konntest du nur? Nach all dem, was früher war?«

»Genau, du sagst es: was früher war. Wann hast du dich denn zuletzt bei mir gemeldet, hm? Oder einen meiner Anrufe entgegengenommen? Oder dich hier blicken lassen?

Freundschaft basiert auf Gegenseitigkeit. Es ist ein Geben und ein Nehmen. Und das gilt genauso für deinen Vater. Dreizehn Jahre lang war ich der Einzige, der sich noch mit ihm abgegeben und zu ihm gehalten hat. Und was tut er? Er hintergeht mich!«

»Was meinst du?«

»Er wusste ganz genau, was ich für Sybille empfand. Er hat mitbekommen, wie ich litt, nachdem sie Schluss gemacht hatte. Und er hat mitbekommen, wie sehr ich mich nach ihr sehnte.«

»Ihr wart zusammen?«

»Ja, ein halbes Jahr. Bis sie mich verließ.«

»Und was hat das mit meinem Vater zu tun?«

»Dein Vater wusste das alles. Und dennoch fingen die beiden etwas miteinander an!«

»Was?«

»Ja, kannst du dir das vorstellen? Sie hat einen Messie mir vorgezogen! Und dein Vater erst! Was für ein Verrat! Du kannst dir nicht vorstellen, wie lächerlich ich mir vorkam, als ich die beiden zusammen gesehen hatte. An der anderen Uferseite hatten sie sich heimlich getroffen. Mann, du glaubst nicht, Jana, was ich in diesem Moment gefühlt habe!«

Ich wusste nicht, was ich davon halten oder darauf sagen sollte. Oder ob ich Kurt noch irgendetwas glauben konnte. Trotz seines Geständnisses und meiner Überforderung wirkte das alles nicht so ganz schlüssig.

»Sie hat ihn also gar nicht mehr für den Täter gehalten?«

»Offensichtlich nicht!«

»Aber ...« Ich rang nach Worten. Versuchte, auch nur einen der unzähligen wirren Gedanken in meinem Kopf zu greifen.

»Aber ich tue es! Ich glaube sehr wohl, dass dein Vater deine Mutter ermordet hat. Er ist es gewesen, garantiert!«

»Weißt du etwas?«

»Das tut nichts zur Sache!«

Ja, das tat es tatsächlich nicht. Ich hatte genug gehört. War davon überzeugt, dass Kurt hinter allem steckte. Auch hinter dem Mord an meiner Mutter. Garantiert würde ich auf keine seiner Täuschungen mehr reinfallen.

»Jana, bitte gib mir jetzt die Weste und lass uns …«

»Den Teufel werde ich tun!«

»Jana, bitte, du musst mir glauben: Ich wollte niemals …«

»Lass uns zur Polizei gehen und alles regeln.«

»Es gibt nichts mehr zu regeln. Ich kann nicht mehr rückgängig machen, was passiert ist.«

»Dann musst du mit den Konsequenzen leben!«

»Das tue ich. Aber ich werde nicht ins Gefängnis gehen.«

»Doch, das wirst du!«, sagte ich und dann: »Gut, das reicht!«

Kurt begriff nicht. »Was meinst du?«

»Hast du alles?«, fragte ich.

Chris kam mit einem Stöhnen aus seinem Versteck. »Alles aufgezeichnet«, sagte er und hielt sein Handy hoch, bei dem er nun ebenfalls die Taschenlampenfunktion aktivierte. In der anderen Hand hielt er ein großes Küchenmesser, als wollte er damit sagen: Versuche es erst gar nicht!

Mein Plan war aufgegangen. Ich hatte mit meinem Verdacht nicht einfach zur Polizei gehen können. Kurt hatte es ja selbst gerade gesagt: Sein Bruder und alle anderen, die ja mit meinem Vater zu tun gehabt hatten, wollten ihn hinter Gittern sehen. Viktor hatte nie einen Hehl daraus gemacht, von der Schuld meines Vaters überzeugt zu sein. Ich traute ihm sogar zu, dass er Spuren und Beweise vernichtet hätte, nur um den Kopf seines Bruders aus der Schlinge zu ziehen und nicht sein Gesicht zu verlieren. Ich hatte Kurts Geständnis gebraucht. Hatte es ihm eigentlich alleine entlocken wollen und Chris gebeten fernzubleiben – weil ich tatsächlich so naiv war und immer noch ernsthaft daran glaubte, alles vernünftig klären zu können. Doch Chris hatte sich bloß schnell eine Jogginghose und eine Jacke übergezogen und war mir durch den Wald gefolgt. Ich hatte es erst bemerkt, als ich schon zur Hälfte durch das Kellerfenster geschlüpft war und das brechende Unterholz gehört hatte.

»Geh weg!«, hatte ich gezischt, um möglichst kein Aufsehen zu erregen.

Aber er war auf mich zugelaufen.

»Verschwinde von hier!«

Er hatte sich nicht davon abbringen lassen, bei mir zu bleiben. Und so hatten wir, ohne dass Chris überhaupt so recht gewusst hatte, worum es ging, meinen Plan spontan geändert.

Jetzt hatten wir Kurt alles entlockt, was es brauchte, um ihn zu überführen. Wir hatten ihn überlistet, er hatte verloren. Er würde das einsehen und begreifen, dass es vorbei war.

Das glaubte ich zumindest. Und sein schockierter Gesichtsausdruck, der nun von zwei Lichtkegeln eingefangen wurde, schien mir auch recht zu geben.

Aber dann musste ich plötzlich begreifen, dass ich einen Fehler gemacht hatte. Ich war mir meiner Sache zu sicher gewesen. Und war die ganze Zeit über davon ausgegangen, dass Kurt alleine hinter allem steckte. Und er vor allem auch alleine gekommen war.

Doch jetzt hörte ich auf einmal Schritte aus dem Flur. Und im nächsten Moment trat eine weitere Gestalt in mein Sichtfeld.

»Du?«, entkam es mir.

Und mein Herz setzte einen Schlag aus.

46

Simon erschien im Türrahmen – der Mensch, der für mich einst wie ein Bruder gewesen war. Und auf einmal hatte ich das Gefühl, dass alle Luft aus dem Haus gewichen war.

Mein ganzer Körper war in Alarmbereitschaft.

»Gib das Scheißtelefon her!«, fuhr er Chris an, den er mit einer Taschenlampe fixierte.

»Das hättest du wohl gerne«, gab Chris zurück, als hätte er die Pistole, die auf ihn gerichtet war, noch nicht entdeckt.

»Nimm die verdammte Waffe weg!«, schnauzte Kurt Simon an. »Hast du nicht schon genug damit angerichtet?«

Simon ignorierte ihn, machte einen Schritt auf Chris zu und drohte ihm: »Ich werde dich nicht noch einmal bitten.«

»Leck mich doch, du Arschloch!«, gab Chris zurück.

Plötzlich ging alles ganz schnell. Und die Situation eskalierte.

Chris hatte den Ernst der Lage offenbar unterschätzt. Anders konnte ich mir später nicht erklären, warum er auf einmal einen Satz auf Simon zu machte. Dieser zögerte keine Sekunde. Und schoss. Ob er Chris getroffen hatte, konnte ich nicht einschätzen. Chris fiel jedenfalls das Telefon aus der Hand, dessen Licht erstarb. Es gelang ihm aber noch, Simon zu Boden zu reißen. Und ehe ich begriff, waren die beiden schon rückwärts in einen der Müllberge gestürzt und rangen miteinander. Jetzt warf sich auch Kurt auf die beiden. Sie schrien, keuchten, kämpften. Es klirrte, schepperte.

»Hört auf!«, schrie ich sie an.

Weil ich unter Schock stand. Und immer noch daran glaubte, alles vernünftig klären zu können.

»Geht auseinander!«

Aber sie hörten nicht auf.

»Ich rufe die Polizei!«

Sie kämpften weiter.

Ich wollte sie trennen. Bekam Kurt zu greifen, doch der wand sich aus meinem Griff und stieß mich zurück. Also versuchte ich, Simon wegzuzerren. Doch der schlug um sich und rammte mir seine Faust in den Magen.

Mein Telefon entglitt mir und krachte zu Boden. Die Taschenlampe erstarb. Mir blieb einen Augenblick lang die Luft weg. Ich stolperte rückwärts. Wollte schreien, bekam vor Schmerz aber bloß ein Krächzen heraus.

Chris schrie auf vor Schmerz.

Erst jetzt packte mich die Panik.

Plötzlich kreischte auch Kurt.

Tausende Gedanken. Was tun?

Jeder der drei war stärker als ich. Ich hätte mich besser vorbereiten müssen. Hatte nichts zur Hand, das ich hätte als Waffe verwenden können. Hatte Chris sogar im Stillen belächelt, als der sich ein Messer gekrallt hatte, bevor er sich versteckt hatte. Ich hatte den Ernst der Lage schlichtweg unterschätzt. Weil ich bis zuletzt gehofft hatte, mit meinem Verdacht falschzuliegen. Oder Kurt zumindest zur Vernunft bringen zu können.

»Scheiße!«, schrie Simon.

»Nimm ihm das Messer weg!«, brüllte Kurt.

Jetzt war kaum noch etwas zu sehen. Nur noch eine Taschenlampe lag auf dem Boden und strahlte einen Umzugskarton an.

Und ich fand in der Hektik und der Dunkelheit ums Verrecken nichts, das ich als Waffe verwenden konnte. Auf gut Glück tastete ich nach der Arbeitsplatte, griff das Erste, was ich in die Finger bekam – einen Krug oder eine Vase. Und schleuderte sie in die Richtung, in der ich Simon vermutete.

Es krachte. Splitterte. Sonst passierte nichts.
Ich hatte ihn wohl verfehlt.
»Los, das Messer!«
Wieder ein schmerzverzerrter Schrei.
Gestöhne.
Ein weiterer Schrei.
»Hast du's?«
Nasses Gurgeln.
Da wusste ich, dass etwas Schlimmes passiert war.
»Chris?«
Er antwortete nicht.
»Ja, ich habe es!«, schrie Simon.
»Scheiße«, stöhnte Kurt.
»Was ist?«, wollte Simon wissen.
Röcheln.
»Oh Gott!«
Das klang nicht gut, ganz und gar nicht. Aber was auch immer da gerade vor sich ging, ich begriff, dass ich nichts dagegen tun konnte. Ich musste hier raus!
Ich drängte mich an ihnen vorbei.
»Halt sie auf!«, stöhnte Kurt.
Ich wollte aus der Küche rennen. Aber jemand, vermutlich Simon, stürzte sich auf mich, packte mich und riss mich um. Dabei verdrehte es mir den Fuß, und in meinem Knöchel entsprang ein stechender Schmerz. Zudem krachte ich mit der Schulter gegen die Wand und landete mit der Seite auf etwas Kantigem. Ich schlug und trat um mich. Simon verpasste mir einen Hieb, ich hatte mich gerade noch rechtzeitig ein wenig wegdrehen können. Doch er setzte nach. Packte mich an den Haaren, riss daran. Ich schlug um mich, traf ihn im Gesicht. Er ließ von meinen Haaren ab. Aber im nächsten Moment traf mich ein wuchtiger Faustschlag am Kehlkopf. Und eine Schmerzgranate explodierte in meinem Hals.

Mir blieb die Luft weg.
Ich griff um mich. Bekam etwas zu fassen, eine Glasflasche vermutlich. Und knallte sie Simon gegen den Kopf.
Es knackte dumpf.
Er schrie auf. Ließ von mir ab. Drehte sich zur Seite.
Ich raffte mich hoch.
Und rannte los.

47

Durch die offen stehende Hintertür hatte ich es hinaus ins Freie geschafft.
Doch jetzt?
Ich atmete schwer. Riss meinen Blick durch die nächtliche Umgebung. War voller Panik. Wollte um Hilfe schreien, brachte aber bloß ein Krächzen heraus. Die Schmerzen in meinem Kehlkopf trieben mir Tränen in die Augen. Der Schlag eben musste etwas Schlimmes angerichtet haben.
»Hi...«
Es hatte keinen Sinn!
Klappern und Scheppern in meinem Rücken. Ein Fluchen.
Ich fuhr herum. Sah eine Silhouette, vermutlich Simons, und den hektisch zuckenden Taschenlampenstrahl. Er schob

Müll zur Seite, stieg darüber, bahnte sich einen Weg durch den finsteren Hausflur zu mir. Kam schnell näher.

»Wo willst du hin?«, brüllte er, und jetzt wusste ich gewiss, dass es Simon war. Er leuchtete mir direkt ins Gesicht.

Scheiße!

Was tun?

»Glaubst du, du kommst hier weg?«

In der Ferne war das Feuer als orangeroter Schimmer zu erahnen. Ansonsten nichts als nebeldurchzogenes Schwarz.

Meine Gedanken überschlugen sich: Das Auto war keine Option. Ich hatte zwar den Schlüssel dabei, doch ich hatte ein gutes Stück weit abseits geparkt. Und selbst, wenn nicht: Das Öffnen, Einsteigen und Starten des Wagens würde zu lange dauern – bis dahin würde er mich leicht eingeholt haben. Also blieben mir nur zwei Möglichkeiten: die Straße hinunter ins Dorf. Oder in den Wald. Die Straße war beleuchtet, trotz des Nebels wäre ich leicht zu finden gewesen. Normalerweise wäre ich ihm wohl davongelaufen. Aber mit meinem verstauchten Knöchel war ich mir da nicht so sicher. Der Wald hingegen war finster und dicht.

Meine Entscheidung fiel binnen Sekundenbruchteilen. Ich musste ein Versteck finden.

Los!

Unter stechenden Schmerzen rannte ich auf den Waldrand zu. Presste die Augen zusammen. Hob die Arme schützend vors Gesicht. Und preschte durch das dichte Gestrüpp. Ich mied den Pfad zur Lichtung, um Simon die Verfolgung zu erschweren.

Unter meinen Schritten knackten Zweige. Äste, die in der Dunkelheit wie aus dem Nichts auftauchten, peitschten mir ins Gesicht. Kratzten an meiner Haut.

Mein Atem rasselte. Aber ich durfte nicht stehen bleiben. Musste weiter, weiter, weiter!

»Bleib stehen, verdammt!«
Ich riskierte einen Blick zurück. Er hatte jetzt ebenfalls den Wald erreicht. Kam immer näher.
Schneller!
Der Lichtkegel seiner Taschenlampe schnitt nur ganz knapp an mir vorbei. Oder hatte er mich bereits erfasst?
Mein Herz raste.
Plötzlich blieb ich mit meinem verletzten Fuß an etwas hängen. Und alles ging ganz schnell. Ich hatte keine Chance, den Sturz abzufangen. Und knallte mit dem Kopf gegen einen Stamm. Schmerz explodierte hinter meiner Stirn. Ich konnte Blut schmecken, weil ich mir auf die Zunge gebissen hatte.
Einen Augenblick lang war ich außer Gefecht gesetzt. Und sah Sterne.
Dann nahm ich trotz der Benommenheit seine Schritte wieder wahr. Das Brechen von Holz. Viel zu nah.
Los, auf! Sofort!
Ich stemmte mich vom Boden ab, zwang mich aufzustehen. Weiterzulaufen. Aber ich war unsicher auf den Beinen. Die Schmerzen waren schlimmer als zuvor. Die Dunkelheit um mich herum drehte sich. Warm lief es mir die Schläfe hinab.
»Du kannst mir nicht entkommen!«
Ich konnte es hören, er war jetzt direkt hinter mir.
»Hi...!« Ich brach ab, es schmerzte zu sehr. Versuchte es dennoch gleich noch einmal: »Hi...!«
Plötzlich wurde ich an den Haaren zurückgerissen. Mit einer solchen Wucht, dass ich glaubte, skalpiert zu werden. Ich verlor alle Körperspannung. Sofort schlang sich ein Arm um meinen Hals, nahm mich in einen festen Würgegriff. Die Schmerzen in meinem Kehlkopf waren überwältigend.
Mir blieb die Luft weg.

Ich zerrte an seinem Arm, aber ich war zu schwach. Ich schlug um mich, doch auch das half nichts. Ich trat nach hinten aus, mein Bein fuhr ins Leere.

Simons Stimme ganz nah an meinem Ohr: »Mach es nicht schwerer, als es ohnehin schon ist.«

Der Druck in meinem Kopf stieg an. Hitze breitete sich aus. Ein Kribbeln. Schwindel.

Es war zwecklos. Ich wollte gerade die Augen schließen. Mich meinem Schicksal fügen.

Aber ausgerechnet da tat sich eine kleine Lücke in der dichten Wolkendecke auf. Und auch der Nebel schien sich einen Augenblick lang zu lichten. Der Vollmond kam zum Vorschein und strahlte zwischen den Baumwipfeln hindurch auf uns hinab. Wie ein einsamer Scheinwerfer auf eine Kleintheaterbühne.

Es war wie ein Weckruf, der letzte Energiereserven in mir freisetzte.

Nicht aufgeben!

Ein letztes Aufbäumen. Ich nahm all meine Kräfte zusammen. Wand mich, schlug wie eine Verrückte um mich. Trat noch fester nach hinten aus. Landete einen Treffer. Und noch einen. Es gelang mir tatsächlich, den Druck um meinen Hals zu lockern.

Ich rang nach Luft.

Presste meinen Kopf zur Seite. Fühlte auf einmal seinen Unterarm an meinen Lippen.

Und biss zu.

Sein Schrei an meinem Ohr. Die Taschenlampe auf dem Boden. Faustschläge in meinem Nacken.

Aber ich ließ nicht ab, rammte meine Zähne noch tiefer in sein Fleisch. Und da war es fremdes Blut, das ich schmeckte.

Hoffnung keimte in mir auf.

Jedoch nur ganz kurz.

Denn auf einmal presste er mir seine Finger auf die Augen. Ich riss meinen Kopf hin und her und versuchte, mich aus seinem Griff zu befreien. Aber er ließ nicht von mir ab und drückte zu, immer fester. Bis die Schmerzen nicht mehr auszuhalten waren. Und ich von seinem Unterarm ablassen musste.

Jetzt ließ er endlich von meinen Augen ab.

Ich stolperte zur Seite. Schrie vor Schmerz. Krümmte mich. Presste die Augen zusammen. Drückte mir die Handflächen aufs Gesicht. Und war so abgelenkt, dass ich nicht mitbekam, was hinter mir passierte.

Plötzlich eine Schmerzexplosion an meinem Hinterkopf.

Erst verstand ich nicht. Ich duckte mich aus Reflex. Wollte mich in Deckung bringen. Taumelte. Hatte völlig die Orientierung verloren. Versuchte, etwas zu greifen zu bekommen. Mich auf den Beinen zu halten. Aber ich fuhr ins Leere.

»Hilfe!« Bloß ein gekrächztes Flüstern.

Da traf mich der zweite Schlag. Holz splitterte.

Und mir war klar, dass es vorbei war.

Ich bekam noch mit, dass ich auf die Knie sank. Vornüber kippte. Und ungebremst mit dem Gesicht auf dem nassen Waldboden aufschlug. Dass sich hoch über dem Nebel die massive Wolkendecke wieder vor den Mond schob.

Dann wurde es schwarz.

48

**Freitag, 22. Oktober 2009, 22:53 Uhr
Eine Stunde und 30 Minuten bis zum Mord**

Aus! Schluss!

Das war zu viel! Eriks Auftauchen und sein verstörender Auftritt hatten das Fass endgültig zum Überlaufen gebracht.

Nachdem er endlich verschwunden war, war Claudia in eine Art Schockstarre verfallen. All ihre Gedanken waren um die Frage gekreist, wie weit er wohl noch gegangen wäre, wenn Jana nicht zufällig aufgetaucht wäre. Erik war immer schon ein Mensch gewesen, der Konflikte eher mit der Faust als mit Worten gelöst hatte – das hatte sie oft genug von Gabi hören müssen. Aber dass er eines Tages auch ihr gegenüber handgreiflich werden würde, hätte sie nie gedacht. Sie zitterte am ganzen Körper, der Schreck saß ihr tief in den Knochen.

Sie konnte nicht einschätzen, wie lange sie einfach weiter in der Küche gestanden und vor sich hin ins Leere gestarrt hatte, nachdem Erik und Jana sie dort alleine zurückgelassen hatten. Ihr Herz hatte dabei so heftig gepocht wie noch nie zuvor in ihrem Leben. Erst als sie begriff, dass sie sich jeden Moment in die Hose machen würde, hatte sie es geschafft, sich aus ihrer Lethargie zu reißen.

Bis dahin waren ihre Gedanken diffus gewesen.

Jetzt hatte Claudia einen Entschluss gefasst: Sie würde gehen!

Sie hatte keine Ahnung, wohin und wie sie dort über die Runden kommen sollte. Aber das alles war zweitrangig. Wichtig war jetzt nur, dass sie so schnell wie möglich weg von hier und raus aus diesem verfluchten Tal kam. Wahrscheinlich würde sie zuerst einmal in die Stadt. Aber womöglich würde das nicht weit genug entfernt sein. Die Gefahr, dass sie sie dort schnell finden würden, war zu groß. Es wäre wohl besser, wenn sie noch weiter floh.

Jana hatte sie davon noch nichts gesagt. Weil sie bei der Frage, was besser für ihre Tochter sein würde, noch hin- und hergerissen war. Sollte sie an ihre Zimmertür klopfen, sie wecken und bitten, einfach mitzukommen? Sollte sie ihr erst im Wagen alles zu erklären versuchen? Sollte sie das Mädchen aus seiner gewohnten Umgebung reißen? Und seinem Vater entziehen? Hatte sie das Recht dazu? Hans war ja kein schlechter Mensch – es war schlichtweg nur so, dass sie ihn nicht mehr liebte, und das schon sehr lange nicht mehr. Oder sollte sie Jana lieber die ganze Wahrheit sagen und sie damit vor den Kopf stoßen? Bisher hatte sie ja alles darangesetzt, Jana nichts von ihren Problemen und ihrem Schmerz mitbekommen zu lassen. Sollte sie das jetzt tatsächlich ändern? Durfte sie ihrem Mädchen das Leben derart versauen? Und sie vor die Entscheidung stellen: Bei wem möchtest du bleiben? Deinem Vater oder deiner Mutter?

Claudia wusste nicht weiter. Hoffte die ganze Zeit über, während sie den großen Koffer mit dem Nötigsten packte, auf eine Eingebung. In gut einer Stunde etwa würde Hans von der Nachtschicht zurückkehren. Spätestens bis dahin wollte sie längst verschwunden sein. Die Uhr tickte also.

Aber ihre Gedanken waren ein einziger Brei.

Sie legte noch einen letzten Pullover auf den Kleiderberg ganz oben drauf, klappte den Deckel zu, doch er wollte nicht schließen, weil sie viel zu viel eingepackt hatte. Sie stopfte nach, stemmte sich mit vollem Gewicht darauf. Aber auch das half nichts. Also musste sie den Pullover und noch zwei weitere wieder rausnehmen. Dann klappte es endlich, und das Schloss schnappte ein. Aber die Erleichterung darüber hielt sich in Grenzen – sie hatte nicht einmal die Hälfte der Stücke, die sie unbedingt fürs Erste mitnehmen wollte, reingebracht. Sie würde noch den kleinen Reisekoffer aus dem Keller holen müssen.

Und so schlüpfte sie aus dem Schlafzimmer und schlich so leise wie möglich den Flur entlang. Sie konnte nicht einschätzen, ob Jana tatsächlich bereits schlief oder immer noch, mit den Stöpseln ihrer Kopfhörer in den Ohren, Computer spielte.

Claudia tapste die Treppe hinunter ins Erdgeschoss. Dabei wurde ihr bewusst, dass es sie ein wenig drehte. Vermutlich, weil sie schon seit Stunden nichts mehr getrunken hatte. Also schlich sie in die Küche, wo sie sich ein Glas mit Wasser volllaufen ließ und in einem Zug hinunterkippte. Ihr Blick fiel dabei beiläufig auf das Fenster, dessen Jalousien immer noch hochgezogen waren.

Ach du meine Güte!

Da war eine Gestalt, die vor dem Haus am Fenster stand und sie beobachtete.

49

Keine Ahnung, wie lange ich weggetreten war. Ich vermutete aber, dass es bloß einige Sekunden, höchstens ein paar Minuten gewesen sein konnten. Denn als ich wieder zu mir kam, lag ich immer noch auf dem feuchten Waldboden. Warmes Blut lief mir übers Gesicht. Ein Zweig oder ein Stein, so genau konnte ich das nicht sagen, piekte mir in die Wange. Doch ich wagte es nicht, mich zu rühren. Meine stockdunkle Umgebung drehte sich. Ein unfassbarer Schmerz dröhnte mir durch den Schädel, meine Augen tränten, das Atmen fiel mir schwer. Ich hörte meine Zähne klappern und bemerkte erst jetzt, dass ich am ganzen Körper zitterte – vor Kälte, vor allem aber aufgrund des Schocks. Und so sehr ich mich auch bemühte, es in den Griff zu bekommen, es wurde immer schlimmer. Ich betete, dass er es in der Dunkelheit nicht bemerkte.

Von meiner Position aus konnte ich Simon nicht sehen. Allerdings konnte ich hören, wie er hastig auf und ab oder im Kreis ging. Wie kleine Zweige unter seinen Schritten brachen. Und wie er schwer schnaufte und mit sich selbst redete.

»Scheiße! Scheiße! Scheiße!«, murmelte er, und nichts deutete darauf hin, dass er mein Aufwachen mitbekommen hatte.

Was auch immer mir in die Wange stach, der Schmerz wurde immer schlimmer. Ich hatte alle Mühe, dabei stillzuhalten.

Trotz meiner Benommenheit begriff ich, dass Simon alleine war und Kurt uns offenbar nicht gefolgt war. Auch von Chris war nichts zu hören. Ich musste an das nasse Röcheln denken und bekam dabei ein ganz mieses Gefühl.

Plötzlich blieb Simon stehen.

Und auch mein Herz setzte einen Schlag aus. Ich hielt die Luft an.

Eine gefühlte Ewigkeit lang passierte nichts.

Dann murmelte er etwas, was ich nicht verstand.

Mein Herzschlag hatte wieder eingesetzt und hämmerte jetzt wie verrückt. Mein Zittern wurde immer schlimmer.

Erneute Schritte.

Ich presste meine Augen mit aller Kraft zusammen. War

mir sicher, dass er auf mich zukam. Erwartete, jeden Moment einen Tritt oder einen Schlag abzubekommen. Doch dann wurde mir klar, dass sich die Schritte nicht näherten. Sondern er weiter auf und ab ging.

»Scheiße!«, schrie er noch lauter als zuvor. So als wollte er all seinen Frust damit loswerden.

Ich stellte mir vor, dass sein Hirn gerade ratterte. Und er eine Lösung suchte. Aber wusste er, dass ich nicht tot war? Glaubte er, meine Leiche verschwinden lassen zu müssen? Oder versuchte er gerade, sich zu überwinden, mir endgültig den Garaus zu machen? Egal. Ob Unentschlossenheit oder Unwissen, mir blieb nicht mehr viel Zeit. Meine Zähne klapperten jetzt richtig heftig. Keine Chance, es in den Griff zu bekommen. Bestimmt würde er es jeden Moment bemerken.

Ich brauchte eine Idee. Schnell!

Aber die Schmerzen in meinem Schädel erschwerten mir das Denken. Und auch mein Kehlkopf brannte, als wäre er unter dem Schlag eben in Hunderte kleine Teile zerbrochen.

Welche Möglichkeiten hatte ich denn? Um Hilfe zu rufen konnte ich vergessen – selbst wenn ich einen Ton herausgebracht hätte, hätte mich hier draußen niemand gehört. Sollte ich also blitzartig hochspringen? Davonlaufen? Oder ihn angreifen? Würde mir das schnell genug gelingen? Und hätte ich überhaupt eine Chance, ihn zu überwältigen? Wohl kaum.

Plötzlich kam mir ein noch viel beängstigender Gedanke: Hatte er seine Waffe dabei?

Egal wie ich es drehte und wendete: Die Situation schien ausweglos. Ich wusste nicht weiter.

Doch die Uhr tickte.

Ich hatte eben erfahren müssen, wozu er fähig war. Auch wenn ich noch nicht verstand, warum er zu einem solchen Monster geworden war und was überhaupt genau passiert war, war ich mir sicher, dass er mich töten würde, sobald er mitbekam, dass ich noch am Leben war – wenn auch nur, weil er gerade in massiver Panik war.

Vielleicht sollte ich ja …

Plötzlich, von einer Sekunde auf die andere, brannte es höllisch in meinem Hals. Ich presste meine Hände zu Fäusten und spannte meinen gesamten Körper an. Wollte mich ablenken. Aber ehe ich mich versah, hatte ich mich bereits geräuspert. Und Simon damit verraten, dass ich noch lebte.

Fuck!

Seine Schritte erstarrten.

Nein! Nein! Nein!

Es war vorbei!

Ich wusste: Was auch immer jetzt passierte und was auch immer ich jetzt machte, es würde meine einzige Chance bleiben. Meine Gedanken überschlugen sich. Ich hatte keinen Plan, nicht einmal einen vagen. Es war vielmehr eine spontane Eingebung, als ich etwas Unverständliches murmelte.

»Gott verdammt«, hörte ich ihn. »Tatsächlich.«

Ich rührte mich nicht. Stellte mir nur vor, wie er dastand und auf mich hinabblickte. Auf meine dunklen Umrisse.

Wieder zischte ich etwas, von dem ich selbst nicht wusste, was es heißen sollte. Jeder einzelne Laut fühlte sich an, als würde er meinen Kehlkopf endgültig zerstören.

»Was ist?«, fuhr Simon mich an.

Ich hörte ihn auf mich zukommen. In meinem Rücken, höchstens einen Meter entfernt, blieb er stehen.

»Was hast du gesagt?«

Ich schwieg. Nur meine Zähne klapperten wie verrückt.

Er stieß mit seinem Fuß gegen meine Hüfte.

»Nachricht … Polizei … wissen«, flüsterte ich, weil das die ersten Worte waren, die mir eingefallen waren. Und dann nuschelte ich noch irgendetwas.

Ich hörte, wie er um mich herumging, denn seine Knie

knackten. Ich öffnete die Augen. Und sah, dass er vor mir in die Hocke gegangen war.

»Welche Nachricht hat die Polizei?«

»Anruf«, murmelte ich, schloss wieder die Augen und gab mich noch schwächer, als ich war.

Es war verrückt! Würde niemals funktionieren!

»Was redest du? Wer hat die Polizei angerufen?«

Jetzt war er mit seinem Gesicht unmittelbar neben mir.

»Rede!«

»Wissen ... alles ...«, hauchte ich.

»Wer?«, schrie er. »Wer weiß alles?«

Gleich war es so weit. Mein Herz hämmerte so wild in meinem Brustkorb, dass es jeden Moment den Geist aufgeben würde.

Ich flüsterte. Keine Worte, nur Laute.

»Scheiße, sag schon!«

Ich öffnete die Augen.

Und sah, dass Simon noch näher an meine Lippen herangekommen war. Und dass er nur noch wenige Zentimeter entfernt war.

Da war sie: meine einzige Chance.

Ich setzte alles auf eine Karte.

Und biss erneut zu.

Er schrie auf. Da hatte ich ihm meine Zähne bereits tief in seinen Hals gerammt. Er brüllte wie am Spieß. Zerrte, schlug nach mir. Aber ich ließ nicht von ihm ab. Biss noch fester zu. Er boxte mir gegen den Schädel, dann heftig in den Magen. Und plötzlich hatte ich ein großes Stück Fleisch in meinem Mund.

Er kreischte sich die Seele aus dem Leib, stolperte zurück.

Ich hatte mit dem Schlag zu kämpfen, spuckte das Fleisch und all das Blut aus. Rang nach Luft.

»Du Miststück, du Scheißschlampe!«, schrie er und noch viel mehr. Dabei presste er sich beide Hände auf den Hals.

Selbst im Dunkeln konnte ich all das Blut sehen.

Ich war am Ende. Wäre am liebsten einfach umgefallen und eingeschlafen. Aber ich wusste, dass es noch nicht vorbei war. Und dass ich es zu Ende bringen musste.

Ich nahm all meine Kräfte zusammen. Unterdrückte die Schmerzen. Stemmte mich vom Boden ab. Raffte mich auf meine Knie. Sah den massiven abgebrochenen Ast vor mir – vermutlich jenen, mit dem er mich zuvor bewusstlos geschlagen hatte. Ich griff ihn. Und kämpfte mich damit hoch.

Simon hatte immer noch beide Hände auf seinen Hals gepresst. Er brüllte. Krümmte sich. Versuchte, auf seine Beine zu kommen, schaffte es aber ohne seine Arme nicht. Er stieß sich mit den Beinen ab, um rückwärts von mir wegzukommen.

»Ich bring dich um, du Fotze!«

Ich folgte ihm. Holte mit dem Ast aus. Bekam ihn, geschwächt wie ich war, gerade so hoch.

»Du bist tot!«, schrie er mir entgegen.

Das Bild meiner blutüberströmten Mutter blitzte vor meinem geistigen Auge auf.

Ich schlug zu.

50

Ich war mit meinen Kräften am Ende, konnte mich kaum noch auf den Beinen halten. Und schleppte mich dennoch immer weiter und weiter. Der stockdunkle, nebelverhangene Wald drehte sich dabei um mich herum. Äste und Zweige schienen aus dem Nichts auf mich zuzuschießen und dann doch wieder im letzten Moment zurückzuzucken und in der Dunkelheit zu verschwinden. Der Waldboden fühlte sich an, als wankte er unter meinen Schritten. Wurzeln und Unebenheiten schienen ständig in Bewegung. Ich stolperte, vermied gerade noch so einen Sturz. Aber schon ein paar Schritte weiter stolperte ich erneut, und dieses Mal konnte ich den Sturz nicht vermeiden.

Gott, wie gerne wäre ich einfach dort liegen geblieben. Aber ich durfte keine Zeit verlieren. Musste zurück.

Komm schon, weiter!

Ich kämpfte mich wieder hoch. In meinem Schädel dröhnte und wummerte es, mein Kehlkopf brannte furchtbar. Ich bekam nur schwer Luft, Schweiß und Blut liefen mir übers Gesicht. Aber ich trotzte meinen Schmerzen, durfte nicht stehen bleiben. Wagte es nicht, eine Pause einzulegen. Denn ich war voller Anspannung. Vor jedem dickeren Baumstamm, der meinen Weg kreuzte, zögerte ich. Weil ich Kurt dahinter befürchtete. Und ich Angst hatte, dass er plötzlich hervorspringen und über mich herfallen würde.

Immer wieder fuhr ich herum, weil ich glaubte, ein Geräusch unmittelbar hinter mir gehört zu haben. Dabei wusste ich doch ganz genau, dass Simon mir nicht folgen konnte.

Vorhin, als der Ast in meinen Händen bereits durch die

Luft geschnitten und auf ihn hinabgefahren war, hatte ich im letzten Moment, im allerletzten möglichen Sekundenbruchteil, meine Meinung geändert. Und von seinem Kopf abgelassen. Nicht, weil Simon es verdient hatte, verschont zu bleiben. Nein, vielmehr weil er es verdiente, bis an sein Lebensende hinter Gittern zu schmoren.

Er sollte nicht sterben.

Er sollte mir lediglich nicht folgen oder flüchten können.

Und deshalb hatte ich den Ast herumgerissen und auf sein Bein eingeschlagen. Auf sein Schienbein, um genau zu sein. Der Ast war gesplittert, es hatte grauenvoll geknackst. Simon hatte sich die Seele aus dem Leib gebrüllt. Und selbst im Finsteren war zu sehen gewesen, dass sein Schienbein gebrochen und sein Fuß in einem unnatürlichen Winkel abgestanden war.

So hatte ich ihn zurückgelassen.

Seine Pistole hatte ich auf dem Waldboden gefunden. Obwohl ich solche Dinge nur aus dem Fernsehen kannte, hatte ich begriffen, dass das ein Schalldämpfer gewesen war, den er auf den Lauf geschraubt hatte. Und mit dieser Erkenntnis hatte sich mir die Frage aufgedrängt, ob er bei meiner Flucht gar auf mich geschossen hatte. Und ob ich die gedämpften Schüsse in der Hektik bloß nicht gehört hatte.

Der Gedanke hatte mir plötzlich eine solche Angst eingejagt, dass ich die Pistole im hohen Bogen fortgeworfen hatte. Aber noch während sie durch die Luft geflogen war, hatte ich diese Dummheit bereut. Denn ich hatte zwar gewusst, dass Simon mir nicht mehr würde folgen können. Doch ich hatte keine Ahnung, was mich auf dem Rückweg und in meinem Elternhaus erwarten würde.

Mit dieser Angst im Nacken schleppte ich mich jetzt weiter. Der Rückweg schien kein Ende zu nehmen. Doch irgendwann hatte ich endlich völlig entkräftet den Waldrand erreicht. Und mein Elternhaus inmitten dichter Nebelschwaden erblickt.

Still lag es da, unscheinbar. Als wollte es wie jedes andere Haus auch hier im Tal sein. Als wollte es den Schrecken, den ich darin vermutete, verbergen. Nur die Tatsache, dass die Hintertür, durch die Simon und ich zuvor hinausgepresscht waren, noch immer offen stand, ließ vermuten, dass hier etwas ganz und gar nicht stimmte.

Ich verharrte noch einen Augenblick lang im Schutze eines Gestrüpps. Zögerte. Lauschte. Ließ meinen Blick über das Grundstück und die Umgebung streifen. Versuchte, im Nebel eine Gestalt zu entdecken – Chris, der Kurt überwältigt und sich ins Freie gerettet hatte und nach mir suchte.

Aber alles war still.

Nichts und niemand regte sich.

Keine Spur von Chris.

Insgeheim ahnte ich natürlich längst, warum er es nicht hinausgeschafft hatte. Aber ich wollte es nicht wahrhaben, drängte die Angst davor mit aller Macht zurück. Wollte mich nicht von ihr lähmen lassen.

Und so schob ich das Gestrüpp zur Seite, trat aus dem Wald und schleppte mich auf die Hintertür zu. Das Schweigen des Nebels dröhnte mir dabei so ohrenbetäubend laut durch den Verstand, dass ich keinen Zweifel mehr daran hatte, dass mich im Haus ein furchtbares Unglück erwartete.

51

Als ich ein paar Minuten später wieder aus dem Haus trat, wusste ich nicht so recht, was ich tun sollte. Mein Kopf war leer, ich konnte kaum einen klaren Gedanken fassen. Also schleppte ich mich an die Vorderseite des Hauses und setzte mich, mit dem Rücken an die Eingangstür gelehnt, auf den Boden. Wahrscheinlich zitterte ich und vermutlich weinte ich, aber mit Sicherheit konnte ich das später nicht mehr sagen. Auch nicht, ob ich bloß zwei Minuten dagesessen hatte oder zehn oder gar noch länger.

Erst als da dieses Knistern aufkam, fand ich allmählich wieder zu mir. Anfangs war ich mir nicht sicher, weil das Blut in meinen Ohren immer noch rauschte wie die Wassermassen eines gewaltigen Stroms. Aber das Geräusch wurde lauter und kam immer näher. Und da begriff ich, dass es das Knirschen des Schotters war, weil ein Wagen die Auffahrt zum Haus hochkam.

Im nächsten Moment sah ich auch schon die Nebelscheinwerfer, die durch das trübe Weiß schnitten. Der Wagen kam um die letzte Kurve und hielt gut 20 Meter vom Haus entfernt. Das grelle Licht hatte mich erfasst und ließ nicht mehr von mir ab.

Ich hielt mir die Hand vors Gesicht, schielte zwischen meine Finger hindurch. Und glaubte zu erkennen, dass es sich um einen Streifenwagen handelte.

Der Motor erstarb, aber die Lichter strahlten mich weiter an. Die Fahrertür ging auf. Eine Gestalt schälte sich aus dem Wagen.

»Wer sind Sie?«, rief ein Mann, und ich glaubte zu erkennen, dass er seine Waffe gezogen und auf mich gerichtet hatte. »Was machen Sie hier?«

Ich antwortete nicht.

»Sie dürfen nicht hier sein!«

Er kam auf mich zu.

»Stehen Sie auf und nehmen Sie die Hände hoch!«

Er hatte mich fast erreicht. Und erst jetzt, als ich mir sicher war, dass es sich tatsächlich um einen Polizisten und vor allem nicht um Viktor handelte, krächzte ich ein »Hilfe!« hervor.

Das hatte mich meine letzte Kraft gekostet. Ich konnte die Hände nicht länger vor meinem Gesicht halten und ließ sie sinken.

»Jana?«, hörte ich den Polizisten.

Aber selbst als er mich erreicht hatte und vor mir in die Hocke ging, wusste ich nicht, wer er war.

»Du darfst nicht hier sein!«, sagte er.

»Sie ... sie sind tot«, brachte ich heraus, und plötzlich war der Druck hinter meinen Augen so groß, dass alle Dämme brachen und ich bitterlich zu weinen begann.

»Wer ist tot?«, wollte er wissen.

»Kurt und Chris.«

EINIGE TAGE SPÄTER

52

Die nächsten Tage stand ich unter Schock und erlebte alles wie in Trance. Alles war so grell und laut und gleichzeitig nur fahl und dumpf. Ich weinte viel, konnte oft gar nicht mehr aufhören. Versuchte zu begreifen. Und einen Sinn hinter all dem Schrecken der letzten Tage zu finden. Aber so sehr ich es auch versuchte, es wollte mir einfach nicht gelingen. Ich brachte kaum einen Bissen runter, weil mir schon beim Gedanken, etwas in meinem Mund zu haben, speiübel wurde. Egal wie oft ich mir die Zähne putzte oder den Mund ausspülte, ich glaubte immer noch, Simons Fleisch und sein Blut zu schmecken. In den Nächten schlief ich kaum, weil meine tiefschwarzen Gedankenstrudel mich nicht zur Ruhe kommen ließen. Und blutverschmierte Sequenzen unaufhörlich hinter meinen geschlossenen Lidern aufblitzten. Dafür war ich tagsüber so erschöpft, dass ich immer wieder einnickte oder mich einfach nur aus meiner Umgebung ausklinkte. Sogar dann, wenn gerade jemand mit mir sprach – Kriminalpolizisten zum Beispiel, die Psychologin, die man mir aufgedrängt hatte, der ich aber gar nicht richtig zuhörte, oder der örtliche Pfarrer, der mir ständig versicherte, meinen Schmerz zu verstehen. Ich bekam zwar mit, was mit mir passierte, aber irgendwie erreichte das alles meinen Verstand erst viel später.

So richtig setzte meine Erinnerung erst wieder am Tag meiner geplanten Abreise ein, als ich im Krankenhaus im Zimmer meines Vaters saß. Ein paar Stunden zuvor hatte ich einen Anruf von einem Arzt bekommen, der mir mitgeteilt hatte, dass sich der Zustand meines Vaters nun so weit verbessert hatte, dass sie ihn im Laufe des Nachmittags aus dem künstlichen Tiefschlaf aufwecken würden. Trotz des enormen Blutverlustes würde er wohl keine bleibenden Schäden davontragen. Ich könnte an seiner Seite sein, wenn er aufwachte.

Und so saß ich da auf diesem unglaublich harten und unbequemen Holzstuhl und wusste immer noch nicht so recht, ob ich das wirklich wollte. Ich betrachtete meinen Vater. Mit schweißnassen Händen und abgebissenen Fingernägeln. Zitternd und mit den Tränen kämpfend. Sah, wie er sich allmählich regte, stöhnte und wirres, unverständliches Zeug murmelte. Wie seine Augen hinter den Lidern zu hetzen begannen. Und seine Gesichtsmuskeln immer heftiger zuckten. Wie er sich den Vollbart kratzte und die Brust.

Um mich abzulenken, blickte ich immer wieder zum Fenster. Aber das war mit feinem Sprühregen gesprenkelt, und dahinter war nichts als trostloses Grau auszumachen. Ich sehnte mich nach einem Sonnenstrahl.

Während mein Vater langsam zurück ins Hier und Jetzt fand, musste ich daran denken, was mir die Ermittler über die Hintergründe der Schreckenstaten von Kurt und Simon berichtet hatten. Und ich fragte mich, ob mein Vater es als Fluch oder Segen empfinden würde, dass er überlebt hatte.

Simon hatte zwar eine enorme Menge Blut verloren, aber er hatte überlebt. Zum einen war ich wütend darüber und auf mich selbst – weil ich mich in der Nacht im Wald dazu entschlossen hatte, ihm diese Chance, die er nicht verdient hatte, zu geben. Zum anderen war ich aber auch froh darüber, weil ich dadurch Antworten bekommen hatte.

Offenbar hatte Simon gestanden, schon länger ein Alkoholproblem zu haben. Zwei Wochen zuvor war er schwer alkoholisiert zum Wildern in den Wald gegangen. Dort hatte er sich auf die Lauer gelegt und weitergetrunken – so lange, bis er eingeschlafen war und erst wieder von dem Geräusch von brechendem Unterholz aufgewacht war. Er behauptete, sich nicht mehr an alle Einzelheiten erinnern zu können. Aber vermutlich hatte er erst gar nicht lange nachgedacht. Den Hirsch, was sollte es sonst sein, ins Visier zu nehmen versucht, ihn jedoch nicht gefunden, bloß eine Bewegung hinter Blättern, Ästen und Zweigen ausgemacht und abgedrückt. Schnell nachgeladen. Und noch einmal geschossen.

Dann waren die Schritte verstummt.

Und erst dann hatte er sich die müden und vom Alkohol verblendeten Augen gerieben, sich vom Boden hochgestemmt, sich vor Übelkeit beinahe übergeben und sich aufgemacht, um den erlegten Hirsch zu begutachten. Dabei war sein Schwindelgefühl immer schlimmer geworden, er hatte sich immer wieder an Baumstämmen abstützen müssen und alle Mühe dabei gehabt, nicht von der Richtung, in der er seine Beute vermutet hatte, abzukommen. Auch wenn ihm in diesem Moment schon alleine beim Gedanken an Essen übel geworden war, hatte er sich auf eine Heidenarbeit eingestellt. Und sich auf ein stattliches Abendessen in den nächsten Tagen gefreut.

Doch den Hirsch hatte er nie gefunden.

Dafür Franziska, die trotz allmählich einsetzenden Nebels ihre Laufrunde durch den Wald gedreht hatte. Und die nun vor ihm gelegen hatte. In ihren Laufklamotten – grün und grau und schwarz, sodass sie kaum von der Umgebung zu unterscheiden gewesen war.

Regungslos.

Getötet durch einen Kopfschuss.

Jetzt hatte Simon sich tatsächlich übergeben, es war regelrecht aus ihm herausgeschossen. Er hatte sich gerade noch rechtzeitig abwenden können, um Franziskas Leiche zu verschonen.

Erst als er sich gefangen hatte, war ihm die Panik eingeschossen. Er war einfach nach Hause gelaufen und gestolpert und hatte sich dabei immer wieder übergeben müssen. Daheim hatte er sich nicht anders zu helfen gewusst, als sich im Bett zu verkriechen und erneut zu betrinken. Erst am nächsten Morgen, nachdem er seinen Rausch ausgeschlafen hatte und der Kater so richtig eingefahren war, hatte er seinen Vater um Hilfe gebeten.

Kurt hatte ihm daraufhin geholfen, den Unfall zu vertuschen und Franziskas Leiche an einer anderen Stelle im Wald, einer, an der nicht die eingetrocknete Kotze seines Sohnes auf dem Waldboden geklebt hatte, zu vergraben.

Seit ich diese Details erfahren hatte, hatte ich immer wieder Kurts Worte im Ohr, als er mir über die Zeit nach dem Tod seiner Frau erzählt hatte: »Simon und ich waren von nun an alleine, und ich habe mir geschworen, ihn zu beschützen – unter allen Umständen, komme, was da wolle.«

So weit war er also gegangen. Und selbst das hatte nicht genügt.

Denn Sybille Dorn hatte gedroht, ihnen einen Strich durch die Rechnung zu machen. Sie hatte Verdacht geschöpft, weil sie die beiden mit Schaufeln, Hacken und Müllsäcken im Wald beobachtet hatte, als sie gerade kleine Äste und Zweige für ihre selbstgebastelten Esoterik-Artikel gesammelt hatte, die sie in ihren Wald-Meditationskursen hatte anbieten wollen. Erst dürfte sie sich nichts dabei gedacht haben, weshalb sollte sie auch? Sie hatte die beiden jedenfalls nicht darauf angesprochen. Aber später, als Franziska schon mehrere Tage verschwunden war, hatte sie begonnen, eine Verbindung zu vermuten. Sybille Dorn war in ihr altes Muster verfallen, hatte Lunte gerochen, eine ganz große Story. Sie war bei Simon aufgeschlagen, um ihn zur Rede zu stellen. Und sie hatte sich mit seinen widersprüchlichen Ausreden nicht zufriedengegeben, hatte nicht lockergelassen. Ihm sogar gedroht.

Und Simon war erneut in Panik geraten. Und keine Minute später hatte er bereits das zweite Menschenleben auf dem Gewissen gehabt.

Und wieder seinen Vater um Hilfe gebeten.

Kurt hatte gewusst, dass sich durch den zweiten Mord die Schlinge um ihren Hals enger gezogen hatte. Er hatte begriffen, dass sie eine endgültige Lösung brauchten, eine logische, die niemand hinterfragen oder anzweifeln würde.

Und so hatte er einen Plan geschmiedet, den er mir in groben Zügen bereits gestanden hatte. Nur dass er bei seinem Geständnis eben seinen Sohn völlig außen vor gelassen hatte – weshalb ich auch den Eindruck gehabt hatte, dass Teile seiner Geschichte nicht so ganz zusammenpassen wollten. Es war, als hätte selbst er nicht so recht daran geglaubt, was er mir über seine Schreckenstaten hatte weismachen wollen. Einiges war schlichtweg erfunden gewesen, weil er seinen Sohn hatte schützen wollen.

Ich konnte schwer einschätzen, wie Kurt tatsächlich zuletzt zu meinem Vater gestanden hatte. Ob sein Geschwafel von einer einseitigen Freundschaft ehrlich gemeint gewesen war oder bloß eine Ablenkung von Simon und den wirklichen Beweggründen seiner Taten. Oder eine Art Rechtfertigungsversuch für sich selbst.

Jedenfalls war es so, dass Simon in der Nacht, als ich bei Kurt übernachtet hatte, bereits ums Haus geschlichen war, um auf diesen zu warten. Dabei war er vor lauter Nervosität gegen die Regenrinne gelaufen – von dem Scheppern war ich kurz aus meinem einsetzenden Schlaf geschreckt. »Eine Katze wahrscheinlich«, hatte Kurt, der natürlich geahnt hatte, was, oder besser gesagt wer den Krach verursacht hatte, mir weiszumachen versucht, und mir vorgespielt, sofort wieder wegzudösen. »Oder ein Fuchs.«

Als ich dann schlussendlich eingeschlafen war, hatten die

beiden sich auf den Weg gemacht: Kurt, um Sybilles Leiche in den Keller meines Elternhauses zu bringen. Und Simon, um meinen Vater von dem Haus wegzulocken – an jene Stelle, deren Bedeutung für uns Kurt natürlich kannte.

Doch auch das hatte Simon vermasselt. Eigentlich hätte er nur beobachten sollen, ob mein Vater der anonymen Aufforderung, zu der Lichtung im Wald zu kommen, um wichtige Informationen zum Mord an seiner Frau zu erhalten, nachkam. Simon hätte Kurt lediglich warnen sollen, wenn mein Vater zu früh nach Hause zurückgekehrt wäre. Aber Simon war wieder betrunken gewesen, unvorsichtig und viel zu laut, als er ihm gefolgt war. Mein Vater hatte ihn hinter einem Gestrüpp nahe der Lichtung entdeckt. Er hatte ihn zur Rede stellen wollen. Und Simon war wieder in Panik geraten. Abermals hatte er sich nicht anders als mit Gewalt zu helfen gewusst – und meinen Vater bewusstlos geschlagen.

Nachdem Simon Kurt gestanden hatte, es schon wieder verbockt zu haben, hatten die beiden sich in der Hektik und dem Zeitdruck nicht mehr anders zu helfen gewusst, als meinem bewusstlosen Vater die Pulsadern aufzuschneiden und es nach einem Selbstmord, einer Verzweiflungstat, aussehen zu lassen. Weil mein Vater keinen anderen Ausweg mehr gesehen hätte.

Doch Kurt hatte es nicht übers Herz gebracht, meinen Vater zu töten, und hatte es Simon überlassen.

»Hör gefälligst auf zu flennen und bring es zu Ende!«, soll er ihn aufgefordert und die beiden alleine zurückgelassen haben.

Und Simon hatte einen weiteren Fehler gemacht, indem er die Pulsadern meines Vaters quer und nicht der Länge nach aufgeschnitten hatte. Und so sein Überleben gesichert hatte.

Kurt selbst konnte dazu nicht mehr befragt werden. Er hatte einen Streifschuss an der Schulter abbekommen. Erlegen war er aber einem tiefen Bauchstich.

Genauso wie Chris, der gleich vier tödliche Stichverletzungen abbekommen hatte und, mit Kurt verschlungen, in der Küche meines Elternhauses verstorben war – keine zehn Meter von jener Stelle entfernt, an der 13 Jahre zuvor meine Mutter ihren Verletzungen erlegen war.

Wäre mein Leben ein Film, dann hätte ich Chris nach meiner Rückkehr aus dem Wald wohl gerade noch in seinen letzten Atemzügen erreicht. Ich hätte mich neben ihm zu Boden gestürzt, hätte seinen Kopf in meinen Schoß gebettet, ihm über die schweißnasse Stirn gestreichelt und zugeflüstert, dass alles gut werden würde. Chris hätte mich dann ein letztes Mal angesehen und mit letzten Kräften gehaucht: »Ich liebe dich, Jana. Ich habe dich immer geliebt.« Dann hätte er für immer die Augen geschlossen, und seine Körperspannung hätte sich in nichts aufgelöst.

Aber mein Leben war eben kein Film.

Und deshalb hatte ich Chris nur noch tot aufgefunden.

Wie in meiner Vorstellung war ich neben ihm auf meine Knie gesunken. Doch ich hatte erst Kurt von ihm runterrollen müssen. Und all mein Rütteln und alles, was ich Chris in meiner Verzweiflung entgegengeschrien hatte, hatte nichts daran geändert, dass er ohne mich gestorben war.

So viele Fragen waren also geklärt. Nur die wichtigste von allen war immer noch offen: Hatte mein Vater meine Mutter getötet?

Als er jetzt in seinem Krankenbett zu blinzeln begann, mich erblickte und die Augen auf einmal ganz weit aufriss, wusste ich immer noch nicht, was ich glauben sollte. Konnte ich Simons Beteuerungen der Polizei gegenüber, wonach weder er noch Kurt etwas mit dem Mord an meiner Mutter zu tun gehabt hatten, trauen? Selbst wenn er in diesem Punkt ehrlich war: Woher sollte Simon wissen, was sein Vater vor 13 Jahren getan hatte? Schließlich wusste ja auch ich nicht, was mein Vater in jener verhängnisvollen Nacht getrieben hatte. Es war zum Verrücktwerden: Trotz des Horrors der letzten Tage war ich der Antwort auf die Frage meines Lebens scheinbar keinen Schritt nähergekommen.

»Hallo, Papa«, sagte ich, und mein Kehlkopf schmerzte immer noch gewaltig bei jedem Wort, das ich von mir gab.

Zum Glück war er nicht gebrochen, das hatten Untersuchungen ergeben. Dennoch war mein Hals noch immer geschwollen, und ich würde mich wohl noch lange schonen müssen.

»Was … was … machst du hier?«, fragte mein Vater und klang unglaublich erschöpft dabei.

»Ich glaube, das weißt du ganz genau. Wir müssen reden.«

53

Freitag, 22. Oktober 2009, 23.07 Uhr
Eine Stunde und 16 Minuten bis zum Mord

Es war der reinste Psychoterror!

Warum konnten alle sie nicht einfach in Ruhe lassen? Sah denn niemand, wie miserabel es ihr ging? Und dass sie doch selbst am meisten unter der Situation litt? Sich das alles niemals ausgesucht hatte? Und am Ende ihrer Kräfte war?

»Ich kann jetzt nicht«, sagte Claudia, gleich nachdem sie die Eingangstür einen kleinen Spaltbreit geöffnet hatte. Wäre es noch Tag gewesen, wäre sie niemals zur Tür gegangen. Aber jetzt wollte sie auf keinen Fall riskieren, dass Jana durch das energische Klopfen und Läuten etwas von ihrer misslichen Lage mitbekam.
»Und ob du kannst!«
»Bitte lass uns das Ganze …«
Claudia hatte keine Chance gegen die Wucht, mit der die Tür aufgestoßen wurde. Sie stolperte zurück.
»Würdest du bitte wieder das Haus verlassen!« Sie bemühte sich, leise zu sprechen und gleichzeitig bestimmt zu klingen.
»Wie kommst du dazu, derart auf Erik loszugehen? Der Arme hat nicht einmal …«
»Erik ist ein Arschloch!«
Klatsch!
Ihre Wange fing Feuer von der Wucht des Schlages.
»Unterstehe dich!«
»Verschwinde aus meinem Haus!«
»Aus deinem Haus? Dass ich nicht lache!«
»Raus!«
»Sicher nicht. Wir zwei reden jetzt! Und ich werde nicht gehen, bis ich dich zur Vernunft gebracht habe.«
Claudia spürte die Wut in sich hochbrodeln. Wie eine giftige Brühe. »Du hast mir überhaupt nichts zu sagen!«, entfuhr es ihr viel zu laut.
»Wir reden jetzt!«
»Nur über meine Leiche.«
»Glaube mir, das wäre auch für mich die beste Lösung!«

54

»Du warst es, der mich vor Sybille Dorns Haus angegriffen hat, richtig?«, fragte ich und fürchtete mich vor der Antwort.

Mein Vater zögerte, mied meinen Blick.

»Papa!«

Ein schweres Seufzen. »Ja.«

»Und warum, zur Hölle?« Weil er wieder nicht antwortete, hakte ich nach. »Was hattest du dort zu suchen?«

»Ich … ich habe mir Sorgen gemacht. Und dann alles verwüstet vorgefunden. Und plötzlich habe ich dich rufen hören und …«

»Und?«

»Ich habe Panik bekommen.«

»Und deshalb hast du mich angegriffen?«

»Mein Gott, ich habe dich doch nicht angegriffen. Ich wollte dich nur überraschen und entkommen, ohne dass du mich erkennst. Dass du so unglücklich fällst und dir den Kopf schlägst, habe ich doch niemals beabsichtigt. Und in der Hektik auch nicht mitbekommen. Das ist die Wahrheit!«

Es fiel mir schwer, ihm zu glauben.

»Und was hast du bei ihr gewollt?«

»Ich habe mich gesorgt.«

»Warum?«

»Weil ich nichts von ihr gehört habe, und ihr Telefon schon länger aus war.«

Stimmte es also doch?

»Hattet ihr … ich meine, wart ihr …?« Aus irgendeinem Grund brachte ich die Frage nicht über meine Lippen. Vielleicht, weil es sich wie ein Betrug an meiner Mutter anfühlte.

Mein Vater nickte nur. Als ich schon gar nicht mehr damit

rechnete, sagte er: »Wir waren nicht wirklich zusammen. Also, na ja ... im Grunde weiß ich auch nicht so richtig, was wir hatten.«
»Habt ihr euch ... also ... du weißt schon.«
»Geliebt?«
Ich nickte.
»Ach, Liebe ... was ist das schon?«
»Aber du mochtest sie?«
»Wir mochten einander, ja.«
Er hatte ihren Tod scheinbar sehr gefasst aufgenommen. Wahrscheinlich würde es noch einige Zeit dauern, bis die Trauer einsetzen würde.
»Und was war mit Kurt?«
Er sagte nichts, atmete bloß schwer durch.
»Habt ihr euch wegen ihr gestritten?«
»Wir hatten schon lange keinen Kontakt mehr.«
»Und warum nicht?«
Er zuckte bloß mit den Schultern.
»Wieso?«
»Ich wollte niemanden mehr sehen. Auch ihn nicht.«
»Wie kam es, dass du dich dann ausgerechnet mit Sybille verstanden hast? Sie war doch früher so ... so ...«
»Ein Biest?«
»Ja.«
»Vor drei Jahren etwa ist sie bei mir aufgetaucht und hat sich entschuldigt. Erst habe ich ja an einen Trick oder so gedacht. Aber sie war hartnäckig und ernsthaft daran interessiert, dass ich ihr verzeihe. Sie wollte mir helfen. Irgendwann habe ich das Gefühl bekommen, dass sie es ernst meinte. Wir haben uns zu einem Spaziergang im Wald verabredet.«
»Und?«
»Keine Ahnung, irgendwie sind wir mit der Zeit so etwas wie Freunde geworden.«

»Und Kurt war eifersüchtig?«
»Möglich. Mit mir hat er nie darüber gesprochen.«
Ich brauchte einen Moment, um das alles sacken zu lassen. Und zu akzeptieren, dass das Schweigen einzelner Personen so viel Unglück in meinem Leben verursacht hatte. Hätte mein Vater in den letzten 13 Jahren über die Mordnacht geredet, hätte Kurt seine Gefühle offenbart, und hätte Simon seinen furchtbaren Fehler eingestanden – so viel mehr Leid hätte uns allen erspart bleiben können. Aber so war es eben nicht. Und so hatte ich jetzt, 13 Jahre nach dem Verlust meiner Mutter, mit dem Verlust von Chris zu kämpfen. Auch wenn diese beiden Verluste nicht zu vergleichen waren und ich sehr wahrscheinlich in Chris etwas zu sehen geglaubt hatte, was er schon lange nicht mehr gewesen war, so würde es dennoch noch lange dauern, bis ich darüber hinweggekommen sein würde.

»Und, glaubst du mir jetzt?«, wollte mein Vater wissen und riss mich damit aus meiner Trauer.

Er sah mir dabei tief in die Augen.

Und ich wandte meinen Blick von ihm ab. Weil ich keine Antwort darauf hatte. Nach all dem Schrecken der letzten Tage war die entscheidende Frage immer noch nicht geklärt: Hatte mein Vater meine Mutter getötet?

55

Ich wusste nicht so recht, was ich mir von meinem erneuten Besuch der Witwe von Professor Bertram Schwartz erwartete. Und dennoch hielt ich auf dem Weg zum Flughafen vor dem Klotz von einem Haus, läutete und wartete am Gartentor. Nun, da ich wusste, dass Kurt es nicht gewesen war, mit dem meine Mutter eine Affäre gehabt hatte, schien ich auch in dieser Frage wieder ganz am Anfang zu stehen. Ich klammerte mich also an diesen letzten Strohhalm, in der Hoffnung, von der Witwe des Therapeuten zumindest noch ein paar Antworten zu bekommen. Gleichzeitig war ich Realistin genug, um zu ahnen, dass ich mir den Besuch würde sparen können.

Ihre Reaktion, als die Haustür aufging und sie mir das Gartentor öffnete, überraschte mich daher umso mehr.

»Gut, dass Sie noch einmal gekommen sind«, begrüßte sie mich. »Ich habe schon überlegt, Kontakt mit Ihnen aufzunehmen. Aber ich weiß nicht, ob ich mich wirklich je bei Ihnen gemeldet hätte.«

Ich verstand nicht.

»Kommen Sie herein!«

Ihre Gastfreundschaft hatte allerdings Grenzen. Und so hatte sie mich zwar ins Haus gebeten, mir mit ihrer ganzen Körpersprache aber klar und deutlich zu verstehen gegeben, dass ich gar nicht erst meinen Mantel abzulegen oder meine Schuhe auszuziehen brauchte.

»Warten Sie hier«, sagte sie, verschwand in den Tiefen ihrer Villa und ließ mich alleine in dem geräumigen Vorzimmer zurück.

Ein Gemälde, eine abendliche Waldstimmung im Goldrahmen, hing dort an der Wand, das bemerkte ich. Aber später würde mir klar werden, dass ich in diesem Moment so aufgeregt war, dass ich nicht mehr sagen konnte, wie der Raum abgesehen davon eingerichtet war.

Die Witwe kam schnell zurück. In ihren Händen hielt sie eine kleine Plastikmappe.

»Es tut mir leid, dass ich letztens so reagiert habe.«

»Nein, mir tut es leid, ich …«

Sie unterbrach mich. »Ich könnte Ihnen von der Untreue meines Mannes erzählen. Und davon, dass Sie nicht die erste Frau waren, die mich nach seinem Tod deswegen kontaktiert hat. Aber das tue ich nicht.«

»Das … das tut mir leid, ich …«

»Schon gut, das muss es nicht. Er war ein guter Mensch, wirklich. Aber leider nicht der treueste.«

»Ich …«

Wieder ließ sie mich nicht ausreden, was mir ganz recht war. Ich hatte ohnehin keine Ahnung, was ich darauf hätte antworten können – auf trostspendende Worte schien sie nicht aus zu sein.

»Jedenfalls hat mir der Gedanke, dass er auch mit Ihrer Mutter etwas gehabt haben könnte, keine Ruhe gelassen, und ich habe in den wenigen Aufzeichnungen, die damals vom Brand verschont geblieben waren, nach ihr gesucht.«

Es gab also doch noch Unterlagen!

Mein Puls zog an.

»Und?«, fragte ich, blickte auf die Plastikmappe in ihren Händen und spürte, wie mich ein leichtes Zittern erfasste.

Sie hob die Mappe leicht an. »Nun, ich habe tatsächlich ein paar Aufzeichnungen über Ihre Mutter gefunden. Es ist leider nicht viel, was die Flammen überstanden hat.«

Ich sagte nichts, wollte sie auf keinen Fall unterbrechen. Ich ahnte, dass da etwas Entscheidendes auf mich zukam. Warum sonst hätte sie mich sofort ins Haus gebeten?

Sie reichte mir die Mappe. »Aber das möchte ich Ihnen gerne geben.«

»Danke«, brachte ich gerade so heraus.

Ich war überwältigt. Konnte es vor Freude kaum glauben. Und hatte gleichzeitig eine furchtbare Angst vor diesem Ding in meinen Händen.

»Was … ich meine …«

»Was darin steht?«

Ich nickte.

»Nun, das lesen Sie am besten selbst. Aber eines kann ich Ihnen schon jetzt versichern: Ihre Mutter und mein Mann hatten ganz bestimmt keine Affäre.«

»Warum sind Sie sich so sicher?«

»Weil Ihre Mutter anders tickte.«

»Wie meinen Sie das?«

»Nun, sie war offenbar vom anderen Ufer, wie man so schön sagt.«

»*Was?*«

»Ja, aus den Aufzeichnungen meines Mannes geht eindeutig hervor, dass Ihre Mutter lesbisch war.«

56

Leises Motorensummen und unzählige Stimmen, die durcheinanderquatschten, umgaben mich. In unregelmäßigen Abständen erklang ein *Ping* aus den vielen kleinen Lautsprechern über uns. Ein Mobiltelefon klingelte unweit von mir.

»Meine Damen und Herren, im Namen der gesamten Besatzung möchte ich Sie herzlich auf diesem Flug begrüßen. Wir freuen uns, dass Sie …«

Ich schob ein paar Taschen und Tüten zur Seite, verstaute meinen Handkoffer im Fach über meiner Sitzreihe und warf einen Blick nach vorne. Soweit ich das von der vorletzten Reihe aus einschätzen konnte, war der Flieger jetzt schon knackevoll. Und dennoch strömten weiter Passagiere herein und verstopften den schmalen Gang. Nichts ging mehr. Ich schnappte ein paar genervte Gesichter auf, die zu beiden Seiten des Gangs ausscherten, um zu sehen, warum, zum Teufel, es denn nicht endlich weiterging. Kein Wunder, dass die Stimmung bei vielen im Keller war – der Flug hatte bereits knappe zweieinhalb Stunden Verspätung.

»… Wir möchten Sie bitten, Ihr Handgepäck in den Fächern über Ihren Sitzen oder sicher unter dem Vordersitz zu verstauen und darauf zu achten, dass …«

Ich zwängte mich an einer zierlichen alten Dame und deren überwältigender blumiger Parfümwolke vorbei auf meinen Mittelsitz. Rechts von mir saß bereits ein schwer übergewichtiger Mann, der *M&Ms* knabberte und dessen fleischiger Unterarm auf der schmalen Lehne thronte. Keine Spur von Zurückhaltung also. Auch die betagte Dame hatte, kaum dass ich an ihr vorbei war, die uns trennende Armlehne in Beschlag genommen.

»Wir möchten uns für die Verspätung entschuldigen und danken Ihnen für Ihr Verständnis. Das Boarding wird jeden Moment abgeschlossen sein, und wir rechnen mit einer raschen Startfreigabe. Die Flugzeit wird in etwa eine Stunde und fünfzig Minuten betragen, und wir gehen davon aus, dass …«

Die Frau neben mir erinnerte mich ein wenig an meine Großmutter. Ich mochte sie auf Anhieb nicht. Hätte ihren Arm gerne aus Prinzip weggedrängt – einfach um ihr zu zeigen, wie rücksichtslos sie sich verhielt. Aber ich mahnte mich zur Gelassenheit. Und versuchte, mich auf das zu konzentrieren, was nun zählte: Ich hatte das Tal endlich hinter mir gelassen. Und ich hatte nicht vor, jemals wieder dorthin zurückzukehren.

»Wir möchten Sie nun mit den Sicherheitsvorkehrungen bei uns an Bord vertraut machen und bitten Sie um Ihre besondere Aufmerksamkeit. Bitte schließen Sie Ihren Sicherheitsgurt, wie …«

Und dennoch vermochte ich meine Anspannung einfach nicht abzulegen. Die Tage im Tal waren ein wahrer Albtraum gewesen. Menschen hatten Simons Alkoholproblem und dessen Fehler mit dem Leben bezahlen müssen. Und auch ich selbst war dem Tod nur um Haaresbreite entkommen. Irgendwie schien ich das immer noch nicht so recht begriffen zu haben. Ich fürchtete mich vor dem Moment, in dem mich diese Erkenntnis treffen und alle Eindrücke aus dieser bitterkalten und nebelverhangenen Nacht wieder über mich hereinbrechen würden.

Außerdem hatte ich immer noch mit Chris' Tod zu kämpfen.

Und damit, was in den Aufzeichnungen, die die Witwe des Psychologen mir gegeben hatte, geschrieben stand. Noch im Wagen vor der Villa hatte ich die paar Zettel mit handgeschriebenen Notizen Wort für Wort gelesen. Und dann gleich noch einmal. Meine Mutter sollte lesbisch gewesen sein? Ich konnte mir das beim besten Willen nicht vorstellen. Es musste sich ganz einfach um einen Irrtum handeln – immerhin hatte sie ja meinen Vater geheiratet und mich zur Welt gebracht. Hatte sie ihre Neigung also all die Jahre vor uns verborgen?

»Bei einem Druckabfall in der Kabine fallen automatisch Sauerstoffmasken aus der Kabinendecke. In diesem Fall ziehen Sie die Maske ganz nah zu sich heran und drücken die Öffnung fest auf Mund und Nase. Bitte helfen Sie danach …«

Leider waren den Notizen kaum Details zu entnehmen. Keine Namen, keine Zeitangaben, keine Orte, an denen sie sich vielleicht heimlich getroffen hätten. Hauptsächlich ging es darin um die Angst meiner Mutter, es meinem Vater zu beichten. Um ihre schlaflosen Nächte und ihre Depressionen.

Ich hatte das Gefühl, dass da noch mehr war. Irgendetwas direkt vor meinen Augen, was ich bisher nicht wahrgenommen hatte.

Was übersah ich?

Hing es mit meinem Vater zusammen?

Die Tatsache, dass ich nach 13 Jahren und den furchtbaren letzten Tagen immer noch keine Gewissheit darüber hatte, ob er meine Mutter ermordet hatte, würde mich noch in den Wahnsinn treiben. Wie sollte ich so jemals Ruhe finden und damit abschließen können?

»Zu Ihrer eigenen Sicherheit empfehlen wir Ihnen, Ihren Gurt während des gesamten Fluges geschlossen zu halten und …«

Natürlich hatte ich meinen Vater vorhin im Krankenhaus darauf angesprochen und ihm diese und noch viel mehr Fragen gestellt, auch zu den Liebesbriefen. Aber er hatte behauptet, nicht mehr zu wissen – auch nicht, wer die Briefe verfasst hatte. Er habe sie am Tag vor dem Mord gefunden und deshalb heftig mit meiner Mutter gestritten. Eine Scheidung habe im Raum gestanden. Aber sie habe ihm nie verraten wollen, von wem die Briefe stammten. Das Blut hatte er deshalb an seinen Händen, weil er versucht hatte, meine Mutter zu retten.

Ich hatte den Verdacht, dass er ganz genau wusste, wer diese Briefe verfasst hatte. Aber es war einfach nichts aus ihm herauszubekommen.

Trotz meiner Zweifel an seiner Unschuld hatte ich bis zu einem gewissen Grad auch Mitleid mit ihm. Wenn er tatsächlich nicht meine Mutter getötet hatte, war ihm nun zum zweiten Mal in seinem Leben eine Frau genommen worden. Wie unglaublich furchtbar musste das wohl sein? Ich musste an Chris denken, und auch wenn mein Verlust wohl nicht vergleichbar war, so glaubte ich zumindest, eine vage Ahnung zu haben.

Wäre es in diesem Fall nicht sogar völlig verständlich gewesen, dass er jeden Halt im Leben verloren hatte? Dass er antriebslos geworden war und sich zurückgezogen hatte? Und dass er deshalb zu einem Messie geworden war? Wäre ich vielleicht genauso schwach geworden? Und hatte das alles überhaupt mit Schwäche zu tun?

In meinem Hals wurde es ganz eng.

Ich musste mich ablenken, dringend. Und weil ich keine andere Idee hatte, holte ich das Fotoalbum, das ich meiner Großmutter gestohlen hatte, aus dem Rucksack zwischen meinen Füßen. Wahrscheinlich wäre es besser gewesen, es einfach mit all den negativen Gefühlen, die ich für sie hegte, im Tal zurückzulassen. Aber immerhin fühlte ich jetzt noch einmal so etwas wie Genugtuung, als ich daran dachte, wie energisch sie versucht hatte, mir das Album zu entreißen und mich davon abzuhalten, es mitzunehmen. Sicher ärgerte sie jetzt noch die Tatsache, dass einmal etwas anders gelaufen war, als sie sich das in den Kopf gesetzt hatte. Hätte sie bei meinem ersten Besuch einfach zugelassen, dass mein Opa es mir zeigte, wäre ich niemals auf die Idee gekommen, es ihr wegzunehmen.

Jetzt, da es in meinem Schoß lag, betrachtete ich es zum ersten Mal genauer. Ich hatte Angst davor, gleichzeitig fühlte ich mich bereit dafür. Und erst jetzt wurde mir auf einmal klar: Das hier war gar kein Fotoalbum, wie ich die ganze Zeit über angenommen hatte. Sondern ein Kondolenzbuch – das Kondolenzbuch vom Begräbnis meiner Mutter, um genau zu sein.

»Ist alles in Ordnung?«, wollte die alte Dame zu meiner Linken wissen, weil ich augenblicklich wie ein Schlosshund zu weinen begonnen hatte. Sie hatte mir die Hand auf meinen Unterarm gelegt.

Ich nickte, wischte mir die Wangen trocken.

Der Mann rechts von mir ließ von der Armlehne ab und presste sich an die Fensterfront. Die *M&Ms*-Tüte und seine Hände hielt er sich dabei unmittelbar vor den Mund, als wollte er mich so weniger stören.

Mir waren beide egal. Ich war einfach nur überwältigt.

Ich blätterte durch die Einträge und kämpfte gegen die Bilder an, die vor meinem geistigen Auge aufblitzten. All die Menschen in Schwarz und Grau. Die mir entgegengestreckten Hände, die Lippen, die sich zu den immer gleichen Worten bewegten: Mein Beileid. Die vielen Grabsteine um mich herum, die Kreuze, die Tränen. Die bunten Blumenkränze mit den schwarzen Schleifen. Die vom Glockenklang aufgescheuchten Vögel. Der Sarg meiner Mutter, der langsam hinab in die Erde gelassen wird.

Eine Träne tropfte mir von der Wange und klatschte auf eine Seite. Aus Reflex wischte ich mit der Hand darüber, verschmierte dabei das Geschriebene, das ich kaum entziffern konnte.

Ich blätterte weiter. Glaubte, die Schrift meiner Großmutter zu erkennen. Aber ich hatte gar keinen Kopf dafür, den Eintrag zu lesen. Blätterte weiter. Und weiter. Unter einem Eintrag las ich Kurts Namen. Schnell weiter. Keine Ahnung, warum ich das Buch nicht einfach weglegte. Vielleicht hoffte ich ja insgeheim, damit abschließen zu können, wenn ich es nur einmal zur Gänze durchgeblättert hatte. Und so überflog ich den nächsten Eintrag. Und dann den nächsten. Immer weiter.

Da stach mir plötzlich etwas ins Auge.

Moment mal!

Ich wischte mir die Augen trocken.

War das möglich?

Ich holte mein Telefon aus meiner Tasche, brauchte in der Aufregung drei Versuche, um die Bildschirmsperre aufzuheben, und rief die Fotos auf, die ich von den Liebesbriefen gemacht hatte. Ich zoomte einzelne Stellen ein und verglich die beiden Schriften. Rieb mir die Augen. Vergrößerte ein weiteres Foto. Dann erst sah ich den Namen, der unter dem Eintrag stand. Und ein eiskalter Schauer schoss mir den Nacken hoch.

Wie …? Was …?

Auf einmal passte alles zusammen.

Ich wollte nur noch heim. Doch was ich wollte oder nicht, zählte nicht mehr. Ich sprang von meinem Sitz hoch.

»Warten Sie, ich muss hier raus!«

57

Eineinhalb Stunden später war ich zurück im Tal.

Mein Polo war leider nicht mehr verfügbar und die Auswahl an Alternativen sehr dürftig gewesen. Ich hatte weder Nerven noch Zeit, mich nach anderen Möglichkeiten umzusehen, und so hatte ich mich für einen sündhaft teuren Mercedes-SUV entschieden – immer noch besser als die noch teurere BMW-Limousine.

Die ganze Fahrt über war ich unglaublich angespannt gewesen. Jetzt, da ich an den Überresten des toten Vogels, die immer noch kurz vor der Ortseinfahrt auf dem Asphalt klebten, vorüberfuhr, zog sich ein schmerzhaftes Stechen von meinem Kreuz über meinen Nacken bis hoch in meinen Hinterkopf.

Ich hatte Angst.

Und hoffte inständig, dass ich mich irrte.

Aber die geschwungene Art der Anfangsbuchstaben, das L und das A, auch das E – sie waren unverkennbar die Schrift der Liebesbriefe. Und sogar einzelne Wörter sahen nahezu ident aus. Seit ich es gerade noch rechtzeitig aus dem Flieger geschafft hatte, hatte ich die beiden Schriften schon mehrmals miteinander verglichen – jedes Mal in der Hoffnung, dass ich endlich einen Beweis dafür finden würde, dass ich mich täuschte.

Aber dem war nicht so.

Und nun ergab es auch Sinn, was die Witwe des Psychologen mir verkündet hatte. Meine Mutter war lesbisch. Und die Schrift war eindeutig jene meiner Tante.

Die Liebesbriefe stammten von Tante Gabi.

Plötzlich sah ich all meine Erinnerungen aus einem völlig anderen Blickwinkel. All die Nachmittage, an denen sie bereits bei meiner Mutter gewesen war, als ich gerade von der Schule heimgekommen und mein Vater noch in der Arbeit war. All die Umarmungen, das Strahlen der beiden, das gemeinsame Herumlungern auf der Couch. Das erschrockene Aufspringen, wenn ich aufgetaucht war und die beiden mich nicht hatten kommen hören.

Ja, auch wenn ich es immer noch nicht fassen konnte – so viele Puzzleteile schienen auf einmal ineinanderzugreifen.

Und dennoch war meine dringendste Frage immer noch unbeantwortet: Wer hatte meine Mutter ermordet?

Keine zwei Minuten später stand ich vor dem Haus meiner Tante, um sie zur Rede zu stellen.

Mein Onkel öffnete mir.

58

Freitag, 23. Oktober 2009, 0.19 Uhr
Vier Minuten bis zum Mord

Diese Verbissenheit. Diese Ignoranz. Diese Kälte.

Gott, wie sehr Claudia diese Frau hasste!

Seit über einer Stunde schon redete sie auf sie ein und hatte ihr wiederum nicht einen einzigen Satz lang zugehört. Diese

Furie versuchte erst gar nicht, sie zu verstehen. Sie wollte bloß diktieren, so wie sie das immer tat.

Die ganze Zeit über fürchtete Claudia, dass Jana davon aufwachen und den Streit mitbekommen würde. Was, wenn sie hier unten bei ihnen auftauchte? Wie sollte sie ihrer Tochter erklären, was sie selbst nicht verstand?

Claudia hatte ihr keinen Platz angeboten oder sie ins Wohnzimmer gebeten. Sie wollte diese Frau nicht in ihrem Haus haben. Sie sollte weg! Vor allem auch, weil Hans jeden Moment nach Hause kommen würde. Und sie dann nicht mehr gehen konnte. Und eine weitere Nacht in diesem Gefängnis festsaß.

»Also, haben wir uns verstanden?«

Am liebsten hätte Claudia sie auf der Stelle zum Schweigen gebracht. Hätte sie an der Gurgel gepackt, heftig gerüttelt, sie gewürgt und ihr die Daumen immer fester in den Kehlkopf gerammt. Nie zuvor hatte sie jemandem den Tod gewünscht. Aber dieser Frau wünschte sie ihn von ganzem Herzen.

»Ich wünsche mir, dass du …«

»Es ist mir egal, was du dir wünschst!«, schrie Claudia sie an.

Spätestens jetzt dürfte Jana wohl wach sein.

»Wage es nicht, so mit mir zu reden!«

»Dann lass mich endlich in Ruhe!«

»Das würde dir wohl so passen!«

Claudia wusste nicht, was sie ihr noch entgegnen konnte. Es war zwecklos, einfach alles prallte an der Ignoranz dieser Frau ab. Aber Claudias Frust und ihre Wut mussten raus. Jetzt. Und so schrie sie einfach nur. Aus tiefster Seele.

»Mein Gott, bist du hysterisch!«

Ein weiterer Frustschrei.

»Sei doch endlich vernünftig und …!«

»Das bin ich!«, brüllte Claudia ihr entgegen, und ihr Blick fiel auf Eriks Messer, das da immer noch vor ihr auf der Küheninsel lag.

59

Da war keine Überraschung in seinem Gesicht, keine Wut, aber etwas anderes: Resignation. Er sagte nichts, seufzte bloß und machte einen Schritt zur Seite, um mich ins Haus zu lassen. Auch ich sagte kein Wort. Es war nicht nötig, offenbar wusste er Bescheid. Offenbar hatten alle all die Jahre Bescheid gewusst.

Ich trat ein. Und hatte keine Ahnung, ob ich gerade den größten Fehler meines Lebens machte.

Tante Gabi lag, wie es nicht anders zu erwarten gewesen war, auf der Couch, das halbe Gesicht in einem Zierpolster vergraben, den Blick auf den Flimmerkasten gerichtet und die Fernbedienung in der Hand. Als sie mich an der Schwelle zum Wohnzimmer entdeckte, wurden ihre Augen plötzlich ganz groß.

»Jana!«, entkam es ihr.

Sie fuhr von der Couch hoch. Und erstarrte.

Zwei, vielleicht drei Sekunden lang stierte sie mich einfach nur an. Ich konnte ihr ansehen, dass ihr ganzer Körper dabei unter Spannung stand. Erst dann schien sie die Erkenntnis zu treffen. Ihre Augen schmolzen, ihre Mundwinkel sackten herab, und mit ihrem Gesicht geschah etwas Grässliches: Absolute Trostlosigkeit breitete sich darauf aus.

Dann sagte sie zu Onkel Erik, der ganz dicht hinter mir im Flur stand: »Lass uns bitte alleine.«

»Ich halte das für keine gute Idee. Wir sollten lieber ...«

»Bitte, Erik!«

»Bist du dir sicher?«

Sie zögerte nur ganz kurz. »Ja.«

Er maulte zwar etwas, ließ uns aber alleine, hetzte den Flur entlang und stürmte aus dem Haus.

»Machst du bitte die Tür zu?«, bat sie mich, als ich zu ihr ins Wohnzimmer trat.

Und dann passierte etwas, was ich niemals für möglich gehalten hätte: Tante Gabi machte doch tatsächlich den Fernseher aus.

Kreischende Stille breitete sich im Wohnzimmer aus.

Und ich war dadurch auf einmal völlig verunsichert. Ich setzte mich nicht, blieb drei Meter von ihr entfernt stehen. Wusste nicht, wie ich es angehen sollte. War kurz davor, den Mut zu verlieren und einen Rückzieher zu machen.

»Also?«, sagte sie und riss mich damit aus meiner Lethargie.

Mit zittrigen Fingern holte ich die Briefe aus meiner Tasche und hielt sie hoch. »Du hast die geschrieben, richtig?«

Sie sagte nichts, starrte mich einfach nur an.

»Stimmt es?«, hakte ich nach.

»Ja«, sagte sie nur, und ich hatte den Eindruck, als fiele ihr mit dem Aussprechen dieses einzigen Wortes nicht bloß eine zentnerschwere Last, sondern vielmehr ein gesamtes Bergmassiv vom Herzen.

»Weiß Onkel Erik davon?«

»Das kann ich dir nicht sagen.«

»Wie meinst du das?«

Sie atmete schwer durch. »Nun, ob du es glaubst oder nicht: Wir haben nie darüber oder über den Mord gesprochen. Aber du hast ja selbst eben gesehen, wie er reagiert, wenn es darum geht.«

»Hat er …?« Ich musste mich räuspern, um meine Stimme wiederzufinden. »Hat er sie getötet?«

Sie sah mich nur an.

»War er es?«

»Ich kann es dir nicht sagen. Aber ich glaube, nicht.«

»Was weißt du?«

»Gar nichts. Ich kann mir nur denken, wer es war.«

Und ich wusste sofort, wen sie damit gemeint hatte.

Ich nahm die Geräusche aus dem Flur zwar unbewusst wahr, aber in diesem Moment war ich viel zu abgelenkt, um auch nur einen Gedanken daran zu verschwenden.

»Wie konntest du nie darüber sprechen?«

Sie zuckte nur mit den Schultern.

»Ist es dir denn völlig egal, dass sie damit ungeschoren davongekommen ist?«

»Was hätte das geändert?«

»Verdammt noch mal, sie hätte es verdient, im Gefängnis zu schmoren!«

»Noch einmal: Was hätte das geändert?«

Ich konnte es nicht fassen! Begriff sie nicht, welchen Schaden sie angerichtet hatte? Dieses verdammte Schweigen von so vielen hier im Tal hatte schon so viel Leid verursacht. Das konnte so nicht weitergehen. Es musste endlich ein Ende haben!

»Hat mein Vater es herausgefunden?«

»Nein!«, hörte ich plötzlich die Stimme meiner Großmutter, und die Wohnzimmertür ging auf. »Und das wird er auch nicht!«

60

Freitag, 23. Oktober 2009, 0.22 Uhr
Eine Minute bis zum Mord

Eriks Messer übte auf einmal eine ungeheure Anziehungskraft auf Claudia aus. In diesem Moment wollte sie nichts mehr, als es sich zu schnappen und ihrer Schwiegermutter ganz tief hineinzurammen. Und sie endlich zum Schweigen zu bringen.

»Du krankes Miststück! Mit der Schwester des eigenen Mannes! Mit der eigenen Schwägerin! Kann man sich das vorstellen?«

»Und du denkst, wir haben uns das ausgesucht?«

»Ihr beide seid abscheuliche Schweine!«

»Wenn du meinst!«

»Gabi ist wenigstens vernünftig geworden!«

»Und das glaubst du wirklich?«

»Du hast sie vergiftet!«

Wieder diese Leier. Claudia konnte nicht sagen, wie oft sie diese in der letzten Stunde schon gehört hatte. Offenbar hatte Gabi ihre Mutter glauben lassen, von ihr bekehrt worden zu sein. Wahrscheinlich hatte Gabi sie deshalb mehrmals zu erreichen versucht. Dabei war Gabi es doch gewesen, die sie die ganze Zeit über gedrängt hatte. Dass sie es wagen sollten auszubrechen und irgendwo weit weg von hier neu zu beginnen. Weil die Meinung der anderen nicht zählte. Weil sie es verdient hätten, glücklich zu sein. Und weil sie einander verdient hätten!

Und ja, zum Teufel, genau das würde sie jetzt auch tun!

Dieser Streit war der Tiefpunkt, der endgültige Weckruf.

Sie hatte es verdient, glücklich zu sein! Und ja, Gabi und sie hatten es verdammt noch einmal verdient, zusammen zu sein!

»Du bist eine Schande für die ganze Familie!«

»Die Familie. Dass ich nicht lache!«

»Erik hat ...«

»Erik ist ein Arschloch!«

»Ich verbitte mir ...«

»Mir ist scheißegal, was du dir verbittest! Erik ist ein Säufer, der jedes Mal handgreiflich wird, wenn ihm kein Argument mehr einfällt. Hast du vielleicht eine Ahnung, wie oft er Gabi schon ...?«

»Du bist ja verrückt!«

»Ja, bin ich das? Dann schau dir dieses Scheißmesser an! Damit ist er heute hier aufgekreuzt und hat mich bedroht!«

»Mein Gott, jetzt hör auf zu übertreiben und überlege dir doch lieber einmal, warum ...«

»Ich übertreibe nicht!«

»Er hat lediglich ...«

»Er hat mich damit bedroht!«

»Und wenn schon, hast du es nicht verdient?«

»Geh jetzt endlich!«

»Du unverschämte Göre! Hans hätte dich längst erschlagen sollen, dann hätte Erik nicht ...«

Claudia packte der Zorn. Sie wusste plötzlich nicht mehr, wohin mit all ihrem Frust. Und sie wusste sich nicht anders zu helfen, als den Teller zu ihrer Linken zu greifen und mit voller Wucht auf den Boden zu schleudern.

»Du bist ja hysterisch!«

»Hans hat erst wieder angefangen, sich für mich zu interessieren, als er merkte, dass es zu spät war! Davor hatte er mich jahrelang nicht mehr beachtet!«

»Und das wundert dich?«

»Raus jetzt!«

»Du wirst dich jetzt beruhigen und zur Vernunft kommen!«

»Raus aus meinem Haus!«

»Sicher nicht!«

»Du sollst verschwinden!«

»Das hier ist das Haus meines Sohnes. Und als seine Mutter habe ich das Recht …!«

Das brachte das Fass endgültig zum Überlaufen. Claudia explodierte förmlich vor Wut. Ihr Blick fiel wieder auf das Messer. Sie würde diese Frau zum Schweigen bringen!

Jetzt!

61

Nun war mir klar, warum Onkel Erik regelrecht aus dem Haus gestürmt war: um hinüber zum Nachbarhaus zu laufen und meine Großmutter über meine Rückkehr zu informieren. Und ebenso offensichtlich war, dass die beiden sich angeschlichen und hinter der geschlossenen Wohnzimmertür gelauscht haben mussten.

»Es war ein Unfall, nichts weiter!«, versuchte sie sich nun schon zum wiederholten Male zu rechtfertigen, nachdem sie mir ihre Version der Mordnacht geschildert hatte.

»Ein Unfall?«, schrie ich sie an und ich konnte nicht fassen, dass sie ernsthaft dachte, ich würde ihr recht geben und das uneinsichtige Verhalten meiner Mutter als gerechtfertigten Mordgrund hinnehmen. »Meine Mutter hatte 17 Messerstiche! Wie können diese ein Unfall gewesen sein?«
»Du bist genauso hysterisch wie sie!«
»Halt deinen Mund!«
»Ich hatte überhaupt nicht beabsichtigt, sie ...«
Noch ein falsches Wort und ich würde ihr wehtun!
»Im Prinzip war sie selber schuld.«
Das war genug!
Ich riss den vollgestopften Aschenbecher vom Couchtisch. Und schleuderte ihn ihr mit voller Wucht entgegen. Sie zuckte zusammen, aber leider verfehlte ich sie, und das schwere Teil knallte gegen die Wand und zerschellte. Asche wirbelte durch die Luft.
»Bist du verrückt geworden, du kleine Göre?«, warf sie mir zurück.
Onkel Erik und Tante Gabi machten keinen Mucks und rührten sich nicht.
»Du bist genau wie deine Mutter!«
»Verliere kein Wort mehr über sie!«
»Ein sturer, egoistischer Hitzkopf.«
»Halt endlich deinen verfluchten Mund, du Hexe!«
Ich war kurz davor, ihr an die Gurgel zu gehen.
Und sie hörte einfach nicht auf.
»Da, deine Tante war vernünftig, nachdem ich mit ihr geredet hatte. Sie hat sofort eingesehen, dass sie durch diese geistesgestörten Anwandlungen nicht einfach eine ganze Familie zerstören konnte. Aber deine Mutter ...« Sie schnaufte verächtlich.
»Du bist das Letzte!«
»Ich habe sie nur zur Vernunft bringen wollen, mehr nicht. Aber statt ihren Fehler einzusehen, hat sie plötzlich herum-

geschrien und wollte mich aus dem Haus werfen. Ich war nicht schuld daran, dass die Situation eskalierte. Sie hat mich angegriffen!«

»Du hast sie ermordet!«

»Und, was willst du jetzt tun?«

62

Freitag, 23. Oktober 2009, 0.23 Uhr
Der Mord

Auf einmal ging alles ganz schnell:

Claudia machte einen Satz auf das Messer zu. Wollte es greifen. Aber ihre Schwiegermutter stand unmittelbar daneben. Und war deshalb schneller. Sie schnappte es sich. Streckte es nach vorne.

Und plötzlich war da diese Eiseskälte.

Claudia erstarrte.

Der Augenblick schien aus der Zeit gefallen.

Eine Ewigkeit verging.

Nichts passierte.

Sie beide standen einfach nur da. Und starrten sich aus weit aufgerissenen Augen an.

Eine zweite Ewigkeit verstrich.

Erst dann blickte Claudia an sich hinab. Auf das Messer, das da in ihrem Bauch steckte. Und die dürre, faltige Hand, die den Griff so fest umklammerte, dass die Knöchel weiß hervortraten.

Seltsamerweise fühlte Claudia keinen Schmerz, als ihre Schwiegermutter die blutverschmierte Klinge aus ihr herauszog. Nur diese unfassbare Kälte, die immer heftiger wurde und sich von ihrem Bauch aus auf ihren ganzen Körper auszubreiten begann.

Sie schaute auf. In diese vor Zorn brennenden Augen.

Und spürte, wie ihre Schwiegermutter erneut zustach. Dabei Stoff und Haut und Fleisch und so viel mehr zerschnitt.

Erst jetzt fuhr der Schmerz ein.

Doch sie schrie nicht auf. Wollte ihr den Gefallen nicht tun. Ballte ihre Hände zu Fäusten, biss die Zähne zusammen. Stöhnte. Und presste ein »Du bist so schwach« zwischen ihre Zähne hindurch.

Ein weiterer Stich.

Claudia drängte sich an ihr vorbei und stolperte hinaus in den Flur. Aber sie kam ihr nach, schubste sie, drängte sie ins Wohnzimmer. Stach erneut zu. Und noch einmal. Claudia wusste nicht, wie ihr geschah. Sie wollte Halt an einem Stuhl am Esstisch finden, aber der kippte um. Sie versuchte, sich am Tisch selbst abzustützen, verlor dabei aber das Gleichgewicht und riss die Tischdecke mit. Die Vase knallte zu Boden und ging zu Bruch.

Noch ein Stich.

Schrie da jemand? War sie es selbst?

Claudia nahm noch wahr, wie sie beim Versuch, sich auf den Beinen zu halten, ein paar Bücher aus dem Regal fegte. Wie sie dann aber selbst zu Boden ging. Sie auf einmal über ihr war. Erneut mit dem Messer ausholte. Und schon wieder zustach.

Das Letzte, was noch bis zu ihrem Verstand durchdrang, war die Stimme ihrer Tochter.
»Mama?«, rief Jana.
Kaum mehr als ein gekrächztes Flüstern, mit letzter Kraft: »Bleib … weg!«
»Mama?«
Gott, wie gerne hätte sie Jana gewarnt. Ihr versichert, dass sie sich keine Sorgen um sie machen musste. Dass alles gut werden würde. Dass sie sie mehr als alles andere auf dieser Welt liebte. Und sie auf sie hinabschauen würde. So gerne hätte sie ihr noch mitgeben wollen, dass sie nicht den gleichen Fehler wie sie machen sollte. Dass sie sich von niemandem etwas einreden lassen sollte. Dass sie auf ihr Herz hören und ihr Leben lang das machen sollte, was sie erfüllen und glücklich machen würde.
»Es ist egal, wen oder was du liebst, Jana«, formulierte sie ihren dringendsten Rat in Gedanken. »Wichtig ist nur, dass du dazu stehst und du dich darauf einlässt!«
Aber über ihre Lippen schaffte es bloß noch ein nasses Gurgeln. Weil ihr Mund bereits voller Blut war. Und die Klinge erneut in ihren Körper eindrang.
»Mama?«
Claudia schloss die Augen. Und dachte, dass es für immer sein würde. Sie spürte, wie die Eiseskälte schwand und eine nie zuvor gefühlte Wärme und ein Kribbeln sie erfassten und sich in jeden Winkel ihres Körpers auszubreiten begannen. Wie ein Licht hinter ihren Lidern entsprang. Und Friede sie umarmte.
Sie war bereits auf dem Weg.
Doch plötzlich wurde sie zurückgerissen.
Jemand rüttelte sie. Redete auf sie ein. Unaufhörlich.
»Claudia!« Immer wieder. »Claudia, bitte, wach auf!«
Und so kehrte sie noch einmal um. Öffnete die Augen, nur ein ganz klein wenig. Und sah Hans über ihr. Mit trä-

nengefluteten Augen. Und heftig zuckendem und schmerzverzerrtem Gesicht.

»Nein, bitte nicht, Claudia ... Oh Gott ... bitte nicht!«

»Es tut mir so leid für dich, Hans«, wollte sie ihm sagen. Alles und noch viel mehr. Aber sie brachte kein Wort mehr heraus.

»War es ...« Er schluchzte heftig. »War es meine ... meine Mutter?«

Claudia nahm ihre letzten, ihre allerletzten Kräfte zusammen. Und nickte.

Dann wurde es schwarz.

»Ich liebe dich«, hörte sie Hans noch auf dem Weg.

Und dann gar nichts mehr.

EPILOG

Sieben Monate ist es her, dass ich das letzte Mal hier war. Damals, als Chris beerdigt wurde, strahlte die Sonne so prächtig vom wolkenlosen Himmel, wie ich es nur selten im Tal erlebt hatte. Heute hingegen hat der Nebel den Ort wieder fest im Griff. Wie schmutzige Wattebäusche schweben die Fetzen über dem feuchten Boden und zwischen den Grabsteinen.

Instinktiv schaue ich nach oben, und für einen ganz kurzen Augenblick glaube ich ein paar Vögel auszumachen, die dort ihre Schleifen drehen. Aber schon im nächsten Moment sind sie wieder höher gestiegen und im trüben Grau verschwunden.

Fast der ganze Ort hat sich auf dem Friedhof versammelt. Die meisten, weil sie meinen Opa schätzten, mochten oder zumindest kannten. Andere, weil sie meiner Großmutter mit ihrem Erscheinen Respekt zollen möchten. Einige ganz sicher aber auch nur deshalb, weil sie ihrer Sensationslust frönen. Sie wollen einen Blick auf mich erhaschen – die Abtrünnige, die das Unglück geradezu anzuziehen scheint. Und die vor sieben Monaten bei ihrer Heimkehr beinahe das gleiche Schicksal ereilte wie ihre Mutter. Aber auch mein Vater wird ganz ungeniert angegafft. Es wird getuschelt und auf ihn gezeigt. Kein Wunder, immerhin hat er sich auch in den letzten Monaten kaum blicken lassen. Der schlimme Verdacht, seine Frau ermordet zu haben, klebt weiter an ihm.

Ich beobachte meine Großmutter. Wie sie mit gesenktem Kopf dasteht und Krokodilstränen vergießt. Sich mit ihren Kräften am Ende gibt, grenzenlos trauernd. Wie sie von allen bedauert wird, umsorgt und getröstet. Wie ihr jemand, den ich nicht kenne, die Hand auf die Schulter legt und ihr tröstende Worte zuflüstert.

An jedem meiner Gedanken für sie klebt Abscheu.

Sie scheint meinen Blick zu spüren. Sieht zu mir auf. Selbstsicher und eiskalt, trotz der vorgespielten Trauer. Diese Frau kann nicht lieben, kann nicht trauern. Ganz sicher kocht sie gerade innerlich, weil ich es gewagt habe, heute hier aufzukreuzen.

Ich halte ihrem Blick stand.

Sie wendet ihn ab. Verfolgt, wie der Sarg meines Opas in das tiefe, dunkle Loch hinabgelassen wird. Zückt, als wäre die Geste einstudiert, ein weißes Taschentuch und tupft sich damit die Augen ab.

Am liebsten würde ich zu ihr hinüberlaufen und sie in dieses Loch hinunterstoßen. Alle auffordern, ganz nah heranzutreten und sie dabei anzusehen, während ich lauthals verkündete, was sie getan hat.

Ich habe alle Mühe, meine Wut im Zaum zu halten. Beiße mir zur Ablenkung die Innenseiten meiner Wangen ganz wund. Und vergrabe meine Hände tief in den Taschen meines Mantels, um mir unbeobachtet die Nägel meiner Zeigefinger in die Daumen drücken zu können.

Ich bin voller Anspannung, kann es kaum erwarten.

Fünfzehn quälend lange Minuten später habe ich es endlich fast geschafft. Jeder, der dies auch wollte, ist an die letzte Ruhestätte meines Opas herangetreten, hat sich bekreuzigt, mit einer kleinen Schaufel Erde aufgeladen und auf den Sarg hinabrieseln lassen.

Meine Großmutter hat solang daneben gewartet. Sie macht sich erst jetzt, mit gesenktem Kopf und von zwei Begleitern flankiert, auf. In Richtung Ausgang. Dorthin, wo unmittelbar hinter dem schwarz lackierten gusseisernen Friedhofstor noch ein Großteil der Trauergemeinde versammelt steht – rauchend, tratschend und sich fragend, warum die Polizei dort mit zwei Wagen angerückt ist und unmittelbar am Tor wartet.

Immer wieder fragt jemand nach. Aber die Beamten geben keine Auskunft und weisen die Neugierigen zurück.

Meine Großmutter scheint bisher nichts davon mitbekommen zu haben. Sie tritt durch das Friedhofstor nach draußen. Blickt erst jetzt auf.

Und erstarrt.

Zwei Polizeibeamte treten an sie heran, zwei weitere halten sich im Hintergrund. Ich kann aus der Entfernung nicht hören, was einer der Uniformierten zu ihr sagt. Nur das Raunen der Umstehenden schallt bis zu uns herauf. Ich beobachte, wie meine Großmutter immer noch stocksteif dasteht. Viele Sekunden lang. Wie sie schließlich kommentarlos die Arme nach vorne streckt und sich Handschellen anlegen lässt. Wie einer der Beamten ihr die Hand in den Rücken legt und sie vorwärtsdrängt. Bis zu dem Einsatzwagen. Wie er ihr die Hintertür öffnet und sie auf die Rückbank bittet. Wie er die Tür zuschmeißt, sobald sie Platz genommen hat, um den Wagen geht und von der anderen Seite aus auf die Rückbank kriecht.

Die Menschentraube wird aufgeregter, versperrt mir die Sicht. Ich kann nur noch erkennen, wie die beiden Einsatzwagen mit meiner Großmutter davonfahren. Und unter den versammelten Bewohnern des Tals die pure Sensationslust ausbricht.

Der Krebs hat meinen Opa dahingerafft. Die letzten Tage hielt ihn nur noch sein Herzschrittmacher am Leben – ohne diesen, versicherten uns die Ärzte, hätte sein Herz schon viel früher zu schlagen aufgehört. Vor fünf Tagen dann ist er, wenige Stunden, nachdem er ein letztes Mal aus dem Krankenhaus entlassen worden war, zu Hause friedlich eingeschlafen.

Ich finde es unendlich schade, so wenig von ihm gehabt zu haben. Bereue es, ihm nicht die Enkeltochter gewesen zu sein, die er verdient gehabt hätte. Zumindest seinetwegen hätte ich öfter ins Tal zurückkehren müssen. Das habe ich vermasselt. Und ich werde es mir wohl nie verzeihen können.

Alles, was ich in den letzten sieben Monaten noch tun konnte, war, zu warten. Und das habe ich getan. Bis zu seinem Tod. Und jeder einzelne Tag, so sehr ich ihn meinem Opa auch gönnte, war eine Qual. Zu wissen, dass meine Großmutter trotz ihrer Gräueltat immer noch frei herumlaufen und tun und lassen konnte, was sie wollte, war kaum zu ertragen.

Aber dann, noch am selben Tag, an dem mein Opa starb, gingen mein Vater, Tante Gabi und ich gemeinsam zur Polizei, erstatteten Anzeige gegen meine Großmutter und überreichten den Beamten einen USB-Stick mit dem Audio-Mitschnitt, den ich damals heimlich in Tante Gabis Wohnzimmer mit meinem Handy gemacht hatte. Darauf hat sie im Grunde alles gestanden. Nur das Feuer in Doktor Schwartz' Büro muss die Polizei ihr noch nachweisen. Aber im Grunde hat das keine Bedeutung.

Meine Großmutter ist eine Mörderin.

Und sie hat nichts anderes verdient, als bis an ihr Lebensende hinter Gittern zu schmoren.

So vieles ist so furchtbar falsch gelaufen. So vieles hätte verhindert werden können. Oder zumindest früher gesühnt.

All das kann ich nicht mehr ändern. Ich kann die Vergangenheit nicht ungeschehen machen. Und ich weiß nicht, was die Zukunft bringt. Ich habe mich noch nicht entschieden, wo ich diese verbringen möchte. Oder ob Martin, den ich vor knapp einem Monat kennengelernt habe, eine wichtige Rolle darin spielen soll. Ich weiß nur, dass ich sie trocken erleben möchte, in einem neuen Job. Und in tiefer Verbundenheit mit meinem Vater.

Gemeinsam haben wir die Beerdigung etwas abseits verfolgt und die vielen Blicke und das Tuscheln ertragen. Es war uns egal. Denn wir wussten, was kommen würde.

Jetzt sehe ich ihm in die Augen, richtig bewusst – zum ersten Mal seit so vielen Jahren. Und ich reiche ihm die Hand.

Er betrachtet sie, nimmt sie.

»Wollen wir?«, frage ich und spüre, wie der Druck hinter meinen Augen ansteigt.

Auch seine Augen werden glasig. Eine einzelne Träne löst sich aus seinen Lidern und läuft ihm über die Wange. Er holt tief Luft. Nickt. »Ja, es ist wirklich höchste Zeit.«

Gemeinsam wenden wir uns von dem Trubel ab. Und machen uns auf den Weg in einen hinteren Winkel des Friedhofs. Dorthin, wohin nur selten Sonnenstrahlen fallen. Wo die morsche Tanne thront. Und wo unmittelbar dahinter die feuchte, brüchige und mit Moos überzogene Steinmauer den Friedhof vom Wald trennt.

Zum ersten Mal besuchen mein Vater und ich gemeinsam das Grab meiner Mutter.

DANKE

Ana. Mama. Papa. Barbara. Helena. Elea. Arlind. Andreas Dörner und Caliban. Benjamin Richter. Tom Huschka. Marcel Neumann. Claudia Senghaas, Jochen Große Entrup und dem gesamten Gmeiner-Team. Und allen, die mich in den letzten Jahren in irgendeiner Weise unterstützt haben.

*Weitere Titel finden Sie auf den
folgenden Seiten und im Internet:*

WWW.GMEINER-VERLAG.DE

Alle Bücher von Roman Klementovic:

Verspielt
ISBN 978-3-8392-1797-9
Immerstill
ISBN 978-3-8392-1888-4
Immerschuld
ISBN 978-3-8392-2066-5
Wenn das Licht gefriert
ISBN 978-3-8392-2770-1
Wenn die Stille schreit
ISBN 978-3-8392-0092-6
Wenn der Nebel schweigt
ISBN 978-3-8392-0313-2

WWW.GMEINER-VERLAG.DE
Wir machen's spannend

Roman Klementovic
Wenn die Stille schreit
Thriller
123 Seiten
9 x 14,5 cm, Hardcover
ISBN 978-3-8392-0092-6
€ 8,00 [D], € 8,30 [A]

Während zwei entflohene Mörder die Gegend unsicher machen, fegt ein gewaltiger Schneesturm über das Land. Der Strom ist ausgefallen, viele Straßen sind nicht mehr passierbar. Tim erreicht erst kurz vor Mitternacht das abgelegene Landhaus, in dem er mit seiner Frau Natalie wohnt. Doch von dieser fehlt jede Spur. Dabei hat sie eben noch am Telefon beteuert, wach bleiben und auf ihn warten zu wollen. In völliger Dunkelheit begibt Tim sich auf die Suche nach ihr. Und macht bald eine verstörende Entdeckung …

GMEINER SPANNUNG

WWW.GMEINER-VERLAG.DE
Wir machen's spannend